Coleção

CARPE DIEM

ANDY McNAB

GERAÇÃO EDITORIAL

CONTROLE REMOTO

TRADUÇÃO DE
CLÁUDIA DORNELLES E CASSIA ZANON

CONTROLE REMOTO

Título original: *Remote Control*

1ª edição — Abril de 2002

Editor
Luiz Fernando Emediato

Capa e projeto gráfico
Victor Burton

Diagramação e editoração eletrônica
ABBA – Produção Editorial Ltda.

Tradução
Cláudia Dornelles e Cassia Zanon

Revisão da Tradução e revisão final
Paula Thompson e Paulo Cesar de Oliveira

Dados Internacionais de Catalogação na Publicação (CIP)
(Câmara Brasileira do Livro)

McNab, Andy,
Controle remoto / Andy McNab ; (tradução de) Cassia Zanon, Cláudia Dornelles. -- São Paulo : Geração Editorial, 2002 -- (Coleção Carpe Diem)

Título original: Remote control
ISBN 85-7509-045-3

1. Romance inglês. I. Título. II. Série.

02-1396 CDD-823.91

Índices para catálogo sistemático:

1. Romances : Século 20 : Literatura inglesa 823.91
2. Século 20 : Romances : Literatura inglesa 823.91

GERAÇÃO DE COMUNICAÇÃO INTEGRADA COMERCIAL LTDA.
Rua Cardoso de Almeida, 2188 – 01251-000 – São Paulo – SP – Brasil
Tel. (11) 3872-0984 – Fax: (11) 3862-9031

GERAÇÃO NA INTERNET
www.geracaobooks.com.br
geracao@geracaobooks.com.br

2002
Impresso no Brasil
Printed in Brazil

GLOSSÁRIO

AD	adido de defesa
a Firma	Serviço Secreto de Informações
aviso de gypsy	aviso final
azul-e-branco	carro da polícia americana
basha	abrigo improvisado
bergen	mochila carregada pelos membros das forças britânicas em serviço ativo
CT	contraterrorismo
cobertor de segurança	a "apólice de seguros" de um agente, provas documentais da cumplicidade de um governo em operações sigilosas
comsat	comunicação por satélite
DEA	Agência Antidrogas
Det	abreviatura de destacamento. Subunidade do Grupo de Informação 14, organização secreta de coleta de informações que opera na Irlanda do Norte
FE	Forças Especiais
GC	guarda-costas
K	agente em operações passíveis de negação
LCN	La Cosa Nostra, a Máfia
MD	Ministério da Defesa
MDV	marca de distinção visual
OLOE	oficial de ligação, operações especiais
OTM	oficial técnico em munições
PE	ponto de encontro
PIRA	Provisional IRA, racha do Exército Republicano Irlandês (IRA)
PPO	procedimento padrão de operação

QGR	quartel-general regimental
RAP	reconhecimento de alvo próximo
resit	relatório de situação
scaleys	sinalizadores
SEGOP	segurança operacional
servidor	qualquer pessoa em posição de autoridade. Desde os dias da Malásia, é assim que são chamadas todas as formas de liderança no Regimento, inspirado no termo usado para a nascente de um rio
slime	Unidade de Informação
SSI	Serviço Secreto de Informações
SWAT	equipe de táticas e armamentos especiais
USA	unidade de serviço ativo

Controle Remoto

Gibraltar: Domingo, 6 de março de 1988

Eu o identifiquei imediatamente.

Entrei na rede. – Alfa, Delta. Confirmado – Bravo Um, foxtrote à direita se aproximando de Azul Dois. Risca-de-giz marrom e azul desbotado.

Ele sempre usava aquele paletó marrom risca-de-giz, tão velho que os bolsos já estavam deformados, e os vincos nas costas, de andar de carro, eram permanentes. E o mesmo *jeans* velho, puído e desbotado, com o gancho pendendo entre as bolas e os joelhos. Ele estava caminhando na direção oposta a mim, parrudo, ligeiramente curvado, cabelos curtos, suíças longas, mas eu reconheci o caminhar. Eu sabia que era Sean Savage.

Voltei para a rede. – Delta ainda tem – Azul Dois na direção de Azul Sete. – Antes de Simmonds nos passar a descrição do serviço, toda a Pedra tinha sido marcada com o sistema de pontos. Os cruzamentos e principais pontos de referência estavam identificados com um número e uma cor.

Agora Savage estava no cruzamento da biblioteca. Azul Sete era uma pequena praça na extremidade inferior da Rua Principal, próxima à residência do governador. Ali também ficava o estacionamento onde a banda do batalhão de infantaria residente encerraria sua apresentação depois da troca da guarda. Era ali que a bomba devia estar.

Alfa, a estação-base que controlava a operação no momento, repetiu a mensagem para que todos soubessem em que direção Savage estava caminhando. Eu sabia que Kev e Slack Pat logo começariam a se mover atrás de mim.

Havia seis ou sete carros estacionados diante de um antigo edifício colonial, aproveitando a sombra da parede. Enquanto caminhava na direção deles, vi Bravo Um enfiar a mão no bolso do paletó. Por um centésimo de segundo pensei que ele estava pegando o detonador, e minha mente recordou a descrição do serviço.

Simmonds não tinha conseguido nos dizer exatamente qual a marca ou o modelo de carro que estariam usando. Tudo o que ele sabia era que a bomba em questão era grande e que seria um DEICR – dispositivo explosivo improvisado por controle remoto. Suas palavras finais tinham ecoado pela sala enfumaçada. – Lembrem-se, senhores, qualquer um na equipe do PIRA, ou todos eles, pode estar de posse do detonador. Essa bomba não pode ser acionada. Pode haver risco para centenas de vidas.

Sem alterar o ritmo dos passos, Savage concentrou-se num veículo em particular e se dirigiu a ele.

– Alfa, Delta – eu disse. – Bravo Um agora em Azul Sete... Checagem de placa, Mike Lima 174412.

Visualizei Alfa em frente à bancada de computadores na sala de controle. Ele confirmou: – Positivo, Mike Lima 174412. É um Renault 5 branco.

– É o terceiro carro à direita de quem entra – eu disse. – Está de frente para a parede.

Agora as chaves já estavam na mão dele.

– Pare, pare, pare. Bravo Um no carro, ele está no carro.

Eu estava prestes a passar bem perto dele, e não podia simplesmente mudar de direção. Seu perfil me mostrava que o queixo e o lábio superior estavam cheios de espinhas, e eu sabia o que aquilo significava. Sob pressão, a acne dele sempre estourava.

Savage ainda estava no Renault. Ele se virou, agora de costas para mim, fingindo procurar a chave da porta, mas eu sabia que ele estava checando as armadilhas. Podia ser apenas um fragmento de fita adesiva sobre uma porta ou objetos dispostos de uma certa maneira dentro do veículo. O que quer que fosse, se não estivesse como ele havia deixado, Savage daria no pé.

Golf e Oscar – Kev e Slack Pat – estariam em algum lugar perto da entrada da praça, prontos para "dar cobertura". Se eu me expusesse demais ao alvo, um deles assumiria, ou se eu ficasse na merda e tivesse contato, eles teriam de finalizar.

Os prédios estavam projetando sombras sobre a praça. Eu não sentia brisa alguma, apenas a mudança de temperatura ao sair do sol. Savage ainda estava de costas para mim.

Eu agora estava perto demais dele para me comunicar. Quando passei pelo carro, ouvi as chaves entrando e o clique do trinco.

Andei até um banco de madeira na extremidade oposta da praça e me sentei. Havia alguns jornais na lata de lixo ao meu lado; peguei um deles e fiquei observando Savage.

Voltei à rede. – Alfa, Delta – Agora é Bravo Um completo Charlie Um. Não, ele está... espere... espere... os pés dele estão para fora, ele está remexendo embaixo do painel, está mexendo no painel. Espere... – eu estava com o dedo pressionando o botão e, portanto, ainda estava comandando a rede.

Enquanto eu bancava o ventríloquo, vi um velho que se aproximava empurrando uma bicicleta. O desgraçado estava vindo puxar conversa. Tirei o dedo do botão e esperei. Eu parecia profundamente interessado no jornal local, mas não entendia nada do que estava escrito. Ele obviamente achava que eu estava por dentro das notícias. Eu não queria ficar por ali discutindo a previsão do tempo, mas não podia simplesmente mandá-lo embora porque ele podia começar a esbravejar e chamar a atenção de Savage.

O velho parou, com uma das mãos na bicicleta e a outra abanando o rosto, e me fez uma pergunta. Não entendi uma palavra. Fiz uma careta que mostrava que eu não tinha nem idéia do que estava acontecendo no mundo, dei de ombros e baixei os olhos para o jornal de novo. Era óbvio que eu havia feito a opção errada. Ele me xingou de alguma coisa e depois pedalou a bicicleta, com o braço ainda abanando.

Voltei para a rede. Eu não conseguia enxergar exatamente o que Savage estava fazendo, mas seus dois pés ainda estavam para fora do Renault. Ele estava com a bunda no banco do motorista e o corpo inclinado ao longo do painel. Parecia estar tentando tirar algo de dentro do porta-luvas, como se tivesse esquecido alguma coisa e voltado para buscar. Eu não podia ter certeza do que ele estava fazendo, mas suas mãos iam e vinham dos bolsos. Estaria armando a última conexão do detonador?

Eu estava absorto no meu pequeno mundo, onde tudo se precipitava. O ar estava limpo e fresco sob um céu mediterrâneo absolutamente azul, e o sol da manhã começava a tornar confortáveis as mangas de camisa. As árvores que rodeavam a praça estavam cheias de pássaros tão pequenos que eu não podia distingui-los em meio às folhas fechadas, mas eles faziam barulho suficiente para se sobrepor ao som dos carros que subiam e desciam as avenidas principais, fora do meu campo de visão.

Eu me sentia como um boxeador: podia ouvir o rugido da platéia, o juiz e a contagem dos segundos, estava esperando a campainha soar, mas acima de tudo estava concentrado no meu oponente. Nada mais importava. Nada. Eu estava totalmente alheio ao que acontecia ao meu redor. As únicas pessoas importantes no mundo eram eu e Bravo Um.

Euan ainda estava se esfalfando, tentando ficar em cima dos dois outros alvos. Eu conhecia aquele cara como um irmão – na verdade, provavelmente até melhor, uma vez que eu não via ninguém da minha família havia mais de vinte anos. Ele era completamente dedicado ao trabalho, e eu conhecia exatamente seu modo de pensar. O que ele diria na rede seria muito calmo, muito preciso e muito claro.

Kev e Slack Pat ainda estavam me dando cobertura. Os outros dois, Zulu e Lima, estavam com Euan. Todos os quatro ainda estavam ali em torno, escutando a rede para ficarem fora do campo de visão dos alvos, mas sempre perto o bastante para nos cobrirem se desse merda.

Todos ouvimos Euan na rede, aproximando-se de Bravo Dois e Eco Um. Os dois jogadores vinham na nossa direção.

Bravo Dois era Daniel Martin McCann. Ao contrário de Savage, que era um homem culto e um especialista em fabricação de bombas, "Mad Danny" era açougueiro de profissão e por natureza. Ele tinha sido expulso do movimento por Gerry Adams em 1985 por ameaçar dar início a uma campanha de assassinatos que teria dificultado a nova estratégia política. Era quase como ser expulso da Gestapo por crueldade, mas McCann tinha apoiadores, e logo deu um jeito de ser readmitido. Casado, com dois filhos, ele tinha vinte e seis mortes ligadas a seu nome. Os Legalistas do Ulster tinham tentado assassiná-lo uma vez, mas falharam. Deveriam ter continuado tentando.

Eco Um era Mairead Farrell. Ex-aluna de um colégio de freiras de classe média, ela era, aos trinta e um anos, uma das mulheres em postos mais altos do IRA. Olhando para sua foto, podia-se pensar que era um anjo. Mas ela passou dez anos na prisão por plantar uma bomba em Belfast e, assim que foi libertada, apresentou-se novamente ao serviço. As coisas não foram bem para ela: alguns meses antes, seu amante, outro terrorista, tinha se explodido acidentalmente. Como Simmonds havia comentado na descrição, isso fez dela uma Eco Um muito furiosa.

Euan fazia comentários sobre a rota que eles estavam seguindo. Todos sabiam onde eles estavam e todos iam se manter fora do caminho para que eles tivessem um trajeto desimpedido. – Bravo Dois e Eco Um em Azul Dois, da esquerda para a direita, na direção de Azul Sete. Eles estavam atravessando a rua, a caminho do Renault.

Reconheci os outros dois assim que dobraram a esquina. Farrell, com seus traços delicados, quase inocentes, e McCann, cabelo crespo loiro e boca maldosa. Eu conhecia bem os dois, vinha trabalhando contra eles havia anos. Entrei na rede e confirmei a identificação.

Todos estavam em seus lugares. O único problema era que a situação ainda não tinha sido entregue ao controle do exército. Alfa, nosso controlador no momento, provavelmente estava com o chefe de polícia, o pessoal do Ministério das Relações Exteriores, o pessoal do Ministério do Interior e outros tantos, todos querendo se intrometer, todos com seus próprios interesses a defender. Só podíamos rezar para que Simmonds estivesse cuidando dos nossos. Eu conhecera o oficial responsável pelo SSI na Irlanda do Norte dois dias antes, mas ele certamente parecia estar comandando nosso lado do espetáculo. A segurança na sua voz tinha sido adquirida nas quadras de esporte de Eton, e ele media as palavras lentamente, como um motorista com o taxímetro ligado.

Todos os *nossos* interesses estavam à vista: tínhamos três jogadores juntos e, se não tivéssemos cuidado, eles iriam matar cada infeliz dessa praça, incluindo nós. Queríamos uma decisão já. Mas eu sabia que estava havendo um grande debate na sala de operações, e a esta altura a fumaça dos cigarros provavelmente teria de ser cortada com faca. Nosso oficial de ligação devia estar nos escutando em seu rádio e explicando tudo o que estávamos fazendo para a polícia, confirmando que a equipe estava a postos. Na hora H, seria a polícia, e não nós, que decidiria o momento de entrar em ação. Depois que o assunto fosse entregue aos militares, Kev assumiria o controle da equipe.

A frustração era enorme. Eu só queria terminar com aquilo.

Agora Farrell estava se encostando na porta do motorista, e os dois homens estavam em pé na frente dela. Se eu não soubesse a verdade, diria que estavam passando uma cantada nela. Eu não conseguia ouvir o que eles diziam, mas não havia sinal de estresse em seus rostos e, de vez em quando, eu podia ouvir uma risada acima do ruído dos carros. Savage tirou do bolso uma caixa de balas e ofereceu aos outros.

Eu continuava a descrever a situação.

– Alfa, Delta, sem alteração, sem alteração.

– Alfa, entendido.

Alfa voltou à rede. – Alô, todas as unidades, todas as unidades, estou no controle, estou no controle. Golf, responda.

Kev entrou na rede. A polícia tinha entregado o comando, o espetáculo agora era dele.

À minha esquerda, ouvi alguém dizer: – Ah, vamos sentar aqui para descansar um pouco.

Um casal de velhinhos ingleses subiu os degraus da praça e se sentou ao meu lado. Os dois carregavam jornais e pequenas garrafas de água Evian. Depois de se acomodarem no banco, abriram as tampas e tomaram longos goles. Então ouvi alguma bobagem sobre como agora estava muito mais quente e algo a ver com um casaco perdido.

Ao mesmo tempo, o que eu recebia de Golf era: – Delta, envie um resit, envie um resit.

Eu não podia fazer nada. Não podia falar na rede e não queria sair dali; não havia mesmo outro lugar para ir. Golf parecia assustado. – Delta, responda, Delta, responda.

Apertei duas vezes o botão. Agora ele sabia que eu não podia falar.

– Bravo Um, Dois e Eco Um ainda em Charlie Um?

Clique, clique.

– Eles estão cientes?

Nada.

– Eles parecem não estar cientes?

Clique, clique.

– As portas do veículo ainda estão fechadas?

Clique, clique.

– Elas estão trancadas?

Clique, clique.

– Eles estão conversando?

Clique, clique.

– Eco Um ainda está com sua bolsa? – Ele temia que o detonador estivesse dentro da bolsa dela.

Clique, clique.

– Eles tiraram alguma coisa do veículo?

Nada.

Com o mesmo ouvido, estou escutando a conversa dos velhos. Os dois estão sentados lendo seus jornais, uma notícia a respeito de algum astro *pop* e suas orgias sexuais com garotas de dezesseis anos, com montes de fotos tremidas de cintas-ligas e meias sete-oitavos na primeira página. – Você leu isso? Ora, veja só. Onde há fumaça, há fogo, é o que eu sempre digo – ela mordiscava uma barra de cereais.

Os alvos começaram a se afastar do veículo, e eu apertei o botão quatro vezes.

Golf retornou. – Na escuta, na escuta!

– Eles foxtrote?

Clique, clique.

– Eles estão se dirigindo para Amarelo Seis?

Nada.

Claro que não. Eles estão voltando por onde vieram, na direção da Rua Principal. Pergunte de novo.

– Eles estão voltando para Azul Dois? – isso, assim é melhor.

Clique, clique.

– Entendido. Você tem?

Clique, clique.

– Entendido. Alô, todas as posições, Delta tem Bravo Um, Dois e Eco Um foxtrote de volta para Azul Dois.

Estava na hora.

Deixei que eles caminhassem na direção da praça principal e depois me levantei. Eu sabia que não íamos pegá-los aqui, havia gente demais. Eles podiam muito bem estar querendo dar um espetáculo e começar a abater civis ou tomá-los como reféns, ou, pior ainda, virarem camicases e detonar o artefato por controle remoto.

O casal de velhos agora já não podia me ouvir. – Na escuta, na escuta! Bravo Um, Dois e Eco Um foxtrote. A meio caminho, Azul Sete para Azul Dois.

Eles estavam sob controle, os outros ainda não precisavam chegar. Eu os queria fora da praça, na Rua Principal.

Mas, de repente, Alfa surgiu na rede: – Alô, todas as unidades, todas as unidades: cancelar, cancelar, cancelar! Não tenho controle! Cancelar! Golf, responda!

Eu quase era capaz de ouvir seus pensamentos. Então veio a resposta não tão correta de Kev:

– Que merda é essa? Diga, o que está acontecendo?

O oficial voltou à rede. – Espere... espere... – Ele parecia estar sob pressão. Havia muitas vozes no fundo. – Todas as posições, todas as posições, aqui é Alfa. A polícia precisa de outra identificação, eles precisam ter certeza. Golf, responda.

O que eles queriam, apresentações? "Olá, meu nome é Sean, assassino e especialista em bombas do IRA. Eu gosto de viajar e de trabalhar com crianças."

Corríamos o risco de perdê-los se eles cruzassem a fronteira com a Espanha. Tínhamos de agir.

Alfa retornou à rede. – Todas as posições, OTM está indo verificar o veículo. Delta, precisamos dessa confirmação.

Dei dois cliques. Era evidente que havia uma guerra na sala de operações. O chefe estava levando uma dura da polícia, e o barulho da sala parecia o de uma exposição de animais.

Eles iam cruzar a fronteira em alguns minutos. Agora eu estava do outro lado da rua e queria pelo menos ficar paralelo com eles para poder ver seus rostos mais uma vez. Eu tinha de reconfirmar os jogadores, depois segui-los. Voltei para a rede. – Entendido. Confirmado, Bravo Um, Bravo Dois, Eco Um, foxtrote à direita, em Vermelho Um, indo para Azul Seis.

Para criar uma distância natural entre mim e os jogadores, eu me abaixei e fingi estar amarrando os tênis. Ao fazer isso, senti o cão da Browning 9mm enterrando nas minhas costelas. O coldre estava escondido dentro de meus *jeans* e, dessa forma, somente a coronha da pistola apareceria se eu puxasse para trás minha jaqueta preta. Eu preferia usar a pistola na frente. Muitos caras usavam as suas do lado, mas eu nunca consegui me acostumar com isso. Quando você encontra uma posição de que gosta, não muda mais: um dia você pode estar na merda, ir puxar a pistola e ela não está lá, está alguns centímetros mais para a direita, e você está morto.

Na Browning eu tinha um pente especial de vinte balas que ficava para fora da coronha. Também tinha três pentes padrão de treze balas no cinto, e calculava que, se cinqüenta e nove balas não fossem suficientes, eu não deveria estar vivendo disso.

Alfa deixou a rede aberta. Eu podia ouvir toda a tensão na sua voz, telefones tocando, pessoas andando de lá para cá.

Golf entrou na rede. – Foda-se a sala de operações, vamos ficar em cima deles até alguém, em algum lugar, tomar uma porra duma decisão. Lima e Zulu, vocês podem passar adiante de Azul Seis?

Zulu respondeu por si mesmo e por Lima, quase sem fôlego. – Zulu e Lima, nós... nós podemos.

– Entendido, mexam-se, avisem quando estiverem lá.

Kev queria que eles passassem do posto de saúde em Azul Seis, porque assim os jogadores viriam até eles. Eles estavam correndo muito para passar pelos alvos, e não se importavam com quem os visse, desde que não fossem os próprios. Nós ainda não tínhamos o controle. O que iríamos fazer se eles atravessassem a fronteira?

Kev ressurgiu na rede. – Alfa, Golf. Vocês precisam se posicionar agora, nós vamos perdê-los. O que vocês querem que a gente faça?

Alfa voltou imediatamente: – Golf, espere, espere...

Eu ainda podia ouvir barulho na sala: muitas conversas, mais telefones tocando, pessoas gritando instruções umas para as outras.

Todos ficaram em silêncio, esperando que Alfa retornasse.

– Espere... espere...

Agora eu só ouvia os ruídos de fundo de Alfa no meu rádio e o sangue latejando em minha cabeça, muito, muito lentamente. Pareceu ter havido uma pausa sobrenatural e depois, por fim, no fundo, ouvi uma decisão sendo tomada. Era a voz de Simmonds, muito clara, uma voz com a qual não se discute, muito calma e lenta em meio à confusão. – Diga ao comandante de campo que ele pode continuar.

– Todas as unidades, todas as unidades, aqui é Alfa. Estou no controle. Estou no controle. Golf, responda.

Kev entrou na rede e, em vez de se identificar, disse: – Obrigado por porra nenhuma. Todas as unidades, se eles chegarem até o aeroporto, vamos pegá-los lá. Se não, ao meu sinal, ao meu sinal. Zulu e Lima, como estão indo?

Eles voltaram à rede. – Estamos parados no cruzamento Azul Nove. Podemos agir em Azul Nove. – Este ponto era o fim da Rua Principal e o início da Avenida Smith Dorrien, a via mais importante de aproximação para a travessia para a Espanha. Os jogadores estavam a apenas algumas centenas de metros da fronteira.

Golf retornou. – Entendido, Delta responda.

– Delta, entendido, ainda tenho Bravo Um, Bravo Dois, Eco Um à direita, de Azul Seis para Azul Nove, a meio caminho.

– Golf, entendido, agir, agir em Azul Nove.

– Delta, entendido, ainda à direita, ainda em direção a Azul Nove.

Zulu voltou. – Entendido, posso agir em Azul Nove.

– Delta, entendido.

Eu estava quase encerrando, poderia ir embora logo. Havia feito o trabalho para o qual tinha sido trazido aqui. Eu estava me preparando para concluir quando os jogadores dobraram à direita na Avenida Smith Dorrien, ainda em direção à fronteira.

Mas então eles pararam.

Merda! – Parem, parem, parem! – eu disse. – Bravo Um, Bravo Dois e Eco Um parados vinte metros depois de Azul Nove, ainda à direita.

Todos estavam se aproximando. *Vamos lá, vamos pegá-los aqui e agora!*

De repente, Savage se separou dos outros dois e começou a voltar pelo caminho por que tinha vindo, na direção do centro da cidade.

As coisas estavam indo mal. Agora tínhamos dois grupos para controlar e não sabíamos quem estava com o detonador.

Pude ver Kev chegando para me dar cobertura enquanto eu me movia para pegar Savage. Nós só estávamos preocupados com Bravo Um.

Agora o resto da equipe tinha de pegar Bravo Dois e Eco Um, com Euan na dianteira. Na rede, eu ouvia os outros dois jogadores sendo seguidos ao longo da Avenida Winston Churchill pelo resto da equipe. Dos meus dias de jovem soldado de guarnição, eu recordava que aquela era uma via de duas mãos, estendendo-se do norte para o sul e levando à fronteira. De um dos lados ficava um complexo de apartamentos chamado Laguna Estate. Entre os prédios e a estrada havia um posto de gasolina Shell. Kev e eu ficamos com Savage, que ainda estava voltando na direção do centro da cidade.

Ele dobrou à esquerda e entrou num beco. Eu estava prestes a entrar na rede quando ouvi uma sirene da polícia, seguida de sons de tiros atrás de mim.

Ao mesmo tempo ouvi Euan na rede. – Contato! Contato!

Mais tiros.

O que estava acontecendo?

Kev e eu nos olhamos. Dobramos a esquina correndo e vimos Savage. Ele também tinha ouvido os tiros e estava voltando pelo mesmo caminho. Mesmo à distância eu podia ver seus olhos, grandes e saltados, como se ele estivesse tendo uma convulsão.

Havia uma mulher entre nós. Savage se virou novamente e começou a correr.

Kev gritou: – Pare! Forças de segurança! Pare!

Com a mão esquerda, ele teve de puxar a mulher para o lado e jogá-la contra a parede para tirá-la do caminho. Ela estava caída, com sangue jorrando da cabeça. Pelo menos assim não ia se levantar e se transformar num alvo.

Ela começou a gritar. Kevin estava berrando com Savage e todas as pessoas na área começavam a gritar. A coisa estava virando uma zorra.

Kev abriu o lado direito da jaqueta para alcançar o coldre fixado sobre seus rins. Nós sempre colocamos um pouco de peso num dos bolsos – um pente cheio é bom – para ajudar a jaqueta a se abrir com mais facilidade.

Mas na verdade eu não estava olhando para Kev, e sim para Savage. Vi a mão dele se movendo para o lado direito do paletó. Era o momento da decisão. Ele não podia usar aquele detonador.

Savage estava ligado. Ele não era um idiota qualquer recrutado para pequenos serviços. No momento em que nos viu, compreendeu que sua hora tinha chegado.

Kev sacou a pistola, levantou-a e disparou.

Nada.

– Travou! Merda, Nick, merda, merda!

Tentando desobstruir a arma, colocou um dos joelhos no chão para não ficar tão em evidência.

Este é o momento em que tudo parece entrar em câmera lenta, e você não ouve o que está havendo. É como se você estivesse com abafadores nas orelhas.

Os olhos de Savage encontraram os meus. Ele sabia o que eu ia fazer, ele poderia ter parado, poderia ter posto as mãos para cima.

Minha jaqueta parecia estar fechada com o zíper, mas na verdade ela fechava com velcro, de modo que em momentos como este eu podia simplesmente abri-la com um puxão e sacar minha pistola.

A única forma de uma arma ser sacada e usada com rapidez é dividindo o movimento em estágios. Estágio um, continuei olhando para o alvo. Com a mão esquerda, agarrei a ponta da jaqueta e puxei com toda a força na direção do peito. O velcro se desgrudou.

Ao mesmo tempo, eu estava encolhendo a barriga e levantando o peito para facilitar o acesso à coronha da pistola. Só se tem uma chance. Ainda tínhamos contato visual. Ele começou a gritar, mas eu não ouvia. Havia uma gritaria muito grande, das pessoas na rua e do transmissor no meu ouvido.

Estágio dois, empurrei a mão direita para baixo para pegar a coronha da pistola. Se eu errasse nesse ponto, não seria capaz de mirar corretamente: eu ia errar o alvo e morrer. Quando senti a pele tocar a coronha, os três dedos de baixo se fecharam com força em torno da arma. Meu dedo indicador estava ao lado do anteparo do gatilho, paralelamente ao cano. Eu não queria puxar o gatilho cedo demais e me matar. Savage ainda estava olhando, ainda estava gritando.

A mão dele estava quase lá, quase no lugar onde sua arma ou o detonador estava escondido. Não importava o que fosse: ele precisava ser detido.

Estágio três, saquei minha arma, com o mesmo movimento, liberei a trava de segurança com o polegar.

Nossos olhos ainda estavam fixos um no outro. Vi que Savage sabia que tinha perdido. Era uma pequena torção dos lábios. Ele sabia que ia morrer.

Ao sacar a pistola, posicionei-a em paralelo com o chão. Sem tempo para estender o braço e achar uma posição estável para atirar.

Estágio quatro, minha mão esquerda ainda estava tirando a jaqueta da frente, e a pistola agora estava ao lado da fivela do cinto. Eu não precisava olhar para ela, eu sabia onde ela estava e para onde estava apontando. Mantive os olhos fixos no alvo, e os dele não se desviaram dos meus. Puxei o gatilho.

O estrondo da arma pareceu trazer tudo de volta ao tempo real. O primeiro tiro o atingiu. Eu não sabia onde, nem precisava saber. Os olhos dele me deram as informações que eu queria.

Continuei atirando. Não há excesso numa situação como essa. Se ele podia se mover, podia detonar a bomba. Se eu precisasse de um pente inteiro para ter certeza de que a ameaça estava neutralizada, era o que ia utilizar. Quando Savage caiu, eu não consegui mais enxergar suas mãos. Ele estava curvado sobre o próprio abdômen, uma reação natural aos tiros que tinha recebido naquela área. Eu me aproximei, mirei e acertei dois tiros na sua cabeça. Ele não era mais uma ameaça.

Kev chegou correndo e começou a vasculhar os bolsos e o casaco de Savage.

– Não está aqui – ele disse. – Nenhuma arma ou detonador.

Olhei para Kev enquanto ele limpava o sangue das mãos nas calças de Savage.

– Um dos outros devia estar com ele – disse. – Não ouvi o carro explodir, e você?

Com toda aquela confusão e barulho, eu não me lembrava. Não tinha sido importante naqueles momentos. – Não, acho que não.

Eu estava de pé ao lado dos dois. A mãe de Kev Brown era do sul da Espanha, e ele parecia natural dali: cabelos negros, cerca de um metro e setenta de altura e os olhos mais azuis do mundo. Sua mulher achava que ele era um sósia do Mel Gibson, o que, aos trinta e oito anos, ele ridicularizava mas secretamente adorava. Nesse instante, seu rosto era uma pintura: ele sabia que me devia uma. Eu queria dizer "tudo bem, isso acontece", mas não parecia ser a melhor hora. Em vez disso, eu disse: – Porra, Brown, o que você esperava, tendo um nome que em inglês é a cor da merda?

Enquanto eu falava, acionamos as travas de segurança e trocamos nossas armas.

– Ainda bem que eu não vou passar por nenhuma investigação – eu disse. – É melhor você começar a se preparar.

Kev sorriu enquanto entrava na rede e mandava um resit. Ele podia fazer isso, mas Euan e eu tínhamos de desaparecer antes que a polícia chegasse.

Guardei a arma dele dentro das calças e comecei a andar. Euan e eu tínhamos sido transferidos do Regimento para trabalhar em operações secretas com o Grupo de Informação 14, conhecido como Det, cuja área de atuação se limitava à Irlanda do Norte. Era ilegal que seus membros operassem em qualquer outro lugar.

1997

Capítulo Um

Se você trabalha para o serviço de informações britânico e é convocado formalmente para uma reunião no quartel-general na margem sul do Tâmisa, em Vauxhall, há três níveis de entrevistas. O primeiro inclui café e biscoitinhos, o que significa que eles vão lhe dar um tapinha nas costas. O cardápio seguinte, mais profissional, inclui apenas café, sem biscoitinhos, e significa que eles não estão pedindo, mas mandando que você cumpra ordens. Por último, vem o sem café e sem biscoitinhos, que basicamente significa que você está na merda. Desde que saí do Regimento e passei a trabalhar como K em operações negáveis, passei por uma série de entrevistas em todos os níveis, e não estava esperando que me servissem um belo *capuccino* espumante nesta segunda-feira em particular. Na verdade, eu estava bastante apavorado, porque as coisas não estavam indo muito bem.

Quando saí da estação do metrô em Vauxhall, os presságios da natureza também não estavam exatamente do meu lado. O céu de março estava sombrio e nublado, preparando-se para o feriado de Páscoa, meu caminho estava bloqueado por obras na rua e o estrondo de uma britadeira soava como um pelotão de fuzilamento. Vauxhall Cross, sede do que a imprensa chama de M16, mas na verdade é o Serviço Secreto de Informações, fica cerca de um quilômetro e meio adiante das Casas do Parlamento. Com seu formato bizarro, como o de uma pirâmide bege e branca cortada no alto cheia de desníveis, grandes torres dos dois lados e um terraço com bar debruçado sobre o rio, só precisa de algumas espirais de néon para parecer um cassino. O prédio não destoaria da paisagem de Las Vegas. Eu tinha saudade da Century House, o antigo prédio do QG perto da estação Waterloo. Ele podia ser feio e quadrado, ao estilo dos anos sessenta, cheio de vidro, cortinas e antenas e ficar fora de mão em relação ao metrô, mas era muito mais acolhedor.

Em frente a Vauxhall Cross e a cerca de duzentos metros da larga avenida há uma parte elevada do metrô. Debaixo dela ficam os arcos que foram transformados em lojas, dois dos quais haviam sido unidos para abrigar uma imensa revendedora de motocicletas. Eu tinha chegado cedo, então entrei e fiquei fantasiando sobre a Ducati que ia comprar quando ganhasse um aumento, o que não ia acontecer hoje. De qualquer forma, com a sorte que andava tendo, eu provavelmente me mataria quando subisse nela.

Eu tinha pisado feio na bola. Havia sido enviado para a Arábia Saudita para convencer e depois treinar alguns curdos do norte do Iraque para matarem três membros proeminentes do partido Ba'ath. A expectativa era de que os assassinatos causassem comoção e ajudassem a derrubar o regime de Bagdá.

A primeira parte da minha tarefa era receber, na Arábia, algumas armas contrabandeadas do antigo bloco do Leste: rifles russos Dragunov, algumas pistolas Makharov e dois rifles de assalto AK – a versão dobrável, de pára-quedista. Todos os números de série tinham sido apagados para torná-las negáveis.

Para causar o máximo de confusão, o plano era conseguir que os curdos atingissem os três alvos exatamente na mesma hora em Bagdá e nos arredores. Um dos atentados seria um tiro à queima-roupa, usando as Makharovs. A idéia era que os dois garotos batessem na porta da casa da família, abatessem quem quer que viesse atender, entrassem, apagassem o alvo e fugissem.

A segunda parte era serviço para um franco-atirador. O alvo se considerava um grande esportista e sairia de casa para uma corridinha matinal. Diariamente, ele vestia um abrigo verde-limão de veludo fofo, corria uma volta numa pista de cerca de quatrocentos metros e esse era todo o seu treinamento do dia. Os rapazes iriam acertá-lo quando ele começasse a suar e diminuir o ritmo – o que, pela sua aparência, provavelmente aconteceria depois de cem metros de corrida. Eu ia estar com eles para coordenar o ataque e para que ambos atirassem ao mesmo tempo.

O terceiro alvo seria abatido a caminho do ministério. Duas bicicletas iam emparelhar com seu carro num semáforo e dariam as boas novas com suas AK47.

Aterrissei no norte do Iraque sem problemas e comecei o treinamento básico. Neste estágio, nem mesmo os curdos sabiam qual ia ser sua tarefa. Os rifles Dragunov eram uma bosta. Entretanto, a arma nunca é tão importante quanto a munição, a qual nesse caso era ainda pior, balas 7.62 milímetros indianas. Se tivesse opção, eu teria preferido usar balas Lapua, fabricadas na Finlândia e as melhores do mundo para franco-atiradores devido à sua consistência, mas munições ocidentais teriam entregue o jogo.

A munição indiana era ensaio e erro, quase sempre erro. Além disso, os Dragunov eram rifles semi-automáticos. O ideal é usar uma arma manual, que não apenas é melhor para acertar o alvo, mas também não deixa para trás um cartucho vazio, porque fica dentro da arma até ela ser recarregada. Porém, eles tinham de ser mortos com armas russas, e o equipamento precisava ser negável.

Depois que os três ataques foram executados, as armas foram deixadas num esconderijo e deveriam ter sido destruídas. Não foram. O AK tem uma lâmina de alça de mira na frente, e embaixo dela há um número de série gravado. Eu havia sido informado de que todos os números tinham sido removidos na fonte, e acreditara nisso. Não chequei – e pisei na bola.

A única forma de resolver a situação, no que dizia respeito a Londres, era matar a equipe de curdos que eu havia treinado. Seria redução de danos numa proporção drástica, mas precisava ser feito. Os detalhes contam. Se os iraquianos conseguissem rastrear as armas, poderiam encontrar a conexão com o Reino Unido. Então, se capturassem os curdos, e esses por acaso mencionassem o fato de que tinham sido treinados por um ocidental chamado Nick Stone, não seria preciso um gênio para deduzir de que país ele vinha. Eu estava realmente furioso por ter de matá-los, porque ficara muito íntimo deles. Até hoje eu ainda usava o relógio G-Shock que um dos franco-atiradores tinha me dado. Nós fizemos uma aposta no estande de tiro, e ele perdeu. Eu sabia que era capaz de derrotá-lo, mas ainda assim trapaceei, porque precisava vencer. Eu realmente gostava dele.

Houve uma investigação na Inglaterra, e todos estavam tirando o corpo fora. Como eu era um K, eles podiam botar toda a culpa em mim. Os armeiros e técnicos do serviço de informações disseram que a responsabilidade era minha por não ter feito a checagem. O que eu podia dizer? Eu nem mesmo existia. Eu estava me preparando para o golpe.

Entrei em Vauxhall Cross por uma porta de metal que levava à recepção. Lá dentro, o prédio podia ser confundido com qualquer edifício de escritórios de alta tecnologia em qualquer cidade do mundo: muito limpo, reluzente e empresarial. As pessoas que trabalhavam lá passavam seus cartões de identificação em leitores eletrônicos para entrarem, mas eu tive de ir até a mesa da recepção. Duas mulheres estavam sentadas atrás de um grosso vidro à prova de balas.

Pelo interfone, eu disse a uma delas: – Estou aqui para falar com o Sr. Lynn.

– Pode preencher isso, por favor? – Ela passou um livro de registros por uma abertura na base do vidro.

Enquanto eu assinava meu nome em dois lugares, ela pegou o telefone. – A quem devo anunciar?

– Meu nome é Stamford.

O livro tinha etiquetas destacáveis. Uma delas seria arrancada e colocada num crachá, que eu teria de usar. Meu crachá era azul e dizia "CIRCULAÇÃO COM ACOMPANHANTE".

A mulher pôs o fone no gancho e disse: – Alguém virá buscá-lo aqui.

Um jovem funcionário apareceu minutos depois. – Sr. Stamford?

Eu disse: – Eu mesmo, companheiro, como andam as coisas?

Ele deu um meio-sorriso. – Tenha a gentileza de me acompanhar. – Ele apertou o botão do elevador e disse: – Nós vamos para o quinto andar.

O prédio todo é um labirinto. Eu simplesmente o segui, pois não tinha nem idéia de onde estávamos indo. Havia poucos ruídos vindo dos escritórios além do zumbido dos dutos de ar-condicionado, apenas pessoas debruçadas sobre papéis ou trabalhando em computadores. No fim do corredor, entramos numa sala à esquerda. Velhos arquivos de metal, um par de mesas de seis pernas encostadas e, como em qualquer escritório do mundo, a cafeteira e as xícaras, o açúcar e o pó de café. Nada daquilo, entretanto, seria para mim – numa conversa em queda livre, eu só ia ficar em pé e aceitar o tombo.

O escritório do Tenente-Coronel Lynn ficava numa das extremidades da área maior. Quando o funcionário bateu na porta, houve um grito ríspido e imediato de "Entre!". O rapaz girou o trinco e me indicou que entrasse.

Lynn estava de pé atrás de sua mesa. Com quarenta e poucos anos, ele era de estatura, peso e aparência medianos, mas tinha aquela aura em torno de si que o distinguia como um ocupante de altos postos. A única coisa que ele não tinha, e que sempre me dava prazer observar, era muito cabelo. Eu o encontrara muitas vezes nos últimos dez anos, e nos últimos dois seu cargo era o de ligação entre o MD e o SSI.

Somente quando avancei mais para dentro da sala é que me dei conta de que ele não estava só. Sentado num dos lados da mesa, oculto até agora pela porta semi-aberta, estava Simmonds. Eu não o via desde Gibraltar. Que garoto esperto ele tinha mostrado ser, conduzindo a investigação e garantindo que Euan e eu não existíamos. Senti um misto de surpresa e alívio ao vê-lo ali. Ele não tivera nada a ver com o serviço dos curdos. Talvez a cafeteira fosse posta para funcionar, afinal de contas.

Simmonds ficou em pé. Um metro e oitenta, quarenta e muitos, aparência distinta, um homem muito educado, pensei, enquanto ele me estendia a mão. Estava usando calças de veludo da cor da mostarda Colman's e uma camisa com a qual parecia ter dormido.

– Encantado em vê-lo novamente, Nick.

Apertamos as mãos, e Lynn disse: – Stone, você quer uma cerveja?

As coisas estavam melhorando.

– Obrigado. Café sem açúcar.

Sentamo-nos todos. Peguei uma cadeira de madeira que estava do outro lado da mesa e dei uma olhada rápida no escritório enquanto Lynn apertava o botão do interfone da mesa e passava o pedido para o funcionário. O escritório ficava nos fundos do edifício e tinha uma vista para o Tâmisa. Era uma sala muito simples, muito funcional e muito impessoal, exceto por um porta-retrato com a foto de um grupo que presumi serem sua esposa e dois filhos. Havia dois ovos de Páscoa e papéis de embrulho no peitoril da janela. Num suporte de parede no canto da sala estava uma televisão, em cuja tela se sucediam manchetes de notícias internacionais transmitidas pela Ceefax. Embaixo da televisão estava a raquete de *squash* obrigatória do oficial e seu paletó pendurado num cabide.

Sem maiores formalidades, Lynn se inclinou sobre a mesa e disse: – Temos um serviço de urgência para você.

Olhei para Simmonds.

Lynn continuou: – Stone, você está na merda por causa do último serviço, e isso é uma pena, mas pode se redimir aceitando esta missão. Não estou dizendo que vai resolver, mas pelo menos você vai estar trabalhando. É pegar ou largar.

Eu disse: – Eu aceito.

Ele sabia o que eu ia dizer. Já estava estendendo a mão para uma pequena pilha de pastas que continham fotos e pedaços de papel. Na margem de uma das folhas pude ver um rabisco em tinta verde. Só poderia ter sido escrito pelo cabeça da Firma. Simmonds ainda não tinha dito uma palavra.

Lynn entregou-me uma fotografia.

– Quem são eles?

– Michael Kerr e Morgan McGear. Estão a caminho de Shannon nesse instante, depois voam para Heathrow onde pegarão um avião para Washington. Eles reservaram o retorno pela Virgin e estão usando passaportes falsos da Irlanda do Sul. Quero que você os acompanhe de Shannon a Heathrow e depois até Washington. Descubra o que eles estão pretendendo e com quem vão se encontrar.

Eu já tinha seguido outros jogadores fora da República, e podia prever um problema. Eu disse: – O que acontece se eles não seguirem o plano? Se eles estão com passaportes falsos, podem seguir o roteiro só para despistar, e depois usar os passaportes verdadeiros para pegarem outro vôo e se mandarem para Amsterdã. Não seria a primeira vez.

Simmonds sorriu. – Compreendo sua preocupação, e ela foi registrada. Mas eles vão fazer o que eu disse.

Lynn me passou uma folha de papel. – Estes são os detalhes dos vôos que eles reservaram ontem em Belfast.

Alguém bateu na porta. Três cafés chegaram, um deles numa caneca do Demônio da Tasmânia, a outra com a foto de um carro antigo e uma branca lisa. Tive a impressão de que Lynn e Simmonds já estavam na segunda rodada de cafeína.

Simmonds pegou a caneca branca, Lynn a do carro, e eu acabei ficando com a que mostrava o Demônio da Tasmânia subindo um morro.

– Quem está levando os dois de Belfast para Shannon?

Simmonds disse: – Euan. Ele está com eles no momento. Vai entregá-los para você em Shannon.

Eu sorri para mim mesmo ao ouvir o nome de Euan. Eu estava fora do sistema havia algum tempo e basicamente só era usado como K em operações negáveis. Minha única razão para continuar era financiar outras coisas que eu queria fazer. Que coisas eram essas, eu ainda não sabia: eu era um homem de trinta e sete anos com muito na cabeça, mas quase nada dentro dela. Euan, no entanto, ainda se sentia parte do sistema. Ele ainda tinha aquele senso de responsabilidade moral de lutar o bom combate – o que quer que isso significasse – e ficaria lá até o dia em que fosse posto para fora.

Simmonds entregou-me uma pasta. – Dê uma olhada nisso – disse ele. – São treze páginas. Quero que você fique com este material e entregue para a tripulação do vôo quando tiver terminado. Boa sorte – ele acrescentou, da boca para fora.

– Eu estou indo agora? – eu disse. – Não estou com meu passaporte – serviço de urgência não é bem a palavra.

Lynn disse: – Seu passaporte está aqui dentro. Você está com seus outros documentos?

Olhei para ele como se tivesse sido insultado.

Passaporte, carteira de motorista, cartões de crédito são os requisitos básicos para dar profundidade a uma história de fachada. A partir dela o K constrói sua própria identidade, usando os cartões de crédito para comprar coisas ou debitar assinaturas de revistas ou títulos de clubes. Eu estava com os meus cartões, como sempre, mas não com o passaporte. O que Simmonds me entregou provavelmente tinha sido produzido especialmente naquela manhã, e estava correto até nos vistos e no aspecto de envelhecido.

Não tive tempo de terminar meu café. O funcionário reapareceu e me levou para baixo. Assinei a liberação dos documentos no escritório antes de sair, treze pedaços de papel com as informações, e eu tive de assinar cada um deles. Depois tive de assinar a liberação da pasta na qual eles estavam. Porra de burocracia.

Um carro estava me esperando do lado de fora. Sentei na frente. Quando eu era criança, via as pessoas sendo levadas de um lado para outro por motoristas e pensava: "Quem elas pensam que são?". Disse um monte de bobagens para o motorista e provavelmente entediei-o até a morte; ele não queria muito conversar, mas eu me senti melhor.

Um helicóptero Squirrel civil estava esperando no heliporto de Battersea com os rotores girando lentamente. Eu tinha uma última coisa a fazer antes de embarcar: de um telefone público, liguei para a família que me dava cobertura, pessoas que confirmariam minha história se eu alguma vez me desse mal. Eles não tomariam nenhuma ação em meu nome, mas se fosse detido eu poderia dizer para a polícia: "É lá que eu moro, ligue para eles, pergunte a eles".

Uma voz masculina atendeu o telefone.

– James, é Nick. Ofereceram-me a chance de ir aos Estados Unidos visitar uns amigos. Talvez leve uma ou duas semanas. Se for mais do que isso, eu aviso.

James compreendeu. – A casa dos Wilmot, ao lado da nossa, foi arrombada há dois dias, e nós estamos indo passar a Páscoa com Bob em Dorset.

Eu precisava estar ciente dessas coisas, porque saberia delas se morasse lá o tempo todo. Eles até mandavam os jornais locais para o meu endereço toda semana.

– Obrigado, companheiro. Quando você encontrar aquele seu filho, diga a ele que ele ainda me deve uma noitada.

– Vou dizer... Feliz Páscoa.

Enquanto deslizávamos sobre o Mar da Irlanda, abri a pasta e folheei o material. Tempo perdido. Tudo o que eles sabiam era que os dois rapazes tinham comprado passagens para Washington e queriam saber por quê, quem os dois iam encontrar e o que ia acontecer depois disso. Eu sabia, por experiência, que as chances de fracasso eram grandes. Mesmo que eles se mantivessem no roteiro e fossem para Washington, como eu ia segui-los? Eles eram dois, e eu, um, e era uma lição básica do treinamento antivigilância que eles se separassem em algum momento. Mas, enfim, eram ordens da Firma.

A julgar por um dos documentos, parecia que havia chegado aquela época do ano em que todos os bons levantadores de fundos do PIRA se dirigiam ao circuito dos jantares em Boston, Nova York, Washington e até Tucson, no Arizona, para contatar simpatizantes americanos de origem irlandesa que tinham se aposentado. Parece que a apreensão de dez toneladas de explosivos e armas num armazém no norte de Londres em setembro de 1996 tinha produzido uma crise financeira. O PIRA ainda não estava exatamente no vermelho no banco, mas o aumento no levantamento legal de fundos na Irlanda do Norte era uma indicação de que eles estavam preocupados. Também havia outros meios menos públicos de arranjar dinheiro. Eu tinha certeza de que meus novos amigos faziam parte desse esquema.

Além desse panorama básico, eu pouco sabia sobre o serviço. Não tinha informação alguma sobre as histórias de fachada dos jogadores ou para onde eles poderiam estar indo, dentro ou fora de Washington. Eu sabia apenas quem eles eram e que aparência tinham. Li que Michael Kerr tinha sido membro da USA de South Armagh. Ele tinha participado de quatro ataques de morteiro a bases das FE e de dezenas de tiroteios com as forças de segurança. Ele tinha até sido ferido uma vez, mas escapou para o Sul. Um garoto durão.

O mesmo podia ser dito de Morgan McGear. Depois de uma carreira de atirador na zona de fronteira de South Armagh, o pedreiro de trinta e um anos tinha sido promovido para a equipe de segurança do PIRA. Sua tarefa era encontrar e interrogar informantes. Seu instrumento favorito de interrogatório era uma furadeira elétrica Black & Decker.

Capítulo Dois

O HELICÓPTERO ERA OPERADO por uma companhia civil testa-de-ferro. Por isso, os procedimentos de desembarque em Shannon foram os mesmos que seriam feitos se eu fosse um criador de cavalos vindo checar meu patrimônio no haras de Tipperary ou um executivo chegando de Londres para encher a pasta de subsídios da UE. Cruzei a pista até o terminal de desembarque, passei pela Alfândega, segui as placas de saída e cheguei ao ponto de táxi. No último minuto, retornei à área de embarque.

No balcão da Aer Lingus, peguei minha passagem para Heathrow, que tinha sido comprada em nome de Nick Stamford. Ao escolher um nome falso, sempre é melhor manter seu primeiro nome, pois você reage a ele naturalmente. Também ajuda se o sobrenome começar com a mesma inicial do nome real, porque assim a assinatura flui melhor. Eu tinha escolhido Stamford por causa da batalha da Ponte de Stamford. Eu adorava história medieval.

Fui direito às lojas para comprar uma sacola. Todo mundo tem alguma bagagem de mão, e eu ia me destacar como as bolas de um buldogue se entrasse no avião sem nada além de uma lata de Coca-Cola. Eu nunca viajava com bagagens que precisassem ser despachadas porque não queria ficar nas mãos de quem quer que seja que decide pegar malas nas quais está escrito Tóquio e mandá-las para Buenos Aires. E mesmo que a bagagem chegue em segurança, se ela vai para a esteira cinco minutos depois da do alvo, você está fodido.

Comprei pasta de dentes e mais algumas miudezas, o tempo todo tentando identificar Euan. Eu sabia que ele estaria colado em Kerr e McGear, a não ser que eles já tivessem embarcado.

O salão de embarque parecia cheio de famílias irlandesas indo atrás do sol da Páscoa e americanos recém-aposentados vindo buscar suas raízes, desfilando com suas camisetas, guarda-chuvas e bonés da Guinness, duendes dentro de latas e potes de trevos plante-você-mesmo.

A área estava cheia, e os bares estavam vendendo bastante. Localizei Euan na extremidade oposta do terminal, sentado à mesa de um café, tomando um enorme *capuccino* e lendo um jornal. Eu sempre achara "Euan" um nome estranho para ele: me fazia pensar num homem de saia, correndo para cima e para baixo num vale da Escócia, balançando uma espada. Na verdade, ele tinha nascido em Bedford, e seus pais eram de Eastbourne. Eles provavelmente tinham assistido a algum filme histórico e gostado do nome. Euan era baixinho, tinha o rosto marcado de acne e a maior motocicleta do mundo. O problema era que ele quase não conseguia mantê-la em pé, pois seus pés mal tocavam o chão.

Para a esquerda, havia um bar. Julgando por onde Euan estava sentado, imaginei que era lá que os jogadores estavam. Não me dei ao trabalho de olhar, eu sabia que Euan os apontaria para mim. Não havia pressa.

Quando saí da farmácia, olhei para o café, e os olhos dele encontraram os meus. Comecei a andar na sua direção com um grande sorriso no rosto, como se acabasse de enxergar um amigo de muitos anos, mas sem dizer nada. Se alguém o estivesse observando, sabendo que ele estava sozinho, não pareceria natural eu simplesmente chegar, sentar ao seu lado e começar a conversar. Tinha de parecer um encontro casual, mas que não fosse tão barulhento que as pessoas em torno notassem. Elas não iam pensar "oh, veja, são dois espiões se encontrando", mas o fato fica registrado. Pode não parecer nada na hora, mas pode custar caro mais tarde.

Euan começou a se levantar e retribuiu meu sorriso. – Olá, seu bosta, o que você está fazendo por aqui? – Fez um gesto para que eu me sentasse com ele.

Nós sentamos e, uma vez que ele era o anfitrião do encontro, passou-me a história: – Eu vim de Belfast para encontrá-lo no aeroporto antes de você voltar para Londres. Velhos amigos de escola. – É bom ter certeza de que os dois têm o mesmo roteiro.

– Onde eles estão? – eu disse, como se estivesse perguntando pela família dele.

– À minha esquerda está o bar. Para a direita da TV: eles estão sentados, um está de jaqueta *jeans*, o outro, com um casaco longo de couro preto. Kerr é o da direita. Ele agora se chama Michael Lindsay. McGear é Morgan Ashdown.

– Eles já fizeram o *check-in*?

– Já. Só bagagem de mão.

– Para passarem duas semanas em Washington?

– Porta-ternos.

– E não foram a nenhum outro balcão?

– Não, parece que estão indo para Heathrow.

Fui até o caixa e pedi dois cafés.

Era óbvio que eles eram os únicos irlandeses no bar, porque todos os outros vestiam camisetas pólo Guinness e bebiam canecas daquela coisa preta. Os dois estavam tomando Budweiser na garrafa e assistiam a uma partida de futebol. Os dois tinham maços de cigarro sobre a mesa e fumavam como dez homens juntos. Se estivéssemos num bar em Derry, eu teria achado que eles estavam nervosos, mas a Aer Lingus proíbe o fumo em todos os seus vôos, e eles provavelmente estavam tentando se encher de nicotina antes de embarcarem.

Ambos pareciam turistas, bem barbeados e de banho tomado, nem elegantes como executivos, nem desleixados como mochileiros. Na verdade, eram tão comuns que você não olharia para eles uma segunda vez, o que indicava o quanto eles eram qualificados – e isso era um problema para mim. Se eles estivessem nervosos ou mal-arrumados, eu saberia que estava enfrentando jogadores de segunda ou terceira divisão: serviço fácil. Mas esses rapazes eram do primeiro escalão, e há muito não se limitavam a andar por Bogside quebrando as pernas dos rebeldes.

Havia crianças por todo lado, correndo e gritando, e mães histéricas atrás de bebês que tinham começado a andar e vagavam pelo terminal. Para nós, quanto mais barulho e atividade melhor. Voltei para a mesa. Eu queria obter todas as informações que pudesse de Euan antes de embarcar.

Ao meu sinal, ele disse: – Comecei a seguir McGear em Derry. Ele foi ao escritório do Sinn Féin na Rua Cable, onde provavelmente recebeu instruções, e depois foi para Belfast. Os colegas tentaram usar o aparelho de escuta, mas não tiveram sorte. Nada mais a relatar, na verdade. Eles passaram a noite enchendo a cara e depois vieram para cá. Estão aqui há umas duas horas. Compraram as passagens com cartão de crédito com os nomes falsos. A fachada deles é boa. Estão até com as etiquetas de bagagem de mão da Virgin, não querem que nada dê errado.

– Onde estão hospedados?

– Não sei. Foi tudo de última hora, e a Páscoa é uma época de movimento. Existem pelo menos dez hotéis associados à Virgin em Washington, e provavelmente é um deles – não tivemos tempo de checar.

– Isso é tudo? – eu disse.

– A sua parte. Não sei como eles vão sair do aeroporto, mas parece que estão a caminho de DC. – Assunto encerrado no que dizia respeito a Euan. Agora era o momento de jogar conversa fora. – Você ainda encontra o Kev?

Tomei um gole de café e assenti. – Sim, ele agora está em Washington, está indo bem. Marsha e as crianças estão ótimas. Estive com eles há uns quatro meses. Ele foi promovido, e eles acabam de comprar uma mansão de plástico num condomínio de luxo. É o que se chama residência executiva.

Euan sorriu, parecendo Papai Noel com a espuma branca sobre o lábio superior. Ele morava numa casa de pedra numa fazenda de criação de ovelhas no meio do nada, nas montanhas do País de Gales. Seu vizinho mais próximo morava a três quilômetros, do outro lado do vale.

Eu disse: – Marsha adora Washington. Não há ninguém tentando abrir buracos no carro deles.

Marsha, uma americana, era a segunda esposa de Kev. Depois que saiu do Regimento, ele tinha se mudado para os EUA com ela e começado a trabalhar para o DEA. Ele tinha três filhos adultos do primeiro casamento e duas meninas deste, Kelly e Aida.

– Slack Pat ainda está lá?

– Acho que sim, mas você sabe como ele é: uma hora ele vai aprender a construir casas, e na próxima vai começar a abraçar árvores e fazer crochê. Sabe-se lá o que ele está fazendo agora.

Pat trabalhou dois anos em Washington, cuidando da família de um diplomata árabe. Ele se saiu muito bem, ganhou até um apartamento, mas as crianças acabaram crescendo demais para precisarem de cuidados. Eles voltaram para a Arábia Saudita, e ele ficou vagabundeando. Na verdade, tinha ganhado tanto dinheiro naqueles dois anos, que não estava com pressa.

Seguimos conversando e contando piadas, mas o tempo todo os olhos de Euan iam e voltavam dos alvos.

Os jogadores pediram outra rodada, de modo que parecia que ficaríamos sentados ali mais algum tempo. Continuamos a repassar a agenda de conhecidos.

– Como anda o ano dez do programa de construção civil? – eu sorri.

– Ainda estou tendo problemas com o aquecedor.

Ele tinha decidido instalar ele mesmo o aquecimento central, mas era um incompetente total. Acabou gastando o dobro do que se tivesse chamado alguém para fazer o serviço.

– A não ser por isso, está tudo pronto. Você devia aparecer uma hora dessas. Mal posso esperar para terminar essa porra de viagem, depois tenho ainda uns dois anos e estou fora.

– O que você vai fazer?

– Desde que não seja o que você está fazendo, eu não me importo. Pensei em virar lixeiro. Não estou nem um pouco preocupado.

Eu ri. – É claro que está! Você vai pedir para ficar, você gosta do serviço. Vai ficar para sempre. Você se queixa o tempo todo, mas no fundo adora.

Euan olhou para os jogadores, depois para mim mais uma vez. Eu sabia exatamente o que ele estava pensando.

Eu disse: – Você está certo. Não faça o que eu estou fazendo, é uma merda.

– E o que você anda fazendo desde sua pequena aventura no Oriente Médio?

– Estive de férias, trabalhei para duas companhias, mas na verdade não fiz muita coisa, o que, aliás, foi ótimo. Agora estou só esperando o resultado da investigação. Acho que estou ferrado, a menos que esse serviço tire a corda do meu pescoço.

Os olhos de Euan se moveram novamente. – Parece que você vai ter de ir.

Os dois garotos deviam ter começado a se mexer no bar.

Eu disse: – Ligo para você depois que isso terminar. Quando você volta para a Inglaterra?

– Não sei. Talvez dentro de alguns dias.

– Eu ligo para você, vamos combinar alguma coisa. Você já arranjou uma mulher ou não?

– Você deve estar bêbado! Eu saí com uma pessoa do escritório de Londres por algum tempo, mas ela queria me transformar em maridinho. Estava começando a lavar minha roupa, esse tipo de coisa. Não gostei nem um pouco.

– Ela não deixava o vinco nos seus *jeans* quando passava?

Euan encolheu os ombros. – Ela não fazia as coisas do meu jeito.

Ninguém fazia. Euan era o homem mais organizado do mundo. Se você se sentasse numa almofada do sofá, ele ia afofá-la no minuto em que você se levantasse. Ele dobrava as meias ao invés de colocá-las uma dentro da outra e fazia pilhas de moedas separadas por valor. Desde o divórcio, tinha adotado aquela atitude de "eu mereço o melhor". As pessoas até começaram a chamá-lo de Sr. Tok Stok, porque ele tinha tudo, das luminárias aos móveis do quarto. O interior do seu rancho era um *showroom* de decoração.

Eu sabia que Euan estava observando os dois jogadores pegarem suas coisas e saírem do bar.

Eu esperei, não havia necessidade de colar neles imediatamente. Euan me diria quando fosse a hora.

– Dê um giro de cento e oitenta – ele disse. – Olhe para a direita, perto da banca de revistas.

Eu me levantei com naturalidade. Tinha sido ótimo revê-lo. Talvez esse serviço acabasse sendo uma perda de tempo, mas pelo menos eu tinha visto meu melhor companheiro. Apertamos as mãos, e eu saí andando. Depois me virei, olhei para a direita e os localizei, porta-ternos pendurados nos braços.

O balcão de embarque parecia uma feira de artesanato irlandês. Eu estava começando a me sentir deslocado, deveria ter comprado um chapéu da Guinness.

O que eu ia fazer quando chegasse a Washington? Eu não sabia se alguém ia buscá-los, se eles iam pegar um táxi ou um ônibus, ou, caso tivessem reservado um hotel, se teriam o traslado de cortesia. Se eles começassem a passear pela cidade, também seria engraçado. Eu conhecia Washington, mas não muito bem.

Eles ainda estavam fumando como *beagles* num laboratório. Sentei no saguão e peguei um jornal que estava sobre o banco. McGear começou a remexer os bolsos à procura de troco enquanto eles conversavam, em pé no bar. De repente, ele parecia ter um objetivo: estava indo ou para a máquina de refrigerantes ou para o telefone.

Tirou uma nota do bolso e se debruçou sobre o balcão. Eu podia ver que ele estava pedindo troco para o garçom. Eu estava sentado mais ou menos atrás deles, a uns seis metros de distância, de modo que mesmo se eles virassem a cabeça 45 graus para qualquer um dos lados, eu ainda não entraria no seu campo de visão.

McGear caminhou na direção das máquinas, mas continuou andando. Devia ser o telefone.

Eu me levantei e fui até a banca de revistas, fingindo examinar alguns exemplares expostos do lado de fora.

Ele tirou o fone do gancho, colocou duas moedas de uma libra e discou. Tinha o número num pedaço de papel. Portanto, não era um número muito familiar a ele. Olhei para o meu G-Shock: eram 16h16. O mostrador ainda estava indicando dois fusos: se houvesse algum iraquiano no aeroporto precisando saber que horas eram em Bagdá, era só me perguntar.

Procurei moedas em meus bolsos: eu tinha cerca de duas libras e cinqüenta, mas ia precisar de mais do que isso para o que eu ia fazer, então entrei e comprei um jornal com uma nota de vinte libras. A mulher atrás do balcão não ficou muito feliz.

McGear terminou sua ligação e voltou para o bar. Esses rapazes não estavam indo a lugar algum: pediram outra cerveja, abriram seus jornais e acenderam mais um cigarro.

Esperei alguns minutos e depois fui até o telefone que McGear tinha usado. Tirei o fone do gancho, inseri duas moedas de uma libra e procurei um número no aparelho. Não encontrei. Sem problemas, só ia demorar um pouco mais.

Disquei um número em Londres, e uma voz feminina disse: – Boa tarde. Seu número de IP, por favor.

– 2422. – Os dígitos estavam gravados na minha memória. Era a primeira metade do número do exército que eu tinha desde os dezesseis anos.

Ela disse: – Você tem um número?

– Não. Esta linha, por favor.

– Aguarde.

Ouvi um clique, depois silêncio. Mantive a atenção nos jogadores e coloquei mais moedas no telefone. Depois de um minuto ela retornou.

– Em que horário você está interessado?

– Eu gostaria de cobrir das 16h13 até agora.

– Está bem. Quer que eu ligue ou você liga novamente?

– Eu ligo. Em dez minutos.

– Está bem. Até logo.

E era isso. Não importa onde você esteja no mundo, é só telefonar, e a Firma rastreia qualquer ligação.

Liguei novamente dez minutos depois. Repetimos a rotina do número de IP e depois ela disse: – Nada até as 16h10. Um número de Washington, DC, 703 661 8230. Táxis Washington Flyer, EUA.

Anotei o número, desliguei e disquei imediatamente.

– Bom dia, Táxis Washington Flyer, Gerry falando. Como posso ajudá-lo?

– Bom dia. Gostaria de saber se um Sr. Ashdown ou Sr. Lindsay solicitaram um táxi. Só preciso saber se eles vão chegar a tempo numa reunião.

– Oh, sim, senhor, acabamos de fazer a reserva. Vamos apanhá-los em Dulles, eles chegam no vôo...

Interrompi. – Vocês vão deixá-los no hotel ou eles vêm direto me encontrar em Tyson's Corner?

– Deixe-me ver, senhor... eles pediram para ir ao Hotel Westin, na Rua M.

– Muito bem, então está certo. Obrigado.

Agora tudo o que eu tinha a fazer era tentar chegar no Westin antes deles. Tudo parecia estar indo conforme o planejado. Ou era isso, ou os filhos-da-puta tinham me identificado e estavam me enganando.

O vôo para Heathrow estava no horário. Observei-os se levantarem, pegarem seus passes e saírem andando. Fui atrás.

Em serviços como esse, sempre se voa de Club Class. Por isso, fica-se sempre nos assentos da frente e pode-se optar entre ficar sentado e observar as pessoas embarcarem ou deixá-las passar na frente e entrar depois. No local de destino, é possível esperar que o alvo saia do avião e entrar atrás dele na fila naturalmente ou sair do caminho antes para estar pronto para agir assim que deixar a área de desembarque.

Pensei em tomar um drinque, mas desisti: eu podia precisar agir assim que chegássemos do outro lado. Esses rapazes pareciam bem treinados e profissionais, e provavelmente não iam fazer trabalho algum depois de todas as Buds que haviam tomado. Ainda assim, nada de bebida para mim.

Quando me acomodei na cadeira, comecei a pensar em Kev e sua família. Eu estava com ele quando conheceu Marsha, fui padrinho do casamento deles e era padrinho de Aida, a segunda filha. Eu levava a tarefa muito a sério, embora não soubesse bem o que ela acarretava.

Eu sabia que nunca teria meus próprios filhos, porque estaria sempre ocupado demais com serviços de merda como este. Kev e Marsha sabiam disso e se esforçavam para me fazer sentir parte do seu arranjo. Eu tinha crescido com essa fantasia da família perfeita e, no meu entender, era isso o que eles tinham.

O primeiro casamento de Kev foi um pouco turbulento, mas este parecia absolutamente certo. Seu emprego no Departamento de Narcóticos agora era quase só burocrático, no escritório de Washington. Ele adorava isso. "Mais tempo com as crianças, companheiro", ele dizia. "É, para você se comportar como uma delas!", eu respondia. Por sorte, Marsha era a madura e sensata do casal e, no que dizia respeito à família, os dois se complementavam muito bem. A casa deles em Tyson's Corner era um ambiente carinhoso e saudável, mas depois de três ou quatro dias ia começar a ficar demais para mim, e eu teria de seguir em frente. Eles faziam piada com isso: sabiam que eu gostava muito deles, mas de algum modo não suportava pessoas demonstrando tanta afeição. Acho que era por isso que eu sempre me sentia mais confortável com Euan. Nós éramos farinha do mesmo saco.

E Pat? "Slack" era mais jovem do que Kev, e realmente irritante. Loiro, olhos azuis, bonitão, esperto, articulado e engraçado – tudo o que eu odiava. Ele tinha um metro e oitenta e cinco de altura, era forte sem quase precisar se exercitar, uma daquelas pessoas que desenvolvem músculos naturalmente. Até seu cabelo era imaculado e parecia nunca sair do lugar. Eu já o vira entrar no saco de dormir todo arrumado e perfeito e acordar nas mesmas condições. A única falha no visual de Pat era que ele não tinha absolutamente nada na parte traseira. Nós o chamávamos de Slack* porque ele tinha muita calça sobrando nos fundilhos.

Quando ele começou a trabalhar como GC em Washington, uma corretora de imóveis o levou para ver um apartamento em Georgetown, perto da Universidade. Do jeito como contou a história, ele viu um edifício com pessoas saindo e entrando.

– O que é aquilo? – ele perguntou.

– Um dos melhores restaurantes de Washington – ela disse. – Metade do Congresso o freqüenta.

– Vou ficar com ele – respondeu. Era lua nova, alguma coisa assim, e por algum tempo achei que ele pensava que tinha se transformado em Terence

---

* N. do T.: Slack significa frouxo, solto e também o fundilho das calças.

Conran. Ele me disse que almoçava lá todos os dias, conhecia todas as garçonetes e tinha até começado a sair com uma delas. Talvez tenha sido ela quem o apresentou às drogas. Eu não o vira pessoalmente, mas ouvira dizer que estava com problemas. Isso me entristecia. Todos nós tínhamos visto os resultados da dependência na época que passamos na Colômbia. Pat dizia que eles eram imbecis, agora ele mesmo parecia ser um. Com sorte, era apenas mais uma de suas fases.

CAPÍTULO TRÊS

A CONEXÃO EM HEATHROW tinha sido fácil. Os rapazes não foram parados para verificações de segurança – provavelmente porque o Departamento Especial tinha sido informado –, e o vôo para Washington tinha decolado na hora marcada.

Agora, com o começo dos procedimentos de aterrissagem, afivelei o cinto, coloquei o assento na vertical e olhei para a América pela janela do avião. Aquela visão sempre me fazia bem. O senso de oportunidade e espaço, de que tudo era possível, sempre me contagiava.

Eu esperava que McGear e Kerr fossem direto para o hotel, que estivessem dando uma de bons turistas e não quisessem estragar tudo deixando de seguir o roteiro. Quando um alvo me despistava, eu procurava em todos os lugares onde ele pudesse estar – seu local de trabalho, o bar, a escola dos filhos, até sua lotérica habitual. Eu precisava saber todo o possível sobre ele, pois quando você entra na cabeça do alvo pode adivinhar cada movimento e até compreender por que ele faz o que faz. Infelizmente, tudo o que eu sabia a respeito de McGear e Kerr até agora era que eles gostavam de tomar Budweiser e deviam estar loucos por um cigarro. Então precisava começar pelo hotel.

Eu tinha de me adiantar em relação a eles. Isso não deveria ser difícil, uma vez que o Club tinha seu próprio ônibus para nos levar ao terminal antes do resto da manada. No entanto, como eles já tinham solicitado o traslado, eu precisava arranjar um táxi muito rápido se quisesse chegar à Rua M antes. Eu poderia ter pedido um para mim quando telefonei para a Washington Flyer, mas tinha tentado fazer isso uma vez em Varsóvia em circunstâncias semelhantes, e os dois motoristas tinham começado a brigar para decidir quem levariam primeiro, eu ou o alvo. Desde então, eu ia sempre para a fila do ponto de táxi.

Saí da área de desembarque cruzando duas grandes portas automáticas e me deparei com uma ferradura de parentes à espera e motoristas segurando cartazes com nomes, todos amontoados atrás das grades de metal. Atravessei a pequena multidão, dobrei à esquerda e desci uma longa rampa até o calor e o sol brilhante.

Havia uma fila no ponto de táxi. Fiz um cálculo rápido, e o número de passageiros não entrava no número limitado de táxis. Fui até o fim da fila e acenei com uma nota de vinte dólares para um dos motoristas. Ele sorriu discretamente e me botou para dentro. Outra nota de vinte dólares logo assegurou que eu estivesse voando pela estrada de acesso ao aeroporto Dulles na direção da Rota 66 e de Washington, DC. O aeroporto e suas cercanias me faziam lembrar um parque empresarial de alta tecnologia, com tudo verde e limpo e até mesmo um lago na saída do terminal. Os subúrbios começavam a cerca de 25 quilômetros do aeroporto, quase todos condomínios fechados dos dois lados da Beltway – vastas áreas de lindas casas de madeira ou tijolos, muitas ainda em construção. Passamos por uma placa que indicava o acesso a Tyson's Corner, e eu estiquei o pescoço para ver se conseguia identificar a casa de Kev. Não consegui, mas, como Euan teria dito, as residências executivas são todas iguais.

Cruzamos o Rio Potomac e entramos na cidade dos monumentos.

O Westin da Rua M era um hotel luxuoso, tipicamente americano: funcional, moderno e despojado e totalmente sem personalidade. Ao entrar no saguão, peguei minhas coisas e fui para a esquerda, subi alguns degraus e sentei no café instalado numa espécie de mezanino sobre a área da recepção e a única entrada. Pedi um expresso duplo.

Depois de algumas xícaras, Kerr e McGear passaram pela porta giratória, parecendo muito relaxados, e foram direto ao balcão. Deixei uma nota de cinco dólares na mesa e desci.

Eu só precisava escolher o momento certo. Havia uma pequena fila no balcão, mas o hotel era tão eficiente quanto sem graça, e logo havia mais atendentes do que pessoas esperando para serem atendidas.

Eu não conseguia ouvir o que McGear e Kerr diziam, mas era óbvio que eles estavam fazendo o *check-in*. A mulher atendendo os dois digitava num teclado abaixo do nível do balcão. Kerr entregou-lhe um cartão de crédito, e senti que tinha chegado o momento de fazer minha abordagem. A vida fica muito mais fácil se você consegue obter as informações necessárias desta maneira em vez de tentar seguir os alvos. Eu não ia correr o risco de entregar o jogo entrando no elevador com eles de jeito algum. Eu só esperava que os dois ficassem no mesmo quarto.

À direita deles no balcão da recepção havia um expositor com cartões de informação anunciando de tudo, de restaurantes até passeios em bondes puxados por cavalos. Fiquei parado a cerca de dois metros, de costas para eles. Não havia problema nisso, aquele era um hotel grande e movimentado, e eles não estavam olhando para mim, estavam cuidando da própria vida. Deixei bem claro que eu estava examinando os cartões e não precisava de ajuda.

A mulher disse: – Aqui está, cavalheiros, vocês estão no quarto 403. Dobrando à esquerda depois dos pilares, verão os elevadores. Tenham um bom dia!

Tudo o que eu precisava fazer era escutar as conversas deles enquanto estivessem no quarto, e para isso fui até a parede de telefones públicos instalados no saguão e liguei para a Firma.

Uma voz feminina pediu meu número de IP.

– 2422.

– Prossiga.

– Eu gostaria de um quarto, por favor. No Westin da Rua M, Washington, DC – 401 ou 405, ou 303 ou 503.

– Você tem um número para contato?

– Não, ligo novamente em meia hora.

Agora eles iam telefonar para o hotel usando o nome de uma companhia testa-de-ferro e solicitar um dos quartos que eu tinha especificado. Não fazia diferença se o quarto era acima, ao lado ou embaixo do dos alvos, desde que eu conseguisse entrar e plantar aparelhos de escuta.

Voltei para o mezanino e li alguns folhetos e cartões que tinha pego, sempre observando a saída para a Rua M.

Repassei mentalmente a lista de equipamentos de escuta que teria de solicitar. Eu mesmo ia instalar a primeira leva – escutas nas paredes, grampos telefônicos, tanto de voz quanto de *modem*, e cabos que seriam conectados à televisão do meu quarto para transmitir imagens. Eu precisaria de apenas três horas para trabalhar depois que a Firma entregasse tudo.

O segundo lote de equipamentos, depois que McGear e Kerr saíssem do quarto, seria instalado por técnicos da embaixada. Nas suas mãos especializadas, a TV de um quarto de hotel podia se transformar numa câmera e o telefone em microfone.

Meia hora depois, telefonei para o número de contato e mais uma vez dei meu número de IP. Ouvi alguns cliques e depois a melodia de um quarteto de cordas. Passados cinco segundos, a voz feminina ressurgiu.

– Você deve deixar o hotel e retornar hoje. Por favor, confirme.

Achei que não tivesse ouvido direito. Havia uma conferência da Câmara de Comércio da Noruega no hotel, e todos os delegados estavam saindo para tomar um café durante o intervalo.

– Pode repetir, por favor?

– Você deve deixar o hotel e retornar hoje. Por favor, confirme.

– Sim, entendido, devo deixar o hotel e retornar hoje.

O telefone ficou mudo.

Coloquei o fone no gancho. Estranho. Havia até uma anotação em tinta verde feita pelo chefe do serviço em relação a essa missão – o serviço de urgência que agora tinha sido subitamente suspenso. Não era incomum ser chamado de volta, mas não tão rapidamente. Talvez Simmonds tivesse concluído que essas pessoas não eram tão importantes, afinal de contas.

Então eu pensei: e daí? Quem se importa? Eles queriam que eu fizesse o serviço, e eu fiz. Liguei para a agência de viagens e tentei conseguir um vôo de volta. O único disponível era o British Airways das 21h35, o que ainda ia demorar horas. Kev e Marsha estavam a apenas uma hora de viagem pela estrada de acesso ao aeroporto. Por que não?

Disquei outro número, e Kev atendeu. Sua voz foi cautelosa até ele reconhecer a minha. – Nick! Como vai você? – Ele pareceu muito feliz em me ouvir.

– Nada mal. Estou em Washington.

– O que você está fazendo? Não, eu não quero saber! Você vem nos visitar?

– Se você não estiver ocupado. Estou voltando hoje à noite para a Inglaterra. Vai ser só uma paradinha para dar um oi, OK?

– Você pode vir para cá nesse instante? Acabo de começar uma coisa e gostaria de ouvir a sua opinião. Você vai gostar dessa!

– Sem problemas, companheiro. Vou pedir um carro no hotel e ir direto para aí.

– Marsha vai querer dar uma de *chef* francês. Vou contar a ela quando ela chegar com as crianças. Jante conosco e depois eu levo você para o aeroporto. Você não vai acreditar no que eu tenho aqui. Seus amigos do outro lado do oceano andam ocupados.

– Mal posso esperar.

– Nick, tem mais uma coisa.

– O que é, companheiro?

– Você está devendo um presente de aniversário para Aida. Você esqueceu de novo, seu pateta.

Dirigindo pela auto-estrada, eu não parava de pensar no que Kev tinha para me contar. Amigos do outro lado do oceano? Kev não tinha conexões com o PIRA que eu soubesse. Ele estava na DEA, não na CIA ou outro departamento antiterrorismo. Além disso, eu sabia que seu trabalho agora era muito mais administrativo do que de campo. Concluí que ele provavelmente só precisava de algumas informações adicionais.

Pensei novamente em Slack Pat e fiz um registro mental de que precisava perguntar a Kev se ele tinha um endereço de contato com o homem sem bunda.

Entrei na interestadual. Tyson's Corner era o acesso pelo qual eu tinha de sair – bem, não exatamente, eu deveria pegar o acesso anterior, mas nunca conseguia me lembrar qual era. No momento em que saí da auto-estrada, poderia ter entrado num subúrbio arborizado de Surrey. Casas enormes se alinhavam pela rua, e todas elas pareciam ter uma van para sete pessoas na entrada da garagem e uma cesta de basquete na parede lateral.

Segui meu faro até o condomínio de Kev e entrei na rua deles, Hunting Bear Path. Continuei por mais uns quatrocentos metros até chegar a um pequeno conjunto de lojas enfileiradas numa praça aberta, com local para estacionamento, quase todas pequenas *delicatessens* e butiques especializadas em velas aromáticas e sabonetes exóticos. Para Aida e Kelly, comprei doces que eu sabia que Marsha não deixava comer e mais alguns presentes.

Em frente às lojas havia um grande terreno vazio, que parecia estar reservado para a próxima fase de construções. Espalhados em torno do lote revirado havia tijolos, grandes pilhas de vigas metálicas e outros materiais de construção e duas escavadeiras.

À direita, entre as enormes casas, eu podia entrever os fundos da "colonial de luxo" de Kev e Marsha. Quando me aproximei, vi a van Daihatsu da família – a coisa na qual ela enfiava as crianças, aos gritos, para irem à escola. Um grande Garfield de pelúcia estava grudado no pára-brisa traseiro. Eu não estava vendo o carro de Kev, um Caprice Classic da companhia, cercado de aerofólios – um modelo tão feio que só agentes do governo usavam. Kev geralmente mantinha o seu na garagem, a salvo dos olhares predadores.

Eu estava ansioso para ver os Brown novamente, mesmo sabendo que, ao final do dia, estaria mais exausto do que as crianças. Embiquei na entrada da garagem.

Não havia ninguém me esperando. As casas eram bastante afastadas umas das outras, e eu tampouco enxerguei algum vizinho, o que não me surpreendeu, visto que os subúrbios de Washington ficam mortos durante os dias de semana.

Fiquei alerta: se as coisas não tivessem mudado muito, eu seria emboscado assim que o carro parasse. As crianças pulariam em cima de mim, com Marsha e Kev logo atrás. Eu sempre fazia de conta que não gostava disso, mas na verdade adorava. As meninas saberiam que eu trazia presentes. Eu tinha comprado um pequeno relógio do Piu-Piu para Aida, e o presente de Kelly eram alguns livrinhos de terror da *Goosebumps*. Eu não ia dizer nada para Aida sobre seu aniversário; se eu tivesse sorte, ela também teria esquecido.

Saí do carro e andei até a porta da frente. Nada de emboscada, ainda. Até aqui, tudo bem.

A porta estava com uma fresta de cinco centímetros. Pensei: "Já entendi, eles querem que eu entre no corredor como o Inspetor Clouseau, para poderem fazer uma emboscada à Kato". Empurrei a porta e chamei: – Oi? Oi? Tem alguém em casa?

A qualquer momento as crianças iam se agarrar uma em cada uma das minhas pernas.

Mas nada aconteceu.

Talvez eles tivessem um plano diferente e estivessem todos escondidos em algum lugar da casa, esperando, tentando abafar o riso.

Em frente à porta havia um pequeno saguão que levava a um grande corredor retangular, do qual saíam portas para as diversas peças do primeiro andar. Na cozinha, à direita, ouvi uma voz feminina cantando numa estação de rádio.

Nada de crianças ainda. Comecei a andar na ponta dos pés na direção do som. Num tom alto e teatral, eu disse: – Bem, bem, bem... vou ter de ir embora... já que não tem ninguém em casa... que pena, porque eu tenho dois presentes para duas garotinhas...

À minha esquerda estava a porta da sala, aberta cerca de trinta centímetros. Não olhei para dentro quando passei por ela, mas vi algo com o canto do olho que não registrei imediatamente. Ou talvez sim, talvez meu cérebro tenha processado a informação e a rejeitado por ser horrível demais para ser verdade.

Levei um segundo até me dar conta. Quando isso aconteceu, todo o meu corpo se enrijeceu.

Virei a cabeça lentamente, tentando compreender o que estava à minha frente.

Era Kev. Ele estava caído no chão, de lado, e sua cabeça tinha sido arrebentada com um taco de *baseball*, que agora estava jogado no chão ao lado dele. Era o taco que ele tinha exibido para mim em nosso último encontro, todo em alumínio leve. Ele tinha sacudido a cabeça e rido quando disse que os caipiras locais o chamavam de "detector de mentiras do Alabama".

Eu ainda estava paralisado.

Pensei: "Porra, ele está morto" – ou deveria estar, a julgar pelo seu estado.

E quanto a Marsha e as crianças?

O assassino ainda estaria na casa?

Eu tinha de arranjar uma arma.

Eu não podia fazer nada por Kev no momento. Eu nem sequer pensei nele, só sabia que precisava de uma de suas pistolas. Eu sabia onde as cinco estavam escondidas na casa, sempre numa altura acima do que uma criança poderia alcançar e sempre carregadas e prontas, um pente na arma e uma bala no tambor. Tudo o que Marsha ou Kev tinham de fazer era pegar uma das armas e botar para correr qualquer um que estivesse chateado com Kev – e havia uns quantos desses na comunidade das drogas. Pensei: "Porra, eles finalmente o pegaram".

Muito lentamente, coloquei os presentes no chão. Apurei os ouvidos para ouvir algum ranger de piso ou movimento na casa.

A sala de estar era grande e retangular. Na empena da esquerda havia uma lareira, com estantes de livros dos dois lados, e eu sabia que na segunda prateleira de cima para baixo, à direita, ficava o maior e mais gordo dicionário do mundo, e em cima dele, bem escondida da visão, logo acima do nível da cabeça de um adulto e perto o bastante para ser alcançada por um braço estendido, havia uma arma. Ela estava disposta de modo que, ao ser pega, já estivesse na posição correta para atirar.

Eu corri. Nem sequer olhei para ver se havia alguém mais na sala. Sem uma arma, não teria feito muita diferença.

Alcancei a estante, estiquei a mão e peguei a pistola, girei nos calcanhares e me ajoelhei na posição de mira. Era uma Heckler & Koch USP 9 milímetros, uma arma fantástica, que tinha até uma mira a *laser* sob o cano – onde o ponto de luz bate, o mesmo faz a bala.

Respirei fundo várias vezes. Depois de me acalmar, baixei os olhos e chequei o tambor. Puxei a tampa deslizante para trás e vi o cartucho em posição.

E agora, o que eu ia fazer? Meu carro estava lá fora, se fosse avistado e rastreado, haveria um grande drama. Eu ainda estava sob meu nome falso; se fosse descoberto, isso significava que o serviço seria descoberto, e aí eu estaria numa merda de verdade.

Dei uma olhada rápida para Kev, esperando perceber algum sinal de respiração. Nada. Seus miolos estavam para fora, seu rosto parecia um purê. Ele estava morto, e quem quer que tivesse feito isso era tão *blasé* que tinha simplesmente jogado o bastão no chão e o deixado lá.

Havia sangue espalhado por toda a mesa de centro de vidro e pelo grosso carpete felpudo. Havia sangue até nas janelas que davam para o pátio. Mas, estranhamente, exceto por isso, não havia outros sinais de luta.

Capítulo Quatro

Eu precisava me certificar de que Marsha e as crianças não estavam ainda na casa, amarradas em outro quarto ou sob a mira da arma de algum imbecil. Eu ia ter de checar toda a casa.

Quem dera fosse tão fácil como Don Johnson fazia parecer em *Miami Vice* – correr até a porta, passar direto pelo vão, pular no meio da sala com a pistola em posição e ganhar o dia. Um vão de porta atrai naturalmente as balas, e se você fica parado nele, está se apresentando como alvo. Se houver um cara esperando do outro lado com uma arma, você está morto.

A primeira peça que eu tinha de checar era a cozinha: era a mais próxima e, o mais importante, tinha som.

Eu estava na sala, do lado oposto ao da porta da cozinha. Comecei a me mover ao longo da parede. Passei por cima de Kev, sem olhar para ele. A pistola estava à minha frente, ela tinha de estar pronta para atirar assim que eu enxergasse um alvo. Aonde seus olhos vão, a pistola vai.

Dividi mentalmente a peça em zonas. A primeira ia do sofá até a metade da peça, uma distância de cerca de sete metros. Fui até lá e fiquei estático ao lado da enorme televisão, o que me deu um pouco de cobertura enquanto eu espiava pela porta que levava ao corredor. Ainda estava aberta.

Não havia nada no corredor. Fechei a porta atrás de mim e me aproximei da porta da cozinha. O trinco ficava do lado direito, e eu não conseguia ver as dobradiças, de modo que ela tinha de se abrir para dentro. Passei para o outro lado e escutei. Logo acima do som da minha respiração e dos meus batimentos cardíacos, ouvi um idiota no rádio anunciando: "Acidente de trabalho? Busque indenização através de nossos advogados especializados – e não esqueça, se não vencer, não paga nada".

O braço com que eu segurava a pistola não estava completamente estendido, mas a arma ainda estava apontada para a frente. Estiquei a mão para o trinco, girei, dei um empurrão na porta e recuei. Depois abri um pouco mais para ver se havia alguma reação de dentro da cozinha.

Ouvi o rádio mais alto e também uma máquina de lavar roupa – girando, parando, girando. Mas nada aconteceu.

Com a porta aberta mais alguns centímetros, eu agora enxergava uma pequena parte da cozinha. Dei um passo para a frente e abri a porta toda. Nenhuma reação ainda. Usando o batente da porta e a parede como cobertura, entrei lentamente.

À medida que o ângulo entre o batente e o meu corpo aumentava, pude ver mais da cozinha. Fui com calma, para poder absorver as informações por partes. Se eu tivesse de reagir, o fato de estar a dois metros da porta não afetaria minha capacidade de atirar e, se o fizesse, eu não deveria mesmo estar nesse negócio. Usando o polegar direito, apertei o botão da mira a *laser*. Um pequeno ponto de luz vermelha brilhante surgiu na parede da cozinha.

Inclinei o corpo para a frente para me apresentar o mínimo possível como alvo. Se houvesse alguém na cozinha, ele só veria um topo nervoso de cabeça, e seria a isso que ele teria de reagir, e não ao Don Johnson inteiro.

A peça parecia o *Mary Celeste*. A comida havia sido deixada no meio da preparação. Kev tinha dito que Marsha ia preparar algo especial. Havia legumes e pacotes abertos de carne. Fechei a porta atrás de mim. Agora, o rádio estava tocando um *rock* suave, e a lavadora estava centrifugando. A mesa estava meio posta, e aquilo realmente me incomodou. Kev e Marsha eram muito rígidos na distribuição de tarefas para as crianças: a visão da mesa incompleta me deu uma sensação ruim, porque aumentava as chances de que as meninas estivessem mortas ou com uma 9 milímetros na boca no andar de cima.

Fui lentamente até o outro lado da cozinha e tranquei a porta que dava para a garagem. Eu não queria me dar ao trabalho de verificar todo o primeiro andar para depois os caras aparecerem às minhas costas.

Eu comecei a ficar nervoso. Marsha e as crianças ainda estavam na casa ou teriam fugido para se salvar? Eu não podia simplesmente ir embora. Quem tinha feito aquilo com Kev seria capaz de qualquer coisa. Meu estômago começava a se revirar. O que eu ia encontrar no andar de cima?

Voltei para o corredor. Enquanto andava, a pistola apontava para a escada, agora à minha frente. A última peça no andar de baixo era o escritório de Kev. Encostei o ouvido na porta, mas não pude ouvir nada. Repeti os passos da cozinha e entrei.

Era uma peça pequena, com espaço somente para alguns arquivos, uma escrivaninha e uma cadeira. As prateleiras na parede oposta à mesa estavam cheias de livros e fotografias de Kev atirando, Kev correndo, esse tipo de coisa. Tudo agora estava no chão, os arquivos, abertos, e havia papéis espalhados por todo lado. A única coisa que não tinha sido destruída era o computador de Kev, que estava deitado de lado na escrivaninha, com o monitor ainda exibindo o protetor de tela do Exército Britânico que eu lhe enviara por brincadeira. A impressora e o *scanner* estavam no chão ao lado da mesa, mas aquele era seu lugar habitual.

Saí novamente e olhei para a escada. Ela ia ser um problema. Havia dois lances em direções opostas antes do segundo piso. Eu teria de ser meio Houdini para conseguir me proteger ao subi-la. Não ia usar o *laser* agora: não queria anunciar meus movimentos.

Pus um pé no primeiro degrau e comecei a subir. Felizmente, o carpete de Kev era de uma lã muito grossa, o que ajudava a abafar o barulho, mas a sensação ainda era de pisar em ovos, testando com cuidado cada degrau para evitar rangidos e sempre colocando os pés na parte de dentro, lenta e precisamente.

Quando cheguei perto do patamar, apontei a pistola para o alto, acima da cabeça, e, usando a parede como apoio, subi alguns degraus de costas, passo a passo.

Dois degraus, parar e escutar. Mais dois degraus, parar, escutar.

Eu era apenas um e tinha somente treze balas para me divertir, talvez quatorze, se a bala no tambor estivesse sobre um pente cheio. Até onde eu sabia, esses caras podiam ter armas semi-automáticas ou mesmo automáticas. Se tivessem e estivessem esperando por mim, não seria um encontro agradável.

A lavadora estava na sua última centrifugação trovejante. No rádio, ainda o *rock* suave. Nada mais.

A adrenalina tomava conta de mim. Apesar do ar condicionado, eu estava encharcado de suor, que começava a entrar nos meus olhos. Tive de limpá-los com a mão esquerda, um olho de cada vez.

O quarto das meninas estava à minha frente. Pelo que eu me lembrava, havia um beliche e um imenso santuário dedicado a *Pocahontas* – camisetas e pôsteres, roupa de cama e uma daquelas bonecas que cantavam a trilha sonora ao ser apertadas.

Parei e me preparei para o pior.

Estendi a mão para o trinco e comecei a examinar o quarto. Nada. Ninguém.

Por milagre, o quarto estava limpo e arrumado. Havia pilhas de ursos de pelúcia e brinquedos sobre as camas. O tema favorito ainda era *Pocahontas*, mas *Toy Story* aparentemente vinha ganhando terreno.

Voltei gradualmente para o corredor, tratando-o como se fosse uma peça nova, porque eu não sabia o que podia ter acontecido durante o meio minuto em que saí de lá.

Andei lentamente até o quarto seguinte, as costas quase tocando a parede, a pistola à frente, os olhos saltando em todas as direções, pensando: "E se? O que eu faço se eles aparecerem naquela porta? E se?... E se?".

Quando me aproximei do quarto de Kev e Marsha, vi que a porta estava ligeiramente aberta. Eu ainda não podia enxergar muito bem lá dentro, mas, quando cheguei mais perto, comecei a sentir um cheiro. Um tênue odor metálico, e também cheiro de merda. Fiquei nauseado. Eu sabia que teria de entrar lá.

Ao dar a volta no batente da porta, tive meu primeiro relance de Marsha. Ela estava ajoelhada ao lado da cama, com o dorso sobre o colchão e os braços abertos. A colcha estava coberta de sangue.

Caí de joelhos no corredor e senti que estava entrando em estado de choque. Eu não podia acreditar que isso fosse verdade. Isso não estava acontecendo com aquela família. Por que matar Marsha? Eles deviam estar atrás de Kev. Eu só queria sentar e chorar, mas sabia que as crianças tinham estado na casa, e ainda podiam estar lá dentro.

Fiz um esforço para me controlar e comecei a me mexer. Entrei, me forçando a ignorar Marsha. O quarto estava vazio.

A próxima peça era o banheiro da suíte. Entrei, e o que vi me fez perder totalmente o controle. *Bang*, encostei-me na parede e deslizei para o chão.

Aida estava caída no chão entre a banheira e o vaso. Sua cabeça de cinco anos tinha sido quase separada dos ombros. Havia apenas dez centímetros de carne intacta, e eu podia ver as vértebras que ainda a seguravam.

Havia sangue em tudo. Sujei minha camisa e minhas mãos. Eu estava sentado numa poça dele, empapando as calças.

Virando o rosto e olhando para fora do banheiro, eu agora podia ver Marsha melhor. Tive de conter um grito. Seu vestido estava normal, mas a meia-calça tinha sido rasgada, a calcinha estava abaixada e ela tinha evacuado logo antes de morrer. Tudo o que eu podia ver dessa distância de cerca de cinco metros era uma pessoa de quem eu gostava muito, e talvez até amasse, de joelhos, e seu sangue espalhado por cima da cama. Tinham feito com ela o mesmo que com Aida.

Respirei fundo e limpei os olhos. Eu sabia que ainda tinha mais duas peças para checar – outro banheiro e o grande anexo em cima da garagem. Eu não podia desistir agora porque podia acabar sendo morto como eles.

Verifiquei as outras duas peças e sentei no patamar. Minhas pegadas cheias de sangue marcavam o carpete.

Pare, acalme-se e pense.

E agora? Kelly. Onde estava Kelly?

Então me lembrei do esconderijo. Por causa das ameaças a Kev, as meninas sabiam onde tinham de se esconder no caso de alguma coisa errada acontecer.

Esta lembrança me fez voltar a raciocinar. Se Kelly estivesse no esconderijo, estaria segura por enquanto. Era melhor deixá-la lá enquanto eu fazia as outras coisas que tinha de fazer.

Levantei-me e comecei a descer as escadas, com a pistola sempre apontada. Enquanto descia, podia ver o sangue que deixara no carpete onde eu havia sentado. Eu estava quase desejando que os filhos-da-puta aparecessem. Eu queria vê-los.

Peguei um pano e um saco de lixo na cozinha e comecei a andar pela casa limpando os trincos e outras superfícies onde pudesse ter deixado impressões digitais. Depois fui até as portas de correr do pátio e fechei as cortinas. Eu não queria que ninguém descobrisse impressões estranhas enquanto eu não estivesse longe dali, de preferência num avião para Londres.

Dei uma olhada rápida em Kev e vi que tinha recobrado o controle. Ele agora era apenas um corpo morto.

Voltei para o segundo andar, limpei o sangue de minhas mãos e rosto e peguei uma camisa, calças e um tênis no armário de Kev. As roupas dele não me serviam direito, mas era o que eu tinha no momento. Enrolei minhas roupas ensangüentadas e as coloquei no saco de lixo.

Capítulo Cinco

KEV TINHA ME MOSTRADO o "buraco", como ele chamava, construído sob uma escada aberta que levava a um pequeno depósito improvisado cheio de tralhas. Se Kev ou Marsha gritassem a palavra "Disneylândia", as crianças sabiam que tinham de se esconder lá – e não deviam sair até mamãe ou papai virem pegá-las.

Entrei na garagem. Empurrando um pouco a porta, vi o grande portão eletrônico à direita. A garagem podia facilmente acomodar mais três veículos além do carro da companhia de Kev. – Bela porcaria – eu me lembro dele dizendo –, todo o luxo e os acessórios modernos dos anos noventa num carro que parece uma geladeira dos sessenta.

As bicicletas das meninas estavam penduradas em suportes na parede, junto com o restante da tralha que as famílias acumulam nas garagens. Eu podia ver o ponto vermelho do *laser* na parede do fundo.

Entrei e olhei em volta. Não havia ninguém lá.

Voltei para a área da escada. Kelly provavelmente não iria sair a menos que mamãe ou papai a chamasse, mas, enquanto andava, comecei a chamar muito suavemente: – Kelly! É o Nick! Kelly, onde está você?

Todo o tempo a pistola estava apontada para a frente, pronta para responder a qualquer ameaça.

Andando lentamente na direção das caixas, eu disse: – Oh, bem, já que você não está aqui, eu vou embora. Mas acho que vou dar mais uma olhada, e aposto que você está escondida no lugar da Disneylândia. Vou dar só uma olhadinha... Aposto que você está aí.

Havia duas enormes caixas lá, uma do *freezer* e outra da máquina de lavar roupa. Kev tinha feito uma espécie de caverna com elas sob a escada, e guardava alguns brinquedos ali.

Enfiei a pistola na cintura. Eu não queria que ela visse uma arma, pois provavelmente já tinha visto e ouvido o suficiente.

Encostei a boca numa pequena fenda entre as caixas. – Kelly, sou eu, Nick. Não tenha medo. Eu vou engatinhar até você. Você vai ver a minha cabeça em um minuto, e eu quero ver um sorriso bem grande...

Fiquei de quatro e continuei falando gentilmente enquanto removia as caixas e tentava passar pela fenda, na direção da parede dos fundos. Eu queria fazer tudo bem devagar, pois não sabia como ela iria reagir.

– Você agora vai ver a minha cabeça, Kelly.

Respirei fundo e virei a cabeça, sorrindo, mas pronto para o pior.

Ela estava lá me encarando, os olhos arregalados de pavor, sentada em posição fetal, balançando o corpo para a frente e para trás, tapando as orelhas com as mãos.

– Olá, Kelly – eu disse com muita suavidade.

Ela deve ter me reconhecido, mas não respondeu. Apenas continuou se balançando, olhando fixamente para mim com seus olhos enormes e escuros.

– Papai e mamãe não podem vir buscá-la agora, mas você pode vir comigo. O papai me disse que assim seria bom. Você vem comigo, Kelly?

Ainda nada. Engatinhei para dentro da caverna até ficar ao lado dela. Ela tinha chorado, e mechas de cabelo castanho-claro estavam grudadas no seu rosto. Tentei afastá-las da boca. Seus olhos estavam vermelhos e inchados.

– Você está numa bagunça aí – eu disse. – Quer que eu limpe você? Vamos lá, vamos sair daqui e dar um jeito em você, OK? – Peguei a mão dela e guiei-a delicadamente para a garagem.

Ela estava usando *jeans*, camisa, tênis e uma jaqueta fofa de náilon azul. Seu cabelo era liso e tocava os ombros, um pouco mais curto do que eu me recordava, e ela era bastante esguia para uma menina de sete anos, com pernas longas e finas. Peguei-a no colo e a abracei com força enquanto a levava para a cozinha. Eu sabia que as outras portas estavam fechadas, e ela não veria seu pai.

Coloquei-a sentada numa cadeira. – Mamãe e papai disseram que eles tiveram de viajar por um tempo, mas pediram que eu cuidasse de você até eles voltarem, OK?

Ela tremia tanto que eu não sabia dizer se sua cabeça estava concordando ou se sacudindo.

Abri a geladeira, esperando encontrar alguma comida reconfortante. Dois grandes ovos de Páscoa meio comidos estavam numa prateleira. – Hmm, veja só. Você quer um pouco de chocolate?

Eu tinha um bom relacionamento com Kelly. Achava que ela era uma criança maravilhosa, e não só porque era filha do meu amigo. Sorri ternamente, mas ela continuou olhando fixamente para a mesa.

Quebrei alguns pedaços e coloquei-os num dos pratos que ela provavelmente tinha disposto sobre a mesa mais cedo com Aida. Desliguei o rádio: eu já tinha ouvido o suficiente daquele *rock* suave relaxante.

Quando olhei para ela de novo, subitamente me dei conta de que tinha feito uma besteira. O que eu ia fazer com ela? Eu não podia simplesmente deixá-la ali, sua família estava morta, espalhada pela casa. Mas, mais do que isso, ela me conhecia. Quando a polícia chegasse, ela poderia dizer "Nick Stone esteve aqui". Eles logo descobririam que Nick Stone era um dos companheiros de papai, e a casa estava cheia de fotografias nas quais ele aparecia. E se eles prendessem o bêbado sorridente das fotos de churrascos descobririam que, por alguma estranha razão, ele não era absolutamente Nick Stone, mas o filho mais novo da Sra. Stamford. Era hora de dar no pé.

O paletó de Kev estava pendurado numa das cadeiras. Eu disse: – Vamos enrolar você no casaco do papai para você ficar quentinha. – Assim, ela ao menos teria alguma coisa de seu pai, o que talvez a alegrasse.

A resposta foi apenas um pequeno choramingo. Ela estava quase em *rigor mortis* por causa do choque, embora desta vez tivesse virado a cabeça para olhar para mim. Este era o ponto no qual eu teria deixado Marsha assumir o controle, porque a mente de uma criança era complicada demais para mim. Mas hoje eu não podia fazer isso.

Aninhei o casaco em torno dela e disse: – Muito bem, olhe só, é do seu papai. Não conte a ele, ha, ha, ha! – Senti algo sólido num dos bolsos e verifiquei. – Veja que bom, podemos telefonar para ele mais tarde.

Espiei pela janela – nenhum movimento na rua. Peguei o saco de lixo, segurei a mão de Kelly e então me dei conta de que, para chegar à porta da frente, teríamos de sair da cozinha e passar pelo corredor.

– Fique sentada aqui um segundo – eu disse. – Preciso fazer uma coisa.

Dei uma olhada em volta para me certificar de que as portas estavam fechadas. Pensei novamente nas impressões digitais, mas, se tivesse me esquecido de limpar algum ponto, não havia nada que eu pudesse fazer agora. Meu único objetivo era sair da área e manter Kelly longe da polícia até compreender melhor as coisas.

Voltei para buscá-la e chequei novamente a frente da casa. Ela parecia estar com dificuldade para caminhar. Tive de segurar o colarinho do casaco de Kev e quase arrastá-la até o carro.

Sentei-a no banco do passageiro e sorri. – Muito bem, agora você está agasalhada. É melhor você cuidar do casaco do papai para que ele esteja bem bonito quando vocês se encontrarem.

Depois joguei o saco de lixo no banco de trás, me acomodei atrás do volante, afivelei o cinto de segurança e dei a partida. Começamos a nos afastar numa velocidade sensata, nada de exageros, nada que chamasse a atenção.

Tínhamos andado apenas algumas centenas de metros quando pensei em algo. Olhei para ela e disse: – Kelly, prenda o cinto de segurança. Você sabe como fazer isso?

Ela não se moveu, nem mesmo olhou para mim. Tive de ajudá-la.

Tentei começar uma conversa. – O dia está bonito, não é? Bem, parece que você vai ficar comigo por um tempo, nós precisamos nos dar bem.

Silêncio.

Minha mente voltou para o presente. O que eu ia fazer? O que quer que eu decidisse, sabia que no momento era péssimo estarmos ali. Precisávamos nos perder numa multidão. Fui para Tyson's Corner.

Virei-me para Kelly e sorri, tentando ser o Tio Nick brincalhão, mas não deu certo. Ela estava olhando ansiosamente pela janela, como se estivesse sendo arrancada de todos os seus pontos de referência e vendo-os pela última vez.

– Está tudo bem, Kelly. – Tentei acariciar seus cabelos.

Ela afastou a cabeça num repelão.

Foda-se, ela que fique assim. Se eu tiver sorte, vou poder largá-la em algum lugar muito em breve.

Meus pensamentos se voltaram para Kev. Ele havia dito que tinha algumas informações sobre meus "amigos do outro lado do oceano". Poderia ter sido o PIRA o responsável pela sua morte? Mas por quê? Era altamente improvável que eles começassem a fazer burradas como aquela, especialmente nos Estados Unidos. Eles eram muito inteligentes para cuspir no prato em que estavam comendo.

Outras coisas também não fechavam. Por que não houve luta? Tanto Marsha quanto Kev sabiam onde estavam as armas. Por que não tinham sido usadas? Por que a porta da frente estava aberta? Isso nunca iria acontecer. As pessoas não entravam simplesmente na casa de Kev vindas da rua, elas tinham de ser convidadas.

Senti uma onda de raiva. Se a família tivesse morrido num acidente de carro, tudo bem. Se os assassinos tivessem entrado e atirado neles, eu ficaria chateado, mas, no final das contas, se você vive pela espada, precisa estar preparado para morrer pela espada. Mas não daquele jeito. Eles tinham sido estraçalhados sem nenhum motivo compreensível.

Forcei-me a pensar racionalmente. Eu não podia telefonar para a polícia e explicar minha versão, de modo algum. Embora o serviço tivesse sido cancelado, eu ainda estava operando em outro país sem seu consentimento. Isso também acontece na Inglaterra, mas ser apanhado é uma grande complicação. A operação aqui seria vista como um sinal de traição e criaria desconfiança entre as duas comunidades de informação. O SSI não me daria cobertura de jeito nenhum, isso ia contra todo o sentido das operações negáveis. Eu estava sozinho.

Olhando para minha passageira, eu sabia que tinha um problema. Enquanto dirigia até Tyson's Corner, dei-me conta do que tinha de fazer. Vi um Hotel Best Western à esquerda e um centro comercial aberto à direita. Eu tinha de abandonar o carro porque, se alguém tivesse me visto, ele era uma das ligações entre mim e a casa. Eu precisava deixá-lo num lugar que não fosse isolado, um lugar sem câmeras de vídeo. Ao lado do centro comercial, com seu enorme estacionamento, havia um *drive-thru* do Burger King com estacionamento próprio.

É muito fácil abandonar um veículo no meio de centenas de outros num estacionamento durante o horário comercial, mas à noite ele pode acabar sendo o único carro no local, e vai chamar a atenção e ser checado pelas patrulhas da polícia. O que eu estava procurando era uma área muito movimentada durante o dia e à noite. Edifícios de estacionamento estavam fora de questão, porque em noventa por cento dos casos eles têm câmeras que tiram uma foto da placa e do motorista quando se entra. Em todos os grandes cruzamentos e ao longo das principais avenidas há câmeras de vídeo controlando o tráfego. Se o meu carro tivesse sido visto em frente à casa de Kev, a primeira coisa que eles iam fazer era estudar esses registros.

– Vamos comer um hambúrguer e tomar um *milk-shake*? – sugeri. – Você gosta de *milk-shake*? Vamos fazer assim: eu vou estacionar, e nós podemos até fazer umas compras.

Não seria uma boa idéia estacionar no Burger King, descer do carro e depois caminhar até o centro comercial: não é o comportamento normal. Poderia ficar gravado na cabeça das pessoas e ser lembrado mais tarde, e eu queria que nós dois parecêssemos o mais naturais possível.

– Morango ou baunilha – qual você prefere?

Sem resposta.

– Chocolate? Eu vou querer de chocolate.

Nada.

Parei o carro. O lugar estava bastante cheio.

Coloquei a mão sob seu queixo e virei delicadamente seu rosto para que ela olhasse para o meu enorme sorriso. – *Milk-shake*?

Houve um tênue movimento de cabeça, ou talvez fosse um gesto de assentimento. Nada de mais, mas pelo menos era uma reação.

Continuei: – Então você fica aqui, e eu vou sair, vou trancar o carro e pegar os *milk-shakes*. E depois nós vamos ver umas lojas. Que tal?

Ela olhou para a janela.

Fui em frente como se ela tivesse me dado uma resposta positiva. Saí do carro e tranquei-a lá dentro. Eu ainda estava com a pistola na cintura, escondida pela jaqueta de Kev.

Entrei no Burger King, comprei dois *milk-shakes* de sabores diferentes e voltei direto para o carro.

– O que vai ser, baunilha ou chocolate?

Ela manteve as mãos ao lado do corpo. – Vamos fazer o seguinte: eu fico com o de baunilha. Sei que você gosta de chocolate.

Coloquei o copo no colo dela. O frio nas pernas incomodou-a, e assim que ela ergueu o copo, eu disse: – Vamos lá, vamos para as lojas. Você pode levar o *milk-shake* junto.

Saímos do carro, e tranquei tudo. Não tomei nenhuma providência quanto às impressões digitais. Por mais que eu me esforçasse, não conseguiria apagar todas elas, então, para que me incomodar? Abri o porta-malas, tirei a sacola com as miudezas que tinha comprado em Shannon e deixei lá o saco de lixo cheio de roupas manchadas de sangue.

Parecia que ia chover. Enquanto andávamos na direção do centro comercial, eu continuava a falar com ela, porque a situação era muito estranha. O que mais você faz quando está caminhando com uma criança que não é sua filha e não queria estar com você?

Tentei pegar sua mão, mas ela recusou. Eu não podia insistir com ela com toda aquela gente ao redor, então segurei o ombro do casaco novamente.

Havia de tudo no centro comercial, desde um atacado de computadores até uma loja de artigos do exército, todas enfileiradas num longo prédio térreo que parecia uma ilha num oceano de automóveis.

Entramos numa loja de roupas, e eu comprei um *jeans* e uma camisa para mim. Eu ia me trocar assim que conseguisse tomar um banho e tirar o sangue de Aida das minhas costas e pernas.

Num caixa automático, retirei trezentos dólares, o máximo permitido pelo meu cartão de crédito.

Voltamos para o estacionamento, mas eu não retornei ao carro. Segurei-a com força enquanto caminhávamos na direção do hotel do outro lado da rua.

Capítulo Seis

Quando nos aproximamos, pude ver que o Best Western era, na verdade, separado da avenida por uma seqüência de edifícios térreos de escritórios. O que víamos eram os fundos do hotel.

Olhando para os dois lados, era óbvio que os cruzamentos que nos conduziriam até a frente do hotel estavam a quilômetros de distância. Decidi pegar um atalho. O tráfego era intenso, e o sistema de ruas não tinha sido imaginado para pessoas a pé. Com o número de pistas e o volume do tráfego, era como cruzar uma auto-estrada na Inglaterra, mas pelo menos havia semáforos que detinham os veículos e criavam pausas no fluxo de veículos. Segurei a mão de Kelly, corremos para o canteiro central e esperamos outro intervalo. Olhei para o céu: estava muito carregado, e a chuva não iria demorar.

Motoristas que provavelmente nunca tinham visto um pedestre antes buzinavam furiosamente, mas nós chegamos do outro lado e pulamos sobre gradis baixos na calçada. Mais ou menos à nossa frente havia um beco entre dois prédios de escritórios. Entramos por ali e atravessamos um terreno baldio que nos levou ao estacionamento do hotel. Enquanto caminhávamos entre as filas de veículos, memorizei o número de letras e dígitos das placas do estado da Virgínia.

O Best Western era um grande retângulo de quatro andares, de arquitetura típica dos anos oitenta. Todas as elevações eram de concreto e estavam pintadas de um tom amarelado enjoativo. Enquanto caminhávamos até a recepção, tentei olhar para dentro. Eu não queria que eles nos vissem chegar da direção do estacionamento, porque seria estranho andar toda aquela distância sem antes verificar se havia quartos disponíveis, e depois descarregar nossas malas. Eu esperava que Kelly continuasse calada quando entrássemos: eu só queria fazer o que era preciso e sair como se estivéssemos indo ver mamãe no carro.

No saguão, sussurrei para ela: – Você fica sentada aqui e eu vou conseguir um quarto para nós. – Dei a ela uma revista turística que estava numa das cadeiras, mas ela a ignorou.

Num canto, ao lado da máquina de café, havia uma TV de tela grande ligada num jogo de futebol. Fui até a recepcionista, uma mulher de uns quarenta anos que acreditava ainda ter vinte e quatro e assistia ao jogo provavelmente calculando suas chances com um dos zagueiros.

Todo sorridente, eu disse: – Preciso de um quarto familiar para uma noite, por favor.

– Pois não, senhor – ela disse, aluna laureada da escola de charme Best Western. – Preencha este cartão, por favor.

Quando comecei a escrever, perguntei: – Quanto custa a diária?

– São sessenta e quatro dólares, mais as taxas.

Ergui uma sobrancelha, para indicar que era muito dinheiro para um pai de família como eu.

– Eu sei – ela sorriu. – Sinto muito.

Ela pegou meu cartão de crédito, e eu preenchi a ficha com besteiras. Eu fazia isso há anos, mentir nas fichas de hotel, parecendo relaxado ao escrever, mas na verdade examinando quatro perguntas adiante. Preenchi um registro de automóvel também, e no número de ocupantes escrevi dois adultos e uma criança.

Ela me devolveu o cartão. – Aqui está. Sr. Stamford, seu quarto é o 224. Onde está seu carro?

– Dobrando a esquina. – Apontei vagamente para os fundos do hotel.

– OK, se o senhor estacionar perto da escada onde fica a máquina de Coca-Cola, suba o primeiro lance e vai ver o quarto 224 à esquerda. Tenha um bom dia!

Eu poderia descrever o quarto antes mesmo de enfiar a chave na fechadura e abrir a porta: uma TV, duas camas de casal, duas cadeiras e a típica obsessão do *designer* de hotéis americanos pelo verniz escuro nas madeiras.

Eu queria acomodar Kelly logo para poder usar o telefone. Peguei o controle remoto e zapeei na esperança de encontrar a Nickelodeon. Acabei encontrando uns desenhos animados. – Eu me lembro deste aqui, é muito bom – vamos assistir?

Ela se sentou na cama, olhando fixamente para mim. A expressão no seu rosto dizia que ela não estava gostando muito do passeio, e eu podia entender por quê.

– Kelly – eu disse –, vou deixá-la sozinha por alguns minutos, porque preciso dar um telefonema. Vou aproveitar e pegar alguma coisa para beber. O que você prefere? Coca? Sprite? Ou você quer um doce?

Não houve reação, então continuei. – Eu vou trancar a porta, e você não deve abrir para ninguém. Ninguém mesmo, OK? Vou usar a chave para entrar. Você fica aqui e assiste à TV, e eu só vou demorar cinco minutos, OK?

Novamente, sem reação. Pendurei o cartão de NÃO PERTURBE na porta, certifiquei-me de que estava com a chave e saí.

Eu estava indo até um telefone público que tinha visto na rua, porque não queria que ela ouvisse a conversa que eu ia ter. Eu não sabia muito a respeito de crianças, mas me lembrava de que quando eu tinha sete anos, nada acontecia na minha casa que eu não percebesse. Na remota chance de que não precisasse de um código de segurança, peguei o celular de Kev no bolso do seu paletó. Liguei o aparelho, e ele solicitou o código. Tentei duas combinações básicas de fábrica, quatro zeros e 1234. Nada. Eu não podia mais arriscar, pois com alguns telefones só se podia digitar o código errado três vezes, e depois ele era automaticamente cancelado e você precisava voltar à loja para reabilitá-lo. Desliguei o aparelho e guardei de novo no bolso. Eu perguntaria a Kelly mais tarde.

Atravessei o estacionamento e fui até a cabine telefônica. Fiquei por alguns instantes decidindo mentalmente o que queria dizer e depois liguei para Londres.

Em linguagem cifrada, eu disse: – Acabo de terminar um serviço e estou em Washington visitando um velho amigo. Ele trabalhava comigo dez anos atrás. Ele agora está trabalhando para o governo dos EUA. – Descrevi o problema e disse que Kelly e eu precisávamos de ajuda.

A linguagem cifrada não é um código mágico: o que você está tentando fazer é comunicar o que está acontecendo ao mesmo tempo em que despista algum ouvinte casual. Não vai enganar um profissional – é para isso que servem os códigos, a tinta invisível e todo o resto. Mas tudo o que Londres precisava saber era que eu estava na merda, que estava com a filha de Kev e precisava de ajuda. Rápido.

– Certo, vou transmitir a mensagem. Você tem um número de contato?

– Não. Ligo novamente em uma hora.

– OK, até logo.

Essas mulheres nunca deixavam de me surpreender. Elas jamais se abalavam com coisa alguma. Deve ser duro ser o marido delas num sábado à noite.

Desliguei o telefone e me senti um pouco melhor enquanto caminhava até um posto de gasolina. Eu sabia que a Firma ia tomar conta de tudo. Talvez eles tivessem de pedir alguns favores importantes nos Estados Unidos para me tirarem dessa merda, mas para que servem os amigos? Eles iam mexer todos os pauzinhos, nem tanto para livrar a minha cara, mas para terem certeza de que a operação não seria descoberta.

Eu estava tentando ver o lado positivo, mas o tempo não estava ajudando. Tinha começado a chuviscar quando eu saí do hotel, e agora caía uma chuva fina. Com sorte, a Firma nos buscaria ainda esta noite. Eles tomariam conta de Kelly, e eu seria mandado de volta para casa para outra entrevista sem café nem biscoitos.

Comprei no posto coisas para comer e beber para que pudéssemos ficar no quarto, longe dos olhos do público, e mais algumas guloseimas para passar o tempo. Depois, atravessei a rua e voltei ao hotel. Subi a escada, dobrei à esquerda e bati na nossa porta.

Enquanto abria, eu disse: – Comprei um monte de coisas: doces, sanduíches, batata-frita, trouxe até um livro dos *Goosebumps* para você ler!

Eu achava que era melhor comprar coisas para mantê-la distraída em vez de tentar consolá-la. Eu teria me sentido muito desconfortável fazendo isso, de qualquer maneira.

Ela estava deitada na cama exatamente onde eu a havia deixado, olhando na direção do aparelho de televisão, mas sem assistir de verdade, os olhos arregalados e fixos.

Larguei as compras na outra cama e disse: – Certo, acho que o que você precisa agora é de um bom banho quente. Eu até comprei um xampu do Buzz.

Assim ela teria algo para fazer e talvez saísse do estado catatônico em que estava. Além disso, quando eu a entregasse para a Firma, queria que eles vissem que eu tinha me esforçado, e que ela estava inteira e limpa. Afinal de contas, ela era filha do meu companheiro.

Abri as torneiras e chamei-a: – Vamos lá, tire a roupa!

Ela não respondeu. Voltei para o quarto, sentei na ponta da cama e comecei a despi-la. Achei que ela podia resistir, mas, em vez disso, ficou placidamente sentada enquanto eu removia sua camisa e a camiseta de baixo. – Você tira as calças – eu disse. Ela tinha apenas sete anos, mas eu achava estranho tirar as calças dela. – Vamos lá, abra os botões. – No fim, tive de fazê-lo eu mesmo. Ela estava a quilômetros de distância.

Carreguei-a para o banheiro. Testei a água e baixei seu corpo dentro da banheira. Ela se sentou sem dizer uma palavra.

– Temos um monte de sabonete e xampu – eu disse. – Você quer que eu a ajude a lavar o cabelo?

Ela ficou imóvel na água. Coloquei o sabonete na sua mão, e ela simplesmente olhou para ele.

Estava quase na hora de ligar para Londres novamente. Pelo menos eu não teria de sair do hotel desta vez. Kelly não poderia me ouvir do banheiro, mas eu ia deixar a TV ligada só para garantir.

Um desenho animado estranho e genial estava passando: quatro personagens meio homens, meio tubarões, usando *jeans* e dizendo coisas como "Mar-avilha!" e "Hora da pescaria!". *Tubarões do Asfalto*. Os créditos de abertura terminaram e eu disquei o número de Londres.

Imediatamente ouvi: – Número de IP, por favor.

Informei o número. Ela disse: – Um momento.

Alguns segundos depois, a linha caiu.

Isso era estranho. Disquei novamente, dei meu número de IP, e mais uma vez a ligação foi cortada.

Que porra estava acontecendo? Tentei argumentar comigo mesmo, tentei me convencer de que era apenas uma coincidência. Mas, bem no fundo, eu sabia a verdade. Aquilo tinha de ser deliberado. Ou isso, ou talvez pudesse haver uma mínima chance de o telefone estar com problemas. Não adiantava ficar pensando sobre o assunto, eu precisava agir.

Fui até o banheiro. – O telefone não está funcionando – disse. – Vou descer para ligar da rua. Será que precisamos de mais alguma coisa das lojas? Vamos fazer o seguinte: depois nós vamos descer juntos para fazer umas compras.

Os olhos dela não se desviaram dos azulejos na parede à sua frente.

Ergui-a da banheira e a enrolei numa toalha. – Você é uma menina grandinha, pode se secar sozinha. – Peguei a escova de cabelo que tinha comprado e arrastei-a para o quarto. – Depois de se secar, penteie o cabelo e se vista para me esperar. Talvez a gente tenha de dar uma saída. Não abra a porta para ninguém, OK?

Não houve resposta. Desconectei o telefone da parede e saí.

Capítulo Sete

Atravessei o estacionamento apreensivo. Eu não tinha feito nada de errado, então por que estavam me isolando? Será que a Firma ia me abandonar? Comecei a listar todas as possibilidades na minha cabeça. Eles achavam que eu era o assassino? Eles estavam me isolando agora como um prelúdio para negar tudo?

Cheguei ao telefone, disquei, e a mesma coisa aconteceu. Coloquei lentamente o fone no gancho. Sentei num muro baixo que fazia parte da entrada do hotel. Eu precisava pensar muito. Não levei muito tempo para concluir que havia somente uma opção, telefonar para a embaixada. Eu ia quebrar todas as regras dos manuais, não ia nem me dar ao trabalho de cumprir todo o protocolo. Liguei para informações e consegui o número. Fui atendido imediatamente.

– Alô, Embaixada Britânica. Como posso ajudá-lo?

– Quero falar com o OLOE.

– Perdão?

– OLOE. Oficial de ligação, operações especiais.

– Sinto muito, mas não temos um ramal com este nome.

– Entre em contato com o adido de defesa e diga a ele que tem alguém no telefone querendo falar com o OLOE. É muito importante. Preciso falar com ele agora.

– Aguarde um instante. – Ouvi um clique, e depois um quarteto de cordas tomou o lugar dela. Ouvi e esperei enquanto o cartão telefônico se esvaía.

Outra mulher surgiu na linha. – Alô, como posso ajudá-lo?

– Quero falar com o OLOE.

– Sinto muito, não temos ninguém com essa denominação.

– Então me passe para o AD.

– Sinto muito, mas o adido de defesa não está no momento. Posso ajudá-lo? Você gostaria de me informar seu nome e um número para contato?

Eu disse: – Ouça, estas são as notícias que eu quero que o OLOE ou o AD passem adiante: tentei telefonar com meu número de IP, 2422, e estou sendo ignorado. Estou numa situação muito ruim no momento e preciso de ajuda. Diga ao OLOE ou ao AD que se eu não conseguir contato com Londres vou divulgar o que tenho no meu cobertor de segurança. Vou ligar de novo daqui a três horas.

A mulher disse: – Perdão, o senhor poderia repetir?

– Não, você está gravando – a mensagem vai ser compreendida. O que você tem de fazer é passá-la para o AD ou o OLOE, pouco me importa qual deles. Diga a eles que eu vou ligar para Londres dentro de três horas.

Desliguei o telefone. A mensagem ia chegar onde importava. De qualquer forma, um deles provavelmente estava ouvindo a ligação.

Algumas operações de que eu havia participado eram tão sujas que ninguém ia querer que fossem expostas, mas isso era uma faca de dois gumes, pois também significava que uma pessoa como eu seria descartável se as coisas não andassem muito bem. Eu sempre acreditara que se você estivesse envolvido em operações negáveis para os serviços de inteligência e não tivesse preparada uma estratégia para o dia em que eles decidissem se livrar de você, então você merecia tudo o que acontecesse. O cabeça das operações sabia que os Ks tinham cobertores de segurança, mas todo mundo negava: os operadores negavam, o SSI negava. Eu sempre tivera certeza de que o SSI dedicava o mesmo afinco a descobrir onde estava escondido o baú de chantagem e às operações em si.

Eu agora tinha me comprometido. Era uma cartada que só podia dar uma vez, e eu jamais teria uma existência tranqüila depois disso. Eu tinha rompido com a Firma, e provavelmente teria de passar o resto da vida numa montanha do Sri Lanka, com medo da minha própria sombra.

E se a Firma decidisse admitir para os americanos que tinha havido uma operação que eles haviam esquecido de mencionar? Eles iam levar um tapinha na mão e depois dizer: "Este homem matou um de seus funcionários"? Não, não funcionava assim. A Firma não saberia se o meu cobertor era um blefe ou não, ou, caso fosse usado, que espécie de danos ele causaria nas mãos da imprensa. Eles teriam de pressupor que era verdade, teriam de ajudar. Não tinham escolha. Seríamos salvos pela Firma. Eu seria levado de volta para a Inglaterra e ficaria fazendo crochê até eles se esquecerem de mim.

Kelly estava deitada na cama com uma toalha enrolada no corpo quando retornei ao quarto. O desenho tinha terminado e havia uma voz anunciando notícias num tom escandaloso, mas eu não prestei muita atenção. Estava mais interessado em obter uma reação da menina. Parecia que a minha lista de amigos estava se esgotando rapidamente, e, mesmo que ela tivesse apenas sete anos de idade, eu queria sentir que estava do meu lado.

Eu disse: – Temos de ficar por aqui mais uma ou duas horas, e depois alguém vai vir...

E então eu percebi. A voz feminina do noticiário estava dizendo: "...assassinatos brutais e um possível seqüestro...". Voltei minha atenção para a tela.

Ela era negra e tinha uns trinta anos. Seu rosto estava em foco, com a casa de Kev ao fundo e o Daihatsu ainda na entrada da garagem. Policiais estavam ao redor de duas ambulâncias com as luzes acesas.

Peguei o controle remoto e desliguei a TV. – Kelly, menina levada – sorri –, você não lavou o pescoço. Volte para a banheira agora mesmo.

Eu quase a joguei para dentro do banheiro. – E não saia daí até eu chamar!

Liguei o aparelho de novo e baixei o volume.

A mulher disse: "...vizinhos relatam ter visto um homem branco de cerca de quarenta anos, um metro e oitenta de altura, cabelos castanhos e curtos. Ele chegou a casa num Dodge branco com placas da Virgínia aproximadamente às duas e quarenta e cinco da tarde de hoje. Estamos aqui com o Tenente Davies, do departamento de polícia do Condado de Fairfax..."

Um detetive careca estava parado ao lado dela. "Podemos confirmar que um homem com essa descrição esteve aqui e estamos pedindo a ajuda de outras testemunhas. Precisamos localizar a filha de sete anos dos Brown, Kelly."

A tela mostrou uma fotografia de Kelly e Aida em pé no jardim, com uma descrição falada. A transmissão voltou para o estúdio, onde dois apresentadores disseram que a família aparentemente tinha sido vítima de um crime relacionado às drogas. Um retrato deles apareceu na tela. "Kevin Brown era membro da Agência de Repressão às Drogas..." O âncora ampliou a discussão para o problema das drogas na área de Washington.

Nenhum som de água se espalhando vinha do banheiro, porque ela não estava na banheira. Estava no chão, embaixo da pia, na mesma posição fetal em que eu a encontrara em casa, cobrindo as orelhas com as mãos para bloquear as notícias que acabara de ouvir na TV.

Eu queria pegá-la no colo e a consolar, mas não sabia como. Decidi aparentar indiferença com o seu estado. – Oi, Kelly – sorri –, o que você está fazendo aí embaixo?

Seus olhos estavam tão apertados que eu podia ver rugas no seu rosto. Tomei-a nos braços e voltei para o quarto. – Ei, parece que você está com sono. Quer assistir TV ou prefere dormir? – Soava horrível até para mim, mas eu simplesmente não sabia o que dizer ou fazer. Era melhor fingir que nada tinha acontecido.

Puxei a toalha para vesti-la. Seu corpo agora já estava seco pelo próprio calor. – Vamos lá, vamos vestir uma roupa e pentear esse cabelo. – Eu estava realmente lutando com as palavras.

Ela ficou imóvel. Então, quando comecei a vestir sua camiseta, ela disse em voz baixa: – Mamãe e papai estão mortos, não é?

Enfiar a camiseta em seus braços de repente se tornou uma tarefa interessantíssima. – Por que você diz isso? Eu já lhe disse que eles me pediram para cuidar de você por um tempo.

– Então eu vou ver mamãe e papai de novo?

Não tive coragem de contar a ela. – É claro que vai. Só que eles tiveram de viajar muito rápido. Eu já disse, estava tarde demais para buscar você, mas eles pediram que eu fizesse isso. Assim que eles voltarem, vou levar você para ver papai, mamãe e Aida. Eu não sabia que ia levar tanto tempo, achei que iam ser só algumas horas, mas eles vão voltar logo.

Houve uma pequena pausa, enquanto ela digeria aquilo tudo. Peguei sua calcinha, passei seus tornozelos por ela e a puxei para cima.

– Por que eles não quiseram me levar, Nick? – Ela parecia triste com essa idéia.

Andei até a cadeira e peguei seu *jeans* e o casaco. Eu não queria que ela visse os meus olhos. – Não é que eles não quiseram levar você, mas houve um engano e por isso eles me pediram para cuidar de você.

– Como no *Esqueceram de Mim*!

Eu me virei e vi que ela estava sorrindo. Eu precisava me lembrar do filme. – Isso mesmo, como no *Esqueceram de Mim*. Eles deixaram você por engano! – Lembrei-me de ter assistido ao filme num vôo. Uma merda, mas com boas armadilhas. Voltei a me ocupar com seu *jeans*.

– Então, quando eu vou vê-los?

Eu não podia passar o dia inteiro juntando peças de roupa. Dei meia-volta e andei até a cama.

– Vai demorar um pouquinho, mas quando eu falei com eles no telefone, agora mesmo, pediram para eu lhe dizer que eles amam você e que estão com saudade, e que é para você me obedecer e ser uma boa menina.

Havia um sorriso radiante no seu rosto. Ela estava acreditando em tudo, e eu desejei ter a coragem de contar a verdade.

– Kelly, você precisa fazer o que eu mandar, entendeu?

– Entendi sim.

Ela assentiu, e eu vi uma criancinha precisando de afeto.

Eu me esforcei para dar meu melhor sorriso. – Lembre-se de que eles querem que eu cuide de você. – Olhei nos seus olhos. – Vamos lá, alegre-se. Vamos assistir à televisão.

Nós dois ficamos vendo os *Power Rangers*, cada um com uma lata de refrigerante. Eu não conseguia parar de pensar no noticiário. A foto de Kelly estava na TV. A recepcionista, a vendedora da loja de roupas, qualquer um poderia reconhecê-la. A esta altura, a embaixada certamente já teria telefonado para Londres, e todo mundo sabia o que estava acontecendo porque estava estampado nos noticiários. Não havia por que esperar três horas antes de ligar.

Eu teria de ir ao telefone público novamente, porque não queria que Kelly ouvisse. Vesti o casaco de Kev, guardei o controle remoto da TV no bolso, disse a ela aonde estava indo e saí.

Quando cheguei à escada ao lado das máquinas de Coca-Cola, olhei para baixo. Dois carros tinham parado em frente à recepção. Ambos estavam vazios, mas suas portas ainda estavam abertas, como se os ocupantes tivessem descido apressadamente.

Olhei mais uma vez. Além das antenas de rádio comuns, os dois veículos tinham antenas de sessenta centímetros na traseira. Um deles era um Ford Taurus branco e o outro um Caprice azul.

Não havia tempo para pensar, só o bastante para dar a volta e correr para a saída de incêndio dos fundos como um possuído.

Capítulo Oito

Agora não era a hora de me preocupar em saber como eles tinham nos encontrado. Enquanto eu corria, as alternativas começaram a se suceder na minha cabeça. A mais óbvia era deixar Kelly onde estava e permitir que a levassem. Ela era uma bola de ferro acorrentada aos meus pés. Sozinho, eu poderia fugir.

Então, por que parei de correr? Eu não tinha muita certeza; meu instinto dizia que ela tinha de vir comigo.

Voltei para o quarto e abri a porta de supetão. – Kelly, precisamos ir! Vamos lá, levante-se!

Ela estava começando a dormir. Havia uma expressão de terror no seu rosto, por causa da minha mudança de tom.

– Precisamos ir!

Recolhi seu casaco, peguei-a no colo e fui em direção à porta. Juntei seus sapatos e enfiei-os no bolso. Ela emitiu um som que era um misto de medo e protesto.

– Segure-se bem! – eu disse. Suas pernas estavam em torno da minha cintura.

Saí no corredor. Bati a porta atrás de nós, e ela se trancou automaticamente. Eles teriam de derrubá-la. Chequei rapidamente o corredor, sem me preocupar em olhar para baixo para ver o que estava acontecendo. Eu logo saberia se eles estivessem atrás de nós.

Peguei à esquerda e corri até o fim do corredor, dobrei à esquerda novamente e lá estava a saída de incêndio. Empurrei a barra, e ela se abriu. Estávamos numa escada aberta de concreto nos fundos do hotel, de frente para o centro comercial, a cerca de quatrocentos metros.

Ela começou a chorar. Não havia tempo para ser bonzinho. Segurei sua cabeça de modo que o rosto ficasse bem próximo ao meu. – As pessoas vieram para levar você embora, entendeu? – Eu sabia que isso iria apavorá-la, e provavelmente confundiria ainda mais sua cabecinha, mas não me importava. – Estou tentando salvar você. Cale a boca e faça o que eu mandar!

Apertei com força sua bochecha e sacudi seu rosto. – Você entendeu, Kelly? Fique quieta e se agarre bem em mim.

Enterrei seu rosto no meu ombro e me precipitei pelos degraus de concreto, procurando uma rota de fuga.

À nossa frente havia mais ou menos quarenta metros de grama, e depois uma cerca de arame de dois metros de altura que parecia velha e enferrujada. Do outro lado da cerca ficavam os fundos da longa seqüência de prédios de escritórios da rua principal. Alguns eram de tijolos, outros, de gesso, todos de diferentes estilos construídos nos últimos trinta anos. A área dos fundos estava cheia de tralhas e grandes latões cilíndricos.

Havia um caminho que cruzava o terreno baldio e levava a um ponto onde a cerca de arame tinha caído ou sido derrubada. Talvez os funcionários do hotel e dos escritórios usassem-no como atalho.

Carregar Kelly era como usar uma *bergen* do lado errado. Ela ia me atrapalhar muito se eu tivesse de correr rápido, então passei-a para as minhas costas, enlaçando as mãos sob seu traseiro. Cheguei à base da escada, parei e escutei. Não os ouvi gritar ou derrubar a porta do quarto. Eu tinha de correr e atravessar o terreno na direção do buraco na cerca, mas era importante fazê-lo corretamente.

Ainda com Kelly na garupa, e sem me importar em explicar-lhe o que estava acontecendo, fiquei de quatro. Abaixei-me até uns trinta centímetros do chão e depois estiquei lentamente o pescoço para espiar pela quina do prédio. Depois de ver o que estava acontecendo, talvez eu escolhesse uma rota diferente.

Os dois carros ainda estavam perto da máquina de refrigerante. Os filhos-da-puta obviamente estavam lá em cima. Eu não sabia quantos eram.

Percebi que, de onde estavam, eles não enxergavam a maior parte do terreno baldio. Comecei a correr. A chuva tinha sido leve, mas constante, e o chão estava lamacento. O terreno era razoavelmente cuidado e havia somente alguns pedaços de papel, latas de refrigerante e caixas de hambúrguer espalhadas aqui e lá. Avancei na direção do buraco na cerca.

Kelly estava ficando pesada. Eu dava passos curtos e rápidos, sem dobrar muito os joelhos, apenas o bastante para agüentar o peso dela, curvando o dorso para a frente como se estivesse carregando uma *bergen*. Ela soltava grunhidos involuntários de acordo com os movimentos da corrida, quando o ar era expulso de dentro dela.

Chegamos até a parte rompida da cerca, que estava enterrada na lama. Ouvi barulhos de pneus cantando, depois o protesto da suspensão e da lataria. Não olhei em volta, só me abaixei e dei passos mais largos.

Depois de atravessarmos a cerca, chegamos aos fundos dos prédios de escritórios. Não encontrei a passagem pela qual tínhamos vindo antes. Dobrei à esquerda, procurando outro atalho para a rua principal. Devia haver uma.

Sobre o piso pavimentado, eu agora podia aumentar minha velocidade, mas Kelly começava a deslizar. Gritei: – Segure firme! – e senti que ela se contraía. – Mais firme, Kelly, mais firme!

Não estava funcionando. Com a mão esquerda, segurei seus dois pulsos e puxei-os para baixo na minha frente. Ela agora estava segura, e eu podia usar a mão direita para me impulsionar para a frente. Minha prioridade era alcançar uma boa velocidade e me distanciar. Eles logo estariam correndo atrás de mim, eu precisava achar aquele beco.

É estranho quando pessoas sem treinamento são perseguidas. Inconscientemente, elas tentam abrir a maior distância possível entre seus perseguidores e, seja em ambiente rural ou urbano, elas acham que isso significa seguir em linha reta. Na verdade, o que você tem de fazer é aproveitar todos os ângulos possíveis, especialmente numa cidade. Se você chega a um cruzamento com quatro opções, isso torna a tarefa dos perseguidores mais difícil, pois eles têm uma área maior para cobrir e precisam se separar. Uma lebre sendo caçada no campo não corre em linha reta, ela dá um grande salto, muda de direção e lá se vai de novo – os caçadores estão reunindo forças em linha reta e de repente também têm de mudar de direção, o que significa ir mais devagar, reavaliar. Eu ia ser como a lebre. Assim que chegasse ao fim da passagem, dobraria à direita ou à esquerda, ainda nem sabia qual, e correria o mais rápido possível até me deparar com outras opções.

Encontrei o beco. Não havia tempo para pensar se era a decisão certa, apenas para decidir. Ouvi gritos atrás de mim, talvez a cem ou cento e cinqüenta metros de distância. Mas não eram para mim – eles eram profissionais demais para isso, e sabiam que não teria efeito algum. Ouvi os carros dando a volta. Eles iam tentar me interceptar. Eu corri.

A esta altura, eu estava sem fôlego com aquela criança nas costas. Minha boca estava seca, e eu começava a suar. A cabeça dela estava batendo na minha nuca, e eu a segurava com tanta força que seu queixo se enterrava no meu pescoço. Ela estava começando a sentir dor e estava chorando.

– Pare, Nick, pare!

Eu não ouvia. Cheguei ao fim da passagem e entrei num mundo totalmente diferente.

Na minha frente havia uma rua estreita que tinha a extensão dos prédios de escritórios e, do outro lado, um barranco gramado que terminava na avenida principal. Adiante dela estavam o centro comercial e o estacionamento. O barulho do trânsito abafava os gritos de Kelly. O fluxo de veículos era rápido em ambas as direções, apesar de a rua estar molhada. A maioria deles estava com os faróis acesos e os limpadores de pára-brisa no intermitente. Parei.

Nós devíamos parecer uma visão: um homem carregando uma menina descalça nas costas, bufando e arquejando barranco abaixo, com a criança gemendo cada vez que sua cabeça batia na nuca dele. Pulei as barras de proteção lateral da avenida, e agora estávamos jogando roleta-russa com o trânsito de

Washington. Os carros buzinavam ou freavam abruptamente para não nos atropelar. Parecia que o meu novo nome era imbecil, ou maluco, ou filho-da-puta. Eu não reparava em ninguém, nem mesmo naqueles que salvaram nossas vidas ao frearem. Apenas segui correndo.

Kelly estava gritando. O trânsito a apavorava tanto quanto a corrida. Durante toda a sua curta vida ela provavelmente tinha sido advertida para não brincar perto da rua, e aqui estava ela nas costas de um adulto, com carros e caminhões zunindo em volta dela.

Ao pular as barras do outro lado, eu também estava começando a entrar em pânico. Kelly sem dúvida estava me atrasando, e eu ainda tinha uma boa distância para correr antes de me sentir seguro. Serpenteei pelo estacionamento, usando a altura de picapes e vans para nos esconder.

Na extremidade direita do centro comercial ficava a CompUSA, uma megaloja de computadores, e era para lá que eu estava me dirigindo. Sempre há uma boa chance de que uma loja grande localizada numa esquina tenha mais de uma entrada. Eu imaginava que haveria um acesso pelo outro lado, talvez pelos fundos, de modo que, mesmo que eles me vissem entrar, teriam problemas.

Eu sabia que a loja ia ser difícil para eles porque eu mesmo tivera de fazer isso na Irlanda do Norte. Se um jogador entrava num *shopping*, mandávamos somente um dos nossos para segui-lo e depois corríamos para bloquear todas as entradas. Já era difícil o bastante quando conhecíamos o alvo, pior ainda termos de encontrá-lo e identificá-lo. Se ele fosse bem treinado, podia pegar um elevador, sair por uma porta, voltar por outra entrada e subir dois andares, depois descer apenas um e sair pelo estacionamento, e pronto. Se esses rapazes fossem inteligentes, começariam a bloquear as saídas assim que vissem onde eu tinha entrado. Eu precisava ser rápido.

Entramos pelas grandes portas automáticas. Era uma imensa loja tipo faça-você-mesmo, com corredores e corredores de equipamentos para escritórios, computadores e pacotes de programas. Passei pelos caixas sem pegar um carrinho, ainda com Kelly nas costas. O lugar estava apinhado. Fiquei parado lá, encharcado de suor, com o peito arfando para cima e para baixo enquanto lutava para recuperar o fôlego e Kelly chorava. As pessoas começaram a olhar para nós.

Kelly gemeu: – Quero descer agora!

– Não, vamos sair daqui.

Dei uma olhada para trás e vi dois rapazes cruzando o estacionamento. Com seus ternos, eles pareciam policiais à paisana e estavam correndo na direção da loja, provavelmente para bloquear as saídas. Eu tinha de criar alguns ângulos, começar a confusão. Percorri um corredor atulhado de jogos e CD-ROMs, dobrei à direita e corri ao longo da parede do fundo, procurando uma saída. Porra, não havia saída alguma. A loja parecia ser uma grande unidade fechada. Eu não podia sair por onde tinha entrado e, se não encontrasse outra saída, ia passar o resto do dia correndo em círculos pela loja.

Uma vendedora jovem olhou para mim, virou-se e saiu trotando pelo corredor, obviamente procurando o gerente ou os guardas da segurança. Segundos depois, dois homens em mangas de camisa com crachás começaram a se aproximar de nós. – Com licença, podemos ajudá-lo? – Muito educados, mas na verdade querendo dizer "o que você está fazendo na nossa loja?".

Não havia tempo para responder. Corri para os fundos, procurando uma entrada de serviço, portas de emergência, janelas abertas, qualquer coisa. Por fim, encontrei a placa que esperava ver: Saída de Emergência. Corri para ela, empurrei-a e o alarme soou.

Estávamos na rua, numa plataforma de entregas, onde os caminhões podiam dar a ré e descarregar.

Desci os quatro ou cinco degraus metálicos e cheguei ao chão. Enquanto começava a correr para a esquerda, gritei para Kelly que se agarrasse em mim com força.

Os fundos do centro comercial estavam desertos, apenas uma longa faixa de áreas administrativas, com latões, caçambas de entulho e até um contêiner separado do caminhão sendo usado como depósito. Eram pilhas de caixas de papelão e sacos cheios de lixo por todos os lados, um dia inteiro de rejeitos. Depois da faixa asfaltada havia uma cerca de arame que contornava toda a área, provavelmente com cinco metros de altura, e além dela um terreno baldio com árvores e arbustos. Depois dele, imaginei, haveria mais estacionamentos e lojas.

Eu me sentia um rato encurralado. Agora havia apenas duas saídas, as passarelas de serviço nas duas extremidades da longa fileira de lojas.

Capítulo Nove

Eu não conseguiria pular a cerca com Kelly nas costas e, se tentasse atirá-la para o outro lado, ela quebraria as pernas. Comecei a correr para a esquerda, ao longo dos fundos das lojas, na direção das passarelas. Não era uma boa idéia, eles tinham tido tempo demais para reagir, e a rua estaria bloqueada.

Eu precisava tomar uma decisão rapidamente. Andei até uma das áreas de coleta de latões, sacos de lixo e caixas de papelão.

Desci Kelly das minhas costas e a coloquei no meio do entulho, atirando caixas sobre ela e movendo outras para tapar os espaços dos lados.

Ela me olhou e começou a chorar.

Eu disse: – Disneylândia, Kelly! Disneylândia!

Ela me encarava, com lágrimas descendo pelas bochechas, e eu atirei mais duas caixas por cima dela.

– Eu vou voltar, prometo.

Enquanto corria, olhei para o contêiner ao lado da cerca. Era uma coisa imensa, da altura de um caminhão. Sem trinta quilos de criança nas costas, correr na direção dele era como flutuar no ar. Finalmente, eu estava no controle. Parecia que eu tinha perdido a bola de ferro.

Correndo como um louco, usando as latas e caixas como cobertura, eu de repente avistei o porta-malas de um carro despontando numa das áreas de descarga. Era um modelo da metade dos anos oitenta, não um dos carros que estavam me perseguindo. Eu ia verificar se as chaves estavam na ignição e, se não tivesse tanta sorte, cruzaria o terreno até o contêiner.

Um caminhão estava estacionado perto de outra área de descarga. Comecei a correr. Um homem vinha a toda velocidade na direção oposta, nossas cabeças se chocaram, e ambos caímos no chão.

– Merda! – Olhei para ele ainda estonteado; ele estava de terno. Eu não ia me arriscar de jeito nenhum. Fiquei em pé e investi contra ele, jogando-o sobre o carro, enquanto ele tentava me agarrar.

Ao empurrá-lo, senti que seu corpo era sólido. O filho-da-puta estava usando colete à prova de balas.

Prensei-o contra o carro, dei um passo para trás e puxei minha arma, acionando a mira *laser* com o polegar.

Depois, tonto, caí de joelhos. Eu estava vendo estrelas, e minha cabeça estava girando, e ele provavelmente estava no mesmo estado. Baixou os olhos para mim, confuso, mas tentando tomar uma decisão. Mirei no rosto dele.

– Não faça isso – eu disse. – Não desperdice sua vida por isso, não vale a pena. Mãos para cima, agora!

Quando suas mãos se moveram, pude ver que ele usava aliança de casamento. – Pense na sua família. Não vale a pena morrer por isso. Número um, você está errado, não fui eu. Número dois, eu vou matar você. Ponha as mãos na cabeça.

Minha mente estava voltando ao normal. O que eu ia fazer agora? Os carros deles iam chegar aqui muito em breve.

– Fique de joelhos – eu disse. – Vire para a direita. Vá para trás do veículo.

Eu me levantei do chão e cambaleei atrás dele. Meus olhos ainda estavam ardendo, como se eu tivesse aspirado gás CS.

Estávamos entre a área de descarga e o carro. Ele conhecia o jogo e devia estar pensando na esposa e nos filhos. Passei a pistola para a mão esquerda e rapidamente enfiei o cano na sua axila, enterrando-a no tecido da jaqueta. Senti seu corpo se contrair e ouvi um pequeno grunhido.

– Vou explicar os fatos para você – eu disse. – Esta arma está enterrada nas suas roupas. Estou com o dedo no gatilho, e a trava de segurança está desativada. Se você fizer bobagem, vai se matar. Entendeu?

Ele não reagiu.

Eu disse: – Vamos lá, não é tão difícil. Você entendeu?

– Sim.

– Ponha as mãos na cabeça.

Com a mão direita, peguei sua arma. A minha tinha apenas um pente. Ele estava carregando uma Sig .45 num coldre sobre o rim direito e três pentes no cinto. A Sig é uma das armas aprovadas pelo FBI.

Ele tinha cerca de trinta anos e parecia saído diretamente do cenário de *S.O.S. Malibu*: loiro, bronzeado, em forma, bonitão, mandíbula quadrada. Senti cheiro de creme hidratante: esse garoto queria manter a pele macia. Ou talvez tivesse um bebê. E daí? Se ele se mexesse, estaria morto.

Havia um fio branco atrás da sua orelha, ligado a um fone de ouvido.

– Quem é você? – perguntei. Não que fizesse muita diferença se ele fosse do FBI ou um policial à paisana.

Sem resposta.

– Ouça, eu não matei aquela família. Eu não os matei. Você está entendendo?

Nada. Eu sabia que não ia conseguir fazer o salva-vidas falar. De qualquer maneira, eu não tinha tempo para perder tentando.

Peguei o rádio e o dinheiro que havia em seu bolso. Depois, ainda com a pistola em sua axila, sussurrei alto sobre o meu ombro: – Fique onde está, Kelly! Não se preocupe, eu estou indo! – Segurei-o com mais força. – Kelly, eu disse que estamos indo embora. – Se eles achassem que Kelly ainda estava comigo quando eu escapasse, talvez passassem a vasculhar outra área.

Voltei para ele e disse: – Eu vou tirar minha arma agora. Não tente me ferrar, não vale a pena. – Gradualmente retirei a pistola, mostrando que poderia atirar a qualquer momento. Eu estava atrás dele, com a arma agora apontada para sua cabeça. Ele sabia disso.

Eu disse: – Você sabe o que eu vou ter de fazer agora, não sabe?

Ele assentiu quase imperceptivelmente.

Apanhei uma cantoneira de ferro de uma prateleira desmontada e lhe dei as boas notícias onde o pescoço encontrava o ombro. Ele desabou na hora. Para garantir, chutei-o algumas vezes na cabeça e no saco. Afinal de contas, ele não ia ficar mais irritado comigo por causa desses chutes, uma vez que provavelmente já quisesse me matar antes, mas eu precisava impedi-lo de dar o alarme. Um profissional como esse garoto sabia que isso podia acontecer, e, se os papéis fossem trocados, ele estaria fazendo as honras. Ele certamente ia ficar fora do ar por uns dez minutos, e era tudo o que eu precisava.

Saí de trás do carro e dei uma olhada ao redor. Ninguém à vista. Corri na direção do contêiner: havia um latão ao lado dele que eu podia usar como trampolim. Pulei, joguei o corpo para cima e consegui colocar os braços no alto e depois escalar com as pernas. Dali, era uma queda de 5 metros para a liberdade.

Uma placa indicava o caminho para o calçadão Maylords. Dobrei à esquerda e corri ao longo do gramado, passei pelas lixeiras e cheguei em outra área de estacionamento. Fui direto para o calçadão, porque ele prometia cobertura. Eu estava precisando de um banheiro e, com sorte, também haveria uma saída para o outro lado do centro comercial.

O calçadão parecia ser um minishopping, composto principalmente por lojas de sapatos e papelarias. Encontrei o bloco de conveniências perto da lanchonete, na metade do caminho. Olhando mais à frente, pude ver que o calçadão tinha outro acesso. Entrei nos banheiros.

Dois homens tinham se aliviado e estavam lavando as mãos. Entrei num dos cubículos e sentei no vaso para me acalmar.

Coloquei o transmissor na orelha e liguei o rádio. Não consegui captar coisa alguma, porque o som estava muito entrecortado, mas isso não significava nada. Eu provavelmente estava numa zona morta.

Usei papel higiênico para tirar o sangue e a lama dos meus sapatos e calças e me limpei o melhor possível. Quando tive certeza de que o banheiro estava vazio, fui até a pia e lavei o rosto e as mãos. Eu ainda não conseguia ouvir nada além de estalidos.

Fui para a lanchonete, comprei um *capuccino* e sentei a uma mesa que me permitia enxergar as duas saídas do calçadão. Eu não parecia estranho com o transmissor na orelha porque muitos detetives e guardas de segurança das lojas o usavam.

De repente, as vozes deles surgiram na rede. Estavam conversando livremente, como se o rádio fosse seguro, sem usar códigos. Chequei, e havia uma entrada no rádio para o codificador – o dispositivo que programa os códigos escolhidos para o rádio. Quando ele é usado por dois ou mais aparelhos, eles podem falar entre si com segurança, e os outros só vão ouvir chiados.

Alguns homens estavam checando os fundos, onde o garoto tinha ficado desacordado, e outros estavam em lugares que eu não consegui identificar. O que eu não conseguia ouvir era uma estação-base, um controle central. Comecei a desconfiar daquilo. Depois pensei: por que foram esses caras, e não a polícia fardada, que tinham aparecido no hotel? Eles pensavam que eu era um assassino e seqüestrador e, em situações como esta, eu esperaria ver equipes da SWAT fortemente armadas pulando de vans Chevrolet. Compreendi que foi isso o que me fez voltar para buscar Kelly sem saber. Eu deveria ter checado a identificação do rapaz dos fundos. Agora era tarde demais.

Como eles me encontraram tão rápido no Best Western? Será que minha ligação para Londres tinha sido rastreada até o quarto? Impossível: rápido demais. Teria sido meu cartão de crédito, quando fiz o *check-in*? Ainda mais improvável. Somente a Firma sabia detalhes dos meus documentos falsos, e eles não teriam me entregado porque teriam medo de que os americanos descobrissem sua operação negável. Podia ter sido a recepcionista, que assistiu ao noticiário e reconheceu a fotografia de Kelly. Mas mesmo assim, alguma coisa não fechava. Comecei a me sentir muito desconfortável.

Esses caras não eram um grupo Mickey Mouse. Quando encontrei o salva-vidas do *S.O.S. Malibu*, ele vestia um paletó trespassado aberto. Mas, só agora, pensando melhor, eu recordava que, na verdade, o paletó não estava aberto desde o início: ele tinha fecho de velcro.

Ouvi mais vozes no rádio. Eles tinham encontrado o salva-vidas, seu nome era Luther, mas quem quer que fosse o chefe da operação não estava muito preocupado com o estado de seu agente. Ele só queria saber se Luther era capaz de falar.

– Sim, ele está bem.

– Ele está sozinho?

– Sim, está.

– Ele viu o alvo?

– Não, ele disse que não viu o alvo, mas eles ainda estão juntos.

– Ele sabe em que direção eles foram?

Houve uma pausa.

– Não.

Imaginei Luther sentado no chão com a cabeça apoiada no carro, sendo questionado pelos colegas e sentindo muita raiva de mim. Ao fundo, eu podia ouvir a voz dele murmurando informações. Ele parecia quase bêbado.

Outro agente disse: – Nem idéia da direção. E mais uma coisa... ele está armado. Ele tinha uma arma com ele e também pegou a de Luther… Espere.

Ouvi um clique, e o homem que estava com Luther ressurgiu na rede com a voz muito agitada. – Temos um problema: ele está com o rádio! Ele está com o rádio!

O chefe voltou. – Merda! Todos, todas as estações, cortar comunicação! Encerrar imediatamente! Fora!

O transmissor ficou mudo. Eles iam desligar os rádios e programar um novo código. O rádio de Luther estava obsoleto. O que eu não daria agora por um codificador.

Capítulo Dez

Luther disse que não tinha visto o alvo, então era atrás de Kelly que eles estavam, e não de mim. Meu rosto queimava de raiva. Estas eram as pessoas que tinham matado Kev, tinham de ser. Esta perseguição não tinha nada a ver com a polícia, tratava-se de pessoas que queriam terminar seu serviço. Talvez eles achassem que Kelly os tinha visto.

Eu já tinha terminado meu café, e a garçonete tinha retirado a xícara. Eu estava começando a incomodar, outras pessoas esperavam pela minha mesa. Voltei para o banheiro. O controle remoto da TV ainda estava no meu bolso. Joguei-o no lixo, junto com o rádio agora inútil.

E quanto a Kelly? O que eu tinha a ganhar voltando? E se eles a tivessem encontrado, removido dali e estivessem esperando que eu fosse buscá-la? Era o que eu teria feito. Eu podia pensar num monte de razões para não voltar.

Besteira.

Caminhei para a saída que dava para o centro comercial. Eu podia ver a ponta do telhado da CompUSA. O estacionamento ainda estava cheio e chovia mais forte. Virei o colarinho do casaco de Kev para cima e olhei para a avenida. A Wendy's parecia uma ilha deserta no meio dos carros. Era hora de mais um café. Procurei algum sinal de meus novos amigos na rota que eu tencionava seguir, e novamente usei os veículos mais altos como cobertura.

Levei meu hambúrguer e o café para uma mesa ao lado da janela. Eu não podia ver os fundos dos prédios, mas enxergava a passarela de serviço mais próxima, aquela para a qual eu estava correndo quando encontrei Luther. Melhor do que nada. A Wendy's tinha uma praça de brinquedos, o que oferecia uma ótima cobertura. As crianças berravam numa banheira de bolas de tênis multicoloridas enquanto seus pais esperavam sentados, como eu.

Fiquei olhando para a chuva através da janela. Relembrei as vezes em que fazia arte quando criança, levava uma surra do meu padrasto e tinha de dormir na casinha dos fundos. Eu morria de medo da chuva que batia nas telhas de plástico transparentes meio soltas e ficava encolhido num canto, pensando que, se a chuva pudesse me pegar, o bicho-papão também poderia. Como soldado, e depois K, eu tinha sido baleado, espancado, preso, mas nunca senti tanto medo quanto naqueles momentos. Pensei em Kelly abandonada no seu esconderijo improvisado, a chuva batendo nas caixas de papelão. Depois apaguei essa imagem da minha mente. Ela ia superar isso. Eu não deveria deixar que isso me atrapalhasse, já tinha feito coisas piores.

Ainda olhando pela janela, vi o Taurus branco sair de trás do centro comercial e percorrer o estacionamento, parar no cruzamento e acompanhar o fluxo do trânsito. Pelo que eu podia ver, havia quatro passageiros, todos de terno, embora na chuva fosse difícil ter certeza. Quatro homens era uma boa indicação de que estavam indo embora: se estivessem levando Luther para o hospital, haveria no máximo três no carro, um dirigindo, um cuidando do ferido. Os outros teriam ficado para trás. Eu estava começando a sentir que precisava tomar uma decisão.

Eu teria de mudar minha aparência, e com pouco dinheiro: eu tinha cerca de quinhentos dólares no total, e ia precisar de cada centavo.

Terminei o café e voltei para o calçadão. Achei uma loja de roupas e comprei uma capa de chuva de algodão leve que podia ser dobrada até ficar do tamanho de um lenço. Também comprei um boné Kangol, do tipo que se usa virado para trás, para que o logo ficasse mais visível.

Depois fui até a Hour Eyes e comprei um par de óculos de aro grosso e sem grau. Óculos realmente alteram o formato de um rosto. Sempre que eu precisava de uma mudança de visual para um serviço, um corte de cabelo e um bom par de óculos bastavam. Usar uma cor diferente e assumir outro estilo era o mínimo necessário.

Voltei ao banheiro para me ajeitar. Arranquei o forro do bolso da capa de chuva com os dentes. Minha recém-adquirida Sig .45 estava dentro das calças, na frente, e os pentes estavam no meu bolso. Se as coisas desandassem, eu poderia sacar a arma e atirar através do casaco.

Eu queria usar a última meia hora de sol para fazer um reconhecimento da área das latas de lixo. A retirada podia ser um blefe, e eu queria me certificar de que ninguém estava à minha espera. A idéia era dar uma volta de trezentos e sessenta graus em torno da área, mas antes eu queria voltar e passar na frente do hotel. Queria ver se havia carros da polícia por ali, para confirmar se aquela era ou não uma operação oficial. Se Luther e seus amigos estivessem atrás de um suspeito de assassinato, a polícia deveria estar lá agora, coletando digitais e depoimentos.

Vesti meu disfarce e olhei no espelho para ver o cara mais moderno de Washington – bem, quase. Se alguém olhasse de perto ia pensar que eu era o velho mais metido a moderno da cidade. Girei o boné para a frente e saí. Cruzei o estacionamento, atravessei a avenida no cruzamento e retornei ao Best Western. Não vi nada. Tudo parecia perfeitamente normal, nenhum carro de polícia à vista.

Enquanto voltava, pensei no estado em que haviam deixado Kev, Marsha e Aida. Por que fazê-los em pedaços? Luther e seus amigos não eram viciados, eram profissionais, não fariam coisa alguma sem motivo. Talvez eles quisessem que parecesse um crime relacionado a drogas para despistar. Dado o número de atentados contra a vida de Kev nos últimos anos, seria perfeitamente razoável a polícia supor que um deles finalmente tinha sido bem-sucedido, e que os agressores tinham massacrado a família toda como um aviso para outros. Mas eu sabia que esse não era o motivo. Eles tinham matado Marsha porque não podiam ignorar a possibilidade de que ele tinha contado a ela o que sabia, e depois tiveram de matar Aida simplesmente porque não queriam testemunhas. Kelly devia sua vida ao fato de que eles não a tinham visto. Foi provavelmente só depois dos noticiários que eles se deram conta de que não tinham terminado o serviço e poderia haver uma testemunha no fim das contas.

O modo como eles tinham destroçado Aida me fez recordar uma história a respeito do programa Corações e Mentes Americanos no Vietnã. Numa certa região, eles vacinaram as crianças de um vilarejo contra varíola. Os vietcongues chegaram uma semana depois e cortaram os braços das crianças na altura onde tinha sido aplicada a vacina. Funcionou: não houve mais programa para elas. Às vezes os fins justificam os meios. Eu tinha uma espécie de respeito por Luther e companhia, mas sabia que não podia bobear com essas pessoas – eles eram muito parecidos comigo.

A hora do *rush* estava no auge, e logo anoiteceria. As lojas ainda estavam abertas, e a área estava apinhada de gente. Era ótimo para mim, pois eu podia ser apenas mais um cliente.

Enquanto caminhava, eu mantinha a cabeça abaixada por causa da chuva. Cheguei ao estacionamento da Wendy's. Desta vez, estava mais perto da cerca. Limpando os óculos, olhei para os fundos do centro comercial.

Os freios hidráulicos de um caminhão que manobrava de ré para entrar numa área de descarga emitiram seu suspiro poderoso. Três outros caminhões já estavam estacionados ao lado do carro onde eu tinha encontrado Luther. Mas novamente, assim como no hotel, não havia policiais investigando a cena do crime. Talvez eles não gostassem de chuva.

Somente as unidades em uso estavam com as luzes acesas. O monte de entulhos em que eu tinha escondido Kelly estava quase todo no escuro. Um dos latões estava sendo carregado com as velhas prateleiras de metal que eu usara contra Luther. Mesmo de onde eu estava, podia ouvir o estrondo metálico. Kelly devia estar petrificada lá embaixo.

Eu não precisava de um trezentos e sessenta, já tinha visto o bastante. Enquanto decidia para onde ir, observei um ônibus encostar numa parada, receber passageiros e depois arrancar. Talvez assim pudéssemos sair daqui.

Mas, e se eles tivessem achado Kelly e preparado uma emboscada, para onde eu ia correr? Eu precisava planejar uma rota de fuga. Seqüestrar carros não funciona muito bem em áreas movimentadas – atrai muita atenção. Era melhor tirar vantagem da multidão e da confusão. Escolhi três rotas possíveis.

A demora aumentava as chances de eu ser identificado, então decidi me afastar da área por um tempo. Fui para as lojas. Pensei em comprar algumas coisas para Kelly, porque ela também ia precisar de uma mudança de visual. Ela tinha estado no noticiário, agora era famosa.

Comprei-lhe um enorme chapéu molengo, para esconder seus cabelos e o rosto o máximo possível. Também comprei um casaco acolchoado cor-de-rosa que ia até as canelas para cobrir aquelas pernas finas, e uma muda completa de roupas do tamanho de uma criança de nove anos. Ela era alta para a idade, então pensei que era melhor comprar do tamanho maior. Quase me esqueci de mim mesmo, mas acabei comprando um *jeans* e uma camiseta para o coroa moderno.

Com uma penca de sacolas, refiz a rota ao longo da cerca. Enquanto me afastava das lojas, suas luzes se refletiam no asfalto molhado do estacionamento. O trânsito estava lento na avenida, limpadores de pára-brisa a toda velocidade.

Quando alcancei a cerca, olhei para a esquerda. Nenhuma alteração. Continuei caminhando e cheguei ao fim da cerca. Desci um barranco gramado e escorregadio e saí na passarela de serviço que levava aos fundos das lojas. Segui a cerca novamente e cheguei ao terreno baldio.

A chuva tinha transformado a poeira em lama. Eu agora tinha a cerca à minha esquerda e as áreas de descarga à direita. Segui em frente, lutando contra a tentação de simplesmente correr até Kelly e arrancá-la de lá. É assim que as pessoas são apanhadas ou mortas.

Quem visse meus olhos pensaria que eu era um maníaco. Eles estavam dardejando para todos os lados, registrando todas as informações possíveis. Eu queria ver esta emboscada antes que ela começasse. Eu agora estava comprometido: se tivesse de matar ou morrer, mataria.

E se Kelly não estivesse lá? Eu ligaria para o 911 e diria que tinha visto a menina do noticiário vagando por ali. Se ela ainda não tivesse sido levada, talvez a polícia a encontrasse antes dos amigos de Luther. Isso se eles já não a tivessem encontrado. Nesse caso, eu teria de me preparar para a caça a Nick Stone. Quem quer que estivesse com ela, também teria o meu nome.

Cheguei a uns vinte metros de distância das latas, ainda caminhando no mesmo ritmo constante. Eu nem olhava mais em volta, porque isso demandava tempo e esforço.

Cheguei às latas e comecei a levantar as caixas de papelão. – Kelly, sou eu! Kelly! Viu, eu disse que ia voltar.

O papelão estava encharcado e se rasgava nas minhas mãos. Quando puxei o último pedaço, pude ver que ela estava mais ou menos na mesma posição em que eu a havia deixado, encolhida sobre uma tábua seca. Minha mente teve um relance de como ela estava quando eu a encontrara na garagem. Pelo menos não estava se balançando com as mãos sobre as orelhas. Ela estava seca: talvez o bicho-papão tivesse entrado, mas a chuva não.

Coloquei-a em pé e acomodei o casaco novo nos seus ombros. – Espero que você goste de cor-de-rosa – eu disse. – Comprei isso para você também. – Enterrei o chapéu na sua cabeça para preservar o calor que ainda restava em seu corpo.

Ela me abraçou. Eu não esperava aquilo, e não sabia como reagir. Continuei a falar com ela. Ela me apertou com mais força.

Endireitei o chapéu. – Assim você vai ficar sequinha e quente. Agora você precisa de um banho e alguma coisa para comer, não é?

Eu levava as sacolas na mão esquerda e ela segurava a manga do meu casaco enquanto andávamos. Era estranho, mas eu precisava manter a mão direita livre para sacar a pistola.

Capítulo Onze

O ônibus estava quase cheio de compradores com imensas sacolas. Kelly encolhia-se ao meu lado no assento da janela. O chapéu cumpria sua função, escondendo seus cabelos e cobrindo-lhe o rosto. Eu estava me sentindo bem. Tinha salvado a menina de Luther e seus companheiros, tinha feito a coisa certa.

Estávamos a caminho de Alexandria, uma zona que, eu sabia, ficava ao sul de DC, mas dentro do Beltway. Íamos para lá porque era o destino do primeiro ônibus que apareceu.

Todo mundo estava molhado e irritado, e o ar dentro do ônibus estava abafado. Eu me inclinei e usei a manga para limpar o vidro embaciado, mas não ajudou muito. Olhei para a frente, e os limpadores de pára-brisa estavam no máximo.

A prioridade era achar um hotel, e teríamos de chegar até ele em no máximo uma hora, porque quanto mais tarde eu saísse, mais estranho ia parecer.

– Nick?

Eu não queria olhar para ela, porque podia adivinhar o que ela ia perguntar.

– Sim?

– Por que aqueles homens estavam atrás de você? Você fez algo de errado?

Eu podia sentir seus olhos em mim sob o chapéu.

– Eu não sei quem eles são, Kelly. Simplesmente não sei. – Com os olhos ainda fixos na parte limpa do pára-brisa, eu disse: – Está com fome?

Vi o chapéu subir e descer com o canto do olho.

– Não vamos demorar muito para descer. O que você prefere, McDonald's ou Wendy's?

Ela assentiu para os dois, depois murmurou alguma coisa. Eu ainda estava olhando para a janela. – O que foi que você disse?

– Micky D's.

– Micky D's?

– McDonald's! Se liga!

– Ah, está bem, vamos ao McDonald's.

Voltei aos meus pensamentos. De agora em diante, eu só usaria dinheiro vivo. Eu tinha de prever o pior, que era nós termos sido rastreados através do meu cartão de crédito. Mesmo assim, eu ainda pretendia telefonar para Londres uma vez mais. No fundo, acreditava que eles já tinham passado minha ficha pelo picador de papéis, mas o que eu tinha a perder?

Passamos por um lugar chamado Roadies Inn, que pareceu perfeito. Eu não tinha nem idéia de onde estávamos, mas isso não importava, eu descobriria depois. Sinalizei para o motorista que queríamos descer na parada seguinte.

Quando o Roadies Inn foi construído, na década de sessenta, ele provavelmente era um estouro. Agora até a grama na frente parecia gasta e, no néon vermelho que anunciava "Há Vagas", o *v* e o *s* estavam piscando. Perfeito.

Espiei pela porta de tela da recepção. Uma mulher de uns vinte anos estava atrás da mesa, fumando e olhando para uma televisão na parede oposta. Eu só rezei para que não tivéssemos sido as estrelas do noticiário noturno. Atrás dela, no escritório, vi um homem obeso e careca, talvez de cinqüenta anos, trabalhando numa escrivaninha.

– Quero que você espere aqui, Kelly – apontei para a área embaixo da escada que levava ao primeiro andar do hotel.

Ela não gostou.

– Eu não vou demorar – disse, começando a andar de costas na direção da porta. – Espere aqui, já vou voltar. – Apontei para ela como se estivesse treinando um cachorrinho: – Sentada, OK?

A recepcionista vestia *jeans* e camiseta. Seu cabelo era o mais loiro que eu já tinha visto, exceto pelas raízes. Ela desviou os olhos da TV e disse, em piloto automático: – Olá, como posso ajudá-lo?

– Estou procurando um quarto para três ou quatro noites.

– Para quantas pessoas?

– Dois adultos e uma criança.

– Um momento – ela correu o dedo pelo livro de reservas.

O noticiário estava no ar. Eu me virei e olhei para a TV, mas não havia nada sobre os assassinatos. Talvez já nem fôssemos mais notícia. Eu esperava que sim.

– Preciso do número do seu cartão.

Fiz uma careta. – Aí está o problema. Estamos de férias e nossas bagagens foram roubadas. Estivemos na polícia e agora estou esperando os cartões substitutos, mas só tenho dinheiro vivo no momento. Compreendo que você precisa do cartão, mas eu poderia pagar adiantado e você poderia desconectar o telefone do quarto, que tal?

Ela estava começando a concordar, mas sua expressão ainda era pouco simpática.

– Nós estamos realmente numa pior. – Banquei o inglês molhado e infeliz num país estrangeiro. – Temos de ir ao consulado britânico amanhã e fazer passaportes novos. – Tirei algumas notas de dólar do bolso.

Ela pareceu precisar de algum tempo para entender tudo aquilo. – Sinto muito. – Ela fez uma pausa, esperando que mais substâncias químicas interagissem no seu cérebro. – Vou chamar o gerente.

Ela entrou no escritório, e observei-a conversar com o careca da mesa. Sua linguagem corporal me deu a impressão de que ele era o pai dela. Senti uma gota de suor rolar por minhas costas. Se eles se recusassem a nos dar um quarto, estaríamos perdidos, talvez a quilômetros do próximo hotel, e teríamos de começar a chamar táxis e mostrar a cara.

Ande logo! Eu me virei e olhei para fora, mas não consegui ver Kelly. Merda, eu só esperava que nenhum Sr. Cidadão Honesto colocasse a porta abaixo exigindo saber quem tinha deixado uma garotinha sozinha na chuva. Andei até a porta e enfiei a cabeça para fora. Ela ainda estava lá, parada onde eu tinha ordenado.

Voltei para o balcão da recepção no instante em que o papai apareceu vindo do escritório. A garota estava no telefone, fazendo uma reserva.

– Só fui checar se nosso carro não estava bloqueando o caminho. – Dei um sorriso amarelo.

– Parece que vocês estão com problemas – papai tinha um sorriso vago no rosto. Eu sabia que estávamos salvos.

– Sim – suspirei. – Fomos à polícia e contatamos as companhias de cartão de crédito. Estamos esperando que tudo se resolva. Até lá, só tenho dinheiro vivo. Posso pagar os próximos três dias adiantados.

– Não há problema.

Eu sabia que não. Nossa pequena transação financeira iria aparecer nos livros. Eles podiam levar mais tempo para entender as coisas, mas dinheiro é dinheiro em qualquer língua.

Ele sorriu. – Vamos manter o telefone ligado para vocês.

Eu me desmanchei em mesuras de inglês agradecido e fiz o *check-in*, e depois Kelly e eu subimos dois lances de escada de concreto e tijolos vazados.

Kelly hesitou do lado de fora do quarto, depois olhou para mim e disse: – Nick, eu quero ver a mamãe. Quando posso ir para casa?

Merda, não de novo. Eu queria mais do que qualquer coisa que ela pudesse ir para casa e ver a mamãe. Seria um problema a menos. – Não vai demorar muito, Kelly – eu disse. – Vou buscar comida num minuto, OK?

– OK...

Deitei na cama e pensei nas prioridades.

– Nick?

– Sim? – Eu estava olhando para o teto.

– Posso assistir à televisão?

Obrigado, Senhor.

Estendi a mão para o controle remoto e zapeei rapidamente pelos canais disponíveis, para ter certeza de que não ia pegar a nós dois num noticiário. Encontrei a Nickelodeon e parei.

Eu tinha tomado uma decisão. – Vou sair para comprar alguma coisa para comermos – disse, concentrado na única opção que ainda não tinha sido descartada. – Você fica aqui, do mesmo jeito que antes. Vou pendurar o aviso de Não Perturbe na porta, e você não pode abrir para ninguém. Entendeu?

Ela assentiu.

A cabine telefônica ficava ao lado de um restaurante coreano. Ainda estava chuviscando, e eu ouvia o barulho de pneus no asfalto molhado enquanto atravessava a rua.

Pus algumas moedas no telefone e disquei.

– Boa noite, Embaixada Britânica. Como posso ajudá-lo?

– Eu gostaria de falar com o adido de defesa, por favor.

– Quem está falando?

– Meu nome é Stamford – eu não tinha mais nada a perder.

– Obrigada, um momento, por favor.

Quase imediatamente, uma voz sensata surgiu na linha. – Stamford?

– Sim.

– Aguarde.

Ouvi um longo bipe contínuo, e estava começando a pensar que a ligação tinha sido cortada mais uma vez. Então, trinta segundos depois, ouvi a voz de Simmonds. Minha chamada devia ter sido transferida diretamente para Londres. Inabalável como sempre, ele disse: – Parece que você está tendo problemas.

– Problemas não é a palavra correta.

Em linguagem cifrada, contei a ele tudo o que tinha acontecido desde minha última ligação.

Simmonds escutou sem me interromper, depois disse: – Não há muito o que eu possa fazer. Você obviamente compreende a minha situação – eu percebia que ele estava muito aborrecido comigo. – Você foi instruído a retornar imediatamente e desobedeceu uma ordem. Você não devia ter ido vê-lo, sabe disso – ele ainda parecia calmo, mas sob o verniz eu sabia que ele estava fervendo.

Eu podia visualizá-lo, atrás da mesa com sua camisa amarrotada e calças de veludo fofas, com a foto da família e talvez alguns ovos de Páscoa sobre a mesa, ao lado de uma pilha de fax fumegantes de Washington que precisavam ser respondidos.

– Não é nada perto da situação em que eu ainda posso colocar a Firma – eu disse. – Tenho coisas que fariam vocês parecerem muito pouco britânicos. Vou mostrá-las para quem quiser ouvir. Não é um blefe. Preciso de ajuda para sair desta merda, e quero que seja agora.

Houve uma pausa, o pai paciente esperando o acesso de birra do filho terminar.

Ele disse: – Temo que sua posição seja muito delicada. Não há nada que eu possa fazer a não ser que você tenha alguma espécie de prova de que não está implicado. Sugiro que você faça um esforço para descobrir o que aconteceu e por quê, e depois poderemos conversar e talvez eu possa lhe ajudar. Que tal lhe parece? Você pode cumprir sua ameaça, mas eu não recomendaria.

Eu estava sentindo a mão dele apertar minhas bolas. Quer eles atendessem minhas exigências, quer não, eu ia passar o resto da vida fugindo. A Firma não gosta de ser coagida.

– Eu não tenho escolha, tenho?

– Fico satisfeito que você entenda as coisas assim. Traga o que descobrir.

O telefone ficou mudo.

Com a cabeça disparando, entrei na loja de conveniências. Comprei um frasco de tintura para cabelo – uma lavagem para aplicar, doze para sair – e um conjunto para corte de cabelo. Também comprei um conjunto completo de barba e produtos de higiene, porque não podíamos parecer dois mendigos à solta em Washington. Depois enchi a cesta com latas de Coca-Cola geladas, algumas maçãs e doces.

Não consegui encontrar um Micky D's e acabei num Burger King. Comprei dois combinados e voltei para o hotel.

Bati na porta enquanto abria. – Adivinhe o que eu comprei? Hambúrguer, batata frita, torta de maçã, chocolate quente...

Junto à parede ao lado da janela havia uma pequena mesa circular. As sacolas das roupas foram para a cama, e eu larguei os hambúrgueres na mesa com um floreio, como um caçador que retorna da floresta. Rasguei as sacolas para fazer uma toalha, virei as embalagens das batatas fritas, abri o molho, e nós dois nos atiramos na comida. Ela devia estar faminta.

Esperei até que ela tivesse dado algumas mordidas no hambúrguer. – Ouça, Kelly, você sabe como as meninas grandes estão sempre pintando e cortando o cabelo e fazendo um monte de outras coisas? Achei que você gostaria de experimentar.

Ela não pareceu muito interessada.

– De que cor você gostaria – um castanho bem escuro?

Ela encolheu os ombros.

Eu queria fazer aquilo antes que ela se desse conta do que ia acontecer. Assim que terminou sua torta de maçã, eu a levei para o banheiro e a fiz tirar a camisa e a camiseta. Testei a temperatura do chuveiro e molhei seus cabelos, depois esfreguei com a toalha e escovei. Liguei o aparelho, mas não estava bem certo do que estava fazendo. Percebi que ele na verdade era para barbas e, quando comecei a dominar os movimentos, o cabelo dela já estava uma droga. Quanto mais eu tentava remediar, mais curto ele ficava. Logo estava acima do colarinho.

Enquanto eu estudava o frasco de tintura, tentando ler as instruções, ela disse: – Nick?

Eu ainda estava lendo o rótulo e rezando para não transformar o cabelo dela num carpete vermelho.

– O quê?

– Você conhece os homens que estavam nos perseguindo?

Era eu quem deveria estar fazendo perguntas.

– Não, Kelly, não conheço, mas vou descobrir quem eles são – larguei a tintura e fiquei pensando naquilo. Eu estava em pé atrás dela, e nós estávamos olhando um para o outro pelo espelho. Seus olhos agora não estavam mais tão vermelhos, o que só fazia os meus parecerem mais escuros e cansados. Por fim, eu disse: – Kelly, por que você foi para o esconderijo?

Ela não disse nada. Notei que seus olhos estavam começando a questionar minhas habilidades de cabeleireiro.

– O papai gritou "Disneylândia"?

– Não.

– Então por que você se escondeu? – aquilo já estava ficando intenso demais para mim. Eu precisava fazer alguma coisa. Peguei a tintura.

– Por causa do barulho.

Comecei a espalhar o produto com o pente.

– É mesmo? E que barulho foi esse?

Ela me olhou pelo espelho. – Eu estava na cozinha, mas ouvi um barulho ruim na sala, então eu fui e olhei.

– O que você viu?

– Papai estava gritando com os homens, e eles estavam batendo nele.

– Eles viram você?

– Não sei. Eu não entrei na sala. Eu só queria gritar para mamãe vir ajudar papai.

– E o que você fez?

Ela baixou os olhos. – Eu não podia ajudar o papai, sou muito pequena – quando ela olhou para cima novamente, vi que seu rosto estava vermelho de vergonha. Seu lábio inferior começou a tremer. – Eu corri para o esconderijo. Eu queria ficar com a mamãe, mas ela estava lá em cima com Aida, e papai estava gritando com os homens.

– Você correu para o esconderijo?

– Corri.

– E ficou lá?

– Fiquei.

– A mamãe veio chamar você?

– Não, você veio.

– Então você não viu nem mamãe nem Aida?

– Não.

A imagem das duas surgiu na minha mente.

Abracei-a enquanto ela soluçava. – Kelly, você não poderia ter ajudado seu papai. Aqueles homens eram muito grandes e fortes. Eu, que sou adulto, talvez não conseguisse ajudá-lo. Não é sua culpa que o papai se machucou. Mas ele está bem e quer que eu cuide de você até ele melhorar. Mamãe e Aida tiveram de ir com o papai. Só que não deu tempo de buscar você.

Deixei-a chorar um pouco, então disse: – Você viu algum dos homens que estavam nos perseguindo hoje?

Ela balançou a cabeça.

– Os homens que estavam com o papai estavam de terno?

– Acho que sim, mas estavam com uma espécie de coisa de pintor por cima.

Adivinhei o que ela queria dizer. – Do tipo que o papai ia usar se fosse pintar a casa? – fiz de conta que estava colocando um macacão de pintor.

Ela assentiu.

– Então eles estavam de terno, mas com o macacão por cima?

Ela assentiu mais uma vez.

Eu sabia, aqueles caras eram bons, eram jogadores. Eles não quiseram sujar seus lindos ternos com uma coisa vermelha e nojenta.

Perguntei quantos homens eram e como se pareciam. Ela estava confusa e assustada, e seu lábio começou a tremer de novo. – Posso ir para casa logo? – ela estava lutando contra as lágrimas.

– Sim, logo, logo. Quando o papai melhorar. Até lá, eu vou cuidar de você. Vamos lá, Kelly, vamos deixar você parecida com uma menina grande.

Depois de enxaguar, penteei seu cabelo molhado e vesti-a com as roupas novas. Eu precisava que ela estivesse vestida caso tivéssemos de nos movimentar rápido, então lhe disse que as únicas coisas que ela podia ficar sem eram os sapatos, o casaco e o chapéu.

Ela examinou a própria imagem no espelho. As roupas eram grandes demais, e o cabelo estava – bem, ela não parecia muito convencida.

Ficamos assistindo à Nickelodeon, e ela acabou pegando no sono. Fiquei deitado olhando para o teto, repassando as alternativas, ou melhor, tentando me iludir de que tinha alguma.

E quanto a Slack Pat? Ele certamente ajudaria se pudesse, desde que não tivesse se tornado um *hippie* novamente. Era chapado. Mas o único meio de contatá-lo que eu podia imaginar era através do restaurante do qual ele costumava falar. Do modo como descrevia, ele praticamente morava lá dentro. O problema era que eu não me lembrava do nome do lugar, apenas que ficava num morro nos limites de Georgetown.

E quanto a Euan? Ele ainda não servia, porque estava operando em Ulster, e eu não conseguiria fazer contato com ele antes que retornasse à Inglaterra.

Olhei para Kelly. Era assim que ela teria de viver por algum tempo. Sempre vestida, pronta para sair correndo sem aviso algum. Puxei o edredom sobre ela.

Recolhi os restos do jantar e joguei na lixeira, depois chequei se o aviso ainda estava na porta e os sapatos dela nos seus bolsos. Verifiquei o tambor das duas armas – a 9 milímetros na jaqueta de Kev e a Sig na minha cintura. Sem dúvida, Kelly ia estar em todos os jornais da manhã, mas, pelo menos, se fosse preciso, estávamos prontos para escapar. Eu conhecia minha rota de fuga e não hesitaria em atirar.

Tirei minhas roupas novas da sacola e levei-as para o banheiro. Fiz a barba e me despi. Eu estava fedendo, as coisas de Kev estavam manchadas de sangue por dentro. O suor tinha espalhado o sangue pelas costas e ombros da camisa e as pernas do *jeans*. Tudo foi para dentro de um saco plástico que eu jogaria fora de manhã. Tomei uma longa ducha quente e lavei o cabelo. Depois me vesti, chequei a tranca da porta e deitei na cama.

Acordei às cinco e meia da manhã, depois de uma noite de sono horrível. Eu não tinha certeza se toda a parte ruim era um sonho.

Pensei novamente no dinheiro. Eu definitivamente não podia usar cartões de crédito, porque tinha de pressupor que ou eles tinham sido cancelados ou seriam usados para nos rastrear. Era dinheiro vivo ou nada – uma coisa difícil no mundo ocidental de hoje. Pat, se eu o encontrasse, poderia me patrocinar, mas eu sabia que teria de aproveitar qualquer tempo livre para arranjar mais. Kelly estava roncando alto. Peguei a chave do quarto, fechei delicadamente a porta atrás de mim e saí para procurar um extintor de incêndio.

Capítulo Doze

Quando passei pela porta aberta da sala da limpeza, vi meia dúzia de calços de porta em forma de cunha e peguei dois emprestados.

Encontrei o extintor de incêndio na parede ao lado dos elevadores. Rapidamente desparafusei a tampa e removi o cilindro de dióxido de carbono, um tubo de aço preto de vinte e três centímetros. Escondi o cilindro no casaco e voltei para o quarto.

Guardei os três pentes da Sig .45 no bolso esquerdo da jaqueta de Kev e decidi que ia deixar a USP no quarto, escondida na caixa da descarga. Uma arma como essa pode ficar dentro d'água por algum tempo sem estragar. Eu só não queria que Kelly a encontrasse e começasse a fazer buracos em si mesma.

Cochilei mais um pouco, acordei e dormi de novo. Às sete da manhã eu estava faminto e entediado. O café da manhã estava incluído na diária, mas era preciso descer até a recepção.

Kelly começou a se mexer. Eu disse: – Bom dia. Você quer alguma coisa para comer?

Ela estava bocejando, sentada na cama parecendo um espantalho porque tinha dormido com o cabelo molhado. Imediatamente, liguei a televisão, porque não sabia o que dizer a ela. Kelly baixou os olhos para as próprias roupas, tentando compreender.

– Você caiu no sono – eu ri. – Não consegui nem tirar a sua roupa ontem à noite. Ei, é como se a gente estivesse acampando, não é?

Ela gostou da idéia. – É – sorriu, ainda sonolenta.

– Quer que eu busque o café da manhã?

Ela não ergueu os olhos, só assentiu olhando para a televisão.

– Lembre-se, isso vale para todas as vezes que você ficar sozinha: nunca, nunca mesmo abra a porta. Eu vou levar a chave comigo. Não abra nem as cortinas, porque as camareiras vão achar que podem vir arrumar o quarto, e nós não queremos conversar com ninguém, não é? Vou deixar o aviso de Não Perturbe do lado de fora, OK?

Ela assentiu. Eu não estava bem certo do quanto ela tinha absorvido. Peguei a bandeja em que estava o balde de gelo, coloquei os óculos e desci.

A recepção já estava bem cheia: pessoas com *trailers* nos quais não queriam dormir e vendedores recém-saídos do banho e da seção "a aparência conta" do manual da empresa.

A área do café era composta de duas ou três mesas sob a televisão. Peguei dois pacotes de cereais, pães e bolinhos, algumas maçãs, duas xícaras de café e um suco de laranja.

A moça da recepção tinha acabado seu turno havia pouco e veio até onde eu estava. – Espero que tudo saia bem com seus passaportes e tudo o mais – ela sorriu, servindo-se de um bolinho.

– Tenho certeza de que tudo vai se resolver. Vamos nos concentrar em aproveitar as férias.

– Se precisar de ajuda, é só pedir.

– Obrigado. – Em outra mesa, peguei um exemplar de cortesia do *USA Today*, uma caixa de fósforos do Roadies Inn e um clipe de papel que estava num cinzeiro cheio de elásticos de dinheiro e outros materiais de escritório, e voltei para o quarto.

Dez minutos depois, Kelly estava ruminando seus cereais, grudada na Nickelodeon.

Eu disse: – Vou sair durante uma hora. Tenho coisas para fazer. Enquanto eu estiver fora, quero que você lave o rosto, penteie o cabelo e fique bem bonita e limpa para quando eu voltar. Você vai ficar bem sozinha, com seu novo cabelo de menina grande?

Ela deu de ombros. – Sei lá.

– Quais são suas cores favoritas?

– Minhas cores favoritas são rosa e azul.

– Bem, já temos o rosa – apontei para o casaco pendurado, com os sapatos despontando dos bolsos. Aquilo tinha sido pura sorte. – Agora temos de comprar alguma coisa azul para você.

Limpei meus óculos com papel higiênico, guardei-os no estojo e depois vesti a longa capa de chuva preta por cima da jaqueta de Kev, com o cilindro no bolso. Tirei todas as moedas do bolso – eu queria diminuir ao máximo os ruídos, e sempre me senti melhor carregando um mínimo de coisas.

Eu estava com o boné Kangol na mão, pronto para sair.

– Não vou demorar. Lembre-se: não deixe ninguém entrar. Volto num segundo.

Tinha parado de chover, mas o céu ainda estava cinzento, e o chão molhado. A rua estava lotada de carros indo para o centro de DC. Washington é uma cidade de pedestres, e as calçadas também estavam cheias.

Eu caminhava vigorosamente para acompanhar o ritmo dos funcionários de escritórios, todos com aquela expressão de "vamos levantar, vamos trabalhar", o tempo todo procurando o lugar ideal para arranjar algum dinheiro rápido e voltar para o hotel antes que Kelly começasse a entrar em pânico.

Era muito cedo para ir a um *shopping*, que só abriam por volta das dez, e eu não estava numa área com muitos hotéis – a maioria ficava mais próxima do centro. Havia lanchonetes de *fast-food*, mas elas normalmente tinham uma única entrada e saída, e os banheiros estavam sempre ocupados, de modo que não eram uma boa escolha. Um posto de gasolina serviria, desde que tivesse um banheiro do lado de fora que só pudesse ser aberto com uma chave obtida no caixa.

Eu estava caminhando havia uns vinte minutos. Passei por dois postos com o movimento ideal, mas eles eram modernos, com banheiros do lado de dentro.

Finalmente encontrei o que estava procurando, um banheiro externo com uma placa na porta dizendo "chave no caixa". Conferi se a porta estava mesmo trancada e segui andando.

Eu estava procurando duas coisas: um local de onde observar a frente do posto que parecesse natural e minha rota de fuga. Mais para cima, do outro lado da rua, havia uma fileira de escritórios de advocacia, financeiras e corretores de seguros, em lindas casas de tijolos dos anos trinta. Entre elas havia o que pareciam ser becos usados como atalhos. Atravessei a rua, entrei num deles e saí na rua paralela. Dobrando à direita, andei até um cruzamento, dobrei à esquerda, depois à direita outra vez em outro beco. A área era perfeita em termos de ângulos e distâncias. Retornei ao posto de gasolina por outro caminho.

Havia um ponto de ônibus do outro lado da rua, a cerca de cem metros. Andei até lá, parei num vão de porta e esperei. Tudo tinha de parecer natural, eu precisava ter um motivo para fazer o que estava fazendo. Havia duas ou três pessoas esperando, e depois a fila gradualmente começou a aumentar. Um ônibus veio, e voltamos a ser apenas três. Eu olhava para o prefixo de cada ônibus que se aproximava, fazia uma cara de irritação por não ser o que eu queria e voltava para o vão de porta.

As pessoas não carregam muito dinheiro vivo hoje em dia, especialmente aqui, na terra do cartão de crédito. O alvo ideal é sempre um turista – eles tendem a carregar mais dinheiro e *traveller's checks* – mas não parecia haver muitos deles nessa parte da cidade.

Num período de trinta minutos, vi quatro ou cinco possibilidades parando para encher os tanques de seus carros, mas, infelizmente, nenhuma delas precisou usar o banheiro. Pensei em Kelly. Eu esperava que ela estivesse seguindo as instruções.

Um homem branco de uns vinte anos entrou no posto dirigindo um Camaro novo com placas provisórias. Ele vestia um abrigo largo vermelho, azul, verde, laranja e de seis outras cores e tênis de basquete combinando. Seu cabelo era raspado dos lados, e o resto apontava para o céu. O som do carro estava tão alto que eu podia ouvir a vibração do baixo do outro lado da rua.

Ele encheu o tanque e entrou para pagar. Quando saiu, carregava o que parecia ser um pequeno objeto de madeira e foi em direção ao banheiro. Esse era o meu garoto.

Saí do vão, virei o colarinho para cima e atravessei a rua. Ele estava guardando a carteira no casaco do abrigo e fechando o zíper. Eu já tinha checado as câmeras de segurança do posto, e elas não seriam problema: estavam voltadas para as bombas, para pegar clientes que saíssem sem pagar, e não para os banheiros do prédio para apanhar ladrões de papel higiênico.

Quando deixei o ponto, eu era um homem que precisava mijar e não podia mais esperar que o ônibus chegasse. Era improvável que isso ficasse registrado na cabeça de alguém no ponto de ônibus; de manhã cedo, as pessoas estão pensando no dia de trabalho à frente, nas suas hipotecas, nos filhos, na dor de cabeça da esposa na noite anterior e não se preocupam muito com um cara entrando num banheiro. Fui em direção à porta com o passo apressado, parecendo o homem com a bexiga mais cheia do mundo, e entrei.

A peça tinha cerca de quatro metros por quatro, estava bastante limpa e cheirava a água sanitária. Logo em frente ficavam dois mictórios, com uma pia e um suporte para toalhas de papel. Meu garoto estava num dos cubículos à direita.

Ouvi o barulho de um zíper sendo aberto, o farfalhar de roupas e uma pequena tossida. Fechei a porta atrás de mim e enfiei os dois calços na fresta de baixo com o pé. Ninguém ia entrar ou sair dali a menos que eu quisesse.

Parei na frente do mictório e fingi que estava mijando. Minhas mãos, à frente do corpo, seguravam o cilindro de aço. Eu ia ficar de costas até ele sair para lavar as mãos.

Fiquei ali parado por uns três ou quatro minutos. Ouvi-o mijar, depois, nada. Esta figura estava demorando demais. Girei a cabeça para a esquerda, como se quisesse olhar pela pequena janela gradeada, mas continuei em posição, na eventualidade de que ele pudesse me ver e, por algum motivo, estivesse hesitando em sair do cubículo.

Então, olhando casualmente para trás, vi uma coisa realmente bizarra. As portas dos banheiros públicos americanos têm aberturas em cima e embaixo maiores do que as da Inglaterra. Pela abertura de baixo, eu via um pé, que parecia ser o direito, apoiado no chão e virado para o vaso, mas a calça do abrigo não estava abaixada. Pensei: estranho, mas tudo bem. Então percebi que a porta estava meio aberta. Ele não tinha trancado.

Eu não ia parar para tentar entender. Fechando o punho direito em torno do cilindro, e com a mão esquerda estendida para me proteger, fui rápida mas silenciosamente na direção da porta. No último segundo, respirei fundo, baixei o ombro e investi.

A porta bateu no seu corpo, e ele gritou: – Que merda é essa? Que merda é essa? – ele ergueu as mãos para tentar se apoiar, e a porta parou; o peso do corpo dele a impedia de se abrir.

Tive de arremeter novamente. A primeira regra do assaltante é ser rápido e violento. Colocando todo o meu peso sobre a porta, prendi-o contra a parede. Ele era grande; eu precisaria ter cuidado para não acabar levando uma surra. Agarrei um tufo de seus cabelos lambuzados de gel com a mão esquerda e puxei-lhe a cabeça, expondo o lado direito do pescoço.

Você não usa somente o braço para bater numa pessoa. Eu precisava colocar todo o peso que pudesse por trás do cilindro, como um boxeador usando os quadris e a parte superior do corpo para impulsionar o soco. Ainda empurrando a porta com a mão esquerda, levantei o cilindro com a direita e girei todo o corpo, como num gancho de direita, e o acertei logo abaixo da orelha. A idéia era só fazê-lo apagar, não matá-lo nem causar danos permanentes. Se eu quisesse fazer isso, teria batido no alto da cabeça várias vezes. Desse modo, não seria um dia feliz para ele, mas, azar – lugar errado, hora errada.

Tinha sido um bom golpe. Ele grunhiu e caiu no chão. Sem dúvida estava vendo estrelas, aquela sensação de sonolência que se tem quando um golpe o deixa semiconsciente. Ele só ia querer se encolher e ficar escondido embaixo de um cobertor. Era por isso que eu tinha usado o cilindro no lugar de uma arma. Não se pode prever as reações das pessoas a uma pistola. Ele poderia ser um policial disfarçado e armado, ou um cidadão metido a herói. Não que agora isso fizesse diferença. As técnicas antigas são as melhores.

Ele tinha batido com a cabeça na caixa de descarga e amassado o nariz, e o sangue escorria-lhe pelo queixo. Seu estado era lamentável. Acertei-o mais uma vez, por via das dúvidas; eu o queria totalmente fora do ar.

Pus a mão esquerda na sua cabeça e segurei-a virada para a parede. Eu não queria que ele fosse capaz de me identificar. Com a mão direita, apalpei seu abdômen e torci o casaco do abrigo na minha direção. Abri o zíper e puxei a carteira. Depois, comecei a apalpar os bolsos, no caso de ele ter mais algum dinheiro guardado neles. Meus dedos se fecharam em torno de um saco plástico com alguma coisa que me encheu a mão. Puxei para fora o que parecia ser um pó branco em quantidade suficiente para colocar todo o bairro dele em órbita, tudo separado em pequenos envelopes plásticos, prontos para vender. Não me serviriam de nada, deixei-os no chão.

Foi então que me dei conta do que ele estava fazendo enquanto eu esperava no mictório. Apertado em torno de seu braço esquerdo estava um tubo de borracha, e gotas de sangue escorriam de uma pequena agulhada. Ele devia estar com a perna no tampo do vaso para apoiar o braço enquanto se injetava. Vi a seringa hipodérmica no chão.

Quando levantei, senti que minhas calças estavam molhadas e olhei para baixo. Ele tinha rido por último. Eu o fizera perder o controle das funções corporais, ele tinha se mijado, e eu, me ajoelhado no mijo.

Peguei a chave do chão. Ela também estava coberta de mijo. Ele estava começando a se mexer e soltar alguns gemidos e grunhidos. Segurei sua cabeça e a golpeei contra o vaso, para transmitir a mensagem de que ele devia ficar onde estava por algum tempo.

Saí do cubículo. Não havia tempo para tentar limpar o casaco. Retirei os calços da porta, guardei-os no bolso, saí e tranquei a porta atrás de mim, depois joguei a chave num arbusto.

Eu estava sem fôlego e com um pouco de suor escorrendo pela lateral do rosto, mas precisava parecer calmo e casual. Se outro cliente chegasse querendo usar o banheiro, eu diria que estava estragado.

Enquanto atravessava a rua, olhei para trás e para a esquerda. Nada. Eu não ia olhar de novo. Logo saberia se algo estava acontecendo, porque ia ouvir gritos ou o som de pessoas correndo na minha direção. Nesse caso, teria de reagir, mas, no final das contas, era eu que estava com a arma.

Passei do ponto de ônibus e continuei na direção do primeiro beco. Entrei, virei mais duas esquinas, tirei a capa, enrolei-a em torno do cilindro e do boné. Continuei caminhando, encontrei uma lixeira e me livrei do embrulho. Ali estava eu, um novo homem, ou prestes a me transformar nele quando colocasse os óculos.

Caminhando normalmente pela rua, peguei a carteira como se estivesse confirmando que estava com o cartão de crédito. Abri-a e fiquei sabendo que eu era um homem de família: havia uma linda foto de mim, minha esposa e dois filhos, a família de Lance White. Calculei que a Sra. White não ia ficar muito feliz com o estado em que eu ia chegar a casa.

Havia quase duzentos e quarenta dólares na carteira. Ou White acabara de passar no caixa automático ou tinha feito alguns negócios matinais. Também havia dois cartões de crédito, mas eu não ia ficar com eles; seria trabalhoso vendê-los e, se quisesse usá-los para fazer compras, teria de ser imediatamente – mas para que correr o risco de a polícia fazer um rastreamento e terminar com uma descrição minha dada por um vendedor? O resto era porcaria, pedaços de papel com números de telefone, provavelmente sua lista de clientes. Quando passei por outra lixeira, joguei tudo fora, exceto o dinheiro.

Eu agora tinha um pouco menos de quatrocentos dólares no bolso, o suficiente para os próximos dias, caso não conseguisse contatar Pat ou ele não pudesse me ajudar.

O mijo nas minhas calças estava começando a secar um pouco enquanto eu caminhava, mas fedia que era uma beleza. Estava na hora de mudar de roupa.

Cheguei ao Burger King e às outras lojas perto do hotel. Entrei e saí de uma loja de descontos em quinze minutos com uma mochila contendo um *jeans* novo, camisetas e cuecas, tudo comprado com dinheiro. Kelly também tinha ganhado um conjunto completo de roupas novas, incluindo calcinha e camiseta.

Dei uma olhada rápida no relógio na subida até o quarto. Eu tinha ficado fora quase duas horas e meia, um pouco mais do que havia dito que ia demorar.

Antes mesmo de chegar à porta, pude ver que ela estava aberta. Olhei para baixo e vi um travesseiro impedindo que ela se fechasse. Ouvi a televisão.

Sacando a pistola, encostei o corpo na parede, com a arma apontada para o vão. Senti um vazio no estômago e, depois, náusea.

Capítulo Treze

Entrei no quarto. Nada.

Chequei do outro lado da cama, caso ela estivesse escondida ali para me pregar uma peça.

– Kelly! Você está aí dentro? – minha voz soou séria, e ela teria entendido.

Sem resposta. Meu coração estava batendo tão forte que fazia o peito doer. Se eles estavam com ela, por que ainda não tinham pulado em cima de mim?

Senti o suor escorrer pelo rosto. Comecei a entrar em pânico, pensando nela em casa, assistindo ao pai ser espancado, gritando pela mãe. Compreendi aquela sensação de desespero de quando você quer que alguém leve embora todas as coisas apavorantes.

Obriguei-me a parar, a me acalmar e pensar no que ia fazer. Saí no corredor novamente e comecei a correr, chamando – Kelly! Kelly! – num quase-grito. Dobrei a esquina e lá estava ela.

Muito satisfeita, estava voltando da máquina de Coca-Cola, lutando contra o anel metálico de uma lata. O sorriso de "olhe para mim, não sou uma garota esperta?" logo se transformou quando ela me viu de arma na mão, sério como uma doença.

Por um momento, achei que poderia bater nela, mas mordi o lábio.

De repente, ela parecia triste e com pena de si mesma. Comprar uma lata de refrigerante era a primeira coisa que ela tinha feito sozinha em muitos dias, e eu tinha estragado tudo voltando tão cedo. Conduzindo-a de volta ao quarto, eu não parava de examinar o pátio do hotel para me certificar de que não tínhamos sido vistos.

Havia pacotes vazios de salgadinhos em cima da cama e mil outras coisas espalhadas. O quarto parecia uma cena do *Animal House*.

Fiz ela se sentar enquanto eu corria para preparar a banheira. Quando voltei, ela ainda estava de cara amarrada. Sentei ao seu lado. – Eu não estou bravo com você, Kelly, é só que eu fico preocupado se não sei onde você está. Promete que não vai mais fazer isso?

– Só se você prometer que não vai me abandonar mais.

– Eu prometo. Agora tire a roupa e vá para o banho – peguei-a no colo e praticamente a joguei na banheira antes que tivesse tempo de pensar.

– Você lava os cabelos sozinha ou alguém lava para você? – perguntei. Eu não tinha nem idéia de como funcionavam estas coisas.

Ela parecia prestes a chorar.

Eu disse: – Quer que eu lave para você?

– Sim, por favor – eu gostaria de saber o que estava se passando por aquela cabecinha.

Peguei o xampu e comecei a esfregar sua cabeça. Ela reclamou de ardência nos olhos e disse que as bolhas faziam cócegas em suas orelhas, mas eu sabia que ela estava adorando toda aquela atenção. Eu não podia culpá-la, ela não andava recebendo muita ultimamente. Seu mundo tinha sido virado de cabeça para baixo, e ela ainda nem sabia disso.

– Você está fedendo! – Kelly fez uma careta quando sentiu o cheiro da bexiga de Lance White nas minhas roupas.

– Estas roupas estão um pouco velhas – eu disse. – Tire bem o xampu do cabelo e termine de se lavar.

Ela parecia estar se divertindo. Eu ficava satisfeito que alguém estivesse. Entrando no quarto, gritei para ela: – Depois quero que você vista umas roupas limpas. Deixei uma calcinha e uma camiseta na cama.

Kelly adorava água, o que era ótimo para mim: quanto mais ela ficasse no banho, menos tempo eu teria de passar cuidando dela. Eu estava achando bem exaustivo ter de limpar, vestir, conversar e responder a perguntas. Deixei-a chafurdar por mais meia hora, depois arrastei-a da banheira e mandei que se secasse.

Entrei no chuveiro, fiz a barba e mudei de roupa, enrolando todas as roupas usadas num saco plástico e socando-o dentro da mochila. Eu me livraria dele na primeira oportunidade.

Estávamos os dois no quarto, e ela estava vestida. Os botões de sua camisa estavam nas casas erradas. Enquanto eu os desabotoava e corrigia, percebi que ela me olhava com desaprovação.

– Qual é o problema?

– Esse *jeans* é horrível. Você devia comprar Levi's 501, como o papai.

Além de tudo, eu agora estava com a patrulha da moda no meu pé. Ela continuou: – Não existe 501 para o meu tamanho. Isso é o que a mamãe diz. Ela não usa *jeans*, ela é como a Aida, gosta de vestidos e saias.

Na minha cabeça, vi Marsha ajoelhada ao lado da cama. Virei a cabeça por um instante, para que ela não visse meu rosto.

Estava na hora de pentear os cabelos. Era outra habilidade que eu ainda não havia adquirido, e a escova ficava prendendo e puxando os fios. Kelly gritava e agarrava minha mão. No fim, dei-lhe a escova e deixei que continuasse.

Enquanto ela se penteava, sentei na cama e disse: – Kelly, você sabe qual é o código especial do papai para este telefone? Eu não sei, já tentei milhões de vezes. Já apertei 1111, 2222, e todos os outros, e ainda não descobri. Você tem alguma idéia?

Ela parou com a escova, olhou para mim durante alguns segundos, depois assentiu.

– Muito bem! Quais são os números, então?

Ela não disse nada. Parecia estar maquinando alguma coisa na cabeça. Talvez estivesse se perguntando se não estaria traindo seu papai se me contasse.

Tirei o telefone do bolso, liguei-o e disse: – Veja! O que diz aqui? Digite código de segurança! Você sabe quais números o seu papai aperta?

Ela assentiu e eu disse: – Venha cá e me mostre. – Ela apertou os botões e eu observei seus dedos.

– 1990 – eu disse.

– O ano em que eu nasci – ela replicou, radiante, retornando à escova.

Finalmente. Peguei as Páginas Amarelas numa gaveta e voltei.

– O que você está procurando? – ela perguntou, escovando os cabelos com perícia e delicadeza.

– Um restaurante chamado Good Fellas – eu disse. Encontrei o endereço. – Nós vamos lá procurar o Pat.

Pensei em telefonar para o restaurante e perguntar a respeito dele, mas provavelmente só me despistariam. De qualquer maneira, isso poderia desencadear uma série de eventos sobre os quais eu nada saberia até que ambos fôssemos pegos de surpresa. Era melhor ir até lá.

Coloquei os óculos, e ela riu. Peguei seu casaco e ajudei-a a vesti-lo. Quando ela se virou, notei que ainda estava com a etiqueta pendurada nas calças. Arranquei-a e dei uma olhada para garantir que nada mais parecesse fora de lugar – exatamente como qualquer outro papai fora de moda levando a filha para um passeio.

Vesti minha jaqueta, chequei os pentes e o telefone e disse: – Você se lembra de Pat?

– Não, quem é ela?

– É ele, é um homem chamado Patrick. Talvez você o tenha visto com o papai.

– Pat vai me levar para casa?

– Você vai para casa logo, Kelly. Mas só quando o papai estiver melhor e se você se comportar direito e fizer o que eu mandar.

Seu rosto murchou. – Eu vou estar em casa no domingo? É a festa da Melissa, ela convidou todo mundo para dormir na casa dela e eu tenho de ir.

Prossegui. Não havia nada mais a fazer. Eu não tinha as habilidades necessárias para distraí-la.

– Pat já foi à sua casa. Você deve se lembrar dele.

– E eu preciso comprar um presente para ela. Fiz umas pulseiras da amizade, mas queria comprar outra coisa.

– Bem, nós vamos tentar encontrar Pat hoje porque ele vai nos ajudar a levar você para casa. Talvez sobre tempo para fazermos compras, OK?

– Onde está Pat?

– Acho que ele pode estar no restaurante. Mas você tem de ficar bem quietinha quando nós chegarmos lá, OK, e não falar com ninguém. Se alguém falar com você, quero que você só responda sim ou não com a cabeça, OK? Temos de ter muito cuidado, ou eles não vão me contar onde Pat está, e a gente pode entrar numa encrenca.

Eu sabia que ela se sairia bem como mudinha. Ela tinha feito o que eu lhe dissera na lata de lixo. Eu me senti mal por ter falado em levá-la para casa, mas não consegui pensar numa maneira melhor de controlar seu comportamento, e, de qualquer forma, se eu tivesse sorte, não estaria junto com ela quando finalmente lhe contassem a verdade.

Havia algumas tarefas a cumprir antes de sair do quarto. Peguei a ponta inferior esquerda do cobertor da minha cama e o dobrei numa prega diagonal bem caprichada. Depois tirei um palito de fósforo da caixa que tinha pegado na recepção e o prendi entre a parede e a cômoda onde ficava a TV. Fiz uma minúscula marca de caneta na parede e a cobri com a cabeça do palito de fósforo. Por fim, coloquei o clipe de papel numa das gavetas sob a TV e aumentei um pouco o volume.

Dei uma olhada rápida no quarto para me certificar de que não havíamos deixado nada comprometedor espalhado e até guardei as Páginas Amarelas na gaveta novamente. A pistola ainda estava na caixa de descarga, mas isso não era problema, pois não havia motivo para uma camareira entrar e muito menos a polícia com um mandado de busca.

Peguei algumas maçãs e barras de chocolate e coloquei-as no bolso do meu novíssimo casaco azul sete-oitavos. Depois fechei a porta, chequei o aviso pendurado e saímos.

Tomamos um táxi para Georgetown. Eu teria preservado nossa verba se tivéssemos pegado um ônibus ou o metrô, mas assim nos expúnhamos menos aos pedestres e a outros motoristas. Nosso motorista era nigeriano. O mapa da cidade no banco da frente não inspirava muita confiança, e ele mal sabia falar inglês: usou as poucas palavras que conhecia para me perguntar onde ficava Georgetown. Era como um taxista de Londres que não conhecesse Chelsea. Apontei pacientemente no mapa. Pelos meus cálculos, ficava a uns trinta minutos de viagem.

Estava chuviscando, não o suficiente para manter os limpadores ligados, mas o bastante para fazê-los funcionarem uma vez por minuto. Kelly mastigava uma maçã e olhava pela janela. Eu estava de olho em outros hotéis. Nós teríamos de nos mudar novamente em breve.

Andamos em silêncio por alguns minutos, até que me ocorreu que o motorista talvez esperasse nos ouvir conversando. – Na sua idade, eu nunca tinha entrado num táxi – eu disse. – Acho que só andei em um depois dos quinze anos.

Kelly olhou para mim ainda roendo a fruta. – Você não gostava de táxis?

– Não, nós não tínhamos dinheiro. Meu padrasto nunca encontrava emprego.

Ela parecia confusa. Olhou para mim por um longo tempo e depois virou a cabeça e olhou pela janela.

O trânsito estava se afunilando na Key Bridge. Georgetown era do outro lado do Potomac, e seria mais rápido descer e caminhar, mas fazia mais sentido ficar fora das vistas. A esta altura, o rosto de Kelly estaria nos jornais, talvez até em cartazes. A polícia estaria dedicando tempo e esforço a encontrar o seqüestrador.

Inclinei-me sobre o banco da frente, peguei o mapa e orientei o motorista para ir à extremidade próxima ao rio da Avenida Wisconsin, a principal avenida norte-sul. Eu recordava Georgetown como quase auto-suficiente, com uma atmosfera elegante, quase antiquada, nas mansões que me lembravam São Francisco. As calçadas eram de tijolos vermelhos e irregulares, e todos os carros pareciam ser BMW, Volvo, Mercedes, Golf GTi ou Discovery. Todas as casas tinham um aviso bem proeminente indicando que a propriedade era monitorada por uma firma de segurança. Tente invadir e você terá uma equipe de prontidão em cima de você antes de ter tempo de arrancar os fios da parte de trás do vídeo.

A Wisconsin é uma avenida larga com lojas e casas dos dois lados. Achamos o Good Fellas a cerca de um quilômetro e meio morro acima, do lado direito. Parecia um daqueles restaurantes projetados por *designers*, cheio de clima. A fachada era toda preta, inclusive pelos vidros fumês. O único contraste eram as letras douradas do nome acima da porta. Estava quase na hora do almoço, toda a equipe devia estar a postos.

Entramos por uma porta de vaivém dupla de vidro escurecido e fomos atingidos pela rajada gélida do ar condicionado. Estávamos numa das pontas de um corredor semi-iluminado que tinha a extensão da fachada. Mais adiante estava uma jovem recepcionista sentada à sua mesa, com um jeito muito sofisticado e simpático. Eu estava impressionado com o gosto de Pat. A menina sorriu quando caminhamos na direção dela, de mãos dadas.

Ao nos aproximarmos, percebi que o sorriso era zombeteiro. Ela agora estava em pé, e eu pude ver que estava vestida de forma elegante, de camisa branca e calças pretas. – Perdão, senhor, mas nós não...

Ergui a mão e sorri. – Está tudo bem, nós não viemos para o almoço. Estou tentando achar um amigo chamado Patrick. Ele costumava vir muito aqui, talvez há uns seis ou sete meses. Você se lembra dele? Pelo que sei, ele estava saindo com uma das funcionárias da casa. Ele é inglês, tem sotaque igual ao meu.

– Eu não sei, senhor, só estou aqui desde o começo do semestre.

Semestre? É claro, estávamos em Georgetown, na área da universidade. Todos os alunos também eram garçons ou garçonetes.

– Será que você poderia chamar alguém, porque é muito importante que eu faça contato com ele – pisquei com um ar cúmplice e prossegui: – Eu trouxe uma amiga dele... é surpresa.

Ela baixou os olhos e sorriu com ternura. – Oi. Você quer uma bala? – Kelly encheu a mão.

Continuei: – Talvez alguém lá nos fundos possa conhecê-lo?

Enquanto ela pensava, dois rapazes de terno apareceram atrás de nós. Kelly estava olhando para eles, com as bochechas cheias de bala. – Olá, senhorita – um deles riu. – Você é um pouco jovem para isso, não?

Kelly encolheu os ombros. Nem uma palavra.

A recepcionista disse: – Um momento, por favor – e saiu para cumprir seu papel de anfitriã, abrindo a porta do salão para que outra pessoa levasse os dois clientes até a mesa.

Ela retornou e pegou o telefone. – Vou chamar alguém.

Olhei para Kelly e pisquei.

– Um senhor está aqui com uma criança, e eles estão procurando um inglês chamado Patrick? – ela disse com aquela inflexão interrogativa no final da frase que tinha começado na Rua Ramsay e tomado conta do mundo.

Ela pôs o fone no gancho e disse: – Alguém vai falar com o senhor em um minuto.

O telefone tocou de novo quase imediatamente, e ela registrou uma reserva.

Kelly e eu ficamos parados esperando. Dali a dois minutos, uma garçonete apareceu vinda do salão de refeições. – Oi, venham comigo.

As coisas pareciam estar indo bem. Segurei a mão de Kelly e atravessamos a porta que levava ao salão.

As pessoas obviamente gostavam de comer na semi-escuridão, porque as mesas estavam iluminadas apenas por velas. Olhando em torno, percebi que todas as garçonetes usavam camisetas brancas justas, que deixavam o umbigo de fora, com *shorts* apertados e tênis com meias soquete.

Do lado direito, contra a parede, ficava um bar com iluminação embutida. Os dois rapazes de terno eram os únicos clientes. No meio da sala, observei um pequeno palco elevado com refletores pendurados.

Eu ri sozinho. Boa escolha, Pat!

Com ou sem bunda, Slack sempre tivera sucesso com as mulheres. Na época de Gibraltar, ele era solteiro como eu e alugava a casa ao lado. Por quase um ano ele tivera o que chamava de um "relacionamento", mas nós sabíamos que não se tratava disso. Eles tinham se conhecido numa festa à fantasia com temática medieval. Às quatro da manhã seguinte fui acordado pelo som de um veículo freando abruptamente em frente à casa dele, depois portas batendo e muitos risos e gargalhadas. Nós morávamos num condomínio pequeno, no tipo de casas que eram construídas em cinco minutos nos anos oitenta, e eu ouvi sua porta bater e pensei: lá vamos nós. Então ouvi música e a descarga do banheiro, o que é sempre uma delícia às quatro da manhã. Depois, muitas risadas e gritinhos, e então eles se foram. Ao meio-dia, eu estava na cozinha, às voltas com a louça suja, quando um táxi chegou, e a Rainha Elizabeth I e uma de suas jovens damas de companhia saíram correndo pela porta de Pat, despenteadas e incrivelmente constrangidas enquanto entravam no carro, esperando que ninguém as visse. Quando nós o apertamos, ele confessou que tinha passado a noite com uma dupla de mãe e filha. Nós nunca mais o deixamos esquecer esta história, e agora parecia que ele estava de volta à velha forma.

Uma das garotas acenou para Kelly. – Oi, querida! – Por baixo de sua camiseta havia o que parecia ser um empate numa corrida de zepelins.

Kelly estava adorando aquilo. Segurei sua mão com mais força. Enquanto seguíamos a garota, ela levantou os olhos para mim e disse: – Que lugar é esse?

– É uma espécie de bar onde as pessoas vão para relaxar depois do trabalho.

– Como o TGI Friday's.

– Mais ou menos.

Chegamos em outra porta dupla e entramos num mundo de luzes brilhantes e ruídos. A cozinha ficava à esquerda, num caos barulhento, e o escritório à direita. As paredes eram de um tom de branco sujo, com marcas fundas onde tinham sido atingidas por móveis – ou talvez por zepelins fugitivos.

No final do corredor, chegamos a outra peça. Nossa amiga abriu a porta e anunciou: – Aqui está ele!

Aqui era obviamente onde as meninas ficavam à vontade – em alguns casos, literalmente. Se me pedissem para imaginar o camarim de um bar de *strip-tease*, eu teria pensado em garotas seminuas na frente de espelhos rodeados de lâmpadas, mas esta sala não se encaixava de modo algum nessa descrição. Ela se parecia muito mais com a sala de estar de uma casa. Era limpa, com três ou quatro canapés, duas cadeiras, alguns espelhos. Havia uma placa de Proibido Fumar, que, pelo cheiro, parecia ser levada à risca, e um mural cheio de avisos de reuniões e eventos da Universidade.

Todas as meninas se uniram num "olá, como vai você?" para Kelly.

Olhei para uma policial que vestia uma saia totalmente fora do regulamento. – Estou tentando encontrar um inglês chamado Pat. Ele me disse que vinha muito aqui.

Kelly estava sendo arrastada por duas garotas. – Como é o seu nome, querida? – Não pude fazer nada para detê-la.

Eu disse: – O nome dela é Josie.

Elas estavam com suas roupas de palco. Uma delas estendeu uma fantasia de índia, com mangas de couro com franjas, penas e tudo o mais. Ela disse a Kelly: – Você gosta? – e começou a vesti-la. Os olhos de Kelly se arregalaram de excitação.

Prossegui minha conversa com a nata de Washington. – O que houve foi uma grande confusão de datas. Nós devíamos encontrar Pat para que Josie pudesse passar as férias com ele. Não há problema, eu vou cuidar dela, mas ela realmente quer vê-lo.

– Faz muito tempo que não vemos Pat, mas Sherry deve saber sobre ele, eles costumavam sair juntos. Ela está atrasada, mas já vai chegar. Se quiser esperar, fique à vontade. Ali tem café.

Servi uma xícara e me sentei. Observei Kelly rindo. Para mim, esta situação deveria ser como morrer e ir para o céu, mas eu estava tenso com a possibilidade de a menina deixar escapar alguma coisa.

Havia livros por todo lado, e uma das garotas, que parecia saída de um harém turco, estava sentada num canapé com um *laptop*, digitando sua dissertação.

Vinte minutos depois, a porta se abriu de repente, e uma garota com uma sacola esportiva preta entrou correndo, esbaforida e descabelada.

– Desculpem o atraso, garotas. Eu não era a primeira, era?

Ela começou a tirar os sapatos, recuperando o fôlego.

A sargento de polícia a chamou: – Sherry, este cara quer saber onde anda o Pat. Você tem visto ele ultimamente?

Eu me levantei. – Estou tentando encontrá-lo há um bom tempo. Você sabe como ele é, imprevisível.

– Nem me diga – ela começou a tirar as calças na minha frente, tão naturalmente como se fôssemos casados há dez anos. – Ele andou viajando por algum tempo. Eu o vi há mais ou menos um mês, quando ele retornou – ela olhou de relance para Kelly e depois para mim de novo. – Você é amigo dele?

– Há muitos anos.

– Acho que ele não vai se importar. Tenho o número dele aqui, se conseguir encontrar.

Só de sutiã e calcinha, ela começou a revirar a sacola enquanto falava. Ergueu os olhos para uma das meninas e disse: – Que número eu sou?

– Quatro.

– Jesus Cristo! Alguém pode ir antes de mim? Posso ser a número seis? Eu nem fiz a maquiagem ainda.

A garota do *laptop* deu um grunhido. A odalisca turca ia ser a número quatro.

Sherry puxou da sacola uma bolsa do tamanho da caverna de Aladim. – Aqui está.

Ela me entregou um cartão do restaurante com um endereço e um telefone rabiscados no verso. Reconheci a letra.

– É aqui perto? – perguntei.

– Riverwood? Mais ou menos uns quinze minutos de carro, atravessando a ponte.

– Vou ligar para ele. Obrigado!

– Diga a ele que eu ainda estou viva, por favor – ela sorriu, com um fio de esperança.

Fui até onde estava Kelly e disse: – Temos de ir agora, Josie.

Ela fez um beicinho com o lábio inferior. – Oohhh... – talvez fosse a companhia de outras mulheres, mas ela parecia mais relaxada do que em qualquer outro momento desde que eu a tinha levado de casa. – Temos mesmo? – ela suplicou, com os olhos arregalados cobertos de maquiagem, assim como a boca.

– Temo que sim – eu disse, começando a limpar seu rosto.

A policial disse: – Ela não pode ficar aqui? Nós cuidamos dela. Vamos ensiná-la a dançar.

– Eu queria ficar, Nick!

– Desculpe, Josie, você precisa ser muito mais velha para trabalhar aqui. Não é verdade, garotas?

Elas ajudaram Josie a tirar as penas. Uma delas disse: – Estude direitinho na escola, querida, depois você pode vir trabalhar aqui com a gente.

As meninas apontaram para uma saída mais rápida pelos fundos. Quando estávamos saindo, Kelly me olhou e perguntou: – O que elas fazem, afinal?

– Elas são dançarinas.

– E por que elas usam biquíni e todas aquelas penas?

– Eu não sei – respondi. – Algumas pessoas gostam de assistir a esse tipo de coisa.

Quando chegamos à porta, ouvi Sherry gritar: – Filha? Canalha mentiroso!

Capítulo Quatorze

Descemos o morro caminhando, procurando um lugar para nos sentarmos fora da chuva. Um lugar que parecia mais uma casa do que um restaurante tinha uma placa que dizia "The Georgetown Diner". Entramos.

Sentamo-nos no café quase vazio, eu com uma xícara de café, Kelly com uma Coca-Cola, ambos perdidos nos próprios pensamentos – eu decidindo como fazer contato com Pat, e ela provavelmente sonhando em crescer e ir para a faculdade vestida de Pocahontas. Nossa mesa ficava ao lado de um expositor de cartões comemorativos e pequenos desenhos de artistas locais para vender. Era mais uma galeria de arte do que um café.

– Nós não podemos simplesmente aparecer na casa de Pat porque poderíamos comprometê-lo – pensei alto para ela. – E eu não posso telefonar porque eles podem ter feito a conexão entre nós, e seu telefone pode estar grampeado.

Kelly assentiu, sem entender uma palavra do que eu estava dizendo, mas satisfeita em fazer parte dos assuntos adultos ao invés de ser abandonada ou arrastada de um lado para o outro.

– É tão irritante, porque ele mora a quinze minutos daqui – continuei. – O que eu posso fazer?

Ela deu de ombros e depois apontou para o expositor atrás de mim e disse: – Mande um cartão.

– Boa idéia, mas levaria muito tempo.

Então tive uma iluminação. – Muito bem, Kelly!

Ela sorria de uma orelha à outra quando eu levantei e comprei um cartão de aniversário que mostrava um coelho de pelúcia segurando uma rosa. Pedi uma caneta e voltei para a mesa. Escrevi: "Pat, estou na merda. Kev está morto e eu estou com Kelly. Preciso de ajuda. NÃO FUI EU. Ligue para 181-322-8665 de um telefone público fixo, o mais rapidamente possível. Nick".

Fechei o envelope e escrevi o endereço de Pat, depois pedi emprestadas as Páginas Amarelas. Encontrei o que estava procurando, e ficava na mesma rua, numa distância que eu podia cobrir a pé. Pegamos nossos casacos e saímos. Tinha parado de chover, mas a calçada ainda estava molhada. Conferi o número das casas, tínhamos de descer o morro na direção do rio.

O escritório da empresa de entregas expressas ficava ao lado de uma estranha loja Nova Era com a vitrine cheia de cristais curativos que podiam mudar sua vida. Eu me perguntei qual pedra eles receitariam se eu entrasse e lhes contasse a minha situação. Kelly queria ficar do lado de fora para olhar a vitrine, mas eu a queria comigo. As pessoas podiam olhar duas vezes para uma criança sozinha em frente a uma loja, e isso poderia ficar na lembrança. Havia o risco de alguém na loja identificá-la, mas isso era uma questão de equilíbrio entre expô-la e usá-la como cobertura.

– Você pode entregar isso para o meu amigo depois das quatro da tarde de hoje? – eu disse para o rapaz do balcão. – Estamos encrencados porque nos esquecemos de colocar o cartão de aniversário dele no correio, não é mesmo, Josie?

Paguei a taxa de quinze dólares em dinheiro e eles prometeram entregar às quatro. Eu precisava daquelas duas horas de intervalo para preparar o terreno para o nosso encontro.

Entramos no Hotel Latham. Imaginei que meu sotaque não ia chamar a atenção ali, e estava certo. A ampla recepção estava cheia de turistas estrangeiros. Deixei Kelly sentada num canto e fui até o balcão de informações.

– Estou procurando um *shopping* que tenha um Fun Zone ou Kids Have Fun – eu disse.

Havia cerca de uma dúzia deles em DC e arredores. Era apenas uma questão de olhar os endereços no guia da cidade que ela ia gentilmente me emprestar. Havia um no Landside Mall, não muito longe do Roadies Inn. Fiz sinal para um táxi, e desta vez o motorista sabia aonde estava indo.

A Kids Have Fun é uma franquia de áreas de recreação. A idéia é largar as crianças por algumas horas enquanto você dá vazão a seus impulsos consumistas. Uma vez eu tinha ido com Marsha buscar Kelly e Aida num lugar desses. A criança recebe uma etiqueta irremovível com seu nome pendurada no pulso, e o adulto fica com um cartão de identificação indicando que ele é a única pessoa que pode retirar a criança. As meninas tinham ficado brincando a manhã inteira naquele dia, e eu lembro que, quando nos aproximamos, Marsha deu uma risada ao olhar para a agência de turismo que ficava em frente e disse: – Eu sempre achei esta localização brilhante. Quantas vezes eu me senti tentada a largar as crianças e sair correndo para comprar uma passagem só de ida para o Rio!

O *shopping* tinha a forma de uma imensa cruz, com uma loja de departamentos diferente – Sears, Hecht's, JCPenney, Nordstrom – na extremidade de cada braço. Havia três andares, com escadas rolantes levando as pessoas para cima e para baixo a partir do eixo central. A praça de alimentação ficava no terceiro andar. O lugar era tão cheio quanto grande, e o calor era quase tropical – provavelmente de propósito, para induzir os clientes a consumir bebidas.

Localizei o Kids Have Fun no braço da Hecht's. Virei para Kelly: – Ei, você quer entrar aí mais tarde? Eles têm vídeo e um monte de coisas.

– Eu sei, mas quero ficar com você.

– Vamos entrar para dar uma olhada mesmo assim – eu não queria deixá-la lá ainda, porque nem sabia se íamos receber a ligação ou não, mas mesmo assim teria de fazer o reconhecimento e preparar o terreno.

Fui até a recepção. – É preciso fazer reserva?

Aparentemente, não, era só chegar e preencher uma ficha. Se eu recebesse a ligação às quatro horas, eu teria no máximo meia hora para escondê-la. Eu precisava pensar na pior situação possível, que era eles saberem o número do celular de Kev e estarem esperando para interceptar as chamadas e me ouvirem dando instruções a Pat. Eu a queria longe e segura, e também não estava absolutamente certo em relação a Pat. Ele podia fazer parte de uma armadilha. Eu precisava tomar cuidado, mas, ao mesmo tempo, estava desesperado para vê-lo.

Vi que ela estava examinando o lugar. Não parecia tão mal. Nós saímos.

– Você pode vir comigo agora, mas eu tenho de ficar sozinho depois, OK?

Ela pareceu chateada. – Por quêêê?

– Porque eu tenho de fazer coisas, OK? Mas agora você pode me ajudar.

Enfim, um sorriso. – Está bem, mas você não vai demorar, vai?

– Vou voltar antes de você perceber.

Kelly e eu começamos a dar uma volta, fazendo o reconhecimento sem ela perceber.

– O que estamos procurando, Nick?

– Uma loja de câmeras e telefones.

Andamos por todo o *shopping* e acabamos encontrando uma loja no térreo. Comprei um carregador de bateria para o celular. Ela decidiu não comprar outro presente para Melissa no fim das contas, anunciando que simplesmente pegaria as pulseiras da amizade em casa. Não fiz comentários.

Às cinco para as quatro, tirei o telefone do bolso e liguei-o. A bateria e o sinal estavam altos. Eu estava pronto.

Às quatro e dez ele começou a tocar. Atendi. – Alô.

– Sou eu.

– Onde você está?

– Numa cabine telefônica.

– Às cinco horas, quero que você venha ao Landside Mall, em Alexandria. Quero que entre pela JCPenney, vá até o eixo central, pegue a escada rolante até o terceiro andar e ande na direção da Sears. Até agora tudo bem?

Ele fez uma pausa para registrar as instruções. – Tudo bem.

– Do lado esquerdo fica um restaurante chamado Roadhouse. Entre e peça dois cafés. Vejo você lá.

– Até mais.

Desliguei o telefone.

Kelly disse: – Com quem você estava falando?

– Lembra que eu falei de Pat? Vou encontrá-lo mais tarde... que bom, não é? Você está pronta para o Kids Have Fun?

Ela iria de qualquer jeito. Se Pat me entregasse, este lugar logo ia se encher de policiais.

Preenchi a ficha com os nomes que estávamos usando no hotel. Kelly estudava uma piscina de bolas de borracha coloridas. Havia uma área de vídeo com uma grande variedade de filmes passando simultaneamente, uma máquina de sucos e banheiros. Parecia muito bem organizado, e o lugar estava cheio. Os acompanhantes brincavam com as crianças e faziam truques de mágica. Visto que não fizera nada além de assistir à televisão nos últimos dois dias, Kelly deveria estar louca para ter companhia infantil. A desvantagem era o perigo de ela falar, mas eu não tinha escolha. Paguei o ingresso e mais vinte dólares de depósito pela chave mágica para retirar minha filha.

Perguntei a ela se queria que eu ficasse por ali algum tempo.

Ela foi taxativa: – Você não pode ficar, é só para crianças – apontou para um aviso que dizia: "Cuidado, pais, não se aproximem dos brinquedos porque vocês podem tropeçar e se machucar".

Eu me abaixei para olhar nos olhos dela. – Lembre-se, seu nome hoje é Josie, e não Kelly. É segredo, OK?

– OK – ela estava muito ocupada olhando para os brinquedos.

– Vou voltar logo. Você sabe que eu sempre volto, não é?

– Sim, sim – ela já estava inquieta para entrar. Seu rosto estava virado para mim, mas os olhos voltados na outra direção. Bom sinal... pensei enquanto me afastava.

Peguei a escada rolante até o terceiro andar. Sentei a uma mesa de canto de um café e pedi um expresso e um folhado.

Eu sabia que, se ele se atrasasse, não iria até o local de encontro. O PPO era de que ele esperaria mais uma hora. Se isso não acontecesse, repetiríamos tudo amanhã. É a melhor coisa por trabalhar com pessoas que você conhece.

Olhei para o relógio. Faltavam dois minutos para as cinco – ou dois minutos para as oito da manhã em Bagdá. Olhando para baixo pelas escadas rolantes eu podia ver o braço da JCPenney juntando-se ao eixo central. No meu andar, também podia ver a entrada da Sears e do Roadhouse.

Cerca de dois minutos depois das cinco, vi Pat abaixo de mim, entrando pela JCPenney. Ele estava passeando, casualmente e sem pressa. Vestia uma jaqueta de couro marrom, *jeans* e tênis. Daquela distância, parecia igual, só com um pouco menos de cabelo. Eu ia tirar um sarro dele por causa disso.

Eu sabia que ele estaria na JCPenney às cinco em ponto, e estaria realizando suas próprias rotinas antivigilância, chegando cedo ao estacionamento para checar, ficando sentado no carro para contar o tempo. Pat podia ter a cabeça nas nuvens, mas na hora da ação, ele era certeiro. No momento, entretanto, minha única preocupação não era com o que se passava na sua cabeça, mas com o que ele poderia ter no nariz.

Pat subiu pela escada rolante, e eu desviei o olhar. Eu não estava interessado nele agora, estava observando o local para ter certeza de que ele não estava sendo seguido. Cobrindo-o, eu protegia a mim mesmo. Eu estava com a parte fácil, como a terceira pessoa ciente de tudo. O maior problema seria dos operadores de vigilância, que o seguiam e tentavam não ser identificados por pessoas como eu.

Em ambientes urbanos, sempre é melhor encontrar as pessoas em lugares onde há um tráfego intenso de pedestres. Parece normal pessoas encontrarem pessoas. A desvantagem é que, se houver alguém seguindo, eles também podem se misturar mais facilmente. Porém, é um caos para eles, porque se pode entrar e sair de lojas, parar num balcão, depois continuar, dar a volta e ir a outro balcão. Então, se for preciso um lugar para conversar com alguém, o ideal é ir às compras.

Pat subiu pela última escada rolante, à frente de um grupo de adolescentes. Elas desceram e saíram para a esquerda na direção de uma sorveteria. Pat foi para a direita. Havia apenas quatro escadas, duas para cima, duas para baixo. Eu não enxergava ninguém que se parecesse com um operador.

Observei-o entrar no Roadhouse. Esperei mais cinco minutos, chequei novamente, certifiquei-me de que a garota me viu jogar dois dólares em cima da mesa e saí. No braço da Sears, fiquei do lado direito, que me permitia uma visão melhor do Roadhouse à esquerda, o que, por sua vez, me dava mais tempo de olhar em volta à procura de homens na Victoria's Secret, parecendo deslocados enquanto mexiam nas *lingeries*.

Ainda não podia ter certeza em relação a Pat. Mas eu não ficava nervoso com este tipo de coisa. Era um exercício que havia feito muitas vezes. Eu via a situação tecnicamente, em termos de "e se?". E se eles me atacarem vindos da Sears? E se eles vierem das duas lojas ao meu lado? O exercício do "e se?" impede que você fique paralisado como um coelho atingido por faróis no meio da rua. Ele tira você daquele perigo inicial. Neste caso em particular, eu sacaria minha arma, sairia da zona de perigo pela Sears ou pelas escadas rolantes e fugiria.

Entrei no Roadhouse e vi Pat mais de perto. A idade estava se manifestando. Ele tinha apenas quarenta anos, mas parecia um candidato a alguma espécie de aposentadoria por invalidez.

Ele estava sentando a uma mesa dupla no canto esquerdo do restaurante, com dois *capuccinos* à frente. Havia cerca de dez outras pessoas conversando, comendo e brigando com os filhos. Fui até ele, puxei a nota de cinco dólares que já estava pronta no meu bolso, coloquei-a na mesa e disse, com um grande sorriso de saudação: – Siga-me, companheiro.

Se ele pretendia me sacanear, eu estava prestes a descobrir.

Eu tinha pedido esse encontro, e, por isso, ele não disse nada, só me acompanhou. Fomos até a parede oposta, onde havia uma placa indicando os sanitários. Quando passamos pela porta, entramos num longo corredor, com os banheiros no fundo, à esquerda. Eu tinha feito o reconhecimento desse lugar na caminhada com Kelly. À direita havia outra porta, que levava para a Sears. Estes banheiros eram compartilhados, e por isso eu os tinha escolhido. Abri a porta, deixei Pat passar e segui-o até o departamento de roupas de bebê. Pegamos a escada rolante para o térreo, criando ângulos e distâncias. Nem sempre funcionava, mas era o melhor que eu podia fazer.

Do balcão dos perfumes no térreo, era uma linha reta para o estacionamento, e começamos a andar pela calçada na direção de uma fileira de lojas e lanchonetes menores.

Nenhuma palavra havia sido dita. Não havia necessidade, Pat sabia o que estava acontecendo.

Entramos num SubZone, uma franquia mais parecida com uma clínica de tão imaculada, que vende baguetes com todos os recheios do mundo. Mandei Pat comprar uma bebida e um especial de carne com queijo para mim. O lugar estava cheio. Isso era bom, tornava a vida de quem estivesse observando mais complicada.

Eu disse: – Sente-se àquela mesa, companheiro, de frente para os banheiros, e eu volto em um minuto.

Ele entrou na fila do caixa.

Passei a porta que levava aos banheiros e fui até o final, onde havia uma saída de incêndio. Eu queria confirmar que ela não tinha sido obstruída por uma lata de lixo ou qualquer outra coisa desde que eu checara pela última vez. A porta de incêndio tinha alarme, e por isso eu não ia testá-la para ver se abriria. Eu tinha feito minha lição de casa, sabia o que havia do outro lado e para onde correr.

Pat já estava sentado com dois cafés e um tíquete de pedido. Eu vinha tomando uma overdose de cafeína. Também começava a me sentir moído: o calor do *shopping* e agora deste lugar e a energia gasta nos últimos dois dias resolveram cobrar seu preço. Mas eu tinha de me manter alerta, porque isso era uma operação.

Sentei-me diante dele, olhando sobre seu ombro para a porta de vidro da lanchonete. Eu podia ver todo mundo que entrava e saía, e ficava encoberto por Pat e um pilar. Eu queria dominar a área porque precisava enxergar o que estava acontecendo.

Olhei para Pat e decidi não fazer troça do seu cabelo. Ele parecia cansado e gasto. Seus olhos não eram mais límpidos e vivos, mas vermelhos e embaciados. Ele tinha engordado, e havia um volume empurrando sua camiseta e caindo por cima do cinto. Seu rosto estava inchado, e eu mal conseguia distinguir seu pomo-de-Adão.

Eu disse: – O motivo de estarmos aqui é que eu vim de férias para visitá-lo e nós estamos fazendo compras.

– Certo.

Eu ainda tinha de testá-lo, caso ele estivesse usando aparelhos de escuta.

– Se houver algum problema, vou sair por ali – apontei para os banheiros. Eu estava esperando que ele dissesse "oh, você vai escapar pelos banheiros?" para o caso de alguém estar ouvindo. Mas ele não disse nada, apenas "OK". Eu já tinha todas as indicações possíveis de que estava seguro. Não havia mais tempo a perder.

Eu disse: – Você está bem, companheiro?

– Mais ou menos. Vamos dizer assim, um pouquinho melhor do que você. Como me encontrou?

– Sherry, do Good Fellas – olhei para ele, que sorriu. – É, Pat, você tem bom gosto!

Seu sorriso se alargou. – Muito bem, qual é a jogada?

– Todo mundo está atrás de mim.

– É o que parece – seus olhos vermelhos brilharam.

Comecei a explicar, e estava ainda em plena descrição quando a garçonete trouxe os sanduíches. Eles eram enormes, o suficiente para alimentar uma família inteira.

– O que foi que você pediu? – eu disse. – Nós vamos ficar aqui o dia inteiro!

Pat estava faminto, lutando com o queijo derretido pendurado entre sua boca e a baguete. Aquilo me fez pensar sobre quando ele tinha comido pela última vez.

Eu estava falando, por isso ocupado demais para comer. Eu disse: – Ouça, companheiro, para dizer a verdade, só o que eu queria fazer era voltar para a Inglaterra, mas isso vai ser muito complicado. Preciso saber o que está acontecendo, preciso saber por que isso aconteceu. Você se lembra de Simmonds?

– Lembro. Ele ainda está no serviço?

– Sim. Estive em contato com ele. Até disse que, se a Firma não me ajudar, vou abrir meu cobertor de segurança.

Os olhos de Pat se arregalaram. – Uau, isso é coisa de gente grande! Você está mesmo na merda. O que Simmonds teve a dizer quanto a isso?

– seus ombros fizeram um movimento lento enquanto ele ria e mastigava ao mesmo tempo.

Continuei falando por mais quinze minutos. Ao final, Pat disse: – Você acha que o PIRA pode ter apagado Kev? – ele agora estava beliscando o meu sanduíche, deixando claro que queria umas mordidas. Empurrei o prato para ele.

– Sei lá. A mim parece improvável. Você acha que é possível?

– Os boatos em DC eram de que houve envolvimento americano em Gibraltar em 88 – ele estava tirando os pepinos e tomates do meu sanduíche.

– Que tipo de envolvimento?

– Eu não sei. Algo a ver com os votos dos irlandeses-americanos, esse tipo de coisa. E o PIRA obtendo fundos do Noraid e entrando no mercado das drogas.

Eu me perguntava como Pat sabia daquilo. Talvez fosse assim que ele se abastecesse. A idéia me entristeceu.

Minha mente se concentrou um pouco mais. Pat continuava atacando minha baguete. – Talvez aí esteja a conexão com Kev – eu disse. – DEA, drogas, o que você acha?

– Talvez. Os ingleses estão reclamando há anos com os Estados Unidos a respeito do Noraid dar dinheiro ao PIRA, mas os ianques não podem se dar ao luxo de arriscar todos aqueles milhões de votos de irlandeses-americanos.

Eu me recostei na cadeira e estudei seu rosto. – Posso perguntar como você sabe de tudo isso?

– Eu não sei. Só o que ouvi é que o PIRA compra cocaína e mistura com outras coisas quando a tira dos Estados Unidos. Isso acontece há séculos, não há nada de novo aí. Mas talvez seja um ponto de partida para você. Quero dizer, porra, você é que é o intelectual, não eu.

Fazia sentido: se você tivesse algum dinheiro e fosse uma organização terrorista, é claro que ia comprar drogas, batizar e obter lucro. E não haveria jeito de o governo americano atacar o Noraid, o que seria suicídio político. Mas se fosse possível provar que o Noraid estava ligado ao tráfico de drogas, isso era outra coisa. Talvez Kev estivesse trabalhando contra o PIRA e tivesse sido morto por eles.

Eu disse: – Você acha que Kev pode ter descoberto alguma coisa grande? Ou talvez ele fizesse parte da história e tenha sido traído.

– Não tenho nem idéia, companheiro. Esse tipo de coisa me dá dor de cabeça – ele fez uma pausa. – Então, diga, do que você precisa?

Encolhi os ombros. – Dinheiro vivo.

Ele parou de comer o sanduíche, tirou a carteira do bolso e me entregou um cartão magnético. – Esta conta tem quase três mil dólares – disse. – É uma conta de poupança, então você pode sacar o quanto quiser. E a menina? Qual é o lance?

– Ela está bem, companheiro. Está comigo.

Se Pat estivesse planejando me entregar, pelo menos eu estava passando a mensagem de que estava ciente dessa possibilidade e tomando precauções.

Eu disse: – Muito obrigado por tudo isso, companheiro, pelo cartão e por estar aqui – sempre soube que ele ia me ajudar, mas não queria que pensasse que eu não dava o devido valor a isso.

– Não vou deixá-lo na merda – eu disse. – Não vou comprometê-lo, mas preciso de mais uma coisa. Existe alguma chance de você me telefonar hoje à noite? Eu preciso sentar e pensar sobre o que tenho de fazer.

– Que tal às nove e meia?

Sorri. Então, de repente, tive a segunda iluminação do dia. – Você não conhece algum endereço do PIRA ou do Sinn Féin em Washington?

– Não, mas posso descobrir. No que você está pensando?

– Preciso descobrir se há alguma conexão entre o PIRA e as pessoas que estão tentando me pegar, e que talvez tenham apagado Kev. Se eu puder checar quem entra e sai de um local, bem, é um começo. Se eu desconfiar de alguma, talvez entre para dar uma olhada.

Pat engoliu o resto do meu sanduíche. – Tome cuidado, companheiro, não vá se meter numa fria.

– Não vou. Certo, vou ficar aqui. Vou lhe dar dez minutos, e depois vou embora. O celular vai estar ligado a partir das nove e vinte e cinco.

– Sem drama, vamos conversar. Boa sorte.

Ele se levantou, catando os fragmentos de queijo e carne no fundo da cesta.

– Sherry, hein? – disse. – Como ela está? Está com saudades de mim? – depois saiu andando, os ombros balançando com as risadas.

Capítulo Quinze

Voltei ao *shopping* via Sears, encontrei um caixa automático e saquei trezentos dólares.

Estava escuro lá fora, mas o *shopping* estava lotado. Ainda havia a possibilidade de que eu estivesse sendo vigiado, que estivessem esperando que eu me encontrasse com Kelly, então eu dei um tempo antes de buscá-la. Tudo parecia normal, a única coisa a que eu precisava estar atento eram as câmeras de segurança. Quanto mais rápido eu entrasse e saísse, melhor.

Observei a área por dez minutos, depois me aproximei um pouco mais. Em frente ao centro de recreação havia uma loja de artigos esportivos. Entrei e me transformei instantaneamente num fã de basquete, estudando todas as camisetas penduradas perto da vitrine. A Kids Have Fun estava cheia de crianças, mas eu não enxergava Kelly.

Eu circulei pela loja um pouco mais, voltei até a arara, olhei novamente e localizei-a. Ela estava sentada no chão assistindo a uma TV que mais parecia uma tela de cinema. Havia mais cerca de dez crianças com ela, cada uma com uma pequena caixa de suco. Subitamente, dei-me conta de que a menina não fazia nada além de comer, beber e assistir a televisão. Era um espanto que não se parecesse mais com Slack Pat.

Entrei, apresentei meu cartão de identificação e pedi pela minha filha. Eles fizeram o processo de verificação e, alguns minutos depois, Kelly apareceu com uma acompanhante.

Comecei a calçar seus sapatos. – Olá, Josie, como estão as coisas?

Ela ficou emburrada porque eu tinha chegado na metade do filme. Entendi aquilo como um bom sinal, pois mostrava que um pequeno traço de normalidade estava retornando. Tinha sido um alívio não estar com ela durante algum tempo, mas ao mesmo tempo era bom tê-la de volta. Eu não sabia bem o que pensar disso.

Pegamos um táxi, mas descemos umas quatro quadras antes do hotel e entramos a pé. Era nossa única área segura.

Abri a porta. A TV ainda estava ligada, mostrando como eram ótimos os carros da Nissan. Acendi a luz, mandei Kelly ficar onde estava e olhei para dentro.

As camas não estavam feitas, e as cortinas estavam fechadas, de modo que parecia que a camareira tinha obedecido ao sinal na porta. Ela não deve ter dado a mínima; era menos um quarto para limpar pelo mesmo salário.

O mais impressionante era que a pequena dobra ainda estava no cobertor. Se eu tivesse visto da porta que ela tinha sido mexida, eu teria de tomar uma decisão muito rápida em relação a apenas dar as costas e ir embora.

Entramos. Usando a TV como apoio, inclinei-me sobre a parte de trás da cômoda, examinando o espaço entre o móvel e a parede. O fósforo ainda estava no lugar, cobrindo a minúscula marca de caneta. Mesmo que eles tivessem notado que tinham deslocado o fósforo ao checar debaixo da cômoda, era muito improvável que o colocassem de volta exatamente na mesma posição. Até ali, tudo parecia bem.

– O que você está fazendo, Nick?

– Só estou vendo se a tomada está em ordem. Ela parecia meio frouxa.

Ela não disse nada, apenas me olhou como se eu fosse um retardado. Ainda sem olhar para ela, ajoelhei-me para examinar a cômoda.

– Posso ajudar, Nick?

– Eu gostaria de ouvir o que está passando na TV.

Ela sentou na cama e começou a devorar um pacote de biscoitos recheados. Essa criança estava realmente se alimentando de maneira saudável.

Havia três gavetas na cômoda baixa, e eu tinha enfiado o clipe de papel no canto esquerdo da gaveta do meio. Peguei a luminária de cabeceira e agitei-a para cima e para baixo, tentando enxergar o reflexo do clipe. Consegui: a gaveta não tinha sido aberta.

Ajeitei Kelly – tirei seu casaco, coloquei os sapatos nos bolsos e pendurei-o na porta. Limpei a cama um pouco, juntando as embalagens de comida e espanando as migalhas.

– Você está com fome? – perguntei.

Ela olhou para o pacote de biscoitos pela metade. – Não tenho certeza. Você acha que eu estou?

– Sem dúvida. Vou buscar comida para nós. Você pode ficar aqui e vou deixar você ficar acordada até tarde. Mas não conte a ninguém, é o nosso segredo!

Ela riu. – Não vou contar!

Percebi que eu também estava faminto. Pat não tinha me deixado muito no SubZone.

– Você conhece as regras, não é? – Repassei tudo mais uma vez. – Vou pendurar o aviso de Não Perturbe, e você não pode abrir a porta para ninguém. Entendeu?

– Sem dúvida.

Olhei-a novamente. – Você está me gozando?

– Sem dúvida.

A rua não estava tão movimentada, e a chuva tinha diminuído. Comprei um bom lote de roupas para nós dois – jaquetas e casacos, calças e camisas – o suficiente para pelo menos mais duas mudanças de aparência.

Depois, fui até o balcão dos hambúrgueres. Enquanto esperava na fila, comecei a pensar como tudo era estranho. Num minuto eu estou em Vauxhall recebendo instruções para um serviço e no seguinte estou tentando lembrar qual sabor de *milk-shake* comprar para uma criança. Eu me perguntava se Kelly aprovaria as camisas que eu tinha comprado para ela.

No caminho de volta, olhei o relógio. Eram nove e vinte, e eu tinha demorado mais do que o esperado. Hora de ligar o telefone. Esperei numa entrada de loja para me proteger da chuva.

Às nove e meia em ponto ele tocou. Eu estava animado, mas ao mesmo tempo nervoso. Poderia ser para Kev. Apertei o botão de responder. – Alô?

– Oi, sou eu. Tenho algo para você.

– Ótimo. Espere... – cobri o outro ouvido com o dedo. Não queria perder essa informação. – Vá em frente.

– Rua Ball, 126. Fica na parte antiga de Crystal City, perto do rio, entre o Pentágono e o Aeroporto Nacional de Washington. Pegou?

– Sim – deixei que a informação assentasse na minha cabeça. Eu tinha visitado o Pentágono antes e usado o aeroporto doméstico duas vezes. Eu tinha uma vaga lembrança da área. – Você vai me telefonar amanhã?

– Vou.

– Mesma hora?

– Mesma hora. Boa sorte, companheiro.

– Tchau.

E foi isso. Desliguei o telefone e repeti o endereço para mim mesmo, para memorizá-lo bem. Eu não queria anotá-lo. Se fosse apanhado, eu precisava estar estéril.

Na volta para o hotel, eu me sentia bastante animado. Até agora, tinha estado ao deus-dará. Não sabia exatamente o que ia fazer com essa nova informação, mas era um começo. Sentia-me com um mínimo de controle.

Comemos e assistimos a um pouco de televisão, mas ela parecia mais interessada em conversar.

– Você assiste à televisão em casa, Nick?

– Um pouco.

– Qual é o seu programa favorito?

– Não sei. O noticiário, acho. Nossos programas são diferentes dos de vocês. Qual é o seu favorito?

– *Patricinhas de Beverly Hills.*

– O que é isso, um policial?

– Burrão, bobão, abobado! É sobre uma menina – ela fez uma ótima imitação de uma patricinha.

– E o que ela faz?

– Ela faz compras.

* * *

Às quinze para as onze, ela já estava adormecida. Peguei o guia da cidade que tinha me esquecido de devolver no Hotel Latham e procurei a Rua Ball.

Segui o rio para o sul até ver o aeroporto. O alvo ficava entre ele e o Pentágono, na margem oeste. Ri para mim mesmo. Se fosse um endereço do PIRA, eles tinham muita coragem, pois provavelmente bebiam nos mesmos bares que os rapazes do Conselho de Segurança Nacional.

Não havia muito a fazer no momento. Kelly estava deitada de barriga para cima, como uma estrela-do-mar. Cobri-a com o edredom, empurrei toda a tralha de cima da outra cama para o chão e deitei-me. Um ditado dos meus tempos de infantaria, um século atrás, rugia em meus ouvidos: "Sempre que houver uma trégua na batalha, durma. Você nunca sabe quando terá outra chance". Finalmente eu fazia o que me mandavam.

Quando acordei, parecia que o mesmo desenho ainda estava passando. A TV deve ter ficado ligada a noite toda. Eu estava seco por uma cerveja.

Levantei-me, molhei o cabelo, fiquei semi-apresentável e olhei pela janela. A chuva estava um pouco mais intensa. Desci e busquei comida suficiente para três pessoas – o que era muito adequado, a julgar pela quantidade que Kelly comia.

– Hora de acordar! – eu disse.

Kelly queria continuar sendo um habitante do mar, mas acordou, bocejou, espreguiçou-se e depois se enrolou de novo. Fui para o banheiro e comecei a preparar o banho.

Ela apareceu na porta com uma toalha. Estava começando a entender as coisas.

Enquanto ela brincava com a água, sentei-me na cama e zapeei pelos canais de notícias. Não havia nada sobre nós. Tantos outros assassinatos tinham acontecido na capital dos homicídios dos Estados Unidos, que já éramos notícia velha.

Ela saiu do banho, vestiu-se e penteou o cabelo sem que eu tivesse de dizer uma palavra. Abri uma caixa individual de sucrilhos e despejei um pouco de leite, depois fui para o chuveiro.

Quando ressurgi, limpo e apresentável, disse: – Temos de nos mudar daqui hoje.

O rosto dela se acendeu. – Podemos ir para casa agora? Você disse que Pat ia nos ajudar a ir para casa.

Peguei seu casaco no cabide e ajudei-a a calçar os sapatos. – Muito em breve, sim, vamos. Mas papai precisa de mais tempo para descansar. Pat vai nos avisar quando for a melhor hora – eu disse. Primeiro, temos de fazer algumas coisas. Para mim é muito difícil explicar a você o que está acontecendo agora, Kelly, mas não vai demorar. Prometo que você vai para casa logo.

– Que bom, porque Jenny e Ricky estão com saudades de mim.

Meu coração saiu do ritmo. Será que eu tinha pisado na bola? Haveria outras pessoas na casa?

Ela deve ter lido meus pensamentos. – São meus ursinhos – riu, e depois ficou séria. – Eu estou com saudades deles. E quero ir à festa de Melissa.

Comecei a dar um tapinha na sua cabeça. Ela olhou para mim; sabia que estava sendo condescendente. Mudei de assunto.

– Veja, vou lhe mostrar para onde estamos indo.

Puxei o mapa. – É aqui que estamos agora, e é para cá que vamos, bem perto do rio. Vamos pegar um táxi, achar um hotel que tenha cabo para podermos assistir a filmes. Se não tiverem, talvez a gente possa ir ao cinema.

– Podemos ver *Jungle Nungle*?

– É claro que sim!

Que porra era aquela? Não importava, pelo menos tínhamos esquecido o assunto família.

Depois de fazermos o *check-out* e, para minha surpresa, ganharmos um desconto de uma noite, subi para buscar Kelly e a sacola esportiva de náilon azul. Deixei a USP na caixa de descarga. Ela tinha somente um pente de 9 milímetros, e eu estava carregando três de .45 com a Sig.

Deixando o hotel, viramos à esquerda e imediatamente à esquerda de novo. Eu queria sair do campo de visão da recepção antes que alguém pensasse em perguntar "onde está a esposa?".

Acenei para um táxi e pedi para ir a Pentagon City. O motorista era um asiático de uns sessenta anos. Ele tinha um mapa sobre o banco, mas não se dava ao trabalho de olhar para ele. Parecia que estávamos indo para a direção certa. Kelly estava de chapéu. Pensei em implicar com ela, dizendo-lhe que se parecia com o Paddington Bear*, mas teria de dar uma explicação muito longa.

O motorista perguntou onde exatamente eu queria ficar.

– Na estação do metrô, por favor – eu não tinha idéia de onde ficava, mas parecia um lugar tão bom como qualquer outro.

Paguei o coroa, e ele se foi. A zona parecia ser nova e cara, tanto as lojas quanto as casas. Havia um Hotel Ritz Carlton e, a alguns minutos de distância, o Pentágono. Peguei minhas coisas e levei Kelly em direção ao *shopping*. Eu queria visitar um caixa automático para celebrar o início de um novo dia financeiro.

Saímos e atravessamos o estacionamento do supermercado, depois seguimos até o rio. Era estranho porque, pela primeira vez, eu me sentia realmente responsável por ela. Eu ainda segurava a mão dela quando atravessávamos ruas, mas agora parecia natural continuar segurando também na calçada. Eu tinha de admitir que era bom tê-la comigo, mas talvez isso fosse apenas porque eu sabia que parecia natural e, portanto, proporcionava um disfarce ideal.

Caminhamos por baixo da ponte de concreto que levava ao centro de DC. Era uma via muito movimentada, e o trânsito soava como um trovão abafado. Contei a Kelly a respeito da cena de *Cabaret* em que Sally Bowles vai para debaixo da ponte da via férrea para gritar quando as coisas ficam pesadas demais para ela. Não lhe disse que era isso o que eu tinha vontade de fazer nas últimas quarenta e oito horas.

Depois que passamos a ponte, a paisagem mudou. Era fácil imaginar como esta área devia ser cinqüenta ou sessenta anos antes, porque ainda não tinha sido completamente tomada por construções. Estava cheia de prédios abandonados construídos ao longo da via férrea desativada. Alguns haviam sido transformados em escritórios, embora a maior parte da área fosse simplesmente dividida por cercas em lotes ou usada como estacionamentos.

Olhei para a esquerda e vi a seção elevada da auto-estrada desaparecer na distância em direção ao centro de DC. Um muro de concreto escondia os pilares, e uma rua corria ao longo dela. Não havia calçada, apenas uma faixa estreita de terra batida, cheia de latas de refrigerante amassadas e maços de cigarro. Parecia que as pessoas estacionavam aqui nas margens para fugir do estacionamento pago mais adiante. Havia construções antigas e destruídas por toda parte, mas o lugar ainda estava sendo usado. À direita havia um teatro alternativo no que havia sido um armazém da companhia férrea. Os trilhos ainda estavam lá, mas agora estavam enferrujados e com tufos de grama pelo meio. Acima de nós vinha o rugido contínuo do trânsito na auto-estrada elevada.

Passamos por um ferro-velho, depois uma fábrica de cimento abandonada, onde os barcos que subiam o Potomac despejavam sua carga. Então, vi algo que parecia tão absolutamente deslocado que era quase surreal. Um hotel do fim dos anos sessenta, o Calypso, ainda desafiava o progresso. Ele estava isolado em meio a um oceano de cromo, vidros fumê e tijolos brilhantes, como se os proprietários tivessem decidido fincar pé contra as construtoras que lentamente tomavam conta dessa zona moribunda.

Era um edifício muito básico, de quatro andares, na forma de um quadrado aberto. No meio havia um estacionamento lotado de carros e picapes. Não havia janelas nas paredes externas, somente aparelhos de ar-condicionado se projetando dos blocos de concreto. Dobrei à esquerda, com a auto-estrada ribombando acima de mim, e passei pelo hotel à direita. Eu agora estava paralelo à Rua Ball, que ficava atrás dele. Kelly não tinha dito uma palavra. De qualquer modo, eu estava em clima de trabalho, e se não fosse pelo fato de estar segurando sua mão, eu provavelmente teria me esquecido de que ela estava comigo.

Quando ficamos nivelados com o Calypso, limpei a chuva do meu rosto e espiei para dentro da penumbra. No telhado havia uma imensa antena parabólica, com no mínimo três metros de diâmetro, que não pareceria exagerada no Pentágono. Dobramos à direita, depois à direita novamente. Estávamos na Rua Ball.

Pelo número, eu sabia que o alvo estaria à minha esquerda. Eu me mantive à direita para ter uma perspectiva melhor.

Ainda era incrivelmente barulhento; se não era um avião levantando vôo do aeroporto do outro lado da fileira de árvores, era o rugido contínuo da Auto-estrada 1.

– Aonde estamos indo? – Kelly teve de gritar para ser ouvida.

– Lá adiante – apontei. – Quero ver se conseguimos encontrar o escritório de um amigo. E depois podemos procurar um bom hotel para ficarmos.

– Por que precisamos mudar de hotel a toda hora?

Eu estava com o pensamento fixo, ainda olhava para os números dos prédios, e não para ela. – Porque eu me chateio com facilidade, especialmente se a comida não for boa. Aquela de ontem à noite era uma bosta, não era?

Ela fez uma pausa, depois perguntou: – O que é bosta?

– Algo que não é muito bom.

– A comida estava boa.

– Estava nojenta. Vamos para um hotel decente, é o que eu quero fazer.

– Mas nós podemos ficar na minha casa.

Um jato tinha acabado de deixar a pista e estava levantando vôo no que parecia ser a altura dos telhados. Nós o observamos por algum tempo, hipnotizados. Até mesmo Kelly ficou impressionada.

Quando o rugido das turbinas diminuiu, eu disse: – Vamos lá, vamos encontrar o tal escritório.

Continuei a olhar para a esquerda e para a frente, tentando decidir qual seria o prédio. Havia uma salada de estilos: antigas fábricas e depósitos, blocos novos de escritórios de dois andares, estacionamentos e armazéns de caminhões. Em meio aos prédios, dava para entrever as árvores que ladeavam o Potomac, talvez uns trezentos metros adiante.

Estávamos no fim dos números noventa, de modo que eu sabia que o prédio do PIRA não estava longe. Andamos até chegar a um prédio de dois andares com aparência de novo, esquadrias metálicas e encanamento aparente. Todas as luzes fluorescentes estavam acesas lá dentro. Tentei ler as plaquetas com os nomes, mas não conseguia distingui-las no escuro sem apertar muito os olhos ou chegar mais perto, duas coisas que eu não queria fazer. Uma das plaquetas dizia Unicom, mas não consegui entender as outras.

Não se parecia muito com o tipo de escritórios do Sinn Féin ou do PIRA a que eu estava acostumado. O da Rua Cable em Londonderry, por exemplo, era um sobrado dos anos vinte, e os lugares em West Belfast eram semelhantes. Esses certamente não eram blocos de escritórios *high-tech* que pareciam miniaturas do Centro Pompidou. Será que Pat tinha se enganado? Na minha cabeça, eu esperava um casarão velho. Era provável que isso fosse apenas uma fachada – uma empresa com funcionários legítimos.

Mantive a atenção no alvo enquanto passávamos pela frente, mas não olhei para trás. É preciso absorver todas as informações da primeira vez.

– Nick?

– O que foi?

– Eu estou molhada.

Olhei para baixo. Os pés dela estavam encharcados. Eu me concentrara tanto no que fazer a seguir que não tinha notado as poças em que estávamos andando. Eu devia ter comprado um par de galochas para ela no *shopping*.

Chegamos a um cruzamento em T. Olhando para a esquerda, eu podia ver que a rua continuava em direção ao rio. Mais carros estacionados nas margens, e mais ferros-velhos.

Olhei para a direita. No fim da rua ficava a auto-estrada elevada e, antes dela, acima dos telhados, eu podia ver a antena sobre o Hotel Calypso. Eu estava feliz. Tinha encontrado o alvo e um lugar para ficar, e tudo antes das onze da manhã.

Capítulo Dezesseis

Entramos no estacionamento do hotel. Apontei para o espaço entre uma picape e uma van da UPS. – Espere embaixo da proteção, fique fora da chuva. Eu volto logo.

– Quero ir com você, Nick.

Comecei minha rotina de treinamento de cães. – Não... espere... aí mesmo. Não vou demorar – desapareci antes que ela pudesse argumentar.

A recepção do hotel era um dos quartos térreos transformado em escritório, e o *check-in* foi tão casual como a decoração. A história da pobre família inglesa foi compreendida bem mais rápido aqui; eles obviamente não plantavam muito milho por estas bandas.

Saí, busquei Kelly e, enquanto caminhávamos em direção ao nosso novo quarto no segundo andar, eu pensava no que teria de fazer a seguir. De repente, ela puxou minha mão. – Bosta dupla!

– O quê?

– Você sabe, o que não é muito bom. Você disse que o outro era uma bosta. Este é uma bosta dupla.

Eu tive de concordar. Achei até que tinha sentido cheiro de vômito. – Não, não, espere até entrar no quarto. Você está vendo aquela antena parabólica?

É provável que a gente consiga assistir absolutamente a todos os programas que existem no mundo com ela. Não vai ser uma bosta.

O quarto tinha duas camas *king-size*, uma TV grande e as superfícies envernizadas escuras de sempre, além de alguns móveis – um longo aparador que já tinha visto dias melhores, um roupeiro que não passava de um suporte dentro de um armário aberto no canto e uma daquelas coisas onde se apóia a mala.

Chequei o banheiro e vi um pequeno frasco de xampu. – Está vendo aquilo? – eu disse. – Sempre um sinal de um bom hotel. Acho que estamos no Ritz.

Deixei o telefone recarregando e fui direto para a TV, zapeando em busca de um programa infantil. Isso agora fazia parte dos PPO.

Ajudei-a a tirar o casaco, sacudi-o e o pendurei, depois fui até o ar-condicionado e apertei alguns botões. Segurei meu casaco aberto na frente dele para testar o fluxo de ar. Eu queria que o quarto ficasse quente. Ainda esperando alguma reação da máquina, perguntei: – O que está passando?

– *Power Rangers*.

– Quem são eles?

Eu sabia muito bem quem eles eram, mas um pouco de conversa não faria mal. Eu não queria que virássemos melhores amigos, passássemos as férias juntos e dividíssemos escovas de dentes, coisas assim – longe disso, quanto mais a situação se resolvesse, melhor. Mas para que nossa relação parecesse normal, ela precisava ser normal, e eu não queria ser pego porque algum intrometido achou que nós parecêssemos estranhos juntos.

Eu disse: – De qual deles você gosta mais?

– Eu gosto da Katherine, a cor-de-rosa.

– Por quê? Por causa da cor?

– Porque ela não é uma boba, ela é muito descolada – e contou-me tudo sobre Katherine, e como ela era inglesa. – Eu gosto disso, porque o papai é da Inglaterra.

Fiz ela trocar de roupa e vestir um *jeans* e um moletom, o que levou uma eternidade. Pensei: "Porra, ter filhos não é para mim. Cada momento do seu tempo está ocupado. Qual é o sentido, se você passa o dia inteiro servindo de mordomo?"

Por fim, ela estava seca e arrumada. Ao lado da TV havia uma cafeteira elétrica e sachês de leite e açúcar. Pus a coisa para funcionar. Enquanto a máquina começava a fazer barulho e borbulhar, fui até a janela. Olhando através da cortina rendada, para ambos os lados eu via os dois outros braços de concreto cinza. Abaixo estava o estacionamento e, do outro lado da rua, mais para cima, estava a auto-estrada. Percebi que meu humor combinava com a vista do quarto.

A chuva ainda estava caindo. Eu podia ver nuvens de *spray* atrás dos caminhões que passavam na estrada. A chuva não era pesada, mas contínua, do tipo que encharca tudo. Subitamente, a presença de Kelly ao meu lado se tornou mais viva.

– Odeio este tipo de clima – eu disse. – Sempre odiei, desde que era adolescente e entrei para o Exército. Mesmo agora, num dia de inverno bem úmido e ventoso, preparo uma xícara de chá e me sento numa cadeira ao lado da janela e fico olhando para fora, pensando nos pobres soldados que estão sentados num buraco no meio do nada, congelados, ensopados, pensando o que eles estão fazendo ali.

Um sorriso amargo surgiu em meu rosto quando a cafeteira parou de borbulhar e eu baixei os olhos para Kelly. O que eu não daria para estar de volta a Salisbury Plain, sentado numa trincheira alagada, preocupado exclusivamente em deixar de me sentir molhado, gelado e faminto. Isso era tudo o que eu queria.

Deitei-me na cama, analisando minhas opções. Não que houvesse muitas. Por que eu simplesmente não fugia? Eu podia roubar passaportes e tentar a sorte num aeroporto, mas as chances de me dar bem eram remotas. Havia rotas menos convencionais para voltar. Eu já tinha ouvido dizer que se podia chegar do Canadá à Inglaterra de *ferry*, pulando de uma ilha para outra. Uma rota popular entre estudantes. Ou eu podia ir para o Sul, entrar em Belize ou na Guatemala: eu tinha passado anos na selva naquela fronteira e sabia como sair. Eu poderia ir para uma ilha perto de Belize chamada San Pedro, uma parada para traficantes de drogas a caminho da costa leste da Flórida. De lá, eu poderia me embrenhar ainda mais no Caribe, onde pegaria carona num navio.

Um caso ainda mais bizarro, um dos homens do Regimento tinha pilotado um Cessna de um único motor do Canadá para a Inglaterra. A minúscula aeronave não tinha qualquer equipamento especial além de um tanque de combustível extra na traseira. O rádio não era do tipo adequado, e ele tinha de acertar o comprimento da antena com um fio pendurado do avião num tijolo. O cara usou um pára-quedas para que, se alguma coisa desse errado, ele simplesmente abrisse a porta e pulasse. Como eu faria aquilo eu não sabia, mas pelo menos sabia que podia ser feito.

Havia, no entanto, riscos demais nesses esquemas. Eu não queria passar o resto da vida numa penitenciária estadual, mas tampouco queria que morrêssemos na escapada. Simmonds tinha me oferecido a melhor opção. Se eu aparecesse em Londres com o que ele queria, eu não seria exatamente recebido com banda de música, mas pelo menos estaria em casa. Eu tinha de ficar e me virar.

Tudo se resumia ao fato de que eu precisava ver quem e o que estava entrando e saindo do prédio na rua Ball.

– Kelly, você sabe o que eu vou dizer agora, não sabe?

– Sem dúvida – ela sorriu. Eu obviamente tinha sido perdoado depois de secar seu cabelo e vesti-la com roupas secas e confortáveis.

– Dez minutos, está bem?

Fechei a porta, ouvi-a fechar a tranca e pendurei o aviso na porta. Mais adiante, à minha esquerda, havia uma pequena área aberta onde ficavam as máquinas de salgadinhos e refrigerantes. Comprei uma lata e depois passei novamente por nosso quarto a caminho do elevador. À esquerda ficava a saída de incêndio, uma escada de concreto que levava para cima e para baixo. Eu sabia que, conforme as regras de segurança, devia haver uma saída para o telhado: no caso de um incêndio no térreo, o resgate seria de helicóptero.

Subi tanto quanto podia. Portas duplas corta-fogo se abriam para o terraço com o acionamento de uma barra. Não havia placas indicando que as portas tivessem alarme, mas eu tinha de verificar. Examinei o batente, mas não vi sinal de um alarme *circuit-break*. Empurrei a barra e a porta se abriu. Nada de campainhas.

O terraço era plano, a superfície coberta de cascalhos de cinco centímetros de diâmetro. Peguei um punhado e usei para manter as portas abertas.

Um avião estava decolando do aeroporto, e eu mal podia ver suas luzes em meio à chuva. A antena parabólica ficava no canto oposto do telhado. Também havia uma estrutura de alumínio verde, que eu calculei ser do elevador. Uma mureta de um metro de altura cercava o terraço, impedindo que me enxergassem do chão, mas não da auto-estrada.

Andei sobre o cascalho até o lado que dava para o rio. Olhando para o edifício-alvo desse ângulo, eu podia ver o telhado plano e os dutos de ventilação. Ele era retangular e parecia bastante grande. Atrás, havia terrenos baldios cercados que pareciam dividir a área em novos lotes à espera de serem vendidos. Eu podia distinguir o Potomac atrás da fileira de árvores e do fim da pista de pouso.

Voltei, caminhando sobre uma série de cabos elétricos grossos. Parei na casa do elevador. O que eu queria agora era uma fonte de energia. Eu poderia usar pilhas para ligar o equipamento de vigilância que ia usar, mas não podia garantir sua vida útil. Tentei a porta da casa do elevador, mas estava trancada. Dei uma olhada rápida para a tranca: uma chave normal. Eu seria capaz de derrotá-la facilmente.

De volta ao quarto, peguei as Páginas Amarelas e procurei endereços de casas de penhor.

Depois fui para o banheiro, sentei na borda da banheira e descarreguei a munição .45 dos pentes no meu bolso, afrouxando as molas. Não é uma coisa que se tenha de fazer todos os dias, mas precisa ser feita. A maioria dos engasgos de armas está relacionada aos pentes. Eu não sabia quanto tempo fazia desde que a pistola tinha sido carregada; eu poderia disparar o primeiro tiro e a segunda bala não entrar no tambor porque a mola do pente tinha travado. É por isso que às vezes um revólver é muito melhor, especialmente se você vai deixar a pistola parada durante muito tempo e não quiser fazer a manutenção. Um revólver é apenas um cilindro com seis balas, e você pode mantê-lo carregado o ano inteiro sem problemas – assim que ele chega na sua mão, você sabe que vai funcionar. Esvaziei os pentes nos bolsos para ter a munição, os pentes e a pistola junto comigo.

Saí do banheiro e fiz uma lista de compras do que eu ia precisar e conferi quanto dinheiro eu tinha. O suficiente para hoje. Amanhã eu poderia sacar mais.

Eu não estava preocupado com Kelly. Ela tinha um monte de comida e estava quase adormecida, de qualquer forma. Aumentei a temperatura do ar um pouco mais. Logo ela estaria sonolenta.

Eu disse: – Vou sair e comprar alguns livros de colorir e lápis para você. Quer que eu traga um Micky D's também?

– Você traz molho agridoce para as batatas fritas? Eu posso ir com você?

– O tempo está horrível. Não quero que você pegue um resfriado.

Ela se levantou e andou até a porta, pronta para trancá-la sem eu ter de pedir.

Desci as escadas e caminhei até a estação do metrô.

Capítulo Dezessete

O METRÔ DE WASHINGTON É RÁPIDO E SILENCIOSO, limpo e eficiente, tudo o que um metrô deve ser. Os túneis são vastos e pouco iluminados, um tanto quanto relaxantes, e talvez seja por isso que os passageiros pareçam mais tranqüilos do que em Londres ou Nova York, e alguns até trocam olhares. Também deve ser a única parte da cidade em que nenhum veterano do Vietnã de dezessete ou setenta e sete anos vem lhe pedir um trocado.

Desci depois de sete ou oito estações e uma mudança de plataforma. O lugar que eu estava procurando ficava a alguns quarteirões de distância, mas num bairro que, eu apostava, não fazia parte de nenhum folheto turístico. Eu estava acostumado com a Washington em que quem tinha realmente tinha. Essa era a parte da cidade em que aqueles que não tinham, não tinham mesmo absolutamente porra alguma.

A construção térrea ficava recuada da rua e se parecia mais com um supermercado do que com uma casa de penhor, com uma fachada de no mínimo uns cinqüenta metros de comprimento. Ela era toda de vidro, com barras verticais. Os expositores das janelas estavam atulhados até em cima com todo tipo de coisa, de baterias completas a pranchas de surfe e camas. Cartazes amarelos fluorescentes prometiam de tudo, desde zero por cento de juros até o melhor preço da cidade para o ouro. Três seguranças armados que controlavam as portas me observaram entrar.

Olhando para o fundo por um dos corredores, vi uma longa vitrine envidraçada que também formava o balcão. Atrás dele havia mais de dez atendentes, todos vestindo a mesma camisa pólo vermelha. Parecia ser o departamento mais movimentado da loja. Então vi todas as armas e rifles pelo vidro. Um cartaz anunciava que os clientes podiam testar qualquer arma no estande de tiros dos fundos.

Segui em direção ao departamento de câmeras. Em um mundo ideal, o que eu estava procurando seria algo como uma câmera de vigilância, com um cabo longo conectando a câmera em si a uma caixa de controle separada que também contivesse a fita de vídeo. Eu poderia posicionar a câmera no telhado, deixá-la em seu lugar e esconder a caixa de controle em outra parte, talvez dentro da casa do elevador. Desse modo, seria mais fácil para mim chegar até ela para trocar a fita e, se eu não conseguisse encontrar uma fonte de eletricidade, as pilhas. E tudo sem ter de mexer na câmera.

Infelizmente, não encontrei nada parecido. Mas achei algo que era quase tão bom como tudo isso, uma câmera de vídeo Hi-8, o tipo preferido por muitos telejornalistas *freelance*. Eu certamente poderia trocar as lentes para obter mais alcance. Lembrava-me, quando trabalhava na Bósnia, de ver homens correndo com Hi-8s coladas nos olhos. Todos achavam que iam fazer fortuna vendendo cenas de bangue-bangue para as redes de TV.

Consegui chamar a atenção de um dos atendentes.

– Quanto pela Hi-8? – eu disse, com meu sotaque americano horrível de sempre.

– Ela é quase nova, mal saiu da caixa. Quinhentos dólares.

Fiz uma careta.

– Então faça uma proposta – ele disse.

– Ela tem uma bateria extra e todos os componentes para ligar na eletricidade?

– É claro. Ela vem com tudo, até com a bolsa original.

– Posso vê-la funcionando?

– É claro, é claro.

– Muito bem... quatrocentos. Em dinheiro.

Ele fez o que todos os encanadores e pedreiros do mundo inteiro fazem quando discutem preços: começou a sugar o ar através dos dentes. – Vamos fazer assim: quatrocentos e cinqüenta.

– Feito. Eu também quero um reprodutor, mas que não seja um videocassete.

– Eu tenho exatamente o que você quer. Siga-me.

A máquina que ele pescou do fundo de uma prateleira tinha uma etiqueta de preço de cem dólares e parecia ter cem anos de idade, com poeira e tudo. Ele disse: – Vamos fazer assim: poupe seu tempo; noventa dólares e ela é sua.

Assenti. – Também quero lentes.

– De que tipo você procura?

– Pelo menos 200 milímetros, para usar na câmera. De preferência Nikon.

Eu trabalhava na proporção de um milímetro de lente para cada metro de distância do alvo. Durante anos eu tinha ficado nos telhados das pessoas depois de arrombar suas casas e remover um dos azulejos para poder tirar fotos de um alvo, e tinha aprendido do jeito mais difícil que todo esforço é inútil se o resultado não forem imagens que permitam uma clara identificação.

Ele me mostrou uma lente de 250 milímetros.

– Quanto?

– Cento e cinqüenta dólares – ficou me esperando dizer que era demais.

– Muito bem, negócio fechado se você incluir duas fitas de quatro horas e um cabo de extensão.

Ele pareceu quase chateado com a falta de pechincha. – De que comprimento?

Mais pechincha. Ele ansiava por isso.

– O mais longo que você tiver.

– Sete metros?

– Feito – ele agora estava feliz. Certamente tinha um cabo de quinze metros.

Passei por um Walmart no caminho de volta para o metrô. Entrei e comecei a procurar os itens de que ia precisar para instalar a câmera.

Enquanto percorria os corredores, peguei-me fazendo algo que sempre fazia, não importando em que lugar do mundo estivesse: olhando para ingredientes de cozinha e latas de produtos de limpeza domésticos e pensando em qual podia ser misturado com qual para provocar o caos. Misture esta coisa e aquela outra, depois ferva e acrescente um pouquinho disto, e você tem um artefato incendiário. Ou ferva um pouco mais e raspe a sobra acumulada em torno da boca da panela, depois acrescente um pouco dessa coisa da seção dos fermentos e ferva mais um pouco até obter um sedimento no fundo, e você tem um explosivo de baixa potência. Vinte minutos no Sainsbury's são tempo suficiente para comprar todos os ingredientes para uma bomba capaz de explodir um carro em duas partes, e ainda sobra troco para uma nota de dez.

Eu não precisava de nada daquilo hoje, no entanto. O que eu queria era uma garrafa plástica de dois litros de Coca-Cola, uma tesoura, um rolo de sacos de lixo, uma minilanterna Maglite com um conjunto de filtros, um rolo de fita adesiva e um conjunto de chaves de fenda e alicates – vinte e uma peças por cinco dólares, um assalto já que elas durariam cerca de cinco minutos. Mas isso era tudo de que eu ia precisar. Feito isso, peguei um livro de aventuras para Kelly, alguns livros de colorir, lápis e outros badulaques para mantê-la entretida. Também coloquei mais alguns dólares no bolso do dono da fábrica de biscoitos recheados.

Entrei no metrô e encontrei um banco. As luzes na beirada da plataforma piscam quando um trem está se aproximando; até isso acontecer, a maioria dos locais fica sentada conversando ou lendo. Não havia outra coisa para fazer, então abri a Coca, comi um biscoito, comecei a pintar uma das figuras do livro de colorir e esperei pelas luzes.

A chuva tinha parado em Pentagon City, embora o céu ainda estivesse nublado e o chão molhado. Decidi dar uma passada rápida em frente ao alvo enquanto Kelly ainda não estava comigo.

Cortando pelo estacionamento do supermercado, fui em direção ao túnel da auto-estrada e à Rua Ball. Logo eu estava no mesmo lado da rua e nivelado ao edifício. Uma pequena escada de concreto, cercada por uma folhagem densa, levava até as portas de vidro da entrada. Elas se abriam para uma área de recepção e depois a outro conjunto de portas que provavelmente conduziam ao interior do complexo de escritórios. Uma câmera de segurança estava apontada para as portas de entrada. As janelas eram unidades duplas, herméticas. Dentro, ambos os andares do prédio pareciam estar cheios de computadores e quadros de avisos, o ambiente normal de um escritório.

Eu não via qualquer sinal exterior de alarme, ou que indicasse que a propriedade era monitorada. Talvez o alarme ficasse nos fundos. Se não, qualquer detector que existisse provavelmente estava conectado a uma linha telefônica ligada diretamente com a polícia ou uma firma de segurança.

Cheguei ao fim da rua, virei à direita e voltei ao hotel.

O quarto parecia uma sauna. O cabelo de Kelly estava todo espetado e ela tinha os olhos sonolentos. Seu rosto estava amassado e com algumas migalhas grudadas. Pelo jeito ela estava na metade de um biscoito quando pegou no sono.

Enquanto eu largava as compras num canto, ela perguntou: – Onde você estava?

– Comprei um monte de coisas – comecei a revirar as sacolas e tirar as coisas de dentro. – Comprei livros, livros de colorir, giz de cera...

Coloquei-os sobre a cama e dei um passo para trás, esperando alguma espécie de agradecimento. Ao invés disso, ela me olhou como se eu fosse um louco.

– Eu já tenho esses.

Eu não sabia, eu pensava que um livro de colorir era um livro de colorir. Eu tinha gostado bastante de colorir uma das figuras. – Deixe para lá. Eu trouxe uns sanduíches e uma Coca-Cola, e você terá de beber o máximo que agüentar, porque eu preciso da garrafa para uma coisa.

– Nós não vamos sair para comer?

– Aí dentro tem biscoitos... – apontei para a sacola.

– Eu não quero mais biscoitos. Eu odeio ficar aqui o tempo todo.

– Nós temos de ficar no hotel hoje. Lembre-se, há pessoas nos procurando agora, e eu não quero que elas nos encontrem. Não vai ser por muito tempo.

Subitamente, pensei: merda, e se ela se lembrar do número de casa e começar a usar o telefone? Enquanto ela estava servindo a Coca-Cola, com as duas mãos em torno da garrafa, que parecia ter seu tamanho, estendi o braço por trás do pequeno criado-mudo entre as duas camas e desconectei o fio do telefone.

Olhei para o relógio. Eram quatro e meia: mais cinco horas até Pat fazer outro contato.

Eu queria aprontar a câmera, queria que ela estivesse funcionando ao amanhecer. Talvez eu até conseguisse uma hora de filmagem antes que o dia de hoje acabasse.

Kelly se levantou e olhou pela janela, uma criança entediada, engaiolada.

Eu me servi de um pouco de Coca e disse: – Você quer um pouco mais antes que eu jogue fora o resto? Preciso da garrafa.

Ela balançou a cabeça negativamente. Fui para o banheiro e derramei o resto na pia. Arranquei o rótulo e, com a tesoura que havia comprado, fiz um corte no topo, onde a garrafa começava a fazer a curva do gargalo. Também cortei a base, de modo que fiquei com um cilindro. Cortei-o em linha reta e abri o retângulo de plástico resultante para eliminar a curvatura. Cortei um círculo, primeiro aparando as pontas do retângulo, depois melhorando o formato. Lá estava eu, pronto para espionar.

Voltei para o quarto, chequei os cabos e deixei a câmera pronta para ser usada, com pilhas ou eletricidade.

– O que você está fazendo, Nick?

Eu estava rezando para que ela não perguntasse, mas a esta altura eu deveria estar preparado. Eu tinha uma resposta pronta: – Vou fazer um filme para que você possa dizer alô para o papai, a mamãe e Aida, porque você disse que estava chateada.

Levei a câmera à frente do rosto.

– Oi, mamãe, papai e Aida – ela disse olhando para a câmera. – Nós estamos em um quarto de hotel, esperando ir para casa. Espero que você fique bom logo, papai.

– Conte a eles sobre suas roupas novas – eu disse.

– Ah, é! – ela foi até a parede. – Este é o meu casaco azul novo. Nick também me deu um cor-de-rosa. Ele sabe que as minhas cores favoritas são rosa e azul.

– A fita está acabando, Kelly. Diga tchau.

– Tchau, mamãe, tchau, papai, tchau, Aida. Eu amo vocês – acenou.

Ela veio pulando até mim. – Posso ver agora?

Outra mentira. – Eu não tenho os cabos para ligar na TV. Mas eu vou encontrar Pat logo e talvez ele me empreste alguns.

Ela voltou para seu copo de Coca toda alegre, pegou um giz de cera, abriu um livro de colorir e logo ficou concentradíssima. Isso era bom, significava que eu poderia colocar uma fita na câmera sem ela ver.

Peguei dois copos plásticos, ajeitei o resto do equipamento e coloquei tudo na bolsa da câmera e disse: – Desculpe, mas...

Ela olhou para mim e deu de ombros.

Subi para o telhado. A chuva tinha parado; os aviões e o barulho do trânsito, não.

A primeira coisa que eu queria fazer era entrar na casa do elevador. Eu precisava saber se podia ou não usar eletricidade.

Peguei meu círculo de plástico e enfiei na fresta da porta verde. Empurrei e girei, fazendo-o passar pelas deformações do batente da porta até atingir a fechadura em si. A porta estava lá para manter as pessoas do lado de fora por motivo de segurança, não para proteger algo de valor. Por isso, a tranca era fácil de arrombar.

Depois de entrar, acendi minha lanterna Maglite, e a primeira coisa que vi foi uma bancada com quatro tomadas.

Olhei para o teto. O forro era feito de painéis de aço moldado de um quarto de polegada parafusados em perfis. Peguei o alicate e desatarraxei dois parafusos apenas o suficiente para levantar um pouco do telhado. Depois, peguei o cabo de força da câmera, passei-o pela abertura e o prendi até embaixo contra a parede. Ele não se destacava entre todas as outras porcarias. Liguei o cabo numa das tomadas.

Mantive a porta aberta para ter um pouco de luz enquanto preparava a câmera. Peguei dois sacos de lixo e coloquei um dentro do outro, então posicionei a câmera dentro deles, empurrando o plástico até as lentes aparecerem. Depois peguei os dois copos plásticos, cortei fora o fundo e encaixei um dentro do outro e os posicionei sobre as lentes como um anteparo. Isso protegeria da chuva, mas ao mesmo tempo deixava entrar luz suficiente para que a coisa pudesse funcionar. Usei a fita adesiva para manter tudo no lugar.

Subi no telhado com a câmera e liguei-a. Fiquei deitado olhando pelo visor, esperando que ele se acendesse e me mostrasse o que a lente podia ver. Eu queria um *close-up* razoável da escada que levava à porta principal.

Depois que a câmera tomou vida, focalizei a lente, encontrei o alvo e apertei o *Play*. Testei o *Stop* e o *Rewind*, depois o *Play* novamente. Funcionou. Ajeitei o plástico, tomando cuidado para não deslocar a câmera, apertei *Record* e fui embora.

Capítulo Dezoito

Saí e comprei uma *pizza* do tamanho de uma roda de trator, que comemos sentados diante da TV, com o telefone ligado e recarregando.

Depois foi só uma questão de lutar contra a indigestão, esperando Pat ligar e a fita de quatro horas acabar. Agora estava escuro, mas eu queria que ela gravasse até o fim: em primeiro lugar, para checar se o sistema funcionava e, em segundo, para ver como era a qualidade da imagem à noite.

Nós dois estávamos entediados. Kelly tinha sido submetida à morte por televisão, morte por *pizza*, morte por Mountain Dew e Coca-Cola. Com jeito cansado, ela pegou o livro de aventuras e disse: – Você pode ler um pouco para mim?

Pensei, tudo bem, são apenas histórias, não vai levar muito tempo para ler algumas. Logo descobri que era uma aventura contínua, com finais opcionais para cada capítulo. Eu estava lendo sobre três crianças num museu. Uma delas tinha desaparecido – ninguém sabia onde – quando a história parou. Ao pé da página estava escrito: "Você quer ir para a página 16 e procurar no túnel mágico ou quer encontrar a Madame Edie na página 56, que pode lhe dizer onde ele está? A escolha é sua".

– Aonde você quer ir? – perguntei.

– Para o túnel.

E lá fomos nós. Depois de quarenta e cinco minutos e cerca de oito mudanças de curso, pensei que devíamos estar chegando ao fim. Levei quase duas horas para chegar lá. Pelo menos ela se divertiu.

O quarto estava quente, e eu ainda estava todo vestido, pronto para correr. Eu adormecia e acordava a cada meia hora ao som dos *Simpsons* ou dos *Looney Tunes*. Numa das vezes, acordei e olhei para minha jaqueta. Ela tinha se aberto, e minha pistola estava exposta. Olhei para Kelly, mas ela nem olhou uma segunda vez; talvez estivesse acostumada a ver seu pai usando uma.

Abri uma lata de Mountain Dew e olhei para o relógio. Eram apenas oito e quinze. Eu ia subir e pegar a primeira fita em cerca de quinze minutos, colocar uma fita nova e esperar pela chamada de Pat.

Quando a hora chegou, eu disse: – Vou sair por cinco minutos para buscar uma bebida. Você quer alguma coisa?

Ela me deu um olhar inquisidor e disse: – Nós temos um monte de bebidas aqui.

– É, mas elas estão quentes. Vou buscar umas mais geladas.

Subi até o telhado. Agora estava úmido e chuviscando. Abri a parte de trás dos sacos plásticos, apertei o botão *Eject* e rapidamente troquei as fitas.

Desci, passei pelo nosso quarto e peguei mais duas latas de refrigerante. As ações da Coca-Cola provavelmente tinham disparado nos últimos dias.

Patricinhas de Beverly Hills começou a passar, a série de TV que ela tinha me dito que adorava. Eu fiquei espantado ao ouvi-la recitar todos os bordões inapropriados para uma menina: – Perdedor… idiota, imbecil… caramba! – Agora eu sabia de onde vinham muitas de suas frases.

Finalmente, faltavam apenas três minutos para Pat ligar. Entrei no banheiro, fechei a porta e fiquei ouvindo o programa de televisão.

Na hora exata o telefone tocou.

– Alô?

– Tudo bem, companheiro? Obrigado pelo sanduíche.

Nós dois rimos silenciosamente.

– Você sabe qual dos andares eles estão ocupando?

Houve uma pausa curta, e depois: – Segundo andar.

– OK. Alguma chance de arranjar mais dinheiro? Preciso de um maço grande, companheiro.

– Eu posso conseguir cerca de dez mil para você, mas só amanhã, ou talvez depois de amanhã. Você pode usar o que precisar até resolver sua situação. Suponho que você já tenha uma saída.

– Sim – menti. Era melhor. Se ele fosse apanhado, só poderia fornecer informações falsas, e eles começariam a procurar nos aeroportos e portos em vez de vasculhar Washington.

Depois eu disse: – Preciso de mais contatos caso eu consiga descobrir alguma coisa a respeito do prédio e as coisas comecem a mudar rapidamente. Que tal 12:00, 18:00 e 23:00 – assim está bem?

– Certo, companheiro. Sua amiguinha e a família dela têm freqüentado muito a mídia ultimamente. Alguma coisa mais?

– Não, companheiro. Tenha cuidado.

– Você também. Até mais.

Desliguei o telefone, voltei para o quarto e coloquei-o para recarregar novamente. Eu não sabia se Kelly tinha ouvido alguma coisa ou não, mas ela estava quieta e parecia desconfortável.

Instalei o reprodutor de vídeo, inseri a fita e sintonizei a TV.

Kelly assistiu com atenção.

– Quer participar de um jogo? Se você não quiser, vou jogar sozinho.

– OK – era melhor do que contar carros na estrada. – Mas você disse que não tinha cabos para ligar na televisão.

Ela tinha me pegado com aquela. – Comprei alguns quando saí.

– Então por que não podemos assistir ao vídeo para minha mamãe?

– Porque eu já coloquei no correio. Sinto muito.

Ela me olhou um pouco confusa.

– Vamos assistir a esta fita de um edifício – continuei. – São pessoas entrando e saindo dele. Algumas pessoas famosas vão aparecer, pessoas que você conhece, como amigos do papai e da mamãe, e pessoas que eu conheço. Temos de ver quantas pessoas cada um de nós consegue reconhecer. Quem reconhecer mais pessoas ganha. Você quer jogar?

– Quero!

– Você precisa ser muito rápida, porque eu vou avançar a fita. Sempre que você vir uma pessoa se mexendo, tem de me avisar. Aí eu paro e rebobino, e nós damos uma olhada nela.

Peguei papel timbrado do hotel e um lápis e começamos. Eu tinha de usar o botão da máquina para avançar, porque não havia controle remoto. Sentei-me no chão, abaixo do reprodutor colocado ao lado da TV. Os olhos de Kelly não desgrudavam da tela. Fiquei satisfeito com a fita. A qualidade não era nada má, podia-se distinguir de um vídeo caseiro, e eu tinha conseguido imagens de corpo inteiro das pessoas que cobriam cerca de dois terços da tela.

– Pare, pare, pare! – ela guinchou.

Rebobinei, e nós olhamos. Kelly tinha me feito parar ao primeiro sinal de movimento. Algumas pessoas estavam entrando. Não reconheci nenhuma delas, mas Kelly tinha certeza de que o número três era de um conjunto *pop* chamado *Back Street Boys*.

Ela se interessava mais e mais pelo jogo. Todo mundo parecia ser famoso. Eu anotei todos eles, usando o *counter* como referência.

298: dois homens, um com um longo casaco leve, outro de casaco azul.

As pessoas acham que ser espião é como nos filmes de James Bond, com carros esporte e cassinos. Eu sempre quis que fosse assim. A realidade é um processo de dureza total para obter informações, depois sentar e decifrar o que se coletou. O fato de que duas pessoas sobem uma escada não significa nada. É a interpretação do que está acontecendo que é importante – identificá-las, sua linguagem corporal, o que aconteceu antes, o que você acha que vai acontecer depois. E você tem de registrar tudo, por via das dúvidas. Mais tarde pode ser importante. Prefiro um carro esporte.

A tela estava lentamente ficando mais escura. Os postes de luz ajudavam, mas era difícil ver os rostos, e estávamos perdendo a cor. Eu podia apenas distinguir entre homens e mulheres e adivinhar suas idades.

O dia de trabalho se encerrava, e tudo começou a fechar, as pessoas que iam para casa apagavam as luzes, e a iluminação definhou. Ao final, havia luzes apenas no saguão, na recepção e nos corredores.

Mantive a fita na velocidade normal. O que eu queria saber era se havia um vigia noturno por perto, mas não vi ninguém.

Kelly estava adorando a brincadeira. Ela tinha visto quatro atrizes, duas Spice Girls e um de seus professores. Nada mal. No entanto, e se ela tivesse reconhecido alguém? Eu não podia estar absolutamente certo quanto ao que ela dizia, teria de aceitar aquilo com restrições, afinal ela tinha apenas sete anos. Mas eu não teria nada a perder acreditando nela.

– Você quer fazer isso amanhã de novo?

– Sim, eu gostei. Tenho mais pontos do que você.

Se Kelly ou eu reconhecêssemos alguém na fita amanhã, seria um bônus para eu levar a Simmonds para provar uma ligação. Também significava que eu definitivamente teria de fazer um RAP do prédio e descobrir onde eles estavam. Decidi ir dar uma olhada por fora e depois poderia planejar como seria minha entrada.

Às onze horas, Kelly estava ferrada no sono, ainda totalmente vestida. Puxei o edredom sobre ela, peguei a chave e saí.

Para evitar a recepção, saí do hotel pelas escadas de emergência. Fui até a rua paralela à auto-estrada, dobrei à direita e passei pela casa de brinquedo na direção do alvo. O trânsito estava mais silencioso agora, somente grupos de ruídos ao invés do rugido constante. Dobrei à direita, depois à direita de novo. E estava na Rua Ball.

Capítulo Dezenove

Era nos fundos que eu realmente precisava dar uma olhada, mas primeiro eu queria fazer o reconhecimento da frente uma vez mais. Eu queria ver se havia um vigia noturno lá dentro e compor melhor um quadro mental da parte interna.

Entrei num vão de porta do lado oposto da rua. Se alguém reparasse em mim, eu fingiria que estava bêbado e mijando. Eu estava escondido na sombra enquanto observava o alvo. Eu podia ver a recepção através das duas portas, as luzes ainda acesas, fazendo brilhar os degraus de concreto molhado e as folhas dos arbustos. Olhei para o primeiro andar e vi luzes acesas nas janelas diretamente acima da entrada principal. Isso significava que as luzes do corredor também estavam acesas no andar de cima.

Fiquei ali por quinze minutos, observando sinais de movimento. Será que havia um guarda no andar de baixo assistindo à televisão? Será que ele estava no andar de cima fazendo sua ronda? Eu não via nada. Hora de examinar os fundos.

Voltei pelo caminho por que tinha vindo, mas ao invés de dobrar à esquerda, dobrei à direita, na direção do rio. Era apenas uma rua de uma faixa com lama no meio-fio e buracos cheios de água oleosa que brilhava na luz ambiente. Usando as sombras, passei pelo ferro-velho e cruzei os trilhos que levavam ao antigo depósito de cimento. Meus passos agora faziam mais barulho do que a auto-estrada. Cercas dividiam todos os lotes, fechadas com correntes e cadeados velhos. Segui pela rua, procurando um ponto para dobrar e chegar atrás do alvo.

As luzes da auto-estrada não eram fortes o bastante para fazer algum efeito a esta distância, mas eu podia ver a névoa que se erguia do rio. Eu tinha chegado a um beco sem saída. Uma cerca bloqueava a rua, e um grande círculo enlameado tinha sido escavado por carros procurando um lugar para estacionar e descobrindo o mesmo que eu. Eu também podia ver as luzes do aeroporto além das do bosque que descia até a beira do Potomac.

Não havia alternativa senão andar de volta aos trilhos desativados, que anos atrás teriam sido uma ramificação da linha principal. Eles corriam a cerca de duzentos metros dos fundos do alvo, e à esquerda deles havia construções antigas de ferro corrugado enferrujado.

Comecei a subir nos portões de ferro, por onde os trens teriam passado para chegar ao depósito; as correntes com cadeados deformados pelo peso. Entrei nas sombras e esperei. Não havia cachorros latindo, e o aeroporto provavelmente estava fechado naquela hora da noite porque ficava muito próximo à cidade. Só o que eu ouvia era uma sirene distante.

Continuei andando ao longo dos trilhos, e logo os únicos sons eram dos meus passos e da minha respiração.

À minha direita ficava o ferro-velho, fechado por uma cerca, com pilhas de sete, oito carros velhos. Cerca de cem metros adiante, o terreno começava a se abrir, e eu podia ver prédios. Cercas deixavam claro o que pertencia a quem, e a área tinha sido limpa e aplainada, deixada pronta para construtoras. Um dos edifícios para além dela era os fundos do meu alvo. Do outro lado eu podia ver as luzes da Rua Ball e da auto-estrada. A chuva lhes dava uma aparência enevoada, desbotada.

Comecei a andar mais devagar, olhei rapidamente para o alvo e depois comecei a cruzar os cento e cinqüenta metros de terreno recém-aplainado até uma cerca que ficava a uns cinqüenta metros do edifício-alvo.

Perto da cerca encontrei uns arbustos, parei e me agachei. As coisas que sempre chamam atenção são forma, brilho, sombra, silhueta, distância e movimentos. Esqueça-se deles, e você será morto.

Ainda agachado, durante os minutos seguintes não fiz nada a não ser observar. Você precisa dar aos seus sentidos a chance de se ajustarem a um novo ambiente. Depois de algum tempo, meus olhos começaram a se adaptar à luz, e eu pude começar a distinguir as coisas. Vi que não havia janelas nos fundos do prédio, apenas uma parede sólida de tijolos. Havia, entretanto, uma escada de aço de quatro lances, a rota de fuga de incêndios para o térreo e o primeiro andar. À direita dela, no nível do chão, ficavam as caixas de distribuição para as instalações elétricas do edifício.

Olhei para as saídas de incêndio. Se eu tivesse de entrar em algum momento para descobrir o que o PIRA estava armando, aquele provavelmente seria meu ponto de entrada. Tudo dependia de elas terem ou não trancas externas, e havia somente um modo de descobrir.

Corri os olhos ao longo da cerca de arame de quase dois metros de altura, procurando um furo. Não encontrei. Agarrando o último arame, dei um impulso para cima, consegui colocar o pé no alto e pular para o outro lado. Permaneci agachado, imóvel, esperando alguma reação.

Não havia motivo para pressa. Com movimentos eu não apenas reduzia os ruídos e o risco de ser detectado, como também podia controlar minha respiração e ouvir mais claramente os sons à minha volta. Usei as sombras criadas pelos prédios e árvores, passando de um núcleo de escuridão a outro, o tempo todo mantendo os olhos no alvo e na área ao redor.

Quando cheguei perto o bastante, parei na base de duas árvores e encostei-me num dos troncos. Olhando para a parede dos fundos, percebi um detector de movimento fixado numa tal altura e ângulo que pegaria pessoas que subissem a escada de incêndio. Eu não tinha como saber o que o detector acionava, se um alarme, uma luz, uma câmera ou talvez os três ao mesmo tempo. Eu não via uma câmera sequer, mas podia distinguir duas instalações de luz, cada uma acima de uma saída de incêndio. Elas estavam desligadas. Seriam elas o que o detector de movimento acionava? Provavelmente, mas por que não havia também uma câmera cobrindo os fundos, para que o segurança pudesse ver o que tinha feito a luz se acender? Não importava, eu trataria aquele detector como se ele acionasse tudo.

Notei que havia três paletes de madeira à direita do prédio, perto da cerca, que eu poderia usar.

Olhei para as portas. Elas eram cobertas por folhas de aço, junto com uma faixa extra que passava por cima da moldura para impedir que alguém se aproveitasse da fresta. De perto, pude ver que as fechaduras eram de chaves de pinos, semelhante às Yale inglesas, só que maiores. Moleza.

Uma rápida inspeção das caixas de distribuição e registros mostrou-me que o gás, a eletricidade, a água e o telefone estavam expostos e prontos para serem mexidos. Eu estava ficando cada vez mais otimista.

Ainda me preocupava a possibilidade de um vigia noturno. Em algumas circunstâncias, eles podem acabar sendo uma vantagem. Você pode tentar atraí-los e fazê-los abrir a porta – e pronto, ganha acesso sem disparar alarmes. Contudo, se eu tivesse de entrar, teria de ser secretamente.

O estacionamento estava vazio, o que podia ser outra indicação de que não havia ninguém lá dentro. Decidi me fazer de ligeiramente bêbado, subir a entrada principal e dar uma mijada, aproveitando para dar uma boa olhada para dentro. Se houvesse alguém na recepção, ele viria me xingar, ou eu poderia vê-lo assistindo à televisão nos fundos.

Voltei pelo mesmo caminho e entrei na Rua Ball. Eu agora estava bastante molhado. O chuvisqueiro e as cercas molhadas tinham feito um bom trabalho nas minhas roupas.

Eu caminhava pela calçada oposta à do alvo. Conforme fui me aproximando, comecei a atravessar num ângulo que me dava mais tempo de visão. De cabeça baixa, consciente da câmera que monitorava a porta, passei a cambalear pelos degraus. A cerca de dois terços do caminho, assim que pude enxergar pela janela do lado direito, eu me virei, abri a braguilha e comecei a mijar nos arbustos.

Quase instantaneamente, uma voz rugiu: – Vá se foder! Vá se foder! Vá se foder! – e houve uma explosão de movimento entre as folhas. Eu quase morri de susto.

Tirei imediatamente a mão do pau e a levei à Sig. Tentei parar de mijar, mas estava em pleno jato. Meu *jeans* pagou o pato. Mas percebi que talvez não tivesse de sacar a pistola ainda. Ele podia ser da segurança. Talvez eu pudesse resolver na conversa.

– Porra! Quem você pensa que é? Seu imbecil!

Eu ouvia sua voz, mas ainda não conseguia vê-lo. As folhas farfalharam e eu ouvi mais alguns palavrões, e depois ele surgiu do meio dos arbustos.

– Seu imbecil filho-da-puta, mijou em cima de mim, seu merda. Você vai ver! Olhe só! Você mijou em mim!

Ele tinha vinte e poucos anos, usava coturnos do exército sem cadarços, um seboso *jeans* preto e um casaco tipo parca em péssimo estado, sujo de lama e com os cotovelos furados. Quando chegou a uns dez metros de distância, também pude ver que ele tinha uma barba malcuidada, um brinco enorme numa orelha e longos *dreadlocks* sebosos. Ele estava encharcado.

No momento em que me viu, seu rosto se iluminou. Para ele, eu era o turista acidental, o almofadinha perdido na zona ruim da cidade. Eu quase podia ouvir as engrenagens girando dentro da sua cabeça: ele achava que tinha se dado bem, que ia arrancar algum dinheiro do idiota aqui.

– Foda-se, seu idiota, você me deve um saco de dormir novo! Olhe para as minhas roupas, você me mijou todo, seu animal imbecil! Pode ir passando a grana, cara.

Ele certamente estava se esforçando pelo Oscar. – Você sabe quem eu sou? Mijou em mim, cara, eu vou acabar com você.

Eu precisava tirar vantagem da situação. Subi até a janela e comecei a esmurrar com toda a força. Se houvesse um guarda lá, ele deveria vir checar o que estava acontecendo. E eu ia bancar o almofadinha necessitando de proteção de um louco violento.

Bati com tanta força que achei que o vidro ia quebrar, cuidando para estar o tempo todo de costas para a câmera. Isso animou ainda mais o Homem da Nova Era, porque ele achou que eu estava apavorado.

Ele começou a subir os degraus. Continuei olhando para dentro do edifício. Nenhum cinzeiro cheio à vista, nenhuma revista aberta sobre a cadeira, nenhuma televisão ligada, nenhum jornal da tarde. A mobília estava no lugar, a cadeira da recepção encaixada sob a mesa. Nada indicava que houvesse alguém ali.

Quase em cima, ouvi: – Seu filho-da-puta imbecil!

Eu me virei, abri a jaqueta e coloquei a mão na pistola.

Ele a viu e parou na mesma hora. – Ah, pelo amor de Deus! Porra, que merda! – recuou e começou a descer a escada de costas, com os olhos fixos na pistola. – Tiras filhos-da-puta – murmurou.

Tive de me segurar para não rir.

– Tiras desgraçados, sempre me fodem!

Esperei que ele desaparecesse. O Homem da Nova Era achava que *ele* tinha problemas – essa era a segunda vez em dois dias que eu ficava cheio de mijo. Mesmo assim, senti pena dele; pensei no tempo que ele provavelmente tinha levado para encontrar um abrigo aconchegante, bem protegido dos predadores e aquecido pelas saídas de ar-condicionado e outras máquinas. Aí vem um idiota e esvazia a bexiga em cima de tudo.

Levei quinze minutos para retornar ao hotel. Abri a porta silenciosamente. Kelly estava no paraíso das crianças, sem ter de limpar a bagunça nem se lavar, simplesmente adormecendo cercada de doces e biscoitos.

Tirei minha roupa, tomei uma ducha e me barbeei, depois enfiei as roupas no saco da lavanderia do hotel. A sacola de viagem estava ficando cheia de roupas sujas e manchadas de sangue, e eu só tinha mais uma muda de roupa. Vesti-a, prendi a pistola na cintura, pus o casaco e ajustei o despertador para cinco e meia.

Capítulo Vinte

Eu estava semi-acordado quando o despertador tocou. Tinha passado a noite me revirando na cama e agora não conseguia levantar. As pessoas devem se sentir assim quando têm de ir para um trabalho que odeiam.

Finalmente consegui me pôr em pé. Fui até a janela e abri as cortinas. Estávamos bem em frente à auto-estrada, e quase na sua sombra. Os faróis se movimentavam silenciosamente na minha direção saindo da penumbra enquanto, na outra pista, as luzes traseiras desapareciam novamente na escuridão como busca-pés. Ainda não era hora.

Depois de dar uma mijada, deixei a cortina cair e diminuí o aquecimento, pus a cefeteira para gorgolejar e fui para o banheiro olhei para mim mesmo no espelho. Eu parecia um espantalho, com vincos no rosto por dormir em cima de alguns lápis de cera. Tirei o casaco, virei para dentro o colarinho da minha camiseta pólo e molhei o rosto na pia.

Voltei para o quarto. A mistura ainda não estava pronta e, pelo gosto que eu sentia, parecia que um gorila tinha cagado na minha boca. Ele certamente passara pelo quarto enquanto nós dois dormíamos, jogando comida e latas de refrigerante para todos os lados. Peguei do chão uma lata aberta de Mountain Dew e tomei dois goles da bebida choca e quente.

Até os primeiros raios de sol, não havia muito a fazer. Eu estava acostumado a isso, uma boa parte da minha vida tinha sido correr e esperar. Puxei uma cadeira para perto da janela e abri a cortina. Olhando para a auto-estrada, eu não conseguia distinguir se ainda estava chovendo ou se era a água levantada pelos carros que fazia parecer assim quando era iluminada por faróis.

Quinze minutos depois, comecei a distinguir o formato dos carros, bem como o de seus faróis. Estava na hora. Não havia por que acordar Kelly. Quanto mais ela dormisse, mais fácil seria a minha vida. Confirmei que estava com a chave e subi para o telhado.

A chuva dançava no teto de metal da casa do elevador. Puxei meu corpo para cima e fiquei deitado lá, ficando ensopado de frente e de costas para apertar o botão *Play* da câmera. Verifiquei se ainda tinha o enquadramento correto e se a lente não tinha embaciado: tinha. Repreendi a mim mesmo, porque deveria ter colocado outra sacola plástica para impedir a umidade de se infiltrar durante a noite. Comecei a limpar a lente com o punho da camisa e, subitamente, tive a sensação de que estava entre dois mundos. Atrás de mim rugia o tráfego da manhã e, contudo, à minha frente, na direção do rio, eu ainda podia ouvir pássaros oferecendo seu canto matutino. Eu estava quase gostando daquilo. O momento foi assassinado logo, quando a primeira aeronave do dia decolou e desapareceu nas nuvens baixas.

Lente seca, reajustei a posição da câmera, certifiquei-me de que estava gravando e fechei os sacos de lixo.

Agora eram quase seis da manhã. Voltei para o quarto e para minha cadeira, com um café nas mãos. Sorri enquanto observava um casal sair do quarto ao lado, de mãos dadas. Alguma coisa neles não fechava muito bem. Apostei comigo mesmo que iriam embora em carros separados.

Pela centésima vez, minha mente retornou ao telefonema que eu havia tido com Kev. Pat dissera que, se fosse o PIRA, poderia haver uma conexão com drogas, Gibraltar e os americanos. Meu disco rígido entrou em funcionamento, porque alguma coisa no caso de Gibraltar sempre havia me intrigado.

1987 tinha sido o *anus horribilis* do PIRA, e, como operadores do Det na província, Euan e eu tínhamos feito nossa parte para foder com eles. No início do ano, eles tinham feito uma promessa aos seus fiéis de "sucesso tangível na guerra de libertação nacional", mas não demorara muito para isso se tornar bosta alguma. Em fevereiro, o PIRA botou em campo vinte e sete candidatos do Sinn Féin na eleição geral irlandesa, mas eles só conseguiram fazer cerca de mil votos cada um. Poucas pessoas no sul se importavam com a reunificação com a Irlanda do Norte: elas estavam mais preocupadas com outras questões, como o desemprego e o nível asfixiante da tributação. Isso mostrava o quanto o PIRA estava fora da realidade e como o acordo entre ingleses e irlandeses estava funcionando. As pessoas comuns realmente acreditavam que Londres e Dublin podiam trabalhar em conjunto para alcançar uma solução de longo prazo para os problemas.

O PIRA não podia aceitar isso sem reagir, e eles devem ter decidido que precisavam de algo para levantar o moral. A reação automática foi o assassinato, no sábado de 25 de abril, do juiz Maurice Gibson, um dos juízes mais antigos da província. Euan e eu vimos em primeira mão a comemoração em alguns bares clandestinos do PIRA naquele fim de semana. Nós mesmos tomamos algumas doses para não dar na vista. Os jogadores adoraram o que tinha acontecido. Eles não só tinham se livrado de um de seus piores inimigos, como as recriminações também estavam voando para todos os lados entre Londres e Dublin. O acordo entre ingleses e irlandeses, que tinha tido tanto sucesso em minar a base de poder do PIRA, estava agora em questão.

A ressaca mal tinha passado, no entanto, quando o PIRA sofreu outro desastre. Duas semanas mais tarde, em Loughall, em County Armagh, o regimento emboscou a Brigada East Tyrone do PIRA quando esta tentava colocar uma bomba numa delegacia de polícia. De uma força de mil jogadores duros na queda em 1980, o PIRA já tinha diminuído para menos de duzentos e cinqüenta, dos quais talvez metade fossem membros de unidades ativas de serviço. Nossos êxitos tinham diminuído esse número para quarenta, o que quer dizer que a operação de Loughall deu cabo de um quinto dos radicais do PIRA de um só golpe. Foi a maior baixa do PIRA numa única ação desde 1921. Se continuasse assim, o PIRA logo caberia num táxi.

À derrota maciça de Loughall seguiu-se um desempenho desastroso de Gerry Adams nas eleições gerais britânicas. Os votos do Sinn Féin despencaram, porque os votos católicos migraram para o moderado SDLP. Então, em 31 de outubro, durante a conferência anual do Sinn Féin em Dublin, a alfândega francesa apreendeu um pequeno cargueiro chamado *Eksund* perto da costa da Bretanha. A bordo estava o presente de Natal adiantado do Coronel Kadafi para o PIRA: centenas de AK47, toneladas de Semtex, vários mísseis superfície-superfície e tanta munição que era um milagre que o barco ainda flutuasse.

A humilhação foi completa. Não espantava que Gerry Adams e o PIRA quisessem vingança e algum tipo de golpe publicitário para mostrar a pessoas como Kadafi e aqueles irlandeses-americanos que contribuíam para o Noraid que eles não tinham perdido completamente o rumo.

Em 8 de novembro, Dia do Armistício, eles plantaram uma bomba-relógio de quinze quilos no memorial municipal de Enniskillen, em County Fermanagh. Onze civis morreram na explosão e outros sessenta ficaram gravemente feridos. A indignação com a atrocidade foi instantânea e mundial. Em Dublin, milhares de pessoas formaram uma fila para assinar um livro de condolências. Em Moscou, um lugar não muito conhecido por seu espírito solidário, a agência de notícias Tass denunciou o que chamou de "assassinatos bárbaros". Mas o pior golpe para o PIRA foi que até mesmo os irlandeses-americanos pareciam estar fartos. O PIRA tinha pisado na bola em grande estilo. Eles acharam que o atentado seria saudado como uma vitória em sua luta contra um poder de ocupação, mas tudo o que fez foi mostrar a verdadeira face do grupo. Uma coisa era matar alvos "legítimos", como juízes, policiais e membros das forças de segurança, mas assassinar civis inocentes que estavam homenageando seus mortos numa cerimônia do Dia do Armistício?

Por isso Gibraltar era um enigma para mim. Eu podia entender por que Adams e companhia estavam desesperados para demonstrar a seu grupo cada vez menor de simpatizantes que ainda estavam em forma, mas por que se arriscar a uma repetição do retrocesso internacional que tinham sofrido depois de Enniskillen? Se explodissem Gibraltar, não seriam apenas civis britânicos que poderiam acabar mortos. Naquela época do ano, centenas de turistas estrangeiros lotam as praças e ruas da colônia. Muitos deles vindos dos navios de cruzeiro que atracam regularmente no porto. E muitos, o PIRA sabia muito bem, eram americanos. Eu nunca tinha conseguido entender o método naquela loucura.

Repentinamente, ocorreu-me que talvez eu estivesse olhando pela ponta errada do telescópio. O PIRA era uma organização terrorista, mas sua presença em Washington também indicava que eles eram homens de negócios. Não havia divisão sectária quando o assunto era dinheiro, apenas a competição e a ganância de sempre. Eu sabia que eles se reuniam regularmente com paramilitares protestantes para discutir seus esquemas de drogas, prostituição e extorsão e até para falar sobre linhas de demarcação de diferentes firmas de táxis e locais para instalação de máquinas caça-níqueis na província. Eles tinham a infra-estrutura, o conhecimento e as armas para serem jogadores de vulto no mundo do crime. Com a cooperação de outras organizações terroristas ao redor do mundo, as possibilidades eram infinitas. Se fosse isso, era um caso sério.

No estacionamento, um casal estava grudado num longo e apaixonado abraço. O que estava acontecendo lá embaixo também era um caso sério. Depois um último beijo e, isso mesmo, carros separados.

Eu não esperava um telefonema de Pat antes do meio-dia, e ainda havia cerca de três horas de fita a ser gravada, de modo que não havia muito o que fazer além de assistir Invasores de Marte e sapatos falantes que viviam em latas de lixo. Eu me sentia inquieto. Precisava fazer alguma coisa.

Sacudi Kelly. Ela gemeu e puxou as cobertas novamente sobre o corpo. Falei gentilmente no seu ouvido: – Vou descer para comprar umas coisas, OK?

Obtive um "OK" muito fraco como resposta. Ela não estava nem aí. Eu estava começando a perceber que ela não era do tipo matutino.

Usei as escadas de emergência novamente e atravessei por baixo da auto-estrada para chegar ao 7-Eleven. Lá dentro parecia o Fort Knox. Havia uma grade na parede cobrindo um buraco quadrado, por onde um rosto coreano olhava sem paciência antes de voltar a assistir a uma TV portátil. A loja era quente demais e fedia a cigarro e a café queimado. Cada centímetro da parede estava tomado por cartazes que informavam aos vilões locais: "A caixa registradora contém apenas cinqüenta dólares. Todos os outros valores são depositados".

Eu na verdade não precisava comprar nada; tínhamos mais comida no quarto do que seríamos capazes de consumir, certamente mais do que as fábricas de biscoitos. Mas eu queria um tempo para mim longe de Kelly. Achava cansativo estar só com ela o tempo todo. Sempre havia algo que precisava ser feito, verificado ou lavado, e, no pouco tempo que sobrava, parecia que eu estava sempre apressando-a para se vestir.

No expositor de revistas, outro cartaz simpático dizia: "proibido cuspir e ler as mercadorias". Peguei o *Washington Post* e um monte de revistas, algumas para mim e algumas para Kelly, sem me dar ao trabalho de saber quais eram, fui até o buraco e passei meu dinheiro pela grade. O coreano pareceu desapontado por não ter sido forçado a usar o machado que, eu tinha certeza, ele guardava embaixo da registradora.

Entrei na recepção para pegar o café da manhã. A sala estava cheia. Havia uma TV num suporte de parede acima do bufê. Quando comecei a encher três pratos de papel, ouvi o âncora falar sobre George Mitchell e seu papel no processo de paz na Irlanda. Ouvi algo sobre o Sinn Féin e o governo britânico, ambos desdenhando as afirmações do outro lado, ambos afirmando serem os que realmente desejavam a paz.

Uma voz feminina interrompeu meus pensamentos. Ela estava apresentando o noticiário local e, enquanto eu servia um suco de laranja para Kelly, senti minha pele toda se arrepiar. Ela estava falando sobre os Brown.

Não ousei me virar. Uma das fotos dos churrascos podia aparecer na tela a qualquer momento.

A mulher contou aos espectadores que a polícia não tinha obtido novas pistas, mas investigação do seqüestro da pequena Kelly tinha avançado com uma imagem computadorizada do homem que fora visto deixando a casa com ela. Ela forneceu minha descrição: altura, peso e cor de cabelo.

Os copos já estavam transbordando de café e suco, e a bandeja cheia de comida, mas eu não queria me mexer. Eu tinha a sensação de que todos os olhos da sala estavam fixados em mim. Coloquei uma fatia de pão na torradeira e esperei, tomando café, sem olhar para cima ou para os lados. Eu me sentia num casulo de silêncio, onde nada entrava além da voz da apresentadora. Rezei para que ela passasse para um novo assunto. O pão saltou. Merda. Passei um pouco de margarina na fatia. Eu sabia que as pessoas estavam olhando para mim, elas tinham de estar. Tinha esgotado meu repertório de coisas para fazer.

Respirei fundo, peguei minha bandeja e me virei. Os ruídos da sala voltaram. Ninguém estava me olhando. Eles estavam ocupados demais em comer, conversar e ler os jornais.

Kelly ainda dormia. Bom. Deixei sua comida sobre a mesa e comecei a mastigar meus Cheerios. Liguei a TV, eliminei o som e zapeei pelos outros canais, procurando as notícias locais. Não havia mais nada sobre a situação de Hunting Bear Path.

Ataquei o jornal. Nós éramos famosos – bem, mais ou menos. Um pequeno artigo na página cinco, sem fotos. Um porta-voz da polícia dizia que eles estavam relutando em divulgar quaisquer teorias enquanto não tivessem evidências mais concretas, mas, sim, os assassinatos estavam sendo tratados como relacionados a drogas. Luther e companhia ficariam satisfeitos com isso. Além disso, não havia novas pistas. Eu não era o único no escuro.

Tive de tentar expulsar todas as conjeturas da minha cabeça, porque tudo estava ficando muito confuso. Como disse o policial, sem informações não fazia sentido desperdiçar tempo e esforço tentando pensar em diferentes cenários. Decidi concentrar todos os meus esforços em: primeiro, proteger Kelly e a mim mesmo; segundo, manter o vídeo ligado para descobrir se havia uma conexão entre o PIRA e a morte de Kev; terceiro, arranjar algum dinheiro com Pat, para que eu pudesse retornar à Inglaterra e, quarto, contatar Euan para que ele me ajudasse a lidar com Simmonds – ou, se eu não tivesse nada para ele, para me ajudar a negociar com ele.

Olhei para Kelly. Ela estava deitada de costas, com os braços estendidos, sonhando que era Katherine, a cor-de-rosa. Senti pena dela. Não fazia idéia do que tinha acontecido com sua família. Algum pobre infeliz ia ter de contar tudo a ela um dia e, depois disso, alguém teria de cuidar dela. Eu só esperava que fosse alguém bom, talvez seus avós, onde quer que estivessem.

Pelo menos ela estava viva. Aqueles rapazes deviam estar apavorados. Eles tinham de supor que Kelly tinha me dado suas descrições e tinha ouvido sobre o que fora a gritaria. Eles deviam estar desesperados para colocar as mãos em nós.

Comecei a pensar em como poderia obter mais informações dela, mas logo desisti. Eu não era psicólogo, era mais provável que fosse candidato a me tratar com um.

Peguei uma revista sobre motocicletas e, quando terminei de ler, tinha mudado minhas preferências da Ducati para a BMW. Depois li, numa revista de pescaria, como o Lago Tahoe era maravilhoso para homens com longas botas Wellington e me perdi num mundo totalmente novo de tamanhos de anzóis e materiais de caniços. Foi quando, de repente, alguém bateu na porta.

Sem tempo para pensar. Saquei a Sig, verifiquei o tambor e olhei para Kelly. Pensei: nós podemos estar mortos daqui a pouco.

Tapei sua boca com a mão e sacudi seu corpo. Ela acordou aterrorizada. Coloquei um dedo sobre meus lábios. Não foi de um jeito simpático: ele estava dizendo cale a boca, não diga uma palavra.

Gritei: – Um minuto, um minuto! – Entrei no banheiro e liguei o chuveiro, depois voltei e fui até a porta, com uma voz atrapalhada. – Sim, quem é?

Uma pausa. – Camareira.

Olhei pelo olho-mágico e vi uma mulher negra de uns cinqüenta anos, vestindo um uniforme de faxineira e puxando um carrinho.

Eu não podia ver mais nada, mas de qualquer forma, se ela estivesse com a polícia ou com os rapazes de Luther ao seu lado, eles não estariam escondendo a cara.

Olhei para ela e tentei interpretar o que estava acontecendo a partir de seus olhos. Eles logo me diriam se havia dez policiais em volta do corredor, encolhidos, com proteções para o corpo e armas de fogo.

Eu disse: – Está tudo bem, hoje não, obrigado, estamos dormindo.

Vi-a baixar os olhos e dizer: – Perdão, senhor, o aviso não estava na porta.

– Ah, OK.

– O senhor não precisa de toalhas?

– Um minuto, estou saindo do banho, vou me vestir.

Seria natural querer toalhas.

Peguei a arma com a mão esquerda, destranquei a porta e abri uma fresta. A arma estava apontada para a porta do lado esquerdo; se algum palhaço a empurrasse para entrar, seria a última coisa que faria.

Abri a porta um pouco mais, travei-a com a perna e enfiei a cabeça pela fresta. Sorri. – Ah, oi! – A arma estava apontada para ela por trás da porta. Não estendi a mão para pegar as toalhas, eu não queria que ninguém a agarrasse. Tudo o que fiz foi erguer a mão e dizer: – Deixo as outras do lado de fora mais tarde. Só preciso de duas toalhas grandes. E você teria mais xampu?

Ela me deu o que eu queria. Eu disse: – Obrigado – e ela me devolveu o sorriso. Fechei a porta.

Kelly estava deitada na cama, de boca aberta, observando cada movimento meu.

Encolhi os ombros. – Você não odeia quando as pessoas fazem isso?

Ela começou a rir, e eu também. – Eles quase nos pegaram dessa vez! – eu disse.

A expressão dela mudou, e ela balançou lentamente a cabeça. – Eu sei que você nunca vai deixar eles me pegarem.

Eram dez e meia, ainda faltavam vinte minutos para eu subir e trocar as fitas. Peguei a que assistimos na noite anterior, coloquei novamente no reprodutor e rebobinei-a. Ela estava pronta para mais uma sessão.

Eu só tive de sorrir para que ela pulasse da cama e fosse até a porta, pronta para passar a tranca.

– Enquanto eu estiver fora, quero que você tome um banho. Você vai fazer isso?

Ela balançou a cabeça. Desconsolada. – Eu só fico com a parte boa.

Subi até o telhado.

O tempo ainda estava uma bosta.

Capítulo Vinte e Um

AINDA FALTAVA UMA HORA para o telefonema do meio-dia. Sentamos juntos para assistir à fita mais recente.

Eu disse: – É muito importante, porque talvez apareça alguém que nós conhecemos. Aí podemos dar a fita para o papai e ele pode descobrir quem estava gritando com ele. Qualquer pessoa que você achar que pode conhecer, como o pai de Melissa ou o homem do armazém, ou até mesmo o homem que veio falar com o papai, você me diz e nós vamos olhar melhor, OK?

Comecei a avançar a fita, parando sempre que havia trânsito de pessoas. Eu anotava a aparência delas – homens, mulheres, negros, brancos, asiáticos – e o que estavam vestindo: *jeans* e preto, *jeans* e vermelho.

O jogo não pareceu tão divertido para Kelly na segunda vez.

– E ele? – tentei animá-la.

– Não.

– Aquela senhora?

– Não.

– Você tem certeza de que nunca viu este homem?

– Nunca!

Finalmente, ela identificou alguém que conhecia. Eu voltei a fita. – Quem é ele?

– O Sr. Mooner, da *Fox Kids!*

– OK, anote isso.

Outro homem começou a subir os degraus. Parei a fita e retornei. – Você conhece este?

Ela balançou a cabeça.

Eu disse: – Bem, eu conheço alguém que é muito parecido com ele. Eu trabalhei com um homem que nunca se lembrava de onde tinha deixado as coisas. Um dia, ele escondeu a dentadura e teve de comer sopa a semana inteira! – ela riu um pouco, e isso lhe deu ânimo para continuar.

Às onze e quarenta e cinco ainda estávamos revendo a fita e fazendo anotações. Parei em dois homens que estavam entrando juntos.

– Você conhece algum deles, porque eu não, eu não me lembro de ninguém que se pareça com eles – eu estava quebrando a cabeça para inventar outra história que a mantivesse interessada.

– Não, eu não conheço nenhum deles.

– Muito bem, então. Só mais um pouco, depois vamos fazer outra coisa – comecei a avançar, vi uma pessoa saindo do prédio, voltei a fita e assistimos.

Ela se moveu para a ponta da cama. – Eu conheço aquele homem – ela disse.

Congelei a imagem. Eu estava olhando para um homem negro, de trinta e poucos anos.

– Quem é ele?

– Ele veio ver o papai com os outros homens.

Tentei parecer calmo. – Como é o nome dele? Você sabe o nome de algum deles?

– Posso ir para casa e ver a mamãe agora? Você disse que eu podia ir para casa amanhã. E agora já é amanhã.

– Temos de resolver isso primeiro, Kelly. O papai precisa saber os nomes deles, ele não se lembra.

Eu estava tentando o papo da psicologia, mas agora sabia mais sobre pescaria do que sobre psicologia infantil.

Ela balançou a cabeça.

– Mas o papai conhecia os homens, não conhecia?

– Sim, ele conhecia. Eles vieram falar com ele. Você se lembra de alguma outra coisa sobre eles? Eles fumavam?

– Eu não sei. Acho que não.

– Algum deles usava óculos?

– Acho que esse aqui usava óculos.

Olhei mais de perto para a tela. Ele usava uma armação fina de metal.

– OK, eles estavam usando anéis, ou alguma coisa assim?

– Não sei.

Tentei a cor do carro, dos sapatos, dos casacos. Eles falaram uns com os outros usando nomes diferentes? Eles eram americanos?

Ela estava começando a se chatear, mas eu tinha de saber.

Eu disse: – Kelly, você tem certeza de que esse homem veio falar com o papai no dia em que eu encontrei você?

Os olhos dela estavam ficando marejados. Eu tinha ido longe demais.

– Não chore! – abracei-a. – Está tudo bem. Este homem veio com os outros homens, não é?

Eu senti sua cabeça assentir.

– Isso é muito bom, porque eu posso dar esta informação ao papai quando encontrá-lo e isso vai nos ajudar a pegá-los. Viu só, você ajudou!

Ela ergueu os olhos para mim. Havia um leve sorriso sob as lágrimas.

Se ela estivesse certa, o que tínhamos era uma das pessoas que tinham matado Kev saindo de um escritório que servia de fachada para o PIRA.

Ainda havia mais fita para rodar. Tentei parecer animado: – Muito bem, vamos dar mais uma olhada e ver se conseguimos achar os outros homens. Eles também eram negros, não é?

– Não, brancos.

– Ah, sim, é claro.

Fomos até o fim da fita. Consegui uma possível identificação de Nelson Mandela, e ela viu Michael Jackson. Fora isso, merda nenhuma.

– Agora podemos ir para casa e mostrar isso para o papai? Ele já deve estar melhor. Você disse que sim, se nós víssemos alguma pessoa.

Eu estava me afundando mais e mais. – Não, ainda não. Eu preciso ter certeza de que ele é o homem que veio falar com o papai. Mas não vai demorar, não vai demorar.

Deitei na cama, fingindo ler a revista de pescaria. Meu coração estava batendo lento e forte. Eu estava tentando manter meu plano de jogo de apenas me concentrar no problema, mas não conseguia. Por que Kev seria assassinado por pessoas que o conheciam? Luther e companhia seriam o mesmo grupo? Deviam ser. O que Kev sabia, ou em que ele estava envolvido? Por que ele me contaria sobre seu problema se fosse corrupto? O DEA estaria investigando as relações do PIRA com o tráfico de drogas? Talvez Kev estivesse, e os assassinatos tivessem sido executados pelo PIRA ou pelos traficantes por algo que ele tinha feito ou estava prestes a fazer. Mas por que eles o conheciam?

Essas conjeturas não iam me levar a lugar algum. Eram apenas uma perda de tempo e de esforço. Kelly estava deitada ao meu lado e olhando para a revista. Era uma sensação estranha a de ter a cabeça dela apoiada no meu peito. Passei o braço em torno de seus ombros para olhar para o relógio, e ela pensou que eu fosse abraçá-la.

Estava quase na hora de Pat ligar. Levantei-me e liguei o telefone celular, depois fui para perto da janela e abri uma fresta na cortina, olhando para a auto-estrada em meio à chuva, decidindo minha próxima fase. Tentei pensar num bom ponto de encontro. Não seria seguro nos encontrarmos de novo no *shopping*.

Na hora exata, o telefone tocou.

– Alô?

– Oi, companheiro. – Eu ouvia os carros passando pela cabine telefônica.

– Coisas estão acontecendo – eu disse. – Preciso de um PE.

– Dentro de duas horas, pode ser?

– Duas horas. Union Station, está bem para você?

– Hããn... Union... certo, sem problema – ele parecia fora do ar.

Eu tinha passado pelo local algumas vezes antes e me lembrava de como era. – Entre pela porta principal – eu disse. – Suba até o último andar e vá até o bar em frente às escadas. Encontro você lá, OK?

Houve uma longa e preocupante pausa. – Está tudo bem, Pat?

– Estarei lá. Até mais – a linha ficou muda.

A Union Station é a principal estação da Amtrak em Washington, DC. É tão grandiosa e elegante que deveria estar em Paris, não aqui, na terra do cimento e da madeira escura envernizada. Em quase todas as grandes estações de trem do mundo você espera encontrar o lado mais miserável da vida, mas não na Union. As áreas de venda de passagens, embarque e entrega de bagagens parecem partes de um moderno aeroporto, completas, com sala de primeira classe. Você não vê os trens porque eles ficam atrás de telas, e, de qualquer maneira, você estaria muito distraído com o *shopping*, a praça de alimentação, os cafés, as cinco salas de cinema. Porém, o mais importante de tudo para mim era que o lugar era grande e movimentado e, por causa do feriado de Páscoa, eu sabia que haveria uma grande população de pessoas de outras cidades. Gente em trânsito, que não saberia nada sobre os eventos de Hunting Bear Path.

Um táxi nos levou à estação uma hora antes do horário marcado. Aproveitei o tempo para comprar coisas de que ia precisar para o RAP dos escritórios do PIRA, além dos itens que já havia comprado no Walmart. Agora que Kelly tinha confirmado o homem negro, a única alternativa era entrar lá e dar uma olhada.

Comprei uma câmera Polaroid e seis rolos de filme, um macacão barato de fibra rústica, mais rolos de fita crepe e durex, tesouras resistentes que prometiam cortar uma moeda de um centavo ao meio, um Leatherman, uma ferramenta parecida com um canivete suíço, um par de tênis, luvas de borracha, pilhas, filme plástico, uma garrafa de plástico de suco de laranja com um bico bem grande, uma caixa de parafusos grandes, uma caixa de uma dúzia de ovos e um relógio de cozinha a quartzo de vinte e três centímetros de diâmetro. Kelly olhou para aquilo tudo e ergueu uma sobrancelha, mas não fez perguntas.

À uma e quarenta eu tinha duas sacolas cheias de tralhas, bem como os livros e passatempos que eu precisava colocar na cesta para mantê-la distraída.

Eu recordava o lindo piso azulejado do saguão de entrada, mas tinha me esquecido do teto alto como o de uma catedral. No meio havia uma forma de rotunda com uma banca de revistas e grupos de mesas do lado de fora. Acima delas havia um restaurante, ao qual se chegava por um lance de escadas. Era absolutamente perfeito para o que eu precisava.

Fomos recebidos lá em cima por uma garçonete.

Eu sorri. – Mesa para dois, por favor.

– Fumantes ou não-fumantes?

Apontei para a mesa do fundo. – Podemos ficar com aquela?

Nós nos sentamos, e eu coloquei as sacolas embaixo da mesa. Eu não enxergava a entrada principal, mas conseguiria ver Pat indo em direção ao café, que ficava mais para dentro e um nível acima.

A garçonete veio anotar o pedido de bebidas. Pedi duas Cocas e disse: – Eu gostaria de fazer o pedido agora, se você não se importa. Queremos uma *pizza* média.

Kelly ergueu os olhos. – Posso pedir cogumelos extras, por favor?

Concordei, e a garçonete se foi.

Kelly sorriu. – Eu sou igual à mamãe. Nós duas gostamos de cogumelos extras. Papai diz que nós devemos ser *pixies* da floresta! – Ela sorriu novamente, querendo uma reação.

– Isso é muito interessante – eu disse. Essa conversa tinha de ser cortada pela raiz.

Kelly se agarrou na sua Coca-Cola, obviamente feliz por estar observando pessoas de verdade, para variar.

Pat chegou cedo e estava usando as mesmas roupas que um MDV. Era isso, ou o pateta simplesmente não tinha se trocado. Enquanto passava por mim um andar abaixo, algo nele não me pareceu muito certo. Havia um ligeiro cambalear nos seus passos, e eu sabia que isso não era de beber muita cerveja. Eu temi pelo pior.

Continuei fazendo meus *checks*, cobrindo o traseiro dele para proteger o meu.

Esperei cerca de cinco minutos, levantei e disse a Kelly: – Tenho de ir ao banheiro. Não vou demorar – ao sair, pedi à garçonete que ficasse de olho em Kelly e nas sacolas.

Outro conjunto de portas me levou à área de venda de passagens e de trens. O lugar estava transbordando, metade dos Estados Unidos devia estar se deslocando. Até o condicionador de ar estava achando que aquilo era demais: a combinação de calor e umidade das pessoas transformava o lugar numa estufa. Eu me misturei à multidão que se dirigia desordenada e lentamente para o último andar.

Ele estava na fila da cafeteria, com três ou quatro pessoas à frente. Aparentando animação, fui até lá e bati em suas costas. – Pat! O que você está fazendo aqui?

Devolvendo meu sorriso, ele disse: – Estou aqui para me encontrar com uma pessoa. – Suas pupilas estavam grandes como pires.

– Eu também. Você tem tempo para um Micky D's?

– Claro, claro, por que não?

Começamos a sair da cafeteria, seguindo as placas de saída, passando por portas automáticas, e pegamos as escadas rolantes até o estacionamento.

Pat estava um ou dois degraus acima de mim. Ele me olhou, confuso. – Que porra é essa de Micky D?

– McDonald's – eu disse, como se ele tivesse de saber. Mas ele não tinha uma criança de sete anos no seu pé dia e noite. – Vamos lá, companheiro, entre na onda!

Ele começou a dançar como Michael Jackson.

Agora, estávamos quase no nível da estação de ônibus. Eu disse: – Se houver um problema, eu vou para a estação de ônibus, vou dobrar à direita e vou embora.

– Certo. Sem problema! – ele falava como se estivesse bem, mas sua aparência era horrível.

Os carros estavam nos dois níveis acima. Subimos as escadas de concreto, paramos no primeiro nível e nos posicionamos de modo a enxergar o caminho por onde tínhamos vindo.

Eu não tinha tempo para perder com bobagens. – Duas coisas, companheiro. Tenho uma lista comigo que eu não tive vontade de ler para você no telefone – passei-a para ele. – Preciso de todos esses equipamentos. E a outra coisa é dinheiro.

Ele já estava olhando para o pequeno bloco de notas que eu tinha lhe entregado. Ou ficou espantadíssimo com o que estava escrito ou não conseguia se concentrar. Sem erguer os olhos, ele disse: – Tenho algum dinheiro para você hoje. Mas, porra, a maior parte dele vai ser usada nesta parafernália. Posso conseguir mais amanhã, ou talvez depois de amanhã. Puta que o pariu! – ele sacudiu a cabeça. – Para quando você quer tudo isso? – então começou a rir, como se tivesse inventado uma piada na sua cabeça e não fosse contar para mim.

– Na verdade, hoje à noite, companheiro. Você acha que consegue, ou não? – movi minha cabeça para encará-lo.

A risada se transformou em gargalhada, até ele me ver muito sério. Ele pigarreou e tentou se ligar. – Vou fazer o melhor possível, companheiro. Vou ver o que posso conseguir desta lista.

– Ficaria muito feliz – eu disse. – Não me deixe na mão, Pat. Eu realmente preciso da sua ajuda – esperei que a urgência da minha voz fosse registrada. Eu ainda estava checando escada abaixo. – Também aqui atrás – abri a página para ter certeza de que ele a veria – acrescentei uma carona casual. Preciso que isso aconteça às vinte e três horas de hoje.

Pat estava olhando para as anotações do PE. Dobrei os joelhos para me abaixar e puxei seu rosto para olhá-lo nos olhos novamente. – Hoje às onze horas da noite, companheiro. Onze horas, OK?

Eu conhecia Pat o suficiente para saber que ele sabia que aquilo era sério. Ele sabia que estava chapado, mas estava se esforçando para compreender tudo o que eu dizia.

Eu tinha ficado mais tranqüilo agora que tinha lhe passado os detalhes por escrito. Ele também parecia precisar de toda a ajuda que pudesse conseguir.

– Que carro você tem? – perguntei.

– Um Mustang vermelho – ele trouxe o rosto mais para perto do meu. – Mais vermelho que as bolas do diabo! – ele gostou tanto da piada que não conseguia parar de rir.

– Saia pela Rua H – apontei para os fundos da estação.

– Vejo você à noite – sorriu, afastando-se. De trás, eu podia ver um ligeiro desvio para a esquerda em seu andar.

Esperei e me certifiquei de que ele não estava sendo seguido, depois continuei subindo até o estacionamento, para que parecesse que eu estava indo buscar meu carro. De lá, peguei o elevador de volta para o nível da cafeteria.

Voltei para o restaurante e fiquei parado observando Kelly lutar com a *pizza*.

– Você demorou séculos! – ela disse, com a boca cheia de cogumelos.

– É, eles estavam sem papel higiênico – eu ri enquanto me sentava.

Ela pensou sobre aquilo por um momento e fez o mesmo que eu.

Capítulo Vinte e Dois

ASSIM QUE VOLTAMOS, liguei a TV para Kelly e despejei o conteúdo das sacolas sobre a minha cama. Ela perguntou o que eu estava fazendo.

– Estou ajudando Pat. Ele me pediu para fazer umas coisas. Você pode assistir à televisão se quiser. Está com fome?

– Não – ela estava certa, depois de uma *pizza* do tamanho de um tanque, era uma pergunta idiota.

Peguei o grande relógio de cozinha de quartzo, com sua moldura vermelha e branca, e sentei na cadeira ao lado da janela. Fui quebrando a moldura aos poucos, até ficar só com o mostrador, os ponteiros e os mecanismos atrás. Vergando-o com muito cuidado, comecei a quebrar o mostrador de plástico. Quando havia apenas cerca de dois centímetros de restos serrilhados em torno do centro dos ponteiros, eu finalmente consegui arrancar os ponteiros dos segundos e das horas. Somente o dos minutos ficou no lugar. Coloquei pilhas novas.

Kelly estava me observando. – O que você está fazendo agora, Nick?

– É um truque. Quando eu tiver terminado, eu mostro para você, OK?

– OK – ela voltou para a TV, mas com um olho em mim.

Levei a caixa de ovos até a lixeira e despejei nela seu conteúdo. Arranquei a tampa e metade do fundo, de modo que restaram apenas seis compartimentos. Com durex, construí uma pequena capa que corria ao longo de todo o lado da caixa de ovos, grande o suficiente para acomodar o ponteiro dos minutos. Chamei Kelly, que estava cantarolando um *jingle* de sabão: – Você quer ver o que isso faz?

Ela fez cara de intrigada enquanto eu encaixava a caixa de ovos no ponteiro dos minutos.

A mesa de cabeceira ficava cerca de dez centímetros abaixo do nível dos controles da TV. Posicionei o relógio sobre ela de modo que ficasse diretamente abaixo do sensor infravermelho do aparelho, e mantive-o no lugar com fita crepe.

Kelly ficou ainda mais interessada. – O que você está fazendo?

– Está vendo o controle remoto? Use para aumentar o volume.

Ela obedeceu.

– Agora diminua. OK, aposto com você que, em quinze minutos, você não vai conseguir aumentar o volume – sentei-me ao lado dela na cama. – Nós dois temos de ficar sentados aqui sem nos mexermos, OK?

– OK – ela achou que eu ia fazer alguma coisa com o controle remoto e sorriu enquanto o escondia embaixo do travesseiro.

Foi muito bom assistir à televisão para dar uma relaxada, exceto por ter de ouvir "já são quinze minutos?" a cada trinta segundos.

– Não, apenas sete – agora, a caixa de ovos, grudada no ponteiro dos minutos, estava subindo na direção da base da TV.

Quando a caixa ficou na vertical e cobriu o sensor, eu disse: – Vamos lá, tente aumentar o som.

Ela tentou, e nada aconteceu.

– Talvez sejam as pilhas – provoquei.

Colocamos pilhas novas no controle remoto. Nada ainda. Ela não conseguia entender, e eu não ia explicar meu truque.

– Mágica! – eu sorri.

Separei o resto das coisas, tomei um pouco de suco de laranja e lavei a embalagem, depois me certifiquei de que todos os aparelhos elétricos estavam com pilhas novas e deixei tudo pronto para colocar na mochila.

Eram cerca de dez e vinte, e Kelly estava dormindo. Eu teria de acordá-la para lhe dizer que eu ia sair, porque não queria que ela acordasse sozinha e se assustasse. Às vezes achava que ela era apenas um pé no saco, mas queria protegê-la. Ela parecia tão inocente, dormindo com os braços esticados. O que aconteceria com ela depois disso tudo?, eu me perguntava – presumindo que ela sobrevivesse.

Chequei e testei tudo de novo, desliguei o carregador do celular e o coloquei no bolso. Por último, verifiquei minha arma e o dinheiro no bolso. Peguei um pacote de biscoitos pela metade para comer no caminho.

Com os lábios perto da orelha dela, sussurrei: – Kelly!

Não tive resposta. Sacudi-a um pouco. Ela se mexeu e eu disse: – Liguei a TV para você assistir se quiser. Vou ter de sair um pouquinho.

– Tááá.

Eu não sabia se ela tinha entendido ou não. Eu preferia lhe dizer isso quando ela estava meio adormecida.

– Não coloque a tranca desta vez, porque eu vou levar a chave. Não quero acordar você quando voltar, OK?

Deixei o quarto, desci pelo elevador e saí para a rua. O trânsito da auto-estrada rugia acima de mim. Finalmente sem chuva, apenas ar que cheirava a umidade. Estava frio o bastante para que eu pudesse ver minha respiração.

Dobrei à esquerda e andei na direção oposta à normal, para uma última conferida. Eu ia mastigando os biscoitos enquanto passava pelo alvo. As mesmas luzes estavam acesas, nada tinha mudado. Eu me perguntei se o homem da nova era estaria deitado ali, esperando com um machado que alguém mijasse nele. Apressei o passo para não me atrasar para o encontro com Pat. Cheguei à auto-estrada e dobrei à direita, seguindo a rua com o rugido do trânsito acima de mim.

A rua fazia uma curva para a direita e começava a deixar a auto-estrada para trás. Logo havia terrenos baldios dos dois lados, e o som dos carros diminuiu. Eu podia ouvir meus passos novamente. À minha direita havia mais depósitos de carros. Como Washington podia estar numa situação financeira tão ruim se a prefeitura devia estar ganhando uma fortuna com veículos guinchados? À minha esquerda estavam os prédios novos, feitos com material inferior, de escritórios e oficinas. Cheguei em frente ao primeiro, saí da rua e entrei na sua sombra e esperei.

Era muito esquisito estar a apenas centenas de metros do Pentágono e possivelmente bem embaixo do nariz das mesmas pessoas que queriam me ver morto. Também era bastante emocionante. Sempre fora assim. Pat tinha um nome para isso: "o sumo".

Ouvi um motor vindo na minha direção. Olhei em torno do prédio. Somente um veículo. Devia ser ele. Saquei minha pistola.

O Mustang vermelho encostou. Eu estava em posição de fogo, semi-agachado, mirando no motorista com a Sig até o carro parar. Era Pat. Pude ver a silhueta de seu perfil romano na luz ambiente do aeroporto.

Ainda com a pistola na mão, andei até a porta do passageiro, abri, e a luz interior não se acendeu. Entrei e fechei a porta com delicadeza, só até ouvir o primeiro clique.

Pat estava com a mão no freio de mão e abaixou-o lentamente para arrancar. De longe, é muito difícil saber se um carro está parando se você não enxerga as luzes de freio – por isso Pat estava usando o freio de mão. Sem luzes interiores acendendo e apagando e sem o barulho de porta batendo, o encontro teria sido muito difícil de detectar.

Conferindo a rua atrás de nós, eu disse: – Vire à direita no próximo cruzamento.

Não havia tempo a perder, ele sabia, e eu também. Pat disse: – Está tudo lá atrás, naquela mochila – o efeito do que quer que ele tivesse tomado mais cedo já tinha passado, e ele parecia muito constrangido.

Eu me inclinei e levantei o *laptop*. Eu disse: – O som está desligado? – Quando o Windows 95 carregasse, eu não queria ouvir o som da Microsoft.

Ele fez uma careta que dizia que eu era um imbecil por fazer essa pergunta. Nós dois rimos, e isso quebrou o gelo.

Chegamos ao muro de concreto e, ao passarmos pelo hotel, tive o cuidado de não virar a cabeça. Dobramos à direita sob a auto-estrada e paramos num semáforo do outro lado.

Eu disse: – Siga em frente e dobre à direita na Penn.

– Sem problema.

A área era urbana e bem iluminada. O tempo todo ele checava o retrovisor para confirmar que não estávamos sendo seguidos. Meus olhos estavam fixos no espelho lateral. Eu não me virei para olhar agora, nenhum de nós queria parecer muito atento.

Havia alguns carros atrás de nós, mas eles tinham vindo de outras direções. Mas isso não queria dizer que eles não estavam nos seguindo.

Olhei para Pat. Sua semi 9 milímetros estava escondida embaixo da coxa direita, e no chão, sob as pernas, ele tinha uma MP5K 9 milímetros, uma excelente arma para ser usada num carro devido ao tamanho compacto e ao alcance de fogo, mas um pouco exagerada para esse serviço. Ele tinha acoplado pentes duplos de trinta tiros.

– Para que você trouxe essa coisa junto?

– Não gostei do jeito do seu novo melhor amigo, Luther. Não quero que ele e seus companheiros me arrastem para uma conversinha.

Chegamos a outro semáforo.

– Faça uma direita-esquerda aqui, companheiro. Vamos ver se temos algum fã.

Havia um ou dois carros atrás de nós. O formato dos faróis de um carro, quando ele chega muito perto, ajuda muito a identificá-lo. Se o mesmo formato estiver na sua cola em três conversões para o mesmo lado, está na hora de começar a se preocupar.

Pat ligou o pisca-pisca e começou a se mover para a direita. Todos os outros carros pareciam estar indo em frente ou dobrando à direita conosco; ninguém estava na pista da esquerda. No último segundo, Pat sinalizou para a esquerda e trocou de faixa – nada agressivo ou que fosse provocar uma briga de trânsito, apenas uma mudança de idéia.

Ficamos todos parados no semáforo. Olhei para cada um dos carros. Apenas casais ou adolescentes passeando, ou pareciam ser. Eu logo saberia se os visse de novo.

Dobramos no sinal verde e ninguém nos seguiu. Agora era hora de conversar.

Pat começou: – Suas indicações eram uma merda. Você disse três edifícios, eram quatro. Ainda bem que eu estou ligado – ele estava esperando um elogio.

– Na verdade eu não me lembrava de quantos eram. O táxi estava indo rápido demais. E eu não sei contar mesmo.

Agora estávamos apenas passeando. Pat disse: – Eu estive pensando. Você quer que eu entre nessa com você? Seja o seu segundo homem?

Seria bom. O serviço seria feito mais rápido e teríamos melhor segurança e poder de fogo se entrássemos na merda. Mas eu preferi que não: Pat era minha única ligação com o mundo exterior, e eu não queria arriscá-la.

– De jeito nenhum. Eu lembro o que aconteceu da última vez.

Nós dois começamos a rir. – Aquela transferência de bomba?

O PIRA tinha escondido uma bomba para automóveis numa casa, pronta para ser usada dois dias depois. Consistia em dois quilos de explosivo forte num dispositivo de tempo Parway, um despertador de sessenta minutos preso num chaveiro, que servia para avisar quando o tempo do seu parquímetro estava se esgotando. Eles eram o brinquedo favorito do PIRA naquela época.

Chegamos ao conjunto residencial de Shantello, um enclave nacionalista em Derry, estacionamos e entramos na casa. O esconderijo era um buraco escavado nos alicerces de concreto da cozinha, tapado por um cartaz de propaganda e com um fogão a gás por cima. Nós dois roubamos a bomba, e Pat a carregou numa mochila velha de algodão.

Tínhamos estacionado perto da pequena área do *shopping* e do clube social. Tudo o que precisávamos fazer era voltar para o carro e depois colocar a bomba embaixo do veículo de um dos principais jogadores do INLA do outro lado da cidade, perto de Creggan. Eles a encontrariam – nós daríamos um jeito para que isso acontecesse –, identificariam como um artefato do PIRA e aí seria uma festa. Ótimo. Eles poderiam aplicar seu tempo e recursos em matarem-se uns aos outros ao invés das forças de segurança e a população local.

Olhei para Pat. Ele também estava perdido em seus pensamentos. – O carro chegou a ser recuperado?

– Não sei, nem me importo.

Dobramos a esquina na direção do estacionamento e descobrimos que o nosso carro tinha desaparecido. Algum idiota tinha roubado. Mas nós ainda tínhamos de deixar o dispositivo no lugar naquela noite. Todas as lideranças do INLA haviam sido detidas para interrogatório para garantir que o veículo-alvo estaria lá, mas havia um limite para o tempo que eles podiam ficar detidos. Só havia uma coisa a fazer: correr.

Olhei para o espelho lateral mais uma vez e depois para Pat, os ombros sacudindo enquanto ele ria por dentro. Sorri ao lembrar-me de que fomos parados por duas patrulhas do exército e contamos sei lá qual mentira para escaparmos. Não teria sido fácil explicar uma mochila cheia de explosivos para oito soldados muito molhados e muito bravos apontando suas SA80 para nossas cabeças. Todos eles loucos para matar alguém e ganharem o prêmio de licença extra.

Era ótimo poder dar umas risadas. Melhor ainda era ver Pat de volta ao planeta Terra.

– Vamos voltar para a estação de metrô de Pentagon City, companheiro.

Comecei a me preparar para a saída e deixei de lado os pensamentos leves. Ele ligou o pisca-pisca, tudo correto, nada afobado, uma bela e lenta aproximação até o meio-fio em frente ao metrô. Desci e enfiei a cabeça novamente pela janela. – Muito obrigado, companheiro, vejo você mais tarde. – Puxei a sacola de náilon preto do banco de trás. A história que tinha na cabeça era a de que estivéramos jogando *softball* a noite inteira e agora eu estava indo para casa, depois de tomarmos um drinque. Fechei a porta, dei duas batidinhas no capô, e ele se foi. Subitamente, eu senti-me muito sozinho. Teria tomado a decisão correta quanto a Pat não entrar no serviço comigo? Dei muitas voltas antes de retornar ao hotel, chegando lá às onze e quinze.

Rapidamente separei e verifiquei todos os itens que Pat tinha me dado e guardei o que precisava na sacola. Tirei dos bolsos todas as moedas e qualquer outra coisa que pudesse fazer barulho ou cair. Depois cortei a maior parte da ponta aberta de um saco de lixo, guardei nele minha carteira e meu passaporte, enrolei bem e coloquei no bolso do casaco.

Depois de fazer isso, pulei algumas vezes para ter certeza de que não haveria ruídos, peguei a bolsa e a sacudi. – Adivinhe só, Kelly. Vou sair de novo em um minuto, mas vou voltar logo. Você vai ficar bem?

Mas ela estava fora do ar. Saí do hotel e caminhei na direção do alvo.

Capítulo Vinte e Três

A SACOLA TINHA DUAS ALÇAS e uma tira longa para o ombro. Andei na direção do rio com ela pendurada no ombro, seguindo o mesmo caminho da noite anterior. A chuva tinha parado, e eu podia ver as estrelas e ouvir a minha própria respiração. Nada tinha mudado, exceto que as luzes da auto-estrada estavam um pouco mais brilhantes esta noite, sem a névoa.

Pulei o portão da cerca, usando as alças para pendurar a sacola nas costas como uma mochila. Eu a carregaria assim a partir de agora. Se fosse confrontado, poderia fugir sem ter de abandonar o equipamento ou, como último recurso, sacar a Sig para me defender.

Fiquei nivelado ao edifício-alvo, separado pelo terreno baldio e pela cerca. Não havia sons além do zumbido da auto-estrada. Comecei a caminhar pelo terreno baldio. Ele estava lamacento, não ao ponto de afundar os pés, porque a terra era muito dura, mas eu ainda precisava ir devagar, pois não queria deslizar e fazer barulho, já que meu amigo molhado dos arbustos poderia não ser o único sem-teto por aqui.

Cheguei à cerca perto do prédio do PIRA. Usando os arbustos como cobertura, tirei a sacola dos ombros e sentei-me sobre ela. A primeira etapa estava completa; era hora de parar, olhar, escutar e absorver tudo. Eu precisava ser extremamente cuidadoso, pois estava sozinho. Este era, na verdade, um serviço para duas pessoas, uma de vigia, outra na ação. Fiquei mais alguns minutos ajustando a sintonia. A visibilidade estava um pouco melhor esta noite por causa das estrelas. Olhando para a esquerda, o estacionamento estava vazio; para a direita, os paletes ainda estavam onde eu os tinha visto.

Do bolso do casaco, tirei o saco de lixo que protegia meus documentos. Na base dos arbustos, cavei um buraco na lama com as mãos, atirei nele o pacote e cobri. Este era o meu esconderijo de emergência, o "buraco secreto", como diria Kelly. Se eu fosse apanhado, estaria estéril, e se fugisse, sempre haveria uma chance de voltar e recuperá-lo.

Limpei a lama das mãos num pequeno tufo de grama e comecei a me aprontar para o serviço. Abri delicadamente a sacola e tirei o barato macacão azul-marinho, provavelmente igual ao que os amigos de Kev tinham usado.

Eu estava pronto para a próxima etapa, embora "etapa" não fosse a palavra certa. O problema em pular uma cerca alta com uma sacola de vinte quilos é que você pode gastar mais tempo ficando preso nela e fazendo barulho do que efetivamente pulando.

Puxei os cordões do centro do meu casaco e coloquei-os entre os dentes. Chegando o mais perto possível do suporte de aço sem perder minha cobertura, levantei a sacola até a altura dos ombros. Usando meus ombros para apoiar seu peso, atei as alças o mais próximo do alto da cerca que consegui com um nó fácil de desatar, jogando a ponta solta da corda por cima da cerca.

Depois de verificar se a minha arma estava segura, estendi os braços, prendi os dedos na cerca e comecei a subir. Ao chegar do outro lado, parei, olhei e escutei novamente, e somente então subi de novo para passar a sacola para o outro lado. Desci uma vez mais, e então puxei a ponta solta da corda. A sacola se desprendeu da cerca, e eu aparei sua queda. Depois, agachado, observei e escutei mais uma vez.

Trabalhar sozinho exige muita concentração, porque não se pode observar e trabalhar ao mesmo tempo, e ambas as coisas têm de ser feitas. Então, ou você faz um ou outro, ou começa o serviço ou fica observando. Tente fazer as duas coisas e você vai se dar mal.

Eu me levantei, pus a sacola no ombro esquerdo e abri delicadamente o velcro do macacão para que, se necessário, eu pudesse alcançar minha arma. Lentamente, encaminhei-me para o lado esquerdo do edifício.

Antes de fazer qualquer coisa, eu tinha de neutralizar o detector de movimento. Estava à esquerda dele, com as costas viradas para a parede. Passando a sacola para a mão esquerda, mantive os olhos no detector acima de mim e comecei a rastejar lentamente em direção a ele. Quando cheguei mais ou menos na distância que estimava que podia chegar sem ser detectado, abaixei-me e coloquei a sacola no chão. Tudo o que eu fizesse de agora em diante aconteceria daquele lado da sacola.

As luzes de segurança que reagem ao movimento tornam a vida muito mais difícil para pessoas como eu, mas somente quando cobrem o prédio inteiro. Achei estranho que houvesse apenas um detector, em vez de dois ou três sobrepostos para eliminar pontos mortos. Eu estava esperando, a qualquer momento, ser detectado por um que eu não tivesse notado. Mas quem quer que tivesse instalado o sistema de segurança obviamente tinha partido do princípio de que somente a porta de incêndio mais baixa precisava estar coberta, e não as rotas de aproximação dela.

Era quase uma da manhã, o que me deixava apenas cerca de cinco horas antes das primeiras luzes. O tempo estava contra mim, mas eu não ia me apressar. Dei uma longa volta para buscar um dos paletes. Enfiei as duas mãos entre as ripas de madeira, ergui-as contra o peito e comecei a caminhar lentamente. O chão ainda estava com uma camada de lodo, e meus sapatos afundavam ao contato. Por fim cheguei à parede, apoiei o palete contra os tijolos do meu lado da sacola e voltei para buscar o segundo.

Apoiei os dois paletes um no outro para fazer uma escada. Parei, olhei e escutei. Os paletes foram pesados de carregar, e eu não ouvia nada além do som de meus pulmões arfando através da minha boca seca.

Subi no primeiro palete, e nada aconteceu. Passei para o segundo, e ele também pareceu estável. Comecei a subir. Eu tinha subido apenas duas etapas quando a estrutura entortou e caiu. Bati no solo como um saco de batatas, e os dois paletes despencaram um em cima do outro com um estrondo seco. *Merda. Merda. Merda.*

Eu estava caído de costas com um dos paletes sobre minhas pernas. Ninguém veio correndo investigar, nenhum cachorro começou a latir, nenhuma luz se acendeu. Nada além do barulho dos carros e minha respiração ofegante.

Por sorte, tudo tinha acontecido do meu lado da sacola. Ergui o palete e saí debaixo dele, xingando silenciosamente. Isso era uma merda. Mas o que mais eu poderia ter feito – comprado uma escada no *shopping* e carregado até o alvo? Fui para o canto do prédio, deitei-me no chão como se fosse fazer apoios e estiquei a cabeça para olhar para a Rua Ball.

Eu ainda estava irritado comigo mesmo. Eu podia passar a noite inteira improvisando antes de chegar à posição de atacar este detector de movimento. Talvez uma escada não fosse uma idéia tão ruim; eu deveria ter arranjado uma e deixado ali perto mais cedo, depois recuperado no caminho. Mas agora era tarde demais.

Levantei-me, apoiei as costas na parede e reavaliei a situação. Decidi "dançar conforme a música", o que era um dos ditados favoritos da Firma e significava simplesmente que eles não sabiam o que fazer. Um pouco como eu, na verdade.

Foda-se, eu ia buscar Kelly. Tudo o que ela teria de fazer era segurar os paletes por quinze minutos, e eu estaria pronto. Depois disso ela poderia ficar comigo ou eu poderia largá-la de volta no hotel. Eu não ia me preocupar com isso agora.

Peguei a sacola, fiz o caminho de volta à cerca e, ficando do lado do alvo, larguei a sacola e o macacão. Depois segui ao longo da cerca, procurando uma abertura para chegar à Rua Ball. Não havia tempo para fazer o serviço direito e voltar pelo lado por que eu tinha vindo. Finalmente encontrei um beco de serviço entre dois prédios que poderia estar em algum filme sobre a Máfia de Nova York dos anos cinqüenta. Cruzei-o até chegar à rua e então caminhei rapidamente até o hotel, a não mais do que dois minutos dali. Foi só aí que me dei conta de que não tinha a chave do quarto porque a deixara no saco de lixo. Eu teria de acordar Kelly.

Bati gentilmente de início, e depois com mais força. Quando eu estava começando a me apavorar, ouvi: – Oi, Nick – um momento depois, a porta se abriu.

Fiz uma cara de preocupação. – Como você sabia que era eu? Você devia ter esperado até eu responder – então eu vi a cadeira e as marcas no carpete. Sorri e dei um tapinha na cabeça dela. – Você espiou pelo olho-mágico, não foi, espertinha? E já que você é tão esperta, eu tenho um trabalho para você. Preciso muito da sua ajuda. Você gostaria de me ajudar?

Ela parecia sonolenta. – O que você quer que eu faça?

– Eu mostro quando chegarmos lá. Você vem comigo?

– Acho que sim.

Tive uma idéia brilhante. – Você quer fazer o que o seu papai faz? Porque é isso o que o papai faz para os caras do bem. Logo, logo você vai poder contar para ele.

O rosto dela se acendeu. Ela estava feliz de novo.

Ela quase tinha de correr para me acompanhar. Chegamos ao beco e nos dirigimos ao terreno baldio. Estava escuro, e ela não parecia muito à vontade. Começou a arrastar os pés. – Aonde estamos indo, Nick?

– Você quer brincar de espião, não quer? – eu disse, num sussurro animado. – Imagine que você é uma *Power Ranger* que está indo para uma missão secreta.

Chegamos ao terreno baldio e tomamos o mesmo caminho até a cerca. Segurei sua mão, e ela apertou o passo. Percebi que estava começando a entrar no jogo.

Chegamos até a sacola. Peguei o macacão e disse: – Tenho de vestir isso em você porque é um macacão especial de espião – o rosto dela mudou quando o viu. De repente, eu me dei conta de que ela faria uma conexão com os homens que tinham vindo falar com Kev. – O seu papai também usa um desses. É melhor você também ser uma espiã, tire o seu casaco – virei o casaco do lado do avesso e mandei que o vestisse novamente. Ela adorou aquilo.

Peguei a sacola e pendurei no ombro. Apontei: – Agora nós vamos caminhar muito devagar até lá.

Nós alcançamos os paletes, e eu descansei a sacola no chão no mesmo lugar de antes. – Tudo OK? – perguntei, erguendo os dois polegares.

– OK – ela imitou meu gesto.

– Está vendo aquela coisa lá? Se ela enxergar você, vai soar uma sirene e luzes vão se acender, e aí estamos perdidos. Você não pode nunca passar para o outro lado da sacola, OK?

– OK – levantamos os polegares um para o outro.

Reposicionei os paletes e mostrei-lhe o que queria que fizesse. Eu podia ouvi-la dar pequenos grunhidos. Ela tinha começado a se apoiar como eu havia mostrado e provavelmente pensou que tinha de fazer ruídos, já que estava fazendo um trabalho braçal.

Abri o zíper da sacola, puxei de dentro o relógio e a caixa de ovos e enfiei o ponteiro dos minutos na sua capa de durex. Apertei delicadamente a fita e segurei com firmeza.

Kelly ainda estava empurrando, e eu lhe disse que descansasse. Pelo menos estava entusiasmada. Ela me observava enquanto eu colocava o relógio e a caixa de ovos no chão e prendia dois elásticos em torno do pulso.

– É mágica. Observe!

Ela assentiu, provavelmente ainda tentando entender como eu tinha impedido o controle remoto de operar a TV.

– Você está pronta, Kelly?

– Pronta.

– Vamos lá.

Eu subi devagar, tentando dar a ela o mínimo de peso e movimento para administrar.

Uma vez lá em cima, a cerca de um braço do detector, apoiei o pulso no peito para ter um suporte firme. Virei a caixa de ovos de modo que sua parte longa ficasse na horizontal em relação ao chão. Depois, empurrei-a delicadamente na direção do detector de movimento, mas uns quinze centímetros abaixo dele, sem ultrapassá-lo. Depois que ele estava no lugar, descansei as costas contra a parede e os pulsos sobre o peito. Teria de ficar naquela posição por cerca de quinze minutos.

Eu estava esperando que a caixa de ovos se movesse lenta e delicadamente sobre a face do detector de movimento, tão imperceptivelmente que ele não seria sensível o bastante para registrá-lo – de outra forma, ele dispararia cada vez que uma aranha caminhasse sobre sua face. Eu só rezava para que Kelly não desistisse. Eu logo descobriria.

De tanto em tanto eu baixava os olhos e piscava para ela. – Isso é legal, não é? – ela olhava para mim com um grande sorriso, ou pelo menos eu supunha que fosse assim, porque eu só enxergava um casaco do lado do avesso, um capuz e uma nuvem de respiração condensada.

Enquanto esperávamos que o ponteiro chegasse na vertical, subitamente ouvimos uma sirene de polícia à distância.

Merda! Merda!

Era na rua do outro lado do edifício. Não poderia ter nada a ver conosco. Se tivesse, por que somente uma unidade, e por que usar a sirene?

Eu não podia me mexer. Se o fizesse, derrubaria o dispositivo – e para quê? Eu ainda nem tinha visto a lanterna.

– Nick, Nick, você ouviu aquilo?

– Está tudo bem, Kelly. Continue empurrando. Está tudo bem, eu ouvi.

O que eu podia fazer? Eu disse a mim mesmo para não me apavorar, para ficar calmo e pensar.

Um grito ecoou pelo estacionamento. Vinha da Rua Ball, mas a uma certa distância. Outras vozes se seguiram. Uma discussão tinha se iniciado. Eu não conseguia entender o que estava sendo dito, mas ouvi portas batendo e palavras sendo trocadas, e depois o som de um motor sendo ligado. Só o que eu conseguia pensar era que alguém tinha estacionado ali enquanto eu buscava Kelly – possivelmente um dos casais que eu tinha visto do carro de Pat –, tinha se ocupado em embaciar as janelas e fora pego pela polícia. Parecia plausível, e eu fiz força para acreditar nisso.

A caixa de ovos estava perto da vertical. Prendi a respiração. Isso não era uma ciência; tínhamos cinqüenta por cento de chances de sucesso, não mais do que isso. Se fôssemos descobertos, teríamos de fugir rapidamente e nos arriscarmos.

Por fim, a caixa obscureceu o detector. Nenhuma luz se acendeu. Com os dentes, puxei os dois elásticos do pulso. Passei o primeiro por cima da caixa de ovos e em torno do detector de movimento, depois puxei a parte de trás com força, torci e dei mais uma volta com ele em torno do dispositivo. Fiz o mesmo com o outro elástico para apertar ainda mais. O detector de movimento estava neutralizado.

Tirei o relógio da caixa e guardei num dos bolsos fundos na frente do meu macacão. Desci e esfreguei os ombros de Kelly: – Bom trabalho!

Ela me deu um enorme sorriso, ainda meio incerta quanto àquilo tudo – mas, ei, era o que o papai fazia.

Capítulo Vinte e Quatro

O PRÓXIMO ALVO ERAM OS ALARMES, o que significava neutralizar as linhas telefônicas. Um dos presentes de Pat foi um aparelho interruptor, uma caixa preta computadorizada de oito polegadas por seis; dele saíam fios de seis cores diferentes com ganchos nas pontas. Uma combinação deles seria presa à linha telefônica. Quando o alarme dentro do edifício fosse acionado, teoricamente, um sinal teria de ser enviado à estação de monitoramento ou à polícia; entretanto, ele não chegaria lá porque o aparelho interruptor teria deixado todas as linhas ocupadas.

Cochichei ao ouvido de Kelly: – Você pode me ajudar ainda mais agora. – Depois de colocar o relógio dentro da sacola novamente, saí carregando-a através das saídas de emergência até a bancada de utilidades.

Tirei da sacola outro item da lista de compras de Pat, dois metros quadrados de um grosso material escuro, do tipo que é usado por fotógrafos.

Pisquei para Kelly. – Mais mágica – eu disse –, e vou precisar que você me diga se funciona. – Eu falava num tom de voz bem baixo; à noite, sussurros podem ser ouvidos tão longe como uma conversa normal. Mais uma vez cheguei bem perto dela e disse: – Temos de fazer muito silêncio, OK? Se você quiser falar comigo, bata em meu ombro, que eu olho e você fala em meu ouvido. Entendeu?

– Sim – ela respondeu em meu ouvido.

– Ótimo, porque é assim que fazem os espiões – vesti minhas luvas de borracha.

Ela ficou ali parada, com uma expressão compenetrada, mas parecia meio burra com o casaco do lado avesso e o capuz levantado.

Eu disse: – Se você vir qualquer raio de luz saindo, também quero que bata em meu ombro, OK?

– Tá.

– Mesmo se for só um pouquinho de luz saindo de onde eu estiver, bata em meu ombro, OK?

– Tá.

Fui até a bancada de utilidades, levei o material sobre os ombros, acendi a Maglite com um filtro vermelho e comecei a trabalhar.

Eu havia usado aparelhos interruptores muitas vezes. Trabalhei com a lanterna na boca, e logo estava babando. Prendi os ganchos à linha telefônica em diferentes combinações; quando eles se prenderam, acendeu-se uma fileira de luzes. O objetivo era conseguir acender todas as luzes vermelhas. Quando isso aconteceu, as linhas estavam ocupadas. Dez minutos foram suficientes.

Pousei a caixa entre os medidores de eletricidade e de gás. Só esperava que não houvesse um alarme sonoro além do aviso telefônico. De alguma maneira, eu duvidava disso, já que a grana só tinha sido suficiente para um detector externo.

Removi a coberta, enrolei-a e entreguei-a a Kelly. – Você precisa segurar para mim, porque vou precisar disso novamente em seguida. Não está se divertindo?

– Sim, mas estou com frio.

– Vamos entrar num instante, e lá dentro estará quente e agradável. Não se preocupe.

Eu parei, olhei, escutei e então segui até a porta. O próximo passo era entrar.

Os americanos adoram fechaduras com chaves. São três as principais maneiras de vencê-las. A primeira e mais fácil é simplesmente fazer uma cópia da chave. A segunda chama-se "cópia na marra". Pega-se uma chave de titânio do tamanho da fechadura e com uma cabeça na qual se bate com uma marreta; a chave de titânio entra à força e molda o aço. Então, encaixa-se uma barra especial na cabeça, puxa-se para baixo e ela arranca todo o cilindro. A cópia na marra não me servia nessa noite, porque eu queria entrar e sair sem deixar vestígios. Seria obrigado a usar a terceira opção.

Uma pistola de arrombamento é um aparelho de metal no formato de uma pistola pequena. Existe tanto a opção fixa quanto móvel para ser utilizada em diferentes fechaduras e formatos de chaves. O "gatilho" da arma é elástico; ao ser apertado rapidamente, o movimento faz com que ele suba junto com a fechadura e transfira a força do golpe para os pinos que fazem funcionar o mecanismo da tranca. Quando os pinos estão alinhados apropriadamente, usa-se um alicate de tensão em separado para virar o cilindro da fechadura. Más notícias para quem usa fechaduras com chaves, mas uma pistola de arrombamento é capaz de abrir a maioria delas em menos de um minuto.

Com a coberta sobre mim, acendi a Maglite e a coloquei na boca. Inseri o alicate de tensão na base do buraco da chave oposta aos pinos e apliquei-lhe uma suave pressão no sentido anti-horário, na direção para a qual eu esperava que a chave virasse. Então inseri a ponta que saía da frente da pistola de arrombamento. Com a pistola e o alicate em seus devidos lugares, comecei a apertar o gatilho rapidamente. Tentei cinco vezes, mas a fechadura não abriu, então eu aumentei a tensão do ajuste e tentei novamente. Podia ouvir o barulho: clique, clique, clique, conforme eu apertava; voltei a reajustar a tensão para que a agulha atingisse os pinos com a força suficiente. Um a um, ouvi os pinos caírem, até que a fechadura virou. Segurei o pequeno alicate de tensão na fechadura e puxei a porta para diminuir sua pressão. Eu não queria que houvesse muita pressão no alicate e o arrebentasse, deixando um pedaço de metal dentro da fechadura para contar a história. Puxei a porta e senti-a ceder.

Abri a porta numa fração de tempo, meio que esperando o soar de um alarme. Nada. Sorri para Kelly, que estava encostada contra a parede ao meu lado, muito emocionada. Voltei a fechar a porta para evitar a saída da luz. – Quando entrarmos, você não deve tocar em nada a não ser que eu diga para fazê-lo, OK? – ela acenou afirmativamente com a cabeça.

Há um mundo externo que é cheio de lama e merda, e há um mundo interno que é limpo, e se você não quer se comprometer, não pode combinar os dois. Tirei os macacões, virei-os do avesso e coloquei-os dentro da sacola. Então tirei os sapatos e eles também foram para a sacola. Calcei um par de tênis que permitiam não apenas que eu me movesse rápida e silenciosamente como evitariam que eu deixasse uma trilha de lama por onde passasse.

Quase fomos apanhados "sacando" documentos dos escritórios do BCCI em Londres em 1991. Havíamos sido enviados para o interior do banco dez horas antes do horário de chegada da Delegacia de Fraudes para o fechamento e da Price Waterhouse para esmiuçar os livros. O trabalho foi tão apressado, que o "expert", um homem baixinho e careca com cara de fuinha, teve de vir conosco para olhar os documentos. Ele se revelou completamente despreparado. Fizemos com que andasse só de meias. Ao longo dos pisos polidos, ele deixou uma trilha de manchas de suor que até mesmo Kelly seria capaz de identificar. Nós quatro havíamos passado mais tempo limpando os vestígios atrás dele do que impedindo que as informações se tornassem públicas.

Esta noite não havia problema: o piso era acarpetado. Tirei o casaco dela, virei-o do lado direito e fiz com que tirasse os sapatos e guardasse-os na sacola.

Dei uma última checada ao redor para ter certeza de que não havia deixado nada para trás. – Vamos entrar agora, Kelly. É a primeira vez que uma menininha faz este tipo de espionagem – a primeira vez mesmo. Mas você precisa fazer o que eu digo, OK?

Ela aceitou a missão.

Peguei a sacola e fomos em direção ao lado esquerdo da porta. – Quando eu abrir, entre só um pouco e deixe um espaço para que eu entre atrás de você, OK?

– OK.

Eu não queria lhe dizer o que fazer se alguma coisa desse errado porque eu não queria assustá-la. Queria dar a impressão de que tudo daria certo.

– Quando eu contar até três – um, dois, três. – Entreabri a porta, e ela entrou direto. Segui atrás, fechei a porta e recoloquei a fechadura no lugar. Feito. Estávamos dentro.

Seguimos pelo corredor, procurando pelas escadas para o segundo andar. Carregava a sacola em meu ombro esquerdo. Através das portas de vidro no final do corredor era possível enxergar a parte da frente do edifício. Era uma grande área horizontal de escritório com tudo o que eu esperava encontrar. Escrivaninhas, arquivos e plantas artificiais com etiquetas com nomes. À esquerda e à direita havia outros escritórios e uma sala de fotocópias. O ar-condicionado ainda estava ligado.

Encontrei as escadas atrás de portas vaivém destravadas à esquerda do corredor. Com cuidado para não fazer barulho, abri uma das portas e mandei Kelly entrar. Não havia luz no poço da escadaria. Acendi a Maglite e apontei o feixe para os degraus. Subimos lentamente.

Embora estivéssemos em absoluto silêncio, o poço da escada funcionava como uma câmara de eco, e a luz vermelha deve ter deixado tudo muito assustador aos olhos de Kelly. – Nick, não estou gostando disso! – disse ela.

– Shhh! Está tudo bem, não se preocupe; seu pai e eu costumávamos fazer isso o tempo inteiro – agarrei sua mão e seguimos adiante.

Chegamos até a porta. Ela abriria na nossa direção, porque era de uma saída de emergência. Larguei a sacola e aproximei-me do ouvido de Kelly fazendo "shhh", tentando deixar a situação emocionante.

Com cuidado, abri uma fresta da porta e olhei pelo corredor. Assim como no andar de baixo, as luzes estavam acesas, e tudo parecia deserto. Escutei, abri a porta um pouco mais para que Kelly passasse e apontei para onde queria que ela fosse aguardar. Ela ficou bem mais contente na claridade.

Larguei a sacola no chão, ao lado dela. – Espere aí um instante – virei para a direita, passei pelos banheiros e por um ambiente sem porta onde ficavam máquinas de Coca-Cola, água e café. Ao lado havia uma sala de fotocópias. Fui até a porta de emergência e puxei-a em minha direção, desfiz a tranca e certifiquei-me de que abriria. Eu já sabia que não havia nenhum obstáculo do outro lado, porque tinha acabado de fuçar por tudo ali embaixo. Se surgisse algum problema, tínhamos uma rota de fuga.

Apanhei a sacola novamente e começamos a caminhar ao longo do corredor em direção à parte da frente do edifício. Deparamo-nos com o mesmo tipo de portas de vidro existentes no andar de baixo, que abriam para a área aberta. Dali viam-se todas as estações de trabalho, e ao redor da beirada havia outros escritórios, todos com portas de vidro. Os gerentes obviamente gostavam de ficar de olho em todo mundo.

As janelas da frente do bloco de escritórios estavam a aproximadamente seis metros de distância. As luzes da rua e do corredor deixavam todo o ambiente com uma penumbra cintilante. À direita havia uma outra porta de vidro que levava a um outro corredor.

Eu sabia o que estava procurando, mas não fazia idéia de onde encontrar; tinha certeza apenas de que não estaria naquela parte do edifício.

Olhei para baixo e sorri para Kelly. Ela estava tão feliz como Larry, tanto quanto o pai dela estaria. Mantendo uma boa distância das janelas, andamos até o outro lado da área aberta em direção à porta de vidro.

Havia ali todas as coisas normais de escritórios, um quadro de avisos com objetivos a serem atingidos, fotos de vendedores do ano e um cartão de agradecimento de alguém que acabara de ter um filho. A maioria das mesas tinha porta-retratos com fotografias da família, e por todos os lados havia cartazes de motivação, merdas do tipo "Vencedores nunca desistem, Desistentes nunca vencem" ou "É impossível descobrir novos mares sem a coragem de perder o porto de vista". Eu fui obrigado a parar para lê-los. O único que eu já tinha visto antes era de um grande rebanho de ovelhas todas juntas que dizia "Lidere, siga, ou saia do caminho". Estava na parede do QG do SAS anos antes. Para mim, parecia ser o único necessário.

Passamos pelas portas de vidro. O corredor tinha cerca de um metro e meio de largura, paredes brancas e nem sombra de cartazes ou vasos de plantas, apenas um grande extintor de incêndio próximo da porta. A repentina luz da sala obrigou-me a cerrar os olhos até que eu me acostumasse com ela. Não havia mais portas, mas cerca de três metros mais adiante havia um entroncamento.

Vi mais escritórios. Quando nos aproximamos deles, larguei a sacola no chão e fiz um gesto para que Kelly ficasse ao lado. – Lembre-se, não toque em nada!

As portas de todos os escritórios tinham grandes maçanetas de metal com fechaduras de chave no meio. Testei uma por uma, puxando a maçaneta em minha direção para que não fizesse barulho e tentando girá-la. Havia sete salas nesse setor, e todas estavam trancadas. Nada especial quanto a isso, só que teria de usar a pistola de arrombamento em cada uma delas.

Voltei até a sacola. Kelly estava parada de pé ao lado dela, desesperada por ter algo a fazer. – Kelly, você vai mesmo ter de me ajudar agora. Quero que você fique onde eu lhe disser para ficar e me diga se vir alguém se aproximando, tá certo? – eu disse. – Preciso fazer exatamente a mesma coisa que fiz lá fora e ainda preciso da sua ajuda, OK?

Ela respondia com um aceno afirmativo seguido de outro. Prossegui: – É realmente muito importante; é o trabalho mais importante desta noite. E nós dois precisamos ficar muito, muito em silêncio, OK?

Mais um aceno afirmativo. Fui até a posição em que ela estava. – Você também precisa ficar de olho nesta bolsa, porque tem muita coisa importante aí dentro. Se você vir qualquer coisa, bata no meu ombro, como tínhamos combinado antes.

Ela acenou, e eu peguei a pistola de arrombamento.

Cheguei à primeira porta e comecei a apertar. Abri-a com o alicate de tensão e meti minha cabeça para dentro, certifiquei-me de que não via nenhuma janela e acendi a luz. Era basicamente uma única sala, bastante grande, cerca de seis metros por cinco, uns dois telefones, uma foto da mulher do funcionário, uns arquivos, mobília bem simples. Nada que se assemelhasse ao que eu estava procurando. Não chequei os arquivos; a primeira olhada não passa de uma geral; não é bom passar eras num local apenas para descobrir que o que você quer está em cima de uma mesa na sala ao lado.

Não tranquei a porta novamente porque talvez eu tivesse de voltar ali. Deixei-a entreaberta e olhei para Kelly, ainda em seu posto; fiz-lhe um sinal de positivo com o polegar, e ela me respondeu com um meio sorriso. Tinha um grande trabalho a fazer.

Entrei na sala número dois. Exatamente a mesma merda normal de escritório: a agenda anual assinalada com pequenos pedaços de fita adesiva colorida, cartazes mencionando a proibição de fumar e canecas individuais de café. Os escritórios das pessoas são um reflexo delas mesmas; é por isso que num trabalho assim é tão importante não deixar nada fora do lugar. Eles perceberiam.

Continuei pelo corredor até a sala número três. A mesma coisa. Quatro. Idem. Comecei a me sentir como se estivesse numa gincana.

Agora faltavam as outras três salas; atravessei o entroncamento dos corredores e, quando passei por Kelly, ela tentou aparentar ainda mais compenetração. Ergui-lhe novamente o polegar e segui para a número cinco.

Era uma sala muito maior. Havia dois sofás em frente um do outro, com uma mesa de café entre eles e uma ordenada fileira de revistas; um pequeno bar de madeira, arquivos de madeira, diplomas e outros quetais emoldurados na parede. Mas nada daquilo lembrava o tipo de coisa por que eu estava procurando.

Porém, atrás de uma grande escrivaninha e uma cadeira de balanço de couro, havia outra porta. Acionei a pistola de arrombamento. Lá dentro, encontrei arquivos, uma aparentemente caríssima escrivaninha com tampo de couro e uma cadeira giratória. Sobre a mesa, um PC. Não estava conectado a outro computador ou a uma rede. A sala não tinha sequer um telefone. Era o tipo de lugar em que poderia estar o botão vermelho.

Pode ser tanto um cabo de fibra óptica controlando áreas de lançamento de mísseis Scud no norte do Iraque quanto apenas um pequeno componente na sala de controle de uma usina nuclear, mas um botão vermelho precisa estar protegido. Se sofrer qualquer dano, todo o resto fica inoperante. Pode não ser necessária meia tonelada de explosivos para destruir um alvo; se o botão vermelho for identificado, algumas vezes um único golpe com uma marreta de um quilo será suficiente. Verifiquei rapidamente as duas salas restantes e confirmei o palpite de que era naquela em que deveria me concentrar.

Voltei até a sacola e peguei a câmera Polaroid. Kelly ainda estava se esforçando por sua medalha de ouro de melhor espiã. Sorri: – Acho que encontrei, Kelly!

Ela sorriu de volta. Não fazia a menor idéia do que eu estava falando.

Tirei fotos para retratar a aparência do escritório, da escrivaninha, umas duas panorâmicas da sala, um close na mesa de café, incluindo a disposição das revistas; a disposição dos objetos sobre a mesa, fotos de todas as gavetas. Tirei oito fotos de todo o interior da sala. Agora sabia exatamente como estavam as coisas quando eu entrei para assegurar que estaria tudo exatamente igual quando saísse.

Dispus as Polaroids numa fileira no chão do escritório contra a parede ao lado da porta. Os papéis de revelação das fotos foram direto para meus bolsos.

Enquanto esperava que as imagens se revelassem, dei uma espiada para checar como estava Kelly.

Saí para pegar a sacola e trazê-la para dentro da sala maior junto comigo. – Quero que me diga quando essas fotos estiverem prontas – eu disse. – Você não pode tocar em coisa alguma, mas é muito importante que me diga quando essas fotos estiverem reveladas. Seu pai costumava fazer esse trabalho.

– É mesmo?

Fechei a porta atrás de nós, encaixei dois apoios no lugar, passei para o segundo escritório e comecei a tirar mais fotos. A equipe da limpeza não havia estado ali. As outras salas estavam com as lixeiras vazias, mas esses dois não haviam sido tocados; obviamente eram eles próprios que faziam isso, mas não diariamente. Mais uma indicação de que se tratava de uma área de segurança. Olhando ao redor, enxerguei um pequeno picador de papéis ao lado do arquivo, o que confirmou a hipótese. O que estava sendo mantido em segredo, entretanto, eu ainda não sabia. Pousei as fotos do segundo ambiente no chão e voltei à sala principal.

– Como estão as coisas?– perguntei, olhando por sobre o ombro dela.

– Uma está quase pronta, olhe só!

– Ótimo. Também é trabalho do seu pai juntar as outras fotos – apontei para as que estavam sobre o carpete da outra sala. – Mas é preciso pegar uma de cada vez e colocá-las numa longa fila retinha bem aqui – mostrei-lhe que as queria contra a parede. – Você consegue fazer isso?

– Claro, tá certo. – Ela saiu.

Voltei para a porta ao lado e dei uma olhada rápida no PC. Estava ligado ainda, mas no modo de descanso. Kelly entrava e saía, carregando uma foto por vez, como se fossem bombas.

Apertei o *Enter* no teclado; não queria tocar no *mouse* porque poderia ser usado como parâmetro contra intrusos. A tela ganhou vida com o Windows 95 e o som da Microsoft – o que me agradou, porque qualquer outra coisa me dificultaria a vida.

Voltei até Kelly, que ainda olhava fixamente para as fotos na outra sala.

– Olhe, – ela disse – tem outras prontas!

Acenei afirmativamente enquanto vasculhava a sacola atrás do disco com o programa farejador. Eu não era tão bom com computadores como os meninos de dezesseis anos que invadem o computador do sistema de defesa das Forças Armadas dos Estados Unidos em Londres, mas sabia como usar um programa desses. Tudo o que se tem a fazer é inserir o disquete, e ele inicia sozinho, decifrando senhas, invadindo programas. Não há nada em que ele não consiga entrar.

Levantei-me e fui em direção à sala de trás. – Não vai demorar – sorri. – Venha me avisar quando elas estiverem prontas para olhar.

Com os olhos grudados nas fotos, ela apenas acenou afirmativamente. Quando voltei à sala, vi as marcas que nossos pés haviam deixado no tapete. Teria de desfazê-las quando tivesse terminado.

Inseri o disco e iniciei-o. A maravilha desse programa é que você só precisa responder a duas perguntas. Depois de um "tup" seco, apareceu a primeira.

"Você quer executar X1222? Sim – S ou Não – N."

Teclei o S. O disco voltou a girar e estalar.

Uma barra indicativa de progresso surgiu enquanto a máquina seguia estalando. O próximo estágio duraria alguns minutos.

Olhei para o arquivo. Ia ser um saco conseguir abri-lo.

Voltei até a sacola e peguei o que oficialmente se chamava "kit de entrada sub-reptícia", que para mim não passa do batedor de carteiras. Era um estojo pequeno de couro preto com uma série de diversas ferramentas criadas para abrir com eficiência a maioria das fechaduras de chave, doberman, de alavanca e duplas. Junto com as sessenta ferramentas e peças havia chaves de boca de diferentes tamanhos, arrombadores com ponta de diamante, alicates de tensão de vários tipos e comprimentos; extratores de chaves quebradas em formato de gancho e serrote, espiadores, sensores e muito mais. Não saia de casa sem ele!

A barra de progresso indicava que o programa ainda estava na metade do processo quando comecei a trabalhar no arquivo com um sensor. Era uma fechadura padrão, que abriu com facilidade. O conteúdo daquele arquivo nada significava para mim. Parecia-se com tabelas e documentos com notas itemizadas e faturas.

Olhei para a tela. O indicador estava quase no final da barra de progresso.

O sujeito que criou o programa farejador era um geniozinho de dezoito anos que freqüentava *raves*, tomava Ecstasy e era tão fanático por *piercing* que tinha metade da British Steel pendurada no rosto. Ele se vestia como um mendigo e tinha raspado a cabeça – mas só depois de muito enchermos sua paciência por causa de uma estrela que tinha tingida no cocuruto. O governo vinha gastando centenas de milhares de libras tentando desenvolver meios de invadir programas de computadores só para descobrir, depois de ele ser preso por alguma acusação não relacionada a isso, que esse garoto de dezoito anos era autor do maior programa farejador jamais criado. De uma hora para outra, seu capital semanal ficou parecendo mais com um cheque da Loteria Nacional, e ele começou a passar muito tempo no quartel-general.

Tup! A barra de progresso foi completada. Surgiu um janelinha que dizia: "Senha: Ta0}Psiu1vez!" Ponto para eles pela originalidade. Normalmente era algo como o apelido da mulher ou do marido, a data de nascimento de um parente ou o número de uma placa de carro. Daí veio a outra janela: "Você deseja continuar? Sim – S ou Não – N".

É claro que eu queria! Teclei o S e estava dentro da máquina. Fui até a sacola e apanhei o *drive* portátil de *backup*, cabos e uma porção de discos de alta capacidade.

Fui até a parte traseira da máquina e dei uma boa olhada no painel. Conectei os cabos do *drive* e liguei-os à matriz. Ia copiar tudo: programas, arquivos de sistema, aplicativos, o pacote completo.

Agora tinha de mover o *mouse*. Tirei uma foto da sua posição no *mousepad*, mas observei-o novamente antes de movê-lo.

Cliquei na caixinha para selecionar o *backup* de todos os arquivos, e a maquininha entrou em ação, sugando as informações para dentro dos discos de *backup*. Voltei aos arquivos e dei mais uma peruada, sem saber exatamente o que estava procurando, apenas tentando ver se reconhecia alguma coisa.

Tup! Surgiu uma janela, dizendo-me que o programa farejador precisava de outra instrução. Ele estava trabalhando numa outra senha e queria saber se deveria prosseguir.

Teclei o S.

As máquinas voltaram a funcionar. Olhei para Kelly. Ela ainda estava parada ao lado das fotos, mas agora brincava com um amigo imaginário. Exatamente como o pai, bastava receber uma tarefa a fazer para esquecê-la.

– Kelly, preciso que venha comigo. Se aquela máquina me fizer uma pergunta novamente eu posso não vê-la. Você fica de olho para mim?

– OK. – Não era uma tarefa tão emocionante como ela gostaria.

Quando se sentou no chão encostada contra a parede, olhou-me e disse: – Nick, preciso ir ao banheiro.

– Tá, num minuto, vamos terminar isso aqui logo. – Foi exatamente como quando eu era criança, sentado num carro, e os adultos não me levavam a sério: – Vamos chegar logo, Nick, é logo virando a esquina.

Ela ficaria bem. – Vou levá-la num minuto.

Tup! Teclei o S.

Kelly disse novamente: – Eu preciso mesmo, preciso mesmo ir ao banheiro.

Eu não conseguia pensar nas palavras certas para dizer a uma menina de sete anos. No fim, acabei dizendo:– Você quer o número um ou o número dois?

Ela me olhou inexpressivamente. O que eu podia fazer? Usar o banheiro num lugar desses deve sempre ser evitado por causa dos fatores comprometedores do barulho e dos restos visíveis. Você deve sair com o que entrou. Era por isso que eu comprava uma garrafa de suco de laranja para mijar dentro e filme plástico para qualquer outra coisa. Eu não podia imaginar como Kelly faria xixi na garrafa comigo segurando um pedaço de filme plástico debaixo de seu bumbum. Essa era uma coisa que o pai dela poderia fazer esta noite, e ela não.

– Eu quero ir, eu quero ir – disse ela, cruzando e descruzando as pernas. Então ficou de pé e começou a balançar para cima e para baixo sobre as pontas dos pés.

– OK, vamos – eu disse. – Vamos, venha comigo.

Eu não precisava disso, mas tinha de fazê-lo. Ela não podia deixar todo o carpete cagado.

Segurei na mão dela. Removi as travas da porta externa do escritório, abri com cuidado e chequei o corredor.

Cruzamos a área aberta, passamos pela porta de vidro e entramos no corredor da saída de incêndio. Entramos no banheiro e acendemos a luz. Pobre menina, estava tão desesperada para tirar as calças que se atrapalhou toda com os botões. Ajudei-a, mas, ainda assim, ela quase errou o assento com a pressa.

Eu estava perdendo tempo. Tinha de voltar para a máquina, e ela deveria ficar lá por cinco minutos ou mais. Voltando para o escritório, disse-lhe: – Não se mexa e não aperte a descarga depois de terminar; eu farei tudo isso para você. Só tenho de voltar um minuto para fazer o computador funcionar. Eu já volto. Lembre-se, shhh, silêncio!

Naquele momento em particular ela não deu muita bola para onde eu ia ou o que estava fazendo. Ela estava em seu próprio paraíso.

Tup! Deixei-a lá e corri silenciosamente em direção ao escritório. Assim que o disco estivesse copiando novamente eu voltaria até Kelly, limparia a merda com a mão e a colocaria no filme plástico. Então, ficaria empurrando a escova vaso abaixo para baixar o nível da água empurrando-a pelo cano em U e colocaria água fresca do bebedouro para elevar o nível novamente.

Voltei ao escritório e teclei o S. Daí fui pegar o filme plástico.

Foi quando ouvi o grito.

Instintivamente, saquei minha arma e encostei-me na parede. Conferi o tambor e tirei a trava de segurança com o polegar.

Podia sentir meu coração batendo mais rapidamente, e a sensação familiar de suor frio se espalhando por meu corpo. Meu corpo estava se preparando para lutar ou fugir. O grito vinha da saída de emergência, minha única saída dali. Parece que eu seria obrigado a lutar.

Capítulo Vinte e Cinco

Meu coração pulava tanto que estava quase saindo pela boca. Eu tinha aprendido muito tempo antes que o medo é uma coisa boa. Se você não tem medo, está mentindo – ou é mentalmente instável. Todo mundo sente medo, mas, como profissional, você usa o treinamento, a experiência e o conhecimento para bloquear a emoção e ajudá-lo a superar o problema.

Ainda estava pensando nisso quando ouvi um grito mais longo e triste: – Nick! Socorro! – O som me atravessou como uma faca. Pela minha cabeça passaram imagens dela enroscada no esconderijo, dela escovando os cabelos e fazendo aquela estúpida brincadeira de assistir ao vídeo.

Eu estava ao lado da porta do escritório que levava ao corredor.

Ouvi a voz de um homem gritando: – Ela está comigo! E eu vou matá-la, porra! Pense nisso. Não me obrigue a fazê-lo!

Não era uma voz americana. Nem hispânica. Ou qualquer outra coisa que eu pudesse esperar. Mas eu soube assim que a ouvi. Belfast Oeste.

Agora parecia que eles estavam na área central do escritório. Ele começou a gritar mais ameaças por sobre os gritos de Kelly. Eu não conseguia compreender todas as palavras e não precisava compreender. Tinha entendido o recado.

– OK, OK! Você vai me enxergar num instante. – A minha voz ecoava na penumbra.

– Vá se foder! Jogue a arma no corredor. Agora!

Então ouvi-o gritando com Kelly: – Cala essa merda dessa boca! Cala a boca!

Saí do escritório e parei um pouco antes do entroncamento do corredor. Deslizei minha arma até o corredor principal.

– Coloque as mãos sobre a cabeça, ande até o centro do corredor. Se você fizer qualquer coisa, eu mato ela, porra! Você entendeu?

O tom de voz era controlado. Ele não parecia um louco.

– Sim, estou saindo, minhas mãos estão sobre a cabeça – eu disse. – Diga-me quando posso me mexer.

– Agora, seu merda!

Os gritos de Kelly eram ensurdecedores, mesmo através da porta de vidro.

Comecei a caminhar e, em quatro passos, cheguei ao entroncamento do corredor. Eu sabia que se olhasse para a esquerda conseguiria vê-los pela porta, mas não era esse o jogo naquele momento. Eu não queria um contato olho no olho; ele poderia reagir exageradamente.

– Pare onde você está, seu merda!

Parei. Eu ainda podia ouvir o choramingo. Fiquei quieto e não virei a cabeça.

Nos filmes, os mocinhos sempre encorajam os reféns. Na vida real, a coisa não funciona assim; você simplesmente cala a boca e faz o que mandam fazer.

– Vire para a esquerda – ele disse.

Agora eu podia ver os dois nas sombras. Kelly estava de costas para mim quando ele a arrastou em minha direção com uma arma apertada contra seus ombros. Ele abriu a porta de vidro com o pé e saiu para a luz do corredor.

Quando o vi, meu coração deixou de bater rapidamente e passou para lentas pancadas surdas. Senti como se um peso de dez toneladas tivesse acabado de cair sobre meus ombros.

Era Morgan McGear.

Ele estava impecavelmente vestido com um conjunto de calças e paletó azul-escuro e uma alva camisa branca limpíssima; até mesmo seus sapatos pareciam caros. Um abismo de distância para o uniforme de *jeans*, jaqueta de aviador e tênis de Falls Road. Eu não conseguia ver exatamente que tipo de arma ele carregava, mas parecia alguma semi-automática.

Ele me observava, analisando-me. O que eu fazia ali com uma criança pequena? Ele sabia que estava com o controle da situação, sabia que tinha fodido com tudo o que eu ia fazer. Agora ele agarrava os cabelos dela com a mão esquerda – que pena eu não ter cortado mais no quarto do hotel – e estava com a arma colada em seu pescoço. Não era um gesto qualquer, ele realmente era capaz de matá-la.

Ela parecia histérica, pobrezinha, estava realmente em pânico.

– Ande em direção a mim, lentamente – ele gritou. – Ande agora. Ande logo, não vá ferrar comigo, seu merrrda.

Cada barulho no corredor parecia dez vezes amplificado; MacGear cuspia ao gritar, e Kelly berrava. Aquilo parecia reverberar por todo o edifício.

Fiz o que ele mandou. Quando cheguei mais perto, olhei para ela e tentei olhar em seus olhos; queria confortá-la, mas não deu certo. Seus olhos estavam repletos de lágrimas; seu rosto, encharcado e vermelho. Suas calças nem estavam fechadas ainda.

Ele deixou que eu me aproximasse até cerca de três metros, e agora eu o encarava nos olhos. Pude ver que ele sabia estar numa posição de poder, mas hesitava um pouco. Sua voz podia parecer confiante, mas seus olhos o entregavam. Se sua missão era nos matar, esse era o momento. Com o olhar, disse-lhe para simplesmente acabar o serviço logo. Há vezes em que depois de usar os planos A, B e C, você precisa aceitar que está na merda – ou merrrda, como esse rapaz diria.

Ele deu um salto. – Pare! – e o eco no corredor pareceu reforçar a ameaça.

Olhei para Kelly, ainda tentando encontrar seus olhos para dizer-lhe: – Está tudo bem. Está tudo OK. Você me pediu para ajudá-la, e eu estou aqui.

McGear disse para eu me virar, e então eu soube que estava na hora de recuar.

– De joelhos, seu bosta – ele disse.

Olhando em direção oposta a ele, abaixei-me até sentar-me nos calcanhares. Se eu tivesse alguma chance de reagir, pelo menos dessa posição eu teria alguma espécie de impulso.

– Levante-se! – gritou. – Levante-se, levante esse traseiro! – Ele sabia o que eu estava fazendo; esse garoto era bom. – Os joelhos retos. Mais, mais. Fique aí, filho-da-puta. Acha que é algum cara durão de merda...

Ele se mexeu atrás de mim, arrastando Kelly com ele. Eu ainda podia ouvir os gritos dela, mas agora havia outro barulho. Algo mais estava se mexendo; não eram mais apenas os movimentos dos dois e os gemidos de Kelly. Eu não sabia o que era, só que algo nada saudável estava prestes a acontecer. Tudo o que eu podia fazer era fechar os olhos, cerrar os dentes e esperar.

Ele deu uns dois passos estudados em minha direção. Eu podia ouvir Kelly se aproximando, obviamente ainda sendo arrastada.

– Continue olhando para a frente – ele disse – ou vou machucar a chorona. Faça o que eu digo ou...

Ou ele não terminou a frase ou eu não ouvi. O *bang* no alto dos meus ombros e na cabeça me derrubaram direto no chão.

Fiquei semiconsciente. Estava acordado, mas sabia que estava fodido, como um boxeador que é nocauteado, mas tenta se levantar para mostrar ao juiz que está bem, só que não está, está derrubado.

Sentia-me pregado ao chão; quando olhei para cima, não consegui ver o que tinha provocado o estrago. Não tinha sido uma arma. É necessário um peso considerável para derrubar uma pessoa. O que quer que fosse, tinha me nocauteado lindamente.

O estranho sobre o que se sucedeu era que eu sabia o que estava acontecendo, mas não podia fazer nada a respeito. Tinha consciência de que ele me virava de costas e pulava sobre mim, e senti metal frio sendo empurrado contra meu rosto e finalmente para dentro da minha boca. Lentamente, muito lentamente, dei-me conta de que era a arma, e o emaranhado de palavras que ele gritava foi ficando cada vez mais claro. – Não mexa comigo! Não mexa comigo! Não mexa comigo! – Ele parecia descontrolado.

Eu podia sentir o cheiro do vagabundo. Ele tinha bebido; seu hálito cheirava a álcool. Ele rescendia a loção pós-barba e cigarros.

Ele estava sentado sobre mim, com os joelhos em meus ombros e a arma enfiada em minha boca. Ainda prendia os cabelos de Kelly com a mão esquerda e empurrava-a para o chão; ele a atirava de um lado para outro como uma boneca de pano, fosse pelo prazer mórbido da coisa, ou talvez apenas para mantê-la gritando e deixar-me mais vulnerável.

Eu não ouvia nada além de gritos, gritos, gritos; – Não mexa comigo! – gritos, gritos, gritos; – Não mexa comigo! Pensa que é um cara durão, não é? Acha que é um cara durão, hein?

Nada bom. Eu sabia o que eles faziam com "caras durões". Uma vez, McGear levou um informante até um apartamento no Divis para interrogá-lo; seus joelhos foram perfurados com uma Black & Decker, ele foi queimado com resistência elétrica e então eletrocutado na banheira. O cara conseguiu pular nu por uma janela, mas quebrou a coluna. Arrastaram-no de volta ao elevador e mataram-no com um tiro.

Sentia-me como se estivesse bêbado. Tinha consciência do que estava acontecendo, mas estava levando muito tempo até que a mensagem chegasse ao meu cérebro.

Então o *software* começou a dar sinal de vida. Tentei ver se o pente estava de volta na arma, mas tudo o que via eram bolhas de luz vermelha e estrelas brancas. Tudo o que eu conseguia distinguir era uma confusão de gritos e palavrões dele – "Seu bosta! Vou foder com você! Quem é você?" – e os berros de Kelly. Era uma confusão completa.

Tentei fixar minha visão novamente, e dessa vez deu certo – pude ver a posição do pente.

O pente estava de volta. Era uma nove milímetros. Mas e a trava de segurança? Estava destravada.

Não havia o que eu pudesse fazer. Ele tinha o dedo no gatilho; se eu reagisse, estaria morto, quer fosse essa sua intenção ou não.

– Você se acha durão, é? Acha? Acha? – ele disse. – Logo vamos ver quem é o cara durão. – Então ele balançou todo seu peso para esmagar meu peito, forçando a arma ainda mais em minha boca.

Para aumentar a confusão, Kelly ainda gritava de pavor e dor. Eu não fazia idéia do que devia fazer; tudo o que sabia era que tinha uma arma enfiada na minha boca e esse cara estava no comando.

Ele começou a se recompor. A arma ainda estava enfiada com força em minha boca, mas ele estava começando a se acalmar e se levantar. Ele fez isso se apoiando na arma, e então em meu rosto e, conforme a arma virava em minha boca, torcia-se dolorosamente contra a bochecha e os dentes, raspando-os com a mira. E durante todo o tempo ele ficou agarrado aos cabelos de Kelly, empurrando-a para todos os lados.

Ele se afastou, mantendo a mira da arma em meu peito.

– Fique de joelhos novamente!

– Tá certo, parceiro, OK. Você está no controle, OK.

Quando me mexi, enxerguei o extintor de incêndio que tinha me derrubado. A pele em minha nuca estava rasgada. Havia sangue se espalhando por tudo e escorrendo pela minha cabeça abaixo. Eu não tinha porra alguma a fazer, é impossível estancar um sangramento capilar.

Voltei a me ajoelhar, meu torso novamente no ar, sem me apoiar nos calcanhares e olhando para ele, tentando entender. Ele começou a andar de costas em direção ao escritório, sempre com a arma apontada para mim.

– Vamos logo, durão, de joelhos.

Algo me disse que ele queria que eu o seguisse.

A essa altura, Kelly estava num estado deplorável. Havia uma pequena trilha do meu sangue se arrastando pelo chão. Kelly devia ter estado ajoelhada sobre ele antes de ser tirada de lá. Ela estava agarrada ao punho dele, tentando se agüentar. Ela tropeçava constantemente, andando de joelhos, tentando se levantar, como se estivesse sendo arrastada por um cavalo. Ele só estava preocupado em andar de costas apontando a arma para mim.

– Fique onde está! – ele disse, antes de entrar de costas pela porta que levava ao escritório maior.

Eu estava tentando me recompor; sabia que não teria muito tempo de vida se não tomasse alguma atitude.

– Lá dentro!

Comecei a me arrastar para dentro.

– Anda!

Levantei-me e entrei na sala, ainda de costas para ele. Andei lentamente em direção à mesa de café e estava prestes a virar de lado para contorná-la quando ele disse: – Pare! Vire-se!

Fiz o que ele mandou. Era uma ordem peculiar, porque, normalmente, você quer que seu prisioneiro olhe para outro lado para não ter idéia do que está acontecendo. Quando não se pode ver, é difícil reagir.

Quando me virei, vi Kelly sentada na cadeira giratória de couro que tinha sido arrastada para o lado da mesa. Ele estava de pé atrás dela. Ainda tinha a mão esquerda agarrada aos seus cabelos, puxava suas costas contra o assento e apontava a nove milímetros para mim.

Na metade superior de uma semi-automática há um trilho no qual são encaixados os alvos. Esse trilho vai para trás quando se dispara para expelir a cápsula vazia e pegar uma nova bala na volta. Se é empurrado para trás três milímetros, a arma não dispara. Isso quer dizer que, se você for rápido o suficiente, consegue enfiar a mão com força na frente do cano, empurra o trilho para trás, e o gatilho não vai funcionar – desde que consiga mantê-lo assim. A ação precisa ser muito rápida e agressiva, mas eu não tinha nada a perder.

Nada parecia estar acontecendo; fez-se silêncio. Estaria ele tentando se decidir sobre o que fazer? Durou menos de vinte segundos, que pareceram uma eternidade.

Kelly seguia gritando e chorando; seus joelhos estavam com arranhões pelo modo como ela havia sido arrastada. Com a mão esquerda, ele a ergueu mais alto e disse: – Cale essa boca! – Logo depois, nossos olhares se desencontraram, e eu soube que havia chegado a hora.

Saltei para a frente, gritando com todas as minhas forças para desorientá-lo, e com a mão direita empurrei o cano o mais forte que pude pressionando o trilho talvez um centímetro para trás. Ele gritou um alto e explosivo "merda!", com raiva e dor ao mesmo tempo.

Agarrei seu pulso, puxei-o em minha direção e empurrei-o com a mão direita contra o trilho. Ele tentou puxar o gatilho, mas já era tarde: a arma não disparou. Agora eu precisava segurar o cano para manter o trilho para trás.

Enquanto tudo isso acontecia, eu o empurrava contra a parede – empurrando, empurrando, empurrando; ele ainda estava agarrado a Kelly, que era arrastada aos berros. Bloqueei-a de meus pensamentos, mantendo os olhos na pistola e o corpo curvado, empurrando e empurrando. Senti seu corpo ficar sem ar quando ele bateu contra a parede. Kelly estava entre nós dois, e eu pisava nela, ele pisava nela, e ela gritava de dor. Ele deve ter resolvido que precisava de duas mãos para se livrar de mim, porque quando vi, Kelly estava correndo.

Comecei a golpeá-lo com a cabeça. Batia nele com a testa, com o nariz, com o lado do meu rosto. Meu nariz doía e sangrava tanto quanto o dele devia estar doendo e sangrando, mas eu continuei batendo, batendo e batendo, tentando causar nele o máximo de estrago possível e, ao mesmo tempo, mantê-lo contra a parede.

Ele gritava: – Seu merda! Seu merda! Seu merda! Você está morto!

E eu fazia exatamente a mesma coisa, gritando: – Vá à merda! Vá à merda! Porra! Porra!

Eu ainda o mantinha pressionado contra a parede. Enquanto batia nele, seus dentes cortaram meu rosto, abrindo minha testa e logo abaixo do meu olho. Você não sente dor quando a adrenalina está a mil. Eu o golpeava incansavelmente com a cabeça; não ia provocar-lhe muitos estragos permanentes, mas era o melhor que eu podia fazer naquele momento. Minhas mãos estavam em sua arma e eu gritava todo o tipo de merda o mais alto possível para assustá-lo e, principalmente, manter-me ligado.

Quando sua cabeça caiu, mordi a primeira coisa que ficou ao alcance. Senti meus dentes na pele esticada de sua maçã do rosto. Houve aquela resistência inicial, e então meus dentes penetraram no que parecia lula quente, e eu arranquei pedaços de seu rosto. Ele gritou ainda mais alto, mas eu estava totalmente concentrado no que fazia; todos os outros pensamentos saíram pela janela enquanto eu mordia, arrancava e fazia o máximo de estragos que conseguia.

Meus dentes afundavam cada vez mais. Ele guinchava como um porco. Minha boca estava cheia de pedaços de sua bochecha e continuava cortando e arrancando outros. Pude ver o terror em seus olhos.

A essa altura nós dois estávamos cobertos de sangue. Eu podia sentir o gosto amargo e ferroso em minha boca, e meu rosto estava ensopado de sangue dos meus cortes e dos dele, tudo se misturando ao nosso suor. Tentando limpar minha boca, engasguei-me com os resíduos entrando pela via nasal.

Durante todo o tempo, mantive a arma virada para longe de mim, tentando manter o trilho da pistola para trás. Ele ainda estava bastante ligado e apertando o gatilho, mas foda-se tudo o que estava acontecendo – por ora. Sua outra mão empurrava meus dedos, tentando afastá-los da arma. Enquanto eu mantivesse minha mão agarrada ao trilho, estaria bem. Continuei empurrando e empurrando, mantendo-o preso contra algo firme, para que pudesse me apoiar nele, porque tudo o que eu queria fazer era tirar-lhe aquela pistola.

Eu ainda estava mordendo e roendo. Tinha acabado com a primeira parte da bochecha dele e continuava atacando-o. Senti meus dentes contra ossos de seu rosto; deram-me a mesma impressão do metal da arma um pouco antes. Agora eu já estava mordendo a parte de cima de sua pálpebra, mordia seu nariz, em toda parte eu rasgava a pele até os ossos de sua mandíbula e seu crânio.

Comecei a ficar sem ar porque o nível de adrenalina estava baixando, e empurrá-lo contra a parede tinha me exigido muita força física. Então comecei a me engasgar, e dei-me conta de que havia pedaços da pele dele em minha garganta. Podia ouvir o ar sendo sugado pelo buraco em seu rosto conforme ele respirava; podia ouvir minha própria garganta ferida, trancada com pedaços da pele dele.

Eu lutava contra ele usando meu tato, e não minha visão. Nosso sangue queimava em meus olhos. Tudo estava nebuloso. Eu não sabia onde estava Kelly, e a essa altura não me importava. Não conseguiria ajudá-la sem antes ajudar a mim mesmo.

Ainda estava tentando apontar a arma na direção dele. Não me importava onde; podia ser sua perna, seu estômago, eu não estava nem aí, desde que eu pudesse começar a atirar.

Seus gritos aumentaram quando consegui enroscar meu dedo no dele sobre o gatilho.

Virei a arma, soltei o trilho da arma e apertei.

Os dois primeiros não acertaram em nada, mas eu continuei disparando. Virei a arma novamente e acertei-o no quadril e depois na coxa. Ele caiu.

Tudo parou. O silêncio repentino era absolutamente ensurdecedor.

Depois de dois ou três segundos, ouvi os gritos de Kelly ressoando nas paredes. Ao menos ela ainda estava no edifício. Ela parecia estar participando de uma competição. Tudo o que eu conseguia ouvir era um contínuo grito agudo. Eu estava muito fodido para fazer qualquer coisa a respeito. Estava ocupado demais tentando cuspir a pele dele da minha garganta.

Eu a encontraria mais tarde. Levantei-me. Sentia muita dor. Minha nuca parecia não ser mais capaz de segurar minha cabeça.

Ele se arrastava no chão, sangrando e implorando: – Não me mate, cara! Não me mate! Não me mate!

Peguei a pistola e fiz o que ele tinha feito comigo, pulando sobre ele, enfiando o cano da arma em sua boca.

Por muitos segundos fiquei apenas sentado, tentando recuperar o fôlego. O corpo de McGear podia estar morrendo, mas seus olhos estavam bastante vivos.

– Por que você matou a família? – perguntei, tirando a arma de sua boca para que ele pudesse falar. – Diga, e eu não mato você.

Ele olhava para mim como se quisesse me dizer algo, mas não sabia o que era.

– Só me diga por quê. Eu preciso saber.

– Eu não sei que porra você quer dizer.

Olhei em seus olhos e vi que ele dizia a verdade.

– O que há naquele computador?

Não houve reação pensada desta vez. Seu lábio se abriu e ele disse: – Vai se foder.

Enfiei a arma de volta em sua boca e disse baixinho, com firmeza, num tom quase paternal: – Olhe para mim! Olhe para mim!

Voltei a olhá-lo nos olhos. Não havia por que continuar com isso. Ele não diria nada. Era bom demais para isso.

Foda-se. Puxei o gatilho.

Capítulo Vinte e Seis

Respirei fundo e limpei o sangue que espirrara em meus olhos quando ele estourou. Tentei me recompor de alguma forma. Parei por uns segundos, respirei fundo novamente e tentei pensar que porra eu devia fazer a seguir.

Os tiros teriam sido ouvidos e reportados – ou eu teria de planejar como se eles tivessem sido. Eu ainda podia ouvir os distantes gritos de Kelly em algum lugar.

A prioridade número um era o equipamento. Saí de cima do peito dele e cambaleei de volta ao escritório pequeno. Arranquei o cabo e os fios principais do PC, tirei o disquete do *software* farejador e coloquei-o em meu bolso. Coloquei tudo na sacola e fui para o escritório maior.

Fui até McGear. Ele se parecia com Kelly dormindo, só que essa estrela-do-mar tinha a cara como uma *pizza* e um grande ferimento de saída na nuca, espalhando uma massa acinzentada sobre o carpete do escritório.

Joguei a sacola sobre meu ombro esquerdo e fui até o corredor para pegar minha arma. Eu precisava encontrar Kelly. Seria fácil, bastava seguir os gritos.

Ela estava lutando contra a porta da saída de emergência e tinha as costas manchadas de sangue – provavelmente meu, de quando McGear me derrubou. Ela estava bem encostada na porta, tentando mexer na maçaneta, mas seu estado era tão deplorável que seus dedos não conseguiam fazê-lo. Ela pulava de um pé para o outro, gritando e batendo os punhos contra a porta, desolada e aterrorizada. Cheguei por trás dela, segurei-lhe o braço e chacoalhei-a.

– Pare com isso! Pare!

Não era o que eu deveria ter feito. Ela estava histérica.

Olhei em seus olhos sob as lágrimas e disse: – Olhe, tem gente tentando matar você. Você entendeu? Você quer morrer?

Ela tentou se desvencilhar de mim. Tapei sua boca com a mão e seu nariz começou a lutar por ar. Virei seu rosto na direção do meu. – Essas pessoas estão tentando matar você. Pare de chorar, você me entendeu? Pare de chorar.

Ela ficou quieta e fragilizada, e eu a soltei. – Dê-me sua mão, Kelly.

Foi como segurar um pé de alface. – Fique quietinha e ouça-me – eu disse –, você precisa me ouvir, OK? – Eu estava olhando em seus olhos e acenando a cabeça.

Ela tinha o olhar fixo num ponto invisível e lágrimas correndo pelo rosto, mas estava tentando se segurar.

Empurrei a barra da porta de emergência e meu rosto foi inundado pelo ar úmido e frio. Eu não conseguia ver coisa alguma, mas isso devia ser porque minha visão noturna estava fodida. Arrastei Kelly pela mão, e as batidas dos nossos passos ecoaram pela escada de metal abaixo. Eu não estava nem um pouco preocupado com o barulho; já tínhamos feito o suficiente.

Correndo em direção à cerca, escorreguei na lama. Quando me viu cair, Kelly gritou e desatou a chorar novamente. Chacoalhei-a e disse-lhe para ficar quieta.

Quando chegamos à cerca, já dava para ouvir sirenes vindas da auto-estrada. Tive de concluir que estavam vindo por nossa causa. Depois de um instante, pude ouvir mais barulho vindo da área do estacionamento.

– Espere aqui!

Escalei a cerca de arame carregando o equipamento, joguei-o para o outro lado e saltei. Eles estavam se aproximando, mas eu ainda não os enxergava. Kelly olhava para mim do outro lado da cerca, inclinando a cabeça para cima e para baixo, as mãos no arame.

– Nick... Nick... Por favor, deixe-me ir com você!

Eu nem olhei onde estava cavando. Meus olhos estavam fixos na brecha entre os dois prédios. Vindo da minha direita para a esquerda, luzes azuis piscantes na auto-estrada iluminavam o céu.

O choramingo de Kelly virou soluços.

– Vamos ficar bem, vamos ficar bem. Apenas fique onde você está. Olhe para mim! Olhe para mim! – eu disse, olhando em seus olhos. – Fique onde você está!

As luzes e o barulho estavam agora na Rua Ball. Peguei meus documentos e coloquei-os no bolso.

Todos os carros haviam parado, assim como suas sirenes. As luzes azuis ainda piscavam, refletidas no rosto de Kelly, molhado por causa das lágrimas.

Olhei para ela através da cerca de metal e sussurrei: – Kelly! Kelly!

Ela estava hipnotizada de medo.

– Kelly, siga-me agora. Entendeu? Vamos lá!

Comecei a caminhar ao longo da cerca. Ela estava choramingando e pedindo pela mãe. Parecia cada vez mais desesperada. – Você precisa continuar, querida. Precisa continuar. Vamos lá! – eu disse.

Eu estava caminhando rápido, e ela escorregou e caiu na lama. Eu não estava lá para levantá-la dessa vez. Ela ficou lá, soluçando: – Eu quero ir para casa, quero ir para casa. Por favor, me leve para casa.

A essa altura havia três carros de polícia no alvo. Nós não estávamos nem a duzentos metros de distância ainda. Muito em breve eles começariam a usar seus refletores e nos rastrear.

– Levante-se, Kelly, levante-se!

O alvo agora parecia cercado por uma névoa de luzes azuis e vermelhas. Havia tochas se movendo na escuridão na parte de trás.

Continuamos até que alcançamos o beco. O barulho de sirenes enchia a noite.

Escalei para o outro lado da cerca. A sacola quase caiu sobre Kelly quando a deixei cair. Agarrei sua mão direita com a minha esquerda e disparei em direção ao beco.

Precisava encontrar um carro que estivesse estacionado no escuro e com a idade certa para que não tivesse alarmes.

Saímos do beco e viramos à esquerda, seguindo uma fila de carros estacionados. Encontrei um Chevy do começo dos anos noventa. Larguei a sacola e ordenei: – Kelly, sente-se ao lado deste aqui.

Abri a sacola e peguei as ferramentas de arrombamento. Minutos depois, estava dentro do carro. Fiz a ligação direta e o motor deu a partida. O relógio digital indicava 03:33.

Deixei o motor funcionando um pouco e liguei os limpadores de pára-brisa e o aquecedor no máximo para eliminar o sereno da madrugada. Agarrei Kelly e a sacola e atirei-as no banco traseiro. – Deite-se, Kelly, durma. – Ela se deitou sem reclamar, mas provavelmente teria dificuldade para dormir. Talvez pelo resto de sua vida.

Dirigi até a estrada e entrei à esquerda, normal e lentamente. Menos de quinhentos metros depois, percebi luzes piscantes vindo em minha direção. Tirei minha pistola e coloquei-a debaixo da coxa direita. Eu não ia deixar aqueles cretinos nos pegarem de jeito algum.

Voltei a gritar para Kelly: – Fique abaixada, não se levante, entendeu?

Nada.

– Kelly?

Recebi um fraco "sim" como resposta.

Seria uma pena ter de matar aqueles policiais, mas, no final das contas, era para esse tipo de coisa que eles eram pagos. Pensei num plano. Se eles me parassem, esperaria que um ou ambos se aproximassem. A arma estava onde minha mão iria naturalmente para sacá-la e apontá-la.

O azul e o vermelho piscantes se aproximaram, e eu continuei indo ao encontro deles. A história que eu tinha preparado era a de um operário noturno a caminho do seu ganha-pão. Agora as luzes me faziam espremer os olhos para ver mais adiante.

Eu não estava preocupado. Sentia-me bastante calmo. Era esperar para ver. Passaram por mim a mais de cem quilômetros por hora.

Olhei pelo retrovisor. Eles pisaram no freio, e eu agora estava livre, observando e tentando ganhar distância. As luzes de freio se apagaram. Ou eles estavam apenas reduzindo a velocidade ou haviam mudado de idéia.

Eu precisava largar aquele carro antes de o dia clarear, que seria provavelmente a hora em que o dono daria pela falta dele. Eu também precisava conseguir roupas e um outro quarto de hotel. Kelly começou a gritar: – Eu quero ir para casa! Eu quero ir para casa! Eu quero a minha...!

– Kelly, nós vamos para casa! Mas não agora! – Fui obrigado a gritar para interrompê-la.

Eu não podia enxergá-la, então entortei o retrovisor. Ela estava toda encolhida, chupando o polegar. Lembrei-me das duas outras vezes que a encontrei daquele jeito e disse baixinho: – Vamos voltar, não se preocupe.

Estávamos seguindo por uma estrada que aparentemente acompanhava o Rio Potomac pela margem oeste. Após cerca de meia hora encontrei um supermercado vinte e quatro horas e estacionei. Havia entre vinte e trinta carros parados do lado de fora, todos provavelmente pertencentes a funcionários do local.

Kelly não perguntou por que estávamos parando. Virei-me e disse: – Vou comprar umas roupas para nós. Você quer alguma coisa? Quer que eu veja se eles têm uma lanchonete para comermos um sanduíche?

Ela choramingou: – Não vá, não me deixe aqui! – Ela parecia ter levado uma surra. Tinha o rosto vermelho, os olhos inchados e mechas de cabelo molhado coladas às bochechas. Não se leva uma criança de sete anos espancada e com as roupas ensangüentadas a um supermercado às quatro da manhã.

Inclinei-me para o banco de trás, abri a sacola e peguei o macacão. – Preciso deixar você aqui – eu disse –, alguém tem de ficar cuidando das coisas. – Apontei-lhe a sacola. – Você pode fazer isso para mim? Você já é uma mocinha agora. Uma ótima espiã.

Relutantemente, ela acenou com a cabeça que sim.

Comecei a vestir o macacão ainda sentado no carro.

– Nick?

– O quê? – Eu estava ocupado tentando vestir uma perna.

– Ouvi o barulho de uma arma. Aquele homem está morto?

– Que homem? – Eu não queria me virar e encará-la. – Não. Ele não está morto. Acho que ele se enganou e achou que nós éramos outras pessoas. Ele vai ficar bem.

Agora eu estava me contorcendo para vestir a parte de cima do macacão.

– A polícia vai levá-lo para o hospital.

Aquilo era o suficiente. Saí rapidamente do carro e enfiei a cabeça para dentro. Antes de eu começar a desfiar o rosário de conselhos de sempre, ela disse: – Você vai voltar, não vai? Eu quero ir para casa ver a mamãe.

– Com certeza eu vou voltar, e você vai ver a mamãe em breve.

Acendi a luz interna do carro e virei o retrovisor para ver o meu rosto. Os cortes profundos em minha testa e debaixo do meu olho ainda estavam úmidos, com o plasma se esforçando para cicatrizar. Cuspi na mão e limpei o resto de sangue com o punho do meu macacão, mas não havia muito mais que eu pudesse fazer. Tinha sido um acidente na fábrica.

Fiz um sinal para Kelly trancar a porta e se deitar. Ela acenou afirmativamente e obedeceu.

Peguei um carrinho e passei pela porta automática. Retirei dinheiro do caixa automático e depois peguei duas peças de cada coisa para mim e para Kelly, mais um *kit* de banho e de barba, uma caixa de lenços umedecidos e uns analgésicos para a minha nuca. Agora estava doendo muito. Só conseguia olhar para a esquerda ou para a direita virando o corpo inteiro. Eu devia estar parecendo um robô. Peguei também Coca-Cola, sucrilhos e biscoitos.

Não havia muitos clientes no supermercado. Meus ferimentos atraíram alguns olhares estranhos, mas ninguém chegou a ficar encarando.

Voltei para o carro e bati no vidro. Kelly olhou para cima; as janelas estavam todas embaçadas, e ela teve de limpá-las com a manga. Pelo círculo que ela fez, pude ver que estivera chorando e esfregando os olhos. Apontei para a trava da porta, que ela abriu.

Eu era todo sorrisos: – E aí? Como estão as coisas?

Não cheguei a receber uma resposta. Enquanto largava as sacolas no banco do carona, disse: – Olhe, comprei um presente para você. – Mostrei-lhe uma barra de Dime. Com um sorriso hesitante, ela pegou-a e abriu a embalagem.

Olhei para o relógio do carro. Já eram quase cinco da manhã. Começamos a ir em direção à Beltway, e então rumamos para o oeste.

Vi a placa do Dulles International Airport e reduzi a velocidade para pegar a rampa de saída. Tínhamos de largar aquele carro logo; eu precisava supor que seu dono costumava acordar cedo.

Kelly estava deitada no banco de trás, olhando fixamente para a porta. Ela parecia estar num outro mundo. Se não, estava mentalmente prejudicada por causa do que havia presenciado. Naquele instante eu não estava muito interessado em saber qual era o caso.

Estávamos a cerca de treze quilômetros do Dulles, e comecei a procurar por um hotel. Avistei a placa de um Economy Inn. Era perfeito; mas, antes, precisávamos nos arrumar.

Enquanto seguíamos em direção ao aeroporto, pude ver as luzes das asas daquele que era provavelmente o primeiro avião do dia se aproximando para pousar a cerca de seis quilômetros dali. Segui as placas até o estacionamento Economy. Parei um pouco para checar se havia câmeras na entrada. Nada; os registros devem ser feitos na saída. Peguei um tíquete e estacionei junto a milhares de outros carros.

– Kelly, agora você vai vestir uma roupas novas – eu disse.

Mostrei-lhe o que eu tinha comprado e, enquanto ela se despia, limpei seu rosto com os lenços umedecidos. – Pronto. Vamos nos livrar de todas essas lágrimas. Olhe só, uma escova. – Escovei seus cabelos – rápido demais, machucando-a. – OK. Agora vamos vestir este blusão em você. Pronto. Olhe só, você está muito bem. Pegue mais um lencinho – assoe o nariz.

Enquanto ela fazia o que lhe pedi, troquei a minha roupa e joguei todas as velhas em frente ao banco do passageiro. Kelly ainda estava arrasada quando a van nos levou até o terminal.

Capítulo Vinte e Sete

Entramos no setor de embarque. O terminal estava mais movimentado do que eu esperava para aquela hora da manhã. Pessoas despachavam as bagagens ao longo do balcão de *check-in*, peruando nas lojas ou lendo sentadas nos cafés.

Eu não estava falando muito com Kelly, apenas segurava sua mão enquanto seguia em frente com a sacola no ombro esquerdo, procurando pela placa de desembarque de onde seguiria para o ponto de táxi. Uma escada rolante indicou o caminho para baixo. Estávamos quase no final quando Kelly anunciou: – Preciso ir ao banheiro, Nick.

– Tem certeza? – Tudo o que eu queria era sair dali.

– Tenho. Eu preciso ir.

– OK. – Depois da última vez, eu tinha aprendido uma lição.

Segui as placas até os banheiros. Eles ficavam à esquerda, ao lado das grandes portas de saída do desembarque internacional. Entrava-se por uma de duas grandes aberturas na parede e imediatamente surgia uma fileira de sete ou oito banheiros para deficientes, todos unissex. Dos dois lados dessa fileira havia as portas dos toaletes masculino e feminino. Fiquei do lado de fora da área principal, observando todas as pessoas que aguardavam pelas portas automáticas se abrirem para que seus entes queridos saíssem.

Sempre sabemos quando estamos sendo observados. Eu estava parado ali por um ou dois minutos quando percebi. Ergui o olhar. Era uma velha, encostada contra as grades e encarando-me do lado oposto do corredor formado pelas barreiras, evidentemente esperando pela chegada de alguém. Ela estava com um homem grisalho, mas seus olhos não desgrudavam do meu rosto.

Ela olhou para o outro lado, virando-se de costas para as portas de saída, ainda que houvesse gente saindo com seus carrinhos. De vez em quando, eu ouvia gritos de alegria de pessoas se reencontrando. Em seguida, espocavam *flashes* de máquinas fotográficas.

O que teria atraído a atenção da velha? Os cortes em meu rosto? Eu esperava que fosse só isso. Eu não tinha o que fazer em relação a isso. Eu teria de tentar ignorar, mas ficar de olho nela, em todo caso.

Então vi que ela começou a falar com o marido. Sua linguagem corporal transparecia pressa e agitação; ela não estava tendo o melhor dia de sua vida. Ele olhou na minha direção e de volta para ela; e encolheu os ombros como quem diz "do que diabos você está falando, mulher?". Ela devia ter me visto caminhando em direção ao banheiro com Kelly e se perguntado: "De onde eu conheço aqueles dois?"

Eu não pretendia me mover. Queria ver o que ela ia fazer. No instante em que começasse a se afastar, eu teria de tomar alguma atitude.

Dava para ver que ela ainda estava tentando compreender. Eu sentia meu coração aos pulos. Evitava encará-la, mas sabia que ela olhava fixamente para mim. Agora, a qualquer instante, ela se lembraria do noticiário em que tinha visto o rosto de Kelly.

Os segundos se passavam. Finalmente, Kelly saiu e ficou ao meu lado. – Vamos embora agora? – eu disse, agarrando sua mão antes que ela respondesse.

Quando nos viramos para sair, pude ver claramente a mulher cutucando o braço do marido. Só que, naquele momento, ele tinha acabado de ver quem eles estavam esperando e olhava para o outro lado.

Ela puxou o braço dele ainda mais afoita.

Eu queria correr, mas isso só confirmaria as suspeitas dela. Enquanto caminhávamos, eu falava bobagens para Kelly, gesticulando como um pai animado.

– Olhe! Aquelas luzes não são lindas? É neste avião que eu chego sempre que vôo para cá. Você já tinha vindo aqui antes? – Kelly não tinha tempo de responder a qualquer uma das perguntas.

Eu tinha de vencer o ímpeto de me virar para olhar. Comecei a pensar... E se? Se a polícia viesse atrás de mim aqui, eu estaria fodido. Não havia aonde ir, só mais aeroporto, com mais segurança ainda. Meu olhar passeava por tudo. Ainda faltavam de trinta a quarenta metros até a placa de saída. A cada passo, eu esperava ouvir um policial gritando para que eu ficasse parado. Tudo o que eu ouvia era o murmúrio das conversas em geral e os gritos de cumprimentos ocasionais.

Chegamos à saída, viramos à esquerda e começamos a descer a rampa que levava às portas de desembarque e aos pontos de táxi. Quando chegamos ali, comecei a caminhar mais rapidamente e arrisquei-me a olhar para trás.

Kelly perguntou: – O que houve?

– Lá estão os táxis. Vamos – respondi.

Tivemos de esperar por três outras pessoas na fila pegarem os táxis antes de nós. Eu me sentia como uma criança que quer algo desesperadamente e não consegue mais esperar. *Vamos, vamos!*

Finalmente entramos num táxi e partimos. E eu me virei para olhar para trás. Nada. Eu ainda não conseguia relaxar. Kelly obviamente tinha percebido a tensão, mas não disse mais uma palavra.

Tentei abstrair. Olhe com bastante atenção e será capaz de encontrar um lado positivo mesmo na pior das situações – era o que eu sempre dizia a mim mesmo. Mas eu não conseguia tirar um raio de esperança do que tinha acabado de acontecer. Se a velha conseguiu fazer a ligação e disse à polícia que nos viu indo na direção dos pontos de táxi, só havia pontos negativos naquilo tudo.

Olhei para Kelly e bocejei. – Estou com sono – eu disse –, e você?

Ela acenou afirmativamente e deitou a cabeça em meu colo.

Dei orientações ao motorista. Depois de deixarmos a auto-estrada e percorrermos alguns quarteirões, pedi que ele parasse. Observei-o se afastar enquanto nós dois esperávamos no estacionamento do Marriott. Dali, caminharíamos até o Economy Inn.

– Vamos para um hotel – eu disse. – É a mesma coisa de sempre. Eu vou dizer um monte de coisas que não são verdade, e tudo o que você tem a fazer é ficar em silêncio e parecer muito cansada, OK? Se você fizer o que eu disser, e tudo der certo, poderemos ir para casa. – Seguimos andando até a recepção.

Havia um jovem negro no balcão. Ele tinha a cabeça enfiada num livro. Passamos pela rotina de sempre, só que, desta vez, eu tinha levado uma surra durante o assalto. Ele parecia envergonhado. – Nem toda a América é assim, sabe? É um país lindo. – E começou a falar sobre o Grand Canyon; depois de prometer que eu tentaria visitá-lo nessa viagem, virei-me e saí.

Chegamos ao quarto, e comecei a ajudá-la com o casaco. Quando ela se virou para tirar o outro braço, disparou a pergunta de supetão. – Vamos ver a mamãe e o papai agora?

– Ainda não. Ainda temos coisas a fazer.

– Eu quero a minha mãezinha, Nick. Eu quero ir para casa. Você prometeu.

– Nós vamos logo, não se preocupe.

– Você tem certeza de que a mamãe, o papai e a Aida estarão lá?

– Claro que sim.

Ela não parecia convencida. Era a hora da verdade. Eu não tinha mais como continuar com aquilo. Se saíssemos bem dessa confusão, eu não poderia permitir que ela fosse largada com os avós ou quem quer que fosse e ainda descobrisse que canalha mentiroso eu tinha sido todo aquele tempo.

– Kelly...

Sentei-me ao lado dela e comecei a acariciar seus cabelos quando ela deitou a cabeça em meu colo.

– Kelly, quando você chegar a casa, mamãe, papai e Aida não estarão lá. Eles nunca mais vão estar. Eles foram para o céu. Você sabe o que isso quer dizer?

Eu disse aquilo quase como um anúncio publicitário, sem querer, na verdade, aprofundar-me muito no assunto. Eu queria que ela dissesse "ah, eu entendo", e então me perguntasse se podíamos comer um Micky D's.

Houve um hiato enquanto ela pensava no que eu havia dito. Tudo o que se ouvia era o zumbido do ar-condicionado.

Seu rosto se franziu. – Foi porque eu não fui boazinha e não ajudei o papai?

Sentia-me como se estivesse sendo apunhalado. Mas essa não era uma pergunta muito difícil; senti-me bem ao respondê-la: – Kelly, mesmo se você tivesse tentado ajudar o papai, eles teriam morrido.

Ela chorou baixinho em minha perna. Eu acariciei suas costas e tentei pensar em algo para dizer.

Ouvi-a dizer: – Eu não quero que eles estejam mortos. Quero estar com eles.

– Mas você está – eu estava tateando em busca de palavras.

Ela ergueu o rosto e olhou para mim.

– Você está com eles. Cada vez que você faz algo que fazia quando estava com eles é como se eles estivessem com você.

Ela estava tentando entender esse raciocínio. Eu também estava.

– Toda vez que eu como *pizza* com cogumelos eu penso na sua mãe e no seu pai, porque sei que a mamãe gostava de cogumelos. E é por isso que eles nunca estão longe de mim. E é por isso que a mamãe, o papai e a Aida vão estar com você o tempo todo.

Ela olhou para mim esperando por mais. – O que você quer dizer?

Eu estava me esforçando. – Quero dizer que cada vez que você puser uma mesa, a mamãe vai estar com você porque mostrou-lhe como fazer isso. Toda vez que você pular corda, o papai estará ao seu lado porque foi ele quem lhe ensinou a pular corda. Cada vez que você ensinar alguém a fazer algo, Aida estará com você – porque era o que você costumava fazer com ela. Está vendo, eles estarão sempre com você!

Eu não sabia se estava bom, mas tinha sido a melhor coisa que eu tinha pensado em dizer. Ela estava novamente deitada em minhas pernas, e eu podia sentir o calor de suas lágrimas e sua respiração.

– Mas eu quero *ver* eles. Quando eu vou ver eles, Nick?

Eu não tinha conseguido. Eu não sabia quem estava mais perturbado, eu ou Kelly. Uma bola estava trancando minha garganta. Eu tinha me metido num rolo do qual não conseguia me desvencilhar.

– Eles não vão voltar, Kelly. Eles estão mortos. Não é por causa de alguma coisa que você fez ou deixou de fazer. Eles não queriam deixá-la. Às vezes acontecem coisas que nem mesmo os adultos podem evitar ou consertar.

Ela ficou deitada me ouvindo. Seus olhos estavam abertos, fixos na parede. Parei de acariciá-la e envolvi-a em meu braço.

As pessoas precisam demonstrar tristeza e sentimento de perda. Talvez tivesse chegado a hora de Kelly fazê-lo. Se fosse o caso, eu queria solidarizar-me, sem ultrapassar o limite. Eu só não sabia se era assim que se fazia.

– Um dia você vai estar novamente com eles, mas ainda vai demorar muito. Você terá seus filhos antes, como a mamãe. E então seus filhos ficarão tristes quando você morrer, assim como você está triste agora. Todos eles amaram muito você, Kelly. Eu só conheci sua mãe e seu pai por alguns anos. Pense só... você os conheceu a sua vida inteira!

Vi um pequeno sorriso mover suas bochechas. Ela apertou mais o corpo contra as minhas pernas.

– Quero ficar com você, Nick.

– Seria ótimo, mas não ia funcionar. Você tem de ir para a escola e aprender a ser uma adulta.

– Você pode me ajudar.

Se ao menos ela soubesse. Eu não tinha uma garagem sequer onde guardar uma bicicleta, muito menos um lugar decente para cuidar de uma criança.

Sua arma, seus equipamentos, e só então você – esta é a ordem das coisas. Eu queria cuidar das molas do meu pente: não era estritamente necessário, mas eu sentia que precisava fazer isso para marcar o fim de uma fase e o início de outra.

Kelly agora estava dormindo profundamente.

Coloquei o telefone para recarregar. Era minha corda salva-vidas. Depois, tirei todos os equipamentos da sacola e organizei-os. As roupas novas foram colocadas de lado, e o material de RAP voltou para a sacola. Eu estava furioso por ter de deixar a câmera de vídeo no telhado, pois ela seria encontrada, e uma conexão inevitavelmente seria feita entre nós e os tiros. Além disso, a fita estava perdida, e ela poderia ter sido útil para Simmonds – poderia até ser o suficiente para garantir o meu futuro.

Arrumei tudo e deitei-me na cama com as mãos atrás da cabeça. Ouvindo o zumbido baixo do ar-condicionado, comecei a pensar sobre todo esse jogo e sobre como pessoas como eu e McGear sempre eram usadas. Quando percebi que estava começando a sentir pena de mim mesmo, dei um basta àqueles pensamentos. McGear e eu tivéramos escolha, e isso era o que tínhamos decidido fazer.

Algumas coisas boas haviam sobrado do drama da noite anterior. Pelo menos eu não tinha de me preocupar em dar um fim às roupas sujas de sangue e mijo que estavam na sacola azul. A polícia sem dúvida identificaria o sangue com o dos Brown, mas isso não era nada comparado aos problemas que eu já tinha. E o melhor de tudo era que eu tinha confirmado definitivamente a ligação entre Kev, o PIRA, o prédio e o que quer que fosse que eu tinha copiado daquele computador.

Eu não ia nem tentar ligar o *laptop* e começar a vasculhá-lo. Estava cansado demais, ia cometer erros e deixar passar coisas importantes. Além disso, minha adrenalina tinha ido embora, e a dor no pescoço e nas costas estava ainda mais intensa.

Tomei uma ducha quente e tentei me barbear. As marcas da mordida de McGear no meu rosto estavam começando a criar casca. Elas iam ter de cicatrizar sozinhas.

Vesti *jeans*, moletom e um par de tênis e comecei a recarregar meus pentes. Eu precisava descansar, mas tinha de estar pronto para uma mudança rápida. O plano era dormir por umas duas horas e comer alguma coisa, depois sentar e ver o que estava no *laptop*, mas não estava dando certo. Eu não parava de me revirar, dormia um pouco e logo acordava.

Liguei a TV e zapeei pelos canais para ver se McGear já estava no noticiário. Estava.

As câmeras focaram a frente do edifício do PIRA, com a obrigatória imagem de fundo das equipes de polícia e ambulâncias, e depois um homem surgiu em frente à câmera e começou a falar. Não me dei ao trabalho de aumentar o volume, eu sabia o que ele estava dizendo. Eu estava esperando ver meu amigo sem-teto coberto de mijo descrevendo o que tinha visto e ouvido.

Kelly estava começando a se agitar, provavelmente com imagens de McGear na cabeça.

Fiquei deitado olhando para ela. A menina tinha se saído bem, sem dúvida alguma. Os últimos dias tinham sido um caos para ela, e eu começava a ficar preocupado. Crianças de sete anos não deviam ser expostas a este tipo de situação. Ninguém devia. O que aconteceria com ela? Subitamente me ocorreu que eu estava mais preocupado com ela do que comigo mesmo.

Acordei com a TV ainda ligada. Olhei para o relógio: nove e trinta e cinco. Ao meio-dia, Pat ia me ligar. Desliguei a televisão. Queria começar a trabalhar no *laptop*. Comecei a me levantar e descobri que mal podia me mover. Eu me senti um velho aposentado enquanto me erguia da cama com o pescoço duro como uma tábua.

Fiz barulho tirando o *laptop* da sacola e ligando tudo, e Kelly começou a se remexer. Quando consegui botar a máquina para funcionar e conectá-la ao *drive* de *backup*, ela estava apoiada num cotovelo me observando. Seu cabelo parecia uma explosão. Ela ouviu quando eu amaldiçoei o *laptop* por não acessar o *drive* e então disse: – Por que você simplesmente não dá um *reboot* e depois vê o programa?

Olhei para ela como se dissesse "você é um gênio!", mas disse: – Hmmn, talvez. – Eu dei o *reboot* e funcionou. Virei para ela, dei-lhe um sorriso e recebi outro de volta.

Comecei a rastrear os arquivos. No lugar de nomes comerciais como eu esperava, os documentos tinham palavras em código como Fuinha, Garoto, Guru. Vários deles eram planilhas ou recibos – eu podia ver o que eram, mas não sabia o que significavam. Para mim, aquelas quarenta e tantas páginas podiam muito bem estar em japonês.

Abri outro arquivo chamado Papai. Eram apenas pontos e números espalhados pela tela. Virei para Kelly: – E isso, o que é, espertinha?

Ela examinou a tela: – Eu não sei. Só tenho sete anos, não sei tudo.

Eram cinco para o meio-dia. Liguei o telefone e continuei a passar pelos arquivos, tentando extrair algum sentido deles.

O meio-dia chegou e se foi.

Quinze minutos mais tarde, a chamada ainda não tinha acontecido. Eu estava com medo. Vamos lá, Pat, preciso deixar os Estados Unidos e falar com Simmonds. Tenho informações suficientes – talvez. Quanto mais eu ficasse agora, mais alto seria o risco. Pat, eu preciso de você!

Para que Slack não comparecesse a um encontro, tinha de haver um problema muito grande. Mesmo quando estava drogado, ele tinha me trazido o que eu pedira. Tentei expulsar os pensamentos sombrios da cabeça dizendo a mim mesmo que ele ia telefonar no horário seguinte ao que tínhamos combinado. Mas enquanto eu prosseguia no *laptop* com poucas esperanças, comecei a me sentir quase que fisicamente nauseado. Minha única saída tinha sido perdida. Tive aquela sensação horrível de que tudo estava indo terrivelmente mal. Eu precisava fazer alguma coisa.

Fechei o *laptop* e coloquei o disquete de *backup* no bolso. Kelly estava soterrada embaixo das cobertas, assistindo à TV.

– Bem, você sabe o que eu farei daqui a um minuto, não sabe?

Ela pulou da cama e me abraçou, com o rosto contorcido. – Não saia! Não saia! Vamos assistir à TV juntos, ou eu posso ir com você?

– Você não pode ir, quero que você fique aqui.

– Por favor.

O que eu podia fazer? Senti sua dor por ficar sozinha e com medo. – OK, venha comigo, mas você precisa fazer tudo o que eu disser.

– OK, OK! – ela deu um salto e foi buscar seu casaco.

– Não, ainda não. – Apontei para o banheiro. – Vamos por partes. Entre na banheira, lave a cabeça, saia, e eu vou secá-la. E depois você pode vestir suas roupas novas e nós vamos sair, OK?

Ela estava tremendo de excitação, como um cachorro prestes a sair para um passeio. – OK, OK! – ela correu para o banheiro.

Sentei na cama e gritei para ela, enquanto zapeava pelos canais de notícias: – Kelly, não se esqueça de escovar os dentes, ou eles vão cair e você não vai conseguir comer quando ficar mais velha.

– Está bem, OK.

Não havia mais nada sobre McGear na TV. Depois de um tempo, entrei no banheiro. O tubo de pasta de dentes ainda não tinha sido aberto. – Você escovou os dentes?

Ela assentiu, parecendo culpada.

Eu disse: – Então vamos dar uma cheirada – abaixei-me e aproximei o nariz da sua boca. – Não escovou, não. Vamos lá, você sabe escovar os dentes?

– Eu sei escovar meus dentes.

– Então me mostre.

Ela pegou a escova. Era grande demais para sua boca, e ela estava escovando de um lado para o outro.

Eu disse: – Não foi assim que lhe ensinaram, foi?

Ela disse: – Foi sim.

Balancei a cabeça lentamente. Eu sabia que eles a tinham ensinado corretamente. – Tudo bem, vamos fazer isso juntos. Coloquei um pouco de pasta na escova e fiz Kelly parar na frente do espelho. Fiquei ao lado dela, e ela me observou enquanto eu fingia me escovar. Cuidar de crianças era fácil, afinal de contas. Tudo se resumia a EDI: explicação, demonstração, imitação. Só que, em vez de fazer isso com uma arma numa sala cheia de recrutas, eu estava fazendo com uma menina de sete anos. – Agora faça comigo, assim, depois dê a volta escovando em pequenos círculos. E não se esqueça de escovar lá atrás.

E então as coisas saíram da linha. Ela começou a rir da minha aula de escovação de dentes, e a espuma da pasta começou a saltar da sua boca e sujar o espelho. Eu ri com ela.

Ela terminou o banho e vestiu os *jeans* e o moletom novos. Eu também tinha comprado bonés de beisebol iguais para nós dois, de brim preto com Washington, DC bordado.

Molhei os cabelos e o rosto, e nós dois ficamos limpinhos. Ela vestiu seu casaco azul novo e os tênis e estávamos prontos para sair. Meu plano era chegar nas redondezas do apartamento de Pat. Quando ele telefonasse às seis horas, poderíamos nos encontrar imediatamente.

O que eu ia fazer com o disquete de *backup*? Decidi escondê-lo no quarto, porque assim ia dividir meus tesouros: se o disquete ficasse ali e Kelly fosse comigo e nós fôssemos apanhados, pelo menos eles não teriam o serviço completo. A longa bancada de madeira escura sobre a qual ficava a TV cobria um terço do quarto, tinha cerca de sessenta centímetros de altura e se apoiava em pés de meia polegada. Levantei um dos cantos, grudei o disquete com fita crepe no lado de dentro e posicionei duas armadilhas. Uma última inspeção do quarto, e lá fomos nós.

Ainda estava chuviscando e um pouco mais frio do que de manhã. Kelly estava exultante. Eu retribuía seus sorrisos e arrulhos de felicidade, mas, no fundo, estava apavorado por causa de Pat. Enquanto atravessávamos o gramado para evitar a recepção, eu pensei em telefonar para Euan. Decidi não fazer aquilo ainda. Eu poderia precisar dele mais tarde, era uma carta na manga.

A área toda estava cheia de hotéis. Atravessamos a rua e entramos num deles, a uns quatrocentos metros de distância. Fui até a recepção e pedi um táxi. Kelly esperou do lado de fora, embaixo da marquise.

Quando saí novamente, eu disse: – Quando entrarmos nesse táxi, vou levantar seu capuz e você vai se encostar em mim como se estivesse dormindo. Lembre-se de que você prometeu fazer tudo o que eu mandasse.

O táxi chegou e nos levou a Georgetown. Kelly deitou a cabeça em meu colo, e eu puxei o capuz para esconder seu rosto.

Descemos na Wisconsin. Eram quatro horas, e todos à nossa volta pareciam normais enquanto conversavam, passeavam e faziam suas compras. Passamos a hora seguinte caminhando e comendo. Às cinco e meia, a temperatura no *shopping* de Georgetown onde estávamos sentados estava alta, e nós dois nos sentíamos sonolentos.

Eu estava tomando um café, e ela um *milk-shake*, no qual não estava tocando porque já estava cheia de hambúrguer. Eu checava o relógio a cada trinta segundos até chegar as cinco para as seis. Então liguei o telefone. Bateria forte, sinal forte.

Seis horas.

Nada.

Um minuto se passou.

Dois minutos.

Eu estava quase paralisado de incredulidade. Kelly estava absorta num gibi que ela mesma tinha comprado.

Eram seis e quatro. Eu estava desesperado. Pat não me deixaria na mão a menos que não pudesse evitar. Ele sabia tanto quanto eu que, em operações, se você se atrasa um minuto, pode muito bem se atrasar uma hora ou um dia, porque a vida das pessoas pode depender disso. O ataque pode ter acontecido sem a cobertura do seu poder de fogo.

Devia haver algum problema. Um problema sério.

Mantive o telefone ligado. Por fim, às seis e vinte, eu disse: – Venha, Kelly, vamos visitar Pat.

Agora a normalidade tinha cessado. Algo estava errado. Toda a esperança tinha se evaporado.

Capítulo Vinte e Oito

Saímos do *shopping* e chamamos um táxi.

Riverwood se revelou uma zona bem-estabelecida e sofisticada, formada por fileiras de casas revestidas de madeira com gramados bem-cuidados e dois carros europeus nas garagens e prédios bonitos de apartamentos com garagens subterrâneas. As lojas refletiam sua afluência, com boas livrarias, butiques com roupas caras e pequenas galerias de arte.

Parei o táxi uma quadra depois da rua de Pat. Paguei o motorista, e ele nos deixou na chuva fraca. Estava ficando escuro, um pouco mais cedo do que deveria, mas a camada de nuvens tornava tudo mais sombrio. Alguns carros já estavam com os faróis acesos.

– Espero que Pat esteja em casa – eu disse. – Ou vamos ter de voltar para o hotel sem dar nem um oi para ele!

Ela parecia excitada com a idéia de conhecê-lo. Afinal, este era o homem que eu tinha dito que a ajudaria a voltar para casa. Eu não conseguia descobrir se o que eu havia dito sobre sua família fora compreendido. Eu nem mesmo sabia se crianças daquela idade entendiam o que era a morte e, caso entendessem, que ela era irreversível.

Olhando morro acima, vi que a rua de Pat era pura Riverwood, ampla e elegante, com casas e lojas construídas há muito tempo. Contra o céu, a silhueta de um ou dois edifícios novos parecia dominar, mas até mesmo eles tinham uma aparência ordenada, limpa e rica. Eu não estava inteiramente certo sobre em qual Pat morava, mas era fácil contar os números e descobrir. Passamos caminhando, e eu tive uma visão clara do Mustang vermelho, mais vermelho do que as bolas do diabo. Eram sete e quinze. Se ele estava lá, por que diabos não tinha telefonado?

Entramos num café do outro lado da rua. O aroma dos grãos recém-moídos e o clamor da rumba dentro do La Colombia me levaram de volta a Bogotá. Talvez por isso Pat tivesse escolhido viver aqui. Nós queríamos uma mesa na janela, o que não foi um problema. O vidro estava embaciado; limpei um círculo com um guardanapo de papel e nos sentamos para observar.

Kelly estava fazendo o que eu tinha mandado, ficando quieta até que eu lhe dissesse para falar. De qualquer maneira, a revista *Girl!* parecia ser a melhor coisa para calar a boca de uma menina. Verifiquei o telefone. Sinal bom, bateria carregada.

Uma garçonete se aproximou para anotar nossos pedidos. Eu ia pedir comida, embora não estivesse com fome, porque levaria tempo para preparar e depois para comer, e desse modo poderíamos nos demorar ali sem parecer estranho.

– Quero um *club sandwich* e um *cappuccino* grande – eu disse. – E o que você vai querer, Josie?

Kelly sorriu para a garçonete. – Vocês fazem *Shirley Temple*?

– É claro, querida!

Para mim, aquele era o nome de um coquetel, mas a garçonete foi embora muito satisfeita com o pedido. Kelly voltou para sua revista, e eu fiquei olhando pela janela.

As bebidas chegaram. Quando ficamos sozinhos novamente, perguntei: – O que é isso?

– Cereja e morango misturado com Sprite.

– Que nojo. Acho que vou experimentar.

Tinha gosto de chiclete, mas era obviamente do que as crianças gostavam. Ela estava botando aquilo para dentro com vontade.

A montanha de sanduíche chegou. Eu não precisava, mas comi mesmo assim. No meu tempo de regimento tinha aprendido a pensar em comida do mesmo modo que um membro da infantaria pensa em sono: aproveite todas as chances que tiver.

As coisas estavam no seu curso natural no café. Já fazia quase quarenta e cinco minutos que estávamos lá, e você só pode ficar um certo tempo num lugar como esse sem levantar suspeitas ou se afogar de café.

Kelly tomou a decisão por mim quando disse: – O que vamos fazer agora?

Coloquei o dinheiro na mesa. – Vamos vestir esse casaco e ver se Pat está em casa.

Saímos e passamos pelo apartamento de Pat mais uma vez. O carro ainda estava lá. Eu estava desesperado para saber o que estava acontecendo. Se ele simplesmente não quisesse mais brincar, tudo bem. Mas eu não achava que fosse isso, eu sabia que ele queria me ajudar. Havia algum problema, sem dúvida alguma. Mas eu precisava de confirmação, e só então poderia reavaliar e fazer outro plano que não o incluísse.

Enquanto descíamos o morro caminhando, Kelly perguntou: – Você sabe mesmo onde mora o Pat?

– Sim, mas eu sei que ele não está em casa ainda. Nós acabamos de passar pelo edifício, e não vi o carro dele.

– Você não pode telefonar para ele?

Eu não podia contatá-lo diretamente. Se o telefone estivesse grampeado, eu não queria que alguém fizesse a ligação entre nós. Eu tinha prometido não comprometê-lo. Mas, mesmo assim, ela acabara de me dar uma idéia.

– Kelly, você quer me ajudar a passar um trote no Pat?

– Quero sim!

– OK, eu quero que você faça o seguinte...

Continuamos caminhando e começamos a fazer um circuito em torno da área. Praticamos e praticamos, até ela dizer que estava pronta. Fomos até uma cabine telefônica a cerca de três quadras. Entreguei o fone para Kelly e perguntei: – Pronta?

Ela ergueu os polegares. Estava animada, achando tudo o máximo.

Disquei 911 e depois de três segundos Kelly estava gritando: – Eu vi um homem! Eu vi um homem no segundo andar, rua vinte e sete, onze vinte e um, e... e... ele está com uma arma, e o homem levou um tiro, e... e... e ele está com a arma – me ajudem, por favor!

Cortei a ligação com o dedo.

– Muito bem! Agora vamos ver o que acontece?

Fizemos um caminho diferente para voltar ao edifício. Desta vez, nos aproximaríamos vindos de cima. A esta altura já estava totalmente escuro e ainda muito úmido. Com as cabeças abaixadas para nos protegermos da chuva, chegamos à Rua 27, viramos à direita e começamos a descer lentamente o morro.

Ouvi primeiro a sirene, cada vez mais alta, depois o brilho das luzes de emergência quando o carro da polícia passou correndo por nós. Depois vi outros carros e luzes vermelhas, todas piscando na escuridão da área em torno do edifício.

Quando nos aproximamos, distingui três carros de polícia. Um carro discreto também apareceu, com uma luz portátil piscando no teto, do lado do motorista.

Caminhamos mais um pouco e paramos num ponto de ônibus. Eu só estava observando e esperando – como a maioria das pessoas na pequena multidão que se formava.

– Eles todos vieram por causa do Pat? – Kelly perguntou.

Eu estava muito ocupado em ficar deprimido para responder. A visão de uma ambulância chegando tinha me derrubado. Acariciei a cabeça dela por sobre o capuz do casaco.

– Daqui a pouco eu conto tudo para você, só me deixe ver o que está acontecendo.

Nós esperamos, como todos os outros. Quinze minutos se passaram. Agora, equipes dos canais de TV locais estavam chegando. Então eu os vi saírem – dois rapazes puxando uma maca com rodas sobre a qual estava um corpo dentro de um saco plástico. Eu não precisava ver o rosto para saber quem estava lá dentro. Eu só rezava para que tivesse sido rápido, mas, a julgar pela condição dos Brown, tive a terrível sensação de que não teria sido assim.

Eu disse em voz baixa: – Vamos embora, Kelly. Pat não vai aparecer esta noite.

Eu sentia como se um de meus tesouros mais preciosos tivesse sido roubado debaixo do meu nariz, e sabia que nunca o recuperaria. Nossa amizade tinha renascido depois de tantos anos, e esse era o preço que ele tinha pago. Eu me senti perdido e desesperado, como se tivesse me afastado do resto da minha patrulha em território hostil, sem mapa, sem arma e sem noção de aonde ir. Ele tinha sido um amigo de verdade. Mesmo depois de todos esses anos sem nos vermos, eu ia ter saudades do homem sem bunda.

Enquanto Pat era colocado na ambulância, forcei-me a reprimir a emoção. Dei meia-volta e começamos a andar de volta por onde tínhamos vindo, para evitar a polícia. Um dos carros tinha partido com a sirene ligada, e a ambulância estava prestes a segui-lo. Imaginei os investigadores da cena do crime dentro do apartamento, vestindo seus macacões e abrindo suas maletas. Mais uma vez, tentei me distanciar da situação, vê-la analiticamente: Pat estava fora da jogada, e tudo o que me restava agora era Euan. Mas foi muito mais difícil do que normalmente era.

Pegamos a primeira rua à esquerda para sair da rua principal, e eu ouvi a ambulância acionar a sirene duas vezes para manobrar no trânsito. Continuamos andando. Não era uma rua larga, e havia apenas casas dos dois lados, grandes e com escadarias de pedra conduzindo às portas da frente.

Eu estava segurando a mão de Kelly, e nós andávamos em silêncio.

Os sentimentos em relação a Pat não tinham lugar na minha cabeça naquele momento. O que importava eram as informações que ele podia ter dado a respeito de nós a quem quer que o tivesse apagado, o PIRA ou Luther e companhia, quem poderia saber? Tinha de ser um ou outro. Supondo que a morte dele estivesse relacionada comigo, é claro. Impossível saber no que mais ele andava metido. No entanto, eu precisava partir do princípio de que quem o tinha matado queria saber onde estávamos. Tudo o que Pat sabia era o número do telefone e que eu estava planejando entrar no escritório do PIRA. A SEGOP poderia ter salvado nossas vidas.

Eu estava tão concentrado nesses pensamentos que de início não registrei a voz. Depois pensei que era Kelly, e ia apertar sua mão e lhe dizer para ficar quieta e me deixar pensar. Mas então ela falou novamente, uma voz de homem, baixa e firme, e desta vez não havia como confundir as palavras.

– Parado. Se você se mexer, vai ser morto. Fique exatamente onde está. Não se mova.

Não era uma voz drogada, não era uma voz jovem e nervosa. Era a voz de quem tinha controle total.

Capítulo Vinte e Nove

MANTIVE MINHAS MÃOS ONDE ELAS ESTAVAM.

Kelly jogou os braços em torno da minha cintura.

– Está tudo bem, está tudo bem. Eles não vão machucar você – menti como um relógio barato.

Os passos dele se moveram atrás de mim e para a esquerda. Ele devia ter vindo do beco que corria por trás das casas que tínhamos acabado de passar.

Ele disse: – Você tem duas alternativas. Se ficar parado, vai continuar vivo. Se se mexer, vai morrer. – A voz tinha trinta e poucos anos, e era precisa, bem treinada.

Não havia sentido em tentar sacar a arma. Ele me mataria no instante em que eu fizesse um gesto.

Decidi ficar com a alternativa um.

Mais passos vieram do outro lado, e alguém estava arrastando Kelly embora. Ela gritava: – Nick! Nick! – mas eu não podia fazer nada para ajudá-la, e a força com que ela se agarrou a mim não era páreo para a deles. Ela foi arrancada e desapareceu. Eu ainda não tinha conseguido ver quem havia nos apanhado. Fiz um esforço para me acalmar e aceitar o que estava acontecendo.

A voz começou a me dar ordens no mesmo tom controlado e quase agradável. Ele disse: – Quero que você levante as mãos devagar e as coloque no alto da cabeça. Faça isso agora.

Depois que obedeci, ele disse: – Agora, dê a volta.

Eu me virei lentamente e vi um homem baixo e de cabelos escuros apontando uma pistola para mim de maneira muito profissional. Ele estava em pé, a uns dez metros de mim, na entrada do beco. Respirava pesadamente, provavelmente depois de correr para cima e para baixo pelas ruas para nos encontrar. Ele estava de terno, e eu vi o velcro. Agora eu sabia quem tinha apagado Pat.

– Ande na minha direção. Agora.

Eu não enxergava Kelly. Ela já devia ter sido levada pelo beco. Finalmente, eles a tinham encontrado. Recordei o pequeno corpo destroçado de Aida enquanto andava até ele.

– Pare. Vá para a esquerda – muito baixo, muito calmo e muito confiante. Enquanto ele dizia isso, ouvi um carro encostando à minha direita e, com o canto do olho, vi que era o Caprice do primeiro hotel.

– Ande.

Entrei no beco. Nem sinal de Kelly ainda.

Ouvi a voz dizer: – De joelhos.

Ajoelhei-me. Eu nunca tinha me preocupado muito com a morte; todos temos de dizer adeus em algum momento. Quando acontecesse, eu só queria que fosse rápido. Eu sempre desejara que houvesse uma vida após a morte, mas não uma reencarnação na Terra. Eu odiaria voltar para cá numa posição inferior na cadeia alimentar. Mas eu não me importaria com uma coisa espiritual, onde você tivesse consciência de tudo, desde a verdade a respeito da criação do mundo até a receita da Coca-Cola. Eu sempre tivera a sensação de que ia morrer jovem, mas agora era um pouco cedo demais.

Nada estava acontecendo, e nada era dito. Então, o que devia ser o Caprice entrou no beco atrás de mim, seus faróis iluminando os fundos das casas. Cada uma delas tinha uma garagem de frente para a outra e três ou quatro carros estacionados dos dois lados do beco. Eu podia ver minha sombra ajoelhada no asfalto molhado.

O motor ainda estava ligado, e eu ouvi portas se abrindo. Uma outra voz falava no rádio, com um sotaque que poderia estar vendendo cachorros-quentes em Nova York. Ela estava informando o local. – Afirmativo, estamos no beco entre Dent e Avon. No lado sul. Você vai ver nossas luzes. Afirmativo, estamos com os dois.

Permaneci de joelhos na chuva com as mãos na cabeça, esperando que os outros chegassem. Ouvi passos vindos do carro na minha direção. Apertei os dentes e fechei os olhos, esperando pelas boas notícias. Eles passaram um pouco de mim e pararam à minha direita.

Não ouvi o segundo chegar por trás de mim, apenas senti uma mão pesada segurar as minhas firmemente contra a cabeça enquanto a outra procurava minha arma. A mão encontrou a Sig, e eu o vi checar a trava de segurança na frente do meu rosto. Depois ele soltou minhas mãos e, com o mesmo movimento, tirou do bolso um saco plástico transparente. Senti cheiro de café no seu hálito levemente rançoso.

Nada aconteceu por alguns instantes, além do farfalhar do saco plástico atrás de mim. À minha direita, entrou no meu campo de visão um homem que parecia uma vítima da moda, de terno preto com paletó mandarim. Puta que me pariu, era o Sr. Armani. Ele tinha talvez trinta anos, muito alinhado, moreno e esguio. Ele provavelmente flutuava acima do chão para que seus sapatos nunca ficassem molhados. Ele estava me cobrindo.

Ouvi Kelly gritando ao fundo. Ela devia estar no carro. Eu não fazia idéia de como ela tinha chegado lá, mas pelo menos sabia onde estava. O homem atrás de mim continuou a revista e colocou minhas coisas no saco plástico.

O vendedor de cachorro-quente estava sendo bem gentil com ela, não falava de maneira agressiva ou ríspida. Talvez ele também tivesse filhos. – Está tudo bem, está tudo bem – ele disse. – Como é o seu nome?

Não ouvi a resposta, mas ouvi-o dizer: – Não, mocinha, acho que o seu nome não é Josie. Acho que o seu nome é Kelly.

Muito bem, companheira, pelo menos você tentou!

Mais luzes de carros pararam na rua principal cerca de cento e cinqüenta metros para baixo, no fim do beco. Luzes de ré começaram a vir na minha direção.

A esta altura, todas as minhas coisas estavam no saco plástico que estava na mão do homem atrás de mim. Eu ainda estava de joelhos, com as mãos na cabeça e o Sr. Armani à minha direita.

Havia barulho de outras pessoas atrás de mim. Eu esperava que fossem transeuntes e que eles denunciassem a situação. Mas para quem? Minhas esperanças desmoronaram quando ouvi o motorista sair do carro e começar a falar.

– Está tudo bem, pessoal, tudo sob controle. Não há nada para ver aqui.

Fiquei confuso. Como eles podiam simplesmente mandar as pessoas circularem se não eram da polícia? Talvez houvesse um fio de esperança, talvez eu conseguisse escapar dessa. Eu ainda tinha o disquete de *backup* escondido. Talvez eu pudesse negociá-lo.

O carro que vinha de ré parou a uns cinco metros de distância e três pessoas desembarcaram – o motorista do lado esquerdo e outros dois do banco de trás. De início eles ficaram na sombra e eu não conseguia ver seus rostos, mas então um deles entrou no facho de luz dos faróis do outro. E eu percebi que estava realmente na merda.

Luther estava em pior estado, e não estava me mandando beijos. À luz dos faróis, ele parecia um demônio irritado com uma coleira ortopédica. Ainda estava de terno, mas não ia usar gravata por um bom tempo. Pela cara dele, eu via que ele tinha alguns truques guardados para mim. Nada mais justo.

Ele andou na minha direção, e eu pensei que ele ia me cumprimentar. Fechei os olhos e me preparei para receber o golpe, mas ele passou reto por mim. Isso me assustou mais ainda.

Luther começou a falar quando chegou ao carro. – Oi, Kelly, lembra de mim? Meu nome é Luther.

Ouvi uns murmúrios em resposta. Eu estava me esforçando para escutar a conversa, mas somente a voz adulta era audível.

– Você não se lembra de mim? Eu busquei o seu papai em casa para ir ao trabalho algumas vezes. Agora você tem de vir comigo, porque me mandaram cuidar de você.

Ouvi os protestos dela.

– Não, ele não está morto. Ele quer que eu busque você. Agora vamos, mexa-se, sua cadelinha!

Kelly gritou: – Nick, Nick! Eu não quero ir. – Ela parecia aterrorizada.

Luther voltou para o seu carro com ela. Ele a abraçava com força para impedir que ela se retorcesse e chutasse. Em segundos, tudo estava terminado. Depois de prenderem Kelly no banco de trás, os três foram embora. Eu me senti como se tivesse sido golpeado com o extintor de incêndio novamente.

– Levante-se – minhas mãos ainda estavam na cabeça, e eu senti alguém agarrar meu tríceps direito e me erguer. Ouvi o carro atrás de mim se mover.

Olhei para a direita. O homem baixo estava me segurando com a mão esquerda. Na direita, ele tinha o saco plástico com o celular de Kev, minha arma, minha carteira, o passaporte, o cartão do banco e moedas soltas. Ele me fez virar de frente para o carro, que tinha acabado de embicar na rua, apontando para a direita, e me empurrou para ele. O Sr. Armani estava me cobrindo.

Até agora, eu tinha me mantido calmo. Mas eu precisava sair daquela merda agora, ou ia simplesmente ser morto. O motor estava ligado, e eu tinha cerca de dez metros nos quais tentar alguma coisa. O que quer que eu fizesse, teria de usar muita velocidade, agressividade e surpresa. E tinha de funcionar da primeira vez, senão eu estaria morto.

O cara que estava me segurando era destro, ou não estaria me arrastando pela rua com a esquerda. Portanto, se eu começasse a lutar, ele teria de largar o saco plástico e sacar sua pistola. Se eu estivesse enganado a respeito disso, logo estaria morto. Mas eu já estava morto mesmo, então, por que não arriscar?

Havia mais três metros entre nós e o carro. Agora, o Sr. Armani tinha flutuado até a porta de trás para abri-la, e quando baixou os olhos para a maçaneta, percebi que era a hora.

IAAAAAAAAHHHHHH!!!!!!

Gritando com todos os meus pulmões, baixei com força a mão direita, girei os quadris e acertei seu ombro esquerdo o mais violentamente que pude.

Eu os surpreendi. Todos os três agora tinham de entender o que estava acontecendo e fazer uma avaliação. Levariam menos de um segundo para transformar a avaliação em reação.

Quando o golpeei, comecei a empurrar numa tentativa de fazer seu corpo girar para a esquerda para que sua mão direita viesse na minha direção. Agora nós dois estávamos gritando. Ele já tinha feito sua avaliação. Largou o saco plástico e começou a sacar a arma.

Eu sabia que também para ele as coisas estavam acontecendo em câmera lenta. Eu podia ver a saliva saltar da sua boca enquanto ele gritava para avisar os outros. Não havia por que me preocupar com os outros dois no momento: se fossem mais rápidos do que eu, saber disso não tornaria as coisas melhores.

Olhando para o seu cinto, eu podia ver a pistola se movendo lentamente na minha direção enquanto ele girava. Nada mais importava. Mantive meus olhos fixos nela. Ouvi os outros dois gritando. Todos estávamos no meio da merda toda.

A Colt .45 é uma arma de ação simples, o que quer dizer que só o que o gatilho faz é liberar o cão. Para armá-lo e colocar a primeira bala no tambor, você tem de correr o trilho para trás, pressionando-o com os dedos e o polegar da mão esquerda contra as serrilhas, puxar firmemente e largar. A pistola pode ficar "armada e travada" – com o cão para trás e a trava ativada – com uma bala na culatra. A Colt também tem uma trava de segurança manual e outra trava na coronha. Mesmo se a trava manual estiver desativada, sua mão tem de apertar a coronha com firmeza suficiente para manter a segunda trava abaixada, ou a arma não vai disparar.

Agarrei a pistola com minha mão esquerda, não me importava onde. Ao mesmo tempo, baixei a mão direita, com os quatro dedos juntos e o polegar estendido para encaixar melhor na arma. Pressionei a membrana da mão contra ela, desativando a trava manual com o polegar e liberando a trava da coronha ao segurar a arma corretamente. Eu não podia ver se o cão estava para trás ou não, e tampouco tinha como saber se a arma estava com uma bala no tambor. Com a mão esquerda, eu corri o trilho para trás para armá-lo. Ele já estava armado. Uma bala de bronze pulou para fora do orifício de ejeção, brilhando enquanto rolava sob as luzes da rua. Não importava perder um tiro, pelo menos eu não seria morto por ele.

Eu sabia que a primeira ameaça era o Sr. Armani. Ele tinha uma arma nas mãos.

Continuei a girar na direção em que o golpe no ombro tinha me levado e, ao fazer isso, comecei a mirar, apontando para baixo porque esses filhos-da-puta usavam colete à prova de balas. O Armani caiu. Eu não sabia se ele estava morto ou não.

Continuei a girar e derrubei o baixinho, fui para a frente e olhei para o motorista. Ele ainda estava no seu banco, mas numa posição encolhida, gritando e se remexendo.

Corri para a porta dele, apontando a pistola. – Saia daí, saia daí! Passe para o outro lado!

Abri a porta e, mantendo-o na mira da pistola, chutei-o com a perna direita. Eu não ia puxá-lo para fora, demoraria muito. Eu só queria entrar no carro e ir embora. Enfiei a boca da arma na sua bochecha e arranquei a arma dele, fiquei com ela e joguei a minha fora – eu não sabia quantos tiros ainda restavam.

O ferimento era no antebraço direito. Havia um pequeno orifício de entrada no tecido, mas não muito sangue em torno dele. Ele devia ter levado uma das balas que eram para o Armani quando eu girei o corpo. A mão dele, porém, estava vermelha e pingando o sangue que escorria do seu braço. A bala da .45 é grande e pesada e não é de brincadeira. O enorme ferimento de saída devia ter estraçalhado um bom pedaço da parte interna do antebraço. Aquele ali não ia me causar problemas.

Enquanto dirigia, eu gritava com ele: – Aonde eles estão indo? Aonde eles estão indo?

Sua resposta foi um meio grito, meio gemido: – Vá se foder! Vá se foder! – Seu terno cinza-escuro estava ficando marrom com o sangue.

Cutuquei sua perna com força com a pistola. – Aonde eles estão indo?

Estávamos numa rua residencial estreita. Arranquei os dois espelhos laterais no processo de me virar para interrogá-lo. Ele me mandou me foder mais uma vez, então eu atirei. Pude sentir a pressão do ar mudar quando os gases saíram do cano, e depois o cheiro de pólvora encheu o ar. Houve uma explosão de tecido e carne enquanto a bala abria um sulco de trinta centímetros na perna dele. Ele uivou como um porco atolado.

Eu não sabia aonde estava indo. Os gritos do motorista logo cessaram, mas ele continuava a se contorcer. Suas convulsões o levaram a ficar de joelhos na frente do banco, com a cabeça apoiada nele. Ele estava começando a entrar em choque, e provavelmente estava desejando ser um vendedor de cachorro-quente de Nova York.

– Aonde eles estão indo? – perguntei novamente. Eu não queria que ele saísse do ar antes de me dar a informação.

– Para o sul – ele gemeu. – Pela I-95.

Estávamos subindo a toda velocidade a seção elevada da auto-estrada que conduzia à interestadual.

Olhei para ele. – Quem são vocês?

Seu rosto se contorceu de dor enquanto ele lutava para respirar. Ele não respondeu. Bati na sua têmpora com a pistola. Ele deu um gemido baixo e moveu os dedos lentamente da perna para a cabeça. Passamos pelo Pentágono, e então vi a placa do Hotel Calypso. Aquilo parecia um pesadelo.

– Quem são vocês? Por que estão atrás de mim?

Eu mal pude ouvir sua resposta. O sangue pingava da sua boca e ele estava com dificuldade para respirar.

– Me deixe aqui, cara. Me deixe aqui e eu conto.

De jeito algum eu ia cair nessa.

– Você vai morrer logo. Me conte o que eu quero saber, e eu ajudo você. Por que vocês estão tentando nos matar? Quem são vocês?

A cabeça dele pendeu. Ele não respondeu porque não podia mais.

Encontrei-os um pouco antes da Beltway, na faixa do meio. Foi fácil distingui-los com meus faróis, e eu pude ver que eles ainda eram três, um na frente e dois atrás. Nem sinal de Kelly, mas havia espaço bastante entre os dois de trás para caber outro corpo. Ela era apenas uma criança, sua cabeça não ia despontar entre eles.

Eu não podia fazer nada na estrada, de modo que agora era a hora de me acalmar e organizar um plano na minha cabeça. O que eu ia fazer? O que quer que fosse, teria de ser logo, porque eu não sabia qual era o destino deles, e a I-95 vai até a Flórida. Muito mais perto, porém, ficava Quantico, a academia do FBI e do DEA. Aqui estava começando a fazer sentido. Luther e o homem negro indo à casa, sendo que os dois conheciam Kev, eram todos do mesmo grupo. Mas por que eles matariam Kev? E se eles eram os assassinos, que conexão haveria entre o "mau DEA" e meus "amigos do outro lado do oceano"? Alguma coisa estaria acontecendo aqui entre esses dois grupos que Kev tivesse descoberto?

Pensei novamente na Flórida e tive uma idéia. Guardei-a para mais tarde.

Olhei para o motorista. Ele estava num estado lamentável, ainda perdendo sangue. Estava sentado numa poça dele porque o tapete de borracha impedia o carpete de absorvê-lo. Eu podia ver seu rosto quando as luzes do outro lado da auto-estrada nos atingiam de tanto em tanto. Toda a agitação tinha se esvaído dele, e ele parecia cinzento, como um peixe velho. A vida abandonava lentamente seus olhos, que estavam fixos no espaço. Ele ia morrer logo. Que azar.

Estendi a mão, abri seu paletó e peguei os dois pentes que estavam presos no seu coldre. Ele não percebia o que eu estava fazendo, estava em algum lugar só dele, talvez refletindo sobre sua vida antes de morrer.

Eu estava observando o carro-alvo. Meus limpadores de pára-brisa estavam na velocidade máxima, porque os carros e caminhões que passavam jogavam mais água no vidro do que a chuva em si. Liguei o desembaçador no máximo. O sangue que jorrava do motorista e o meu próprio suor estavam formando uma névoa no carro.

A estrada era perfeita para os meus objetivos. Eu podia apenas seguir dirigindo e até mesmo deixar que se criasse uma certa distância, a ponto de deixar outro carro se interpor entre mim e o alvo. Quando nos aproximávamos de uma saída, eu chegava um pouco mais perto: se ele fosse sair da estrada, eu podia trocar normalmente de faixa e me posicionar atrás dele.

Após cerca de cinco minutos, vi uma placa que dizia "Lorton, 2 quilômetros". Eles sinalizaram indicando que iam passar para a faixa da direita e pegar a rampa de saída. Não estavam indo para Quantico, afinal. Não havia tempo para pensar naquilo, este era o momento de pegá-los. Olhei para baixo, troquei os pentes e chequei o tambor.

Enquanto eu trocava de faixa, percebi pela primeira vez que estávamos dirigindo num terreno bastante irregular. Os pneus vibravam ritmadamente cada vez que passavam pelas junções da estrada de concreto.

Agora o motorista tinha desabado completamente no chão do carro, com as costas apoiadas na porta. Somente o colete à prova de balas mantinha sua postura ereta. Ele estava morto.

Eu agora estava na faixa da direita e apenas vinte metros atrás do veículo deles, perto o bastante para estar em cima deles, mas distante o suficiente para que, se olhassem para trás, eles enxergassem apenas faróis. Não vi cabeças se virarem, eles não pareciam atentos. Comecei a respirar fundo para me animar.

A rampa de acesso para Lorton era um ligeiro aclive com uma curva suave para a direita. Árvores altas dos dois lados davam a impressão de um túnel. Planejei atacar no primeiro cruzamento. Minha cabeça estava em marcha acelerada, tentando espantar o medo.

Vi um semáforo à meia distância e pisei fundo para chegar ainda mais perto. As luzes de freio deles se acenderam, e depois o pisca-pisca da direita. Um caminhão passou zunindo da esquerda para a direita. Parecia haver uma grande avenida à frente. O carro começou a conversão para a direita. Firmando o corpo no assento, apertei o pé no acelerador com toda a força e segurei a direção com firmeza.

Eu devia estar a setenta por hora e ainda estava acelerando quando emparelhei com eles e puxei bruscamente a direção para a direita. Meu pára-lama direito acertou a frente do carro deles. Senti um tranco muito forte. Meu *airbag* inflou enquanto o carro girava na avenida principal. O outro carro girou de lado. Ouvi barulho de vidro estilhaçando e o guincho de borracha torturada.

No momento em que o veículo parou, soltei o cinto de segurança e abri a porta. O ar estava gelado. De início, eu só ouvia o chiado do radiador e o *pin, pin, pin* que avisava que a porta estava aberta e as luzes acesas. Depois veio o som de gritos abafados de dentro do outro veículo.

A prioridade era o motorista. O carro tinha de ser imobilizado. Ele ainda estava lutando contra o cinto de segurança. Atirei através do pára-brisa. Não vi exatamente onde o acertei, mas ele estava morto. Quando olhei para o banco de trás, vi Kelly, ou pelo menos sua silhueta. Ela estava agachada atrás do banco, com as mãos sobre os ouvidos.

Luther estava disparando seus primeiros tiros contra mim. Sua porta estava meio aberta e ele começava a rolar para fora. Eu tinha feito a mesma coisa, porque carros atraem fogo – então saí do caminho. Enquanto ele rolava, eu continuei disparando logo abaixo do nível da porta. Ele gritou. Eu o acertara. Eu não sabia se tinha sido um tiro direto ou um ricocheteio no asfalto, mas isso não importava, o efeito era o mesmo.

Saí de trás do capô do meu carro para pegar o terceiro homem. Ele estava fora, mas tinha mudado de idéia. Ergueu as mãos e gritou: – Não faça isso, não faça isso! – Seus olhos pareciam dois pires. Acertei-o duas vezes na cabeça.

Kelly ainda estava toda encurvada atrás do banco. Ela não ia a lugar algum.

Peguei carteiras e pentes dos dois corpos. Deixei Luther por último.

Ele estava no chão atrás do carro, com as mãos no peito. – Me ajude... me ajude... por favor...

Ele tinha levado um tiro na axila enquanto rolava pelo chão, e a bala devia ter alcançado a cavidade do peito. Pensei em Kev, Marsha e Aida, e chutei-o. Ele abriu a boca para gritar, mas só o que saiu dela foi um gorgolejo. Ele estava de saída. Muito bem. Que fosse uma despedida lenta.

Corri para Kelly e ergui-a de seu esconderijo. Tive de gritar mais alto do que ela. – Está tudo bem, Kelly. Eu estou aqui, está tudo bem.

Segurei-a firme em meus braços. Ela estava quase me ensurdecendo.

– Já passou! Está tudo bem!

Não estava.

A polícia ia chegar logo. Olhei em volta. O cruzamento era com uma avenida larga, com duas pistas em cada direção. Descendo o morro para a esquerda ficava a I-95, com uma ponte que atravessava a avenida e um posto de gasolina da Texaco a cerca de quatrocentos metros de distância do outro lado. Morro acima e quase à mesma distância havia um hotel Best Western recortado contra o céu.

Luzes vinham da rampa de saída na nossa direção. Luther estava caído gemendo suavemente para si mesmo. Ele não estava morto, mas não ia demorar. As luzes se aproximaram.

Kelly ainda estava histérica. Usando-a para ocultar minha pistola, fui para trás dos dois carros. As luzes estavam quase do nosso lado. Dei um passo para a frente e acenei para o carro.

Os bons samaritanos estavam num Toyota Previa, marido e mulher na frente, dois filhos atrás. Caprichei no papel de vítima traumatizada, gritando "Socorro! Socorro!" enquanto corria para o lado do motorista. A mulher estava dirigindo e abriu a porta: – Oh, meu Deus! Oh, meu Deus! – o marido já estava com o celular na mão para chamar uma ambulância.

Acionei a trava de segurança e encostei a arma no rosto dela. – Todo mundo para fora já! Saiam, saiam já! – meu outro braço estava girando como um moinho descontrolado. Eu queria que eles pensassem que eu era um louco. – Saiam daí ou eu mato vocês! Saiam!

A única coisa que eu sabia a respeito das famílias é que ninguém quer arriscar a sua. O marido começou a se descontrolar. – Por favor, não! – ele choramingava. – Por favor, não! – e começou a chorar.

Kelly tinha se aquietado, ouvindo minha atuação.

Foi a mulher quem o acalmou. – OK, estamos saindo. Dean, ajude as crianças. Para fora!

Dean se recompôs. Eu gritei para ele: – Deixe a carteira no carro!

Fiz Kelly entrar pela porta de correr, bati-a, corri para o lado do motorista e lá fomos nós.

Eu queria me afastar da zona de perigo inicial e então me reorganizar. A estrada estava fora de questão, porque seria muito fácil para a polícia me encontrar. Dirigi até o cruzamento e dobrei à direita sob a ponte da estrada, passando pelo posto. A rua se transformou numa via normal, de mão dupla, e eu pisei fundo no acelerador.

Este não era o momento de explicar as coisas para Kelly. Ela estava enroscada no banco de trás, soluçando. Minha adrenalina estava baixando, mas meu rosto e corpo estavam cobertos de suor. Respirei fundo, tentando colocar mais oxigênio para dentro do meu corpo e me acalmar. Eu me sentia incrivelmente bravo comigo mesmo por perder o controle lá atrás. Eu devia ter matado Luther de uma vez, e não ficar perdendo tempo.

Percebi que estávamos indo para o sul, na direção oposta à do aeroporto. Eu teria de parar e me organizar, ao invés de apenas correr num pânico cego. Encostei o carro e dei uma olhada no mapa. Kelly não parecia bem, mas eu não tinha a menor idéia do que dizer para consolá-la. – Eu disse que ia cuidar de você – arrisquei. – Você está bem?

Ela olhou para mim e assentiu, com o lábio inferior tremendo.

Tomei uma decisão. Foda-se, vamos direto para o hotel, pegar o disquete e dar o fora. Fiz um retorno com a Previa e fui na direção da estrada. Ficamos nela até chegarmos ao Beltway.

Levamos um pouco menos de uma hora para chegarmos ao Economy Inn. Entramos no estacionamento, e eu disse a Kelly que esperasse onde estava. Se ela me ouviu, não houve reação. Tentei outra vez, e ela assentiu.

Subi as escadas, saquei a pistola e entrei. Derrubei o armário de lado, a TV se estraçalhando no chão, e arranquei o disquete da fita. Se Luther e companhia estavam ligados ao PIRA, deveriam saber que eu tinha um disquete – teriam de supor isso, de qualquer forma. Peguei a sacola preta, entrei no banheiro, joguei duas toalhas de mão na banheira e liguei a água. Enquanto isso, peguei o saco da lavanderia na gaveta. Guardei nele as toalhas molhadas e o sabonete. Saí do quarto e deixei o aviso de Não Perturbe na maçaneta.

Kelly ainda estava enrolada no banco traseiro. Descemos a rua e fomos direto para o Marriott.

CAPÍTULO TRINTA

ESTACIONEI NUMA FILA de carros e picapes e dei a volta no veículo para pegar as toalhas. Assim que abri a porta, Kelly se atirou sobre mim, jogou os braços em torno do meu pescoço e se agarrou com força. Seu corpo estava tremendo inteiro.

Levantei a cabeça dela do meu ombro. O sangue do rapaz que eu tinha acertado na cabeça tinha manchado meu casaco, e agora um pouco também estava no rosto dela, misturando-se às lágrimas. Sussurrei na sua orelha: – Agora está tudo bem, Kelly, está tudo bem mesmo. Já terminou.

Ela se agarrou em mim com mais força. Suas lágrimas eram quentes no meu pescoço.

Eu disse: – Preciso arranjar outro carro, e quero que você fique aqui. Não vou demorar.

Comecei a afastá-la para que voltasse ao assento, mas ela resistia, enterrando o rosto em meu ombro. Eu podia sentir o calor da sua respiração através do tecido do casaco.

Pus a mão na sua nuca e balancei-a suavemente. Por um momento, eu não sabia quem estava se agarrando em quem. A idéia do que estava acontecendo e de quem poderia estar por trás daquilo tudo me apavorava. Eu tinha de confirmar com Kelly o que Luther havia dito, e esse era um momento tão bom como qualquer outro. – Kelly, você conhecia o Luther? É verdade o que ele disse a respeito de buscar o papai?

Senti sua cabeça assentir lentamente contra o meu ombro.

– Eu nunca vou deixar você sozinha de novo, Kelly. Vamos nos limpar um pouco, OK?

Tentei parecer alegre enquanto usava uma das toalhas de mão molhadas para limpar seu rosto. – Se você vai vir comigo, é melhor eu lhe dar uma tarefa importante. Quero que você cuide da sacola enquanto eu arranjo um carro, OK?

– OK.

Enquanto ela se secava, verifiquei as carteiras. Um pouco mais de duzentos dólares ao todo.

O estacionamento cercava todo o hotel e era iluminado apenas pelas luzes da rua. Os divisores de zona que facilitavam a localização dos carros eram arbustos e folhagens na altura da cintura, com pequenas árvores em torno do perímetro principal. Havia muitas sombras.

Posicionei Kelly numa touceira de arbustos com a sacola. – Fique escondida até eu parar o carro e sair para pegar a sacola, OK?

– Eu vou conseguir ver você? – ela sussurrou enquanto cobria a cabeça com o capuz. Seu casaco já estava molhado do contato com as folhas. – Eu quero ver você.

Eu estava de olho num Dodge tamanho família numa das filas de carros. Eu disse: – Está vendo aquele carro azul lá? Aquele é o que eu vou pegar. – Eu não queria dizer com todas as letras que eu iria roubá-lo, o que parecia loucura depois de tudo o que tinha acontecido.

Levei cerca de cinco minutos para arrombar o carro, mas ele pegou de primeira. Liguei os limpadores e o desembaçador no máximo, limpando o interior do pára-brisa com a manga. Dei uma ré até os arbustos, parei e desci. Ela se sentou ao meu lado com um sorriso enorme, e arrancamos. Dali a pouco, paramos. – Cinto de segurança!

Ela o prendeu.

Fomos para o sul na I-95. Cerca de trinta quilômetros antes do acesso a Lorton, passamos por semáforos temporários que alertavam que o cruzamento estava bloqueado. Enquanto atravessávamos a ponte, olhei para baixo e tive uma visão aérea do local do tiroteio. Carros de polícia estavam espalhados pela área, luzes vermelhas e azuis piscavam. Eu não diminuí a velocidade como os outros motoristas para olhar melhor.

O ponteiro do combustível indicava mais de meio tanque, de modo que conseguiríamos abrir uma distância considerável antes de sermos obrigados a abastecer. Liguei o rádio, navegando pelo dial para encontrar notícias.

Havia bastante trânsito, o que era bom, porque nos tornava mais um entre muitos, mas a estrada em si era incrivelmente tediosa. A única variante era que às vezes ela tinha duas pistas, depois se abria em três, depois duas novamente. Pelo menos tinha parado de chover.

Depois de uns cento e sessenta quilômetros, eu estava exausto, e meus olhos começavam a arder. Parei para abastecer perto da fronteira entre a Virgínia e a Carolina do Norte, e seguimos para o sul. Kelly dormia no banco de trás.

À uma da manhã, tínhamos percorrido quase duzentos e oitenta quilômetros, mas ao menos o limite de velocidade era mais alto, em vez de noventa, cento e dez quilômetros por hora. O tempo todo eu via placas gigantes que anunciavam um lugar chamado Sul da Divisa. Aquela seria nossa próxima parada – daqui a uns trezentos e vinte quilômetros.

Cruzamos a fronteira da Carolina do Sul às cinco da manhã. O Sul da Divisa ficava dois ou três quilômetros adiante, e era uma mistura de centro comercial com parque de diversões. Provavelmente fazia sucesso entre as famílias que iam e voltavam das praias da Carolina do Norte e do Sul, espalhado sobre uma grande área que incluía lojas de roupa de praia, armazéns, farmácias e até um bar com pista de dança. Pelo número de carros estacionados na frente, o lugar parecia ainda estar aberto.

Comecei a reabastecer. O tempo estava apenas um pouco mais quente do que em DC, mas eu podia ouvir grilos, e por isso sabia que estava realmente indo para o sul. Eu ainda estava parado ao lado do carro, observando os números girarem na bomba quando uma Cherokee estalando de nova entrou no posto. Quando as portas se abriram, um *rap* ensurdecedor encheu o ar. Dentro do veículo estavam quatro jovens brancos, com aparência de universitários – dois rapazes e duas moças.

Kelly já havia sido acordada pela luz forte do posto de gasolina, e agora se interessava pela discoteca ambulante. Fiz um gesto com a mão para perguntar se ela queria beber alguma coisa. Ela assentiu, esfregando os olhos.

Entrei, peguei algumas bebidas e uns sanduíches e fui pagar. O caixa, um homem negro de quase sessenta anos, começou a somar minhas compras.

As duas moças entraram, seguidas por um dos rapazes. Ambas tinham cabelos pintados de loiro na altura dos ombros. O rapaz era franzino, espinhento e usava cavanhaque ralo.

O caixa piscou e disse em voz baixa: – O amor é cego. – Concordei com um sorriso.

As garotas estavam conversando num tom ainda mais alto do que o do som do carro. Talvez seus tímpanos já estivessem inutilizados. Olhei para fora e vi o outro rapaz abastecendo. Todos usavam o mesmo uniforme: camisetas e bermudas largas. Eles pareciam ter estado na praia, e podia-se ver que eles tinham dinheiro, o dinheiro do papai.

Eles fizeram fila atrás de mim. Uma das garotas ia pagar. – O dia foi abso-lu-ta-men-te perfeito – ela gritou. Eu estava conhecendo um membro do elenco das *Patricinhas de Beverly Hills* da vida real. Pelo jeito da conversa, os pais deles eram idiotas completos que nunca lhes davam dinheiro suficiente, muito embora fossem milionários e pudessem perfeitamente fazer isso.

O homem negro entregou meu troco, inclinou-se para mim e disse: – Talvez arranjar um emprego ajudasse! – Seus olhos brilharam.

Devolvi o sorriso e comecei a juntar as minhas coisas no balcão. A garota ficou ao meu lado para pagar e abriu a bolsa. A Patricinha Dois, ainda atrás de mim com o garoto, estava furiosa com o comentário do caixa e comigo por concordar com ele. – Olhem para a cara dele, pessoal! – ela fingiu sussurrar às minhas costas. – Quem atropelou você? – O rapaz gargalhou.

Pelo jeito, o papai era muito generoso, não importando o que ela dissesse. Vi um bolo de notas e cartões suficientes para uma mão de pôquer. Os outros atrás de mim seguravam as cervejas que tinham pegado nas geladeiras e riam. Saí.

Nossos veículos estavam frente a frente junto às bombas. Na direção da Cherokee estava o quarto membro do grupo, que tinha terminado de abastecer e agora estava batucando no ritmo da merda qualquer que estava no CD.

Kelly estava deitada no banco de trás. Fui até a sua janela, abaixado para ela não me ver, e bati no vidro. Ela se levantou assustada, e eu ergui sua Coca-Cola.

Os outros três estavam saindo da loja. A Patricinha Dois ainda estava furiosa. Enquanto eles entravam no carro, ouvi uma das garotas guinchar: – Filho-da-puta imbecil!

– Você está falando do imbecil negro ou do imbecil branco? – replicou a amiga, e eles fecharam as portas em ondas de gargalhadas.

Entrei no Dodge e fui até as mangueiras de calibragem. A história agora estava sendo contada para o motorista, e eu podia ver que todos estavam excitados com ela. Os rapazes tinham de mostrar como eram durões, e as garotas que não gostavam de ser expostas em frente a seus queridinhos. Havia muita química dentro daquele carro.

Quando a Cherokee saía do posto, seus faróis me iluminaram conversando com Kelly enquanto eu checava os pneus. Eles diminuíram e olharam para nós. A Patricinha Um deve ter feito uma piada sobre a minha aparência, porque todos riram, e o motorista ergueu o dedo para mim para parecer muito mau e depois sumiu dentro da noite.

Esperei mais ou menos um minuto, saí do posto e os segui.

Eu não queria fazer aquilo na estrada, a menos que fosse obrigado. Mais cedo ou mais tarde, calculei, eles pegariam algum acesso lateral para poderem beber as cervejas longe dos olhos dos patrulheiros rodoviários e talvez estender uns cobertores sobre a grama.

Depois de apenas oito quilômetros, o enorme jipe entrou numa estrada esburacada que parecia não levar a lugar nenhum.

– Kelly, você está vendo aquele carro lá? Preciso parar e perguntar uma coisa para eles. Quero que você fique aqui dentro, OK?

– OK – ela estava mais interessada na Coca.

Eu não queria forçá-los para fora da rua ou qualquer coisa drástica. Tinha de parecer natural, caso outro carro passasse por nós.

Passamos por uma loja de conveniências fechada, depois um grande estacionamento de caminhões, depois um parque para *trailers* e uma grande extensão de vazio escuro, depois uma casa isolada. Eu estava começando a pensar que tinha feito a escolha errada quando finalmente aconteceu. Vi uma placa de Pare quatrocentos metros adiante. Acelerando, cheguei um pouco mais perto e olhei ao redor, procurando outros faróis de carros.

Emparelhei com eles do lado esquerdo. Buzinando, acenei com o mapa e abri um sorriso. Os quatro olharam para mim e, quando acendi a luz interna, eles viram primeiro a mim e depois a Kelly, adormecida no banco de trás. Eles pareciam preocupados, depois obviamente reconheceram o imbecil branco. Piadas foram trocadas, e as latas de cerveja voltaram dos esconderijos para as bocas.

Desci. Os grilos estavam mais altos ali do que no posto. Continuei olhando para eles e sorrindo. O mapa era de Washington, DC, mas eles não sabiam disso, e quando descobrissem seria tarde demais.

O motorista estava fazendo um comentário para o resto do grupo, provavelmente dizendo que ia arrancar assim que eu me aproximasse deles.

Eu disse: – Oi! Vocês podem me ajudar? Estou tentando chegar a Raleigh – que era um lugar cuja placa eu tinha visto muito antes na estrada, ainda na Carolina do Norte.

Quando o vidro elétrico desceu um pouco mais, ouvi risinhos e sussurros do banco de trás dizendo ao motorista para me mandar à merda. Eu podia ver que ele tinha outros planos, talvez de me dar informações totalmente erradas. – É claro, cara, vou lhe mostrar.

Passei o mapa para as mãos dele através da janela aberta. – Não sei como eu me perdi. Devo ter feito um retorno errado depois de parar em algum posto.

Ele não precisava do mapa. Começou a me dar instruções, apontando para o fim da rua. – Vire à esquerda e siga por uns trinta quilômetros até ver... – as garotas estavam gostando daquilo, esforçando-se para abafar as risadas.

Segurei a cabeça dele com a mão esquerda, saquei a pistola e cravei-a na carne jovem da sua bochecha.

– Merda, ele está armado, ele está armado!

Os outros três ficaram em silêncio, mas a boca do motorista destravou. – Desculpe cara, foi só uma brincadeira, só uma brincadeira. Nós estamos bêbados, cara. Foi aquela vadia quem começou, eu não tenho nada contra você, cara.

Eu nem me dei o trabalho de responder. Gritei para os de trás: – Joguem suas bolsas para fora! Já!

Meu sotaque americano era bastante bom, pensei. Eu só esperava que eles se assustassem de verdade. As garotas passaram suas bolsas pela janela. O motorista estava tremendo, e lágrimas silenciosas escorriam por suas bochechas. As meninas se abraçaram.

Olhei para o passageiro da frente. – Você aí.

Ele me olhou como se fosse um entre cem a quem eu poderia estar me referindo. – Você mesmo. Passe o seu dinheiro por esta janela – ele levou dois segundos para obedecer.

Agora era a vez do motorista, e ele bateu o recorde do amigo. Enfiei a mão para dentro, peguei as chaves e coloquei no bolso. Ele não parecia tão esperto agora. Olhei novamente em volta procurando outras luzes. Tudo limpo. A pistola ainda estava grudada no rosto dele. Eu disse em voz baixa na sua orelha: – Agora eu vou matar você.

Todos ouviram e não fizeram nada para ajudar. Eu disse: – Faça suas orações, e seja rápido.

Ele não rezou, ele implorou: – Por favor, não me mate, cara, por favor.

Olhei para baixo e vi que sua bermuda, feita de moletom cinza, estava bem mais escura do que antes. Seu papai não ia gostar das manchas no couro bege.

Eu estava me divertindo, mas sabia que precisava me mandar. Dei um passo para trás e juntei as coisas do chão. Olhei para a Patricinha Dois. Ela parecia ter engolido uma vespa. – Quem atropelou você? – perguntei.

Entrei no carro, dei meia-volta e fui embora.

Kelly disse: – Por que você fez aquelas pessoas lhe darem suas coisas? – ela parecia confusa.

– Porque nós precisamos de muito dinheiro e somos muito mais legais do que eles, então eles quiseram nos dar.

Olhei para ela pelo retrovisor. Ela sabia muito bem que eu estava mentindo.

– Você quer um serviço?

– Qual?

– Contar esse dinheiro.

Ela abriu as bolsas e carteiras e empilhou as notas no colo.

– Mais de um milhão de dólares – disse.

– Talvez seja bom contar de novo para ter certeza.

Cinco minutos depois, chegamos à quantia mais realista de trezentos e trinta e seis dólares. As Patricinhas estavam erradas. Papai era jóia.

Começamos a ver placas indicando Florence. Aquilo nos servia bem. A cidade ficava a cem quilômetros dali, e eram cerca de cinco e vinte da manhã. Ia começar a clarear por volta das sete e, se possível, eu queria estar numa cidade antes do amanhecer. Eu ia largar o Dodge, e teríamos de encontrar outro meio de transporte. Precisávamos chegar à Flórida.

Cerca de quinze quilômetros antes, vi uma placa anunciando uma área de descanso com banheiros e um quiosque de informações. Encostei e peguei um mapa gratuito da cidade. Kelly estava semidesperta quando estacionamos. Abri a porta e saí. Os pássaros estavam cantando, e eu começava a identificar a aurora. O ar estava fresco, mas dava para sentir que ia ser um dia bonito e quente. Era ótimo poder esticar as pernas. Eu fedia a suor e tinha uma camada de óleo sobre a pele, meus olhos ardiam e certamente estavam vermelhos e inchados pela falta de sono. A dor no meu pescoço ainda me fazia caminhar como se tivesse uma tábua amarrada nas costas.

O mapa mostrava uma estação de trem na cidade, o que não era necessariamente útil, mas era um começo. Voltei para o carro e comecei a reunir as bolsas e carteiras para jogar fora. Todas eram de couro, caras. Duas tinham até monogramas. Dentro de uma delas encontrei heroína e um pouco de maconha enrolada em papel-alumínio. Os mimados deviam estar de férias da faculdade, gastando todos os seus hormônios antes de voltarem para o próximo semestre. Mamãe e papai trabalhavam feito doidos para sustentar esses pirralhos, e eles achavam que o mundo lhes devia alguma coisa. Eles que se fodessem, eu estava feliz de tê-los roubado. Dei uma gargalhada. Havia uma boa chance de eles ficarem envergonhados demais até para dar queixa. Provavelmente ainda estavam sentados no carro botando a culpa uns nos outros e tentando achar um jeito de limpar a mancha de mijo do estofamento de couro. Joguei tudo numa lata de lixo.

Dirigimos até a estação de trem. O centro da cidade parecia estar em estado terminal, mas grandes esforços vinham sendo feitos para manter o paciente vivo. O antigo centro histórico tinha sido revitalizado, mas, aparentemente, todas as lojas vendiam velas perfumadas, sabonetes decorados e arranjos florais. Não havia nada para pessoas de verdade, não havia vida naquele lugar.

Chegamos à estação, e ela poderia ser qualquer estação em qualquer cidade americana, cheia de sem-teto que ficavam lá por causa do calor. Fedia a suor e decadência. Havia bêbados estendidos nos bancos dos quais ninguém em sã consciência se aproximaria por medo de ter a cabeça arrancada.

Olhei para os painéis que indicavam os destinos possíveis. Podíamos ir até De Land de trem e pegar um ônibus para Daytona. Eram quase seis da manhã, e o trem ia chegar às sete.

O guichê de venda de passagens já estava aberto e parecia ter sido copiado do 7-Eleven coreano, com grades de metal por todos os lados, pintadas de branco, mas descascadas. Eu mal podia ver o grande rosto negro por trás dela que estava exigindo saber aonde eu queria ir.

Uma hora depois entramos no trem, encontramos nossos assentos e desabamos neles. Nosso vagão estava vazio pela metade. Kelly encostou-se em mim, exausta.

– Nick?

– Sim?

Eu estava ocupado olhando para os outros passageiros. Todos se pareciam comigo, adultos atrapalhados cuidando de crianças.

– Aonde estamos indo?

– Visitar um amigo.

– Quem? – ela parecia feliz com a idéia. Provavelmente estava cheia da minha companhia.

– Ele mora perto da praia. O nome dele é Frankie.

– Nós vamos passar férias com ele?

– Não, o Frankie não é esse tipo de amigo.

Decidi continuar conversando, pois assim ela dormiria mais rápido. Os sons e movimentos ritmados do trem logo a fariam cair no sono.

– Quem é a sua melhor amiga? É a Melissa?

– É. Nós contamos coisas uma para a outra que juramos não contar para mais ninguém – depois de declarar seu amor eterno por Melissa, ela começou a me falar sobre todos os seus defeitos, que envolviam principalmente o fato de ela brincar com uma menina de quem Kelly não gostava.

– Quem é o seu melhor amigo, Nick?

Essa era fácil, mas eu não ia dizer o nome dele. Se fôssemos apanhados de novo, eu não queria que ele fosse mencionado e posto em perigo. O sol estava começando a nos esquentar através da janela. Eu me inclinei por cima dela e baixei a persiana.

– Meu melhor amigo se chama... David. – Era o mais diferente de Euan que eu fora capaz de pensar – assim como você e Melissa, nós contamos um para o outro coisas que ninguém mais sabe. Por exemplo, ele tem uma filha um pouco mais velha do que você. Ninguém mais sabe sobre ela além de David e eu – e agora você!

Não houve resposta. Ela estava começando a cochilar. Continuei mesmo assim, não sei por quê. – Nós nos conhecemos desde os dezessete anos e sempre fomos amigos – comecei a acariciar seu cabelo. Eu ia falar mais, mas achei muito difícil explicar. Euan e eu simplesmente estávamos ao lado um do outro, e sempre tinha sido assim. Era isso. Eu não sabia como colocar isso em palavras.

Capítulo Trinta e Um

Frank de Sabatino tinha sido riscado da lista de cartões de Natal da LCN – La Cosa Nostra – em Miami e, para sua própria proteção, tinha sido enviado ao Reino Unido num esquema do programa federal de proteção a testemunhas. Eu fizera parte da equipe que o vigiara durante os três meses que passou em Abergavenny antes de retornar aos Estados Unidos. Lembrava-me de Frankie como um homem de um metro e sessenta, seboso, de cabelos muito pretos e crespos, que pareciam ter passado por uma permanente no estilo dos jogadores de futebol dos anos oitenta. O resto dele parecia a própria bola de futebol.

O FBI estava investigando a LCN – eles não usam a palavra Máfia – no sul da Flórida e tinha descoberto que De Sabatino, um *nerd* de computadores de trinta e quatro anos que trabalhava para um dos principais chefões, tinha pegado para si centenas de milhares de dólares de suas operações com drogas. Os agentes do governo coagiram De Sabatino a reunir provas para a acusação. Ele não teve escolha porque, de outra forma, teria sido preso, e a LCN informada de seus esquemas. Os membros da LCN na prisão teriam feito o resto. Pat havia se relacionado bem com ele durante o serviço, e costumávamos brincar que talvez fosse por isso que ele tivesse se desligado logo depois. Eu agora sabia que Pat tinha gostado um pouco demais de provar a mercadoria.

As roupas de Frank eram tudo, menos discretas. Para ele, elegância era uma camisa cor-de-laranja pálido com calças roxas e botas de caubói de couro de jacaré. Qualquer coisa que ele vestisse ficaria esticada por causa da sua gordura. Não era preciso muita imaginação para vê-lo como um pervertido. Da última vez que soubera dele, tinha ganhado uma nova identidade depois do julgamento e, muito surpreendentemente, havia preferido ficar nos Estados Unidos e, ainda mais estranho, na Flórida. Talvez a variedade de camisas não fosse tão grande em outros lugares. Pensei novamente em ligar para Euan, mas o que ele poderia fazer por mim no momento? Decidi não chamá-lo, era melhor não gastar todos os meus recursos de uma vez só. Frankie me ajudaria a decodificar as coisas do PIRA, e depois Euan poderia entrar em cena quando eu estivesse de volta à Inglaterra.

Chegamos à estação de De Land um pouco antes das duas horas, e o ônibus estava nos esperando para nos levar à costa. Depois de tantas horas no ar-condicionado do trem, o calor da Flórida parecia uma fornalha. Nós dois piscávamos como morcegos sob o céu claro e opressivo, cercados de pessoas bronzeadas em roupas de verão. O painel eletrônico da estação avisava que a temperatura era de trinta e cinco graus centígrados. Entramos no ônibus quente, sentamo-nos e esperamos que o PVC grudasse em nossas costas enquanto roncávamos pela estrada até a rodoviária de Daytona.

A viagem foi tediosa. Ocasionalmente, por trás de nós, ouvíamos o som de trovão e uma mancha de cromo, couro e *jeans* esfiapados passava voando com o estrondo explosivo e distinto de uma Harley-Davidson. Eu tinha me esquecido de que Daytona era uma Meca dos motociclistas. Da janela do ônibus, dava para ver os restaurantes de beira de estrada cheios deles.

Duas horas depois atravessamos a ponte sobre o braço de mar que avançava em direção ao centro de Daytona. Pulamos dos assentos e pegamos nossa sacola. A primeira coisa que fiz foi comprar dois sucos de laranja espremidos na hora. Enquanto caminhávamos no abrigo da rodoviária, eu sentia o sol queimando minha pele sob a camisa.

Na fila do táxi, pedi ao motorista para nos levar a um hotel simples.

– Que tipo de simples?

– O tipo barato.

O motorista era latino. A voz de Gloria Estefan explodia no toca-fitas, ele tinha uma estatueta da Virgem Maria no painel, uma foto dos filhos pendurada no retrovisor e vestia uma camisa enorme, florida e chamativa que De Sabatino teria adorado. Desci o vidro da janela e deixei a brisa bater em meu rosto. Entramos na Avenida Atlantic e me vi olhando embasbacado para a faixa branca de areia que se estendia até o infinito. Passamos por lanchonetes, lojas de roupas e motos, restaurantes chineses, restaurantes de ostras, 7-Elevens, estacionamentos, hotéis cafonas, depois mais lanchonetes e lojas de roupa de praia.

A cidade inteira tinha sido construída para as férias. Para todo lado que eu me virava enxergava hotéis com murais coloridos. Quase todos tinham placas que diziam "Universitários são bem-vindos". Até mesmo uma convenção de líderes de torcida estava acontecendo: eu via montes de garotas de saias curtas dando pulinhos num campo de futebol ao lado do centro de convenções. Talvez Frankie estivesse lá, sentado num canto, babando.

– Falta muito? – Kelly perguntou.

O motorista disse: – Mais duas quadras, à esquerda.

Vi os hotéis pertencentes às cadeias de sempre e depois o nosso – o Hotel Castaway.

Parado na calçada em frente ao hotel, ouvindo a voz de Gloria desaparecer na distância, olhei para Kelly e disse: – É, eu sei – uma bosta.

Ela riu. – Bosta tripla com queijo.

Talvez fosse, mas parecia perfeito para nós. E o melhor, a diária custava apenas vinte e quatro dólares, embora só de olhar eu já soubesse que o lugar valia menos do que isso.

Contei a mesma história de sempre, acrescentando que ainda estávamos determinados a aproveitar nossas férias na Disney. Achei que a mulher da recepção não acreditou numa palavra do que eu disse, mas ela simplesmente não dava a mínima desde que eu lhe desse as notas que foram parar no bolso da frente de seus *jeans* pretos sujos.

O corredor em que ficava o nosso quarto estava cheio de garotos que não tinham cara de universitários em férias. Talvez estivessem na cidade por causa das líderes de torcida.

Nosso quarto era uma caixa pequena com uma vidraça numa das paredes. O chão tinha uma camada de poeira que seria uma pena limpar, e o calor refletido das paredes de concreto nos dava a sensação de estarmos no buraco negro de Calcutá.

– Depois que ligarmos o ar-condicionado, vai melhorar – eu disse.

– Que ar-condicionado? – Kelly perguntou, olhando para as paredes nuas.

Ela pulou em cima da cama, e eu podia jurar que ouvi milhares de pulgas gritando. – Podemos ir para a praia?

Eu estava pensando a mesma coisa, mas a primeira prioridade, como sempre, era o equipamento.

– Daqui a pouco. Você quer me ajudar a arrumar as coisas antes?

Ela pareceu feliz com a sugestão. Dei a ela os pentes da .45 do tiroteio em Lorton. – Você pode tirar as balas e colocá-las ali – apontei para o bolso lateral da sacola. Os pentes não cabiam na minha Sig, mas as balas eram iguais.

– Certo – ela parecia realmente satisfeita.

Não lhe mostrei como fazer aquilo para mantê-la ocupada. Escondi o disquete dentro do colchão, usando uma das chaves de fenda para rasgar o forro. Depois peguei os artigos de higiene, tomei um banho e fiz a barba. As cascas de meus ferimentos agora estavam mais rígidas e com uma cor mais escura. Vesti o *jeans* e a camiseta cinza novos e depois ajudei Kelly a se arrumar.

Eram quinze para as cinco. Ela ainda estava se vestindo quando eu me inclinei para o criado-mudo entre as duas camas e peguei a lista telefônica.

– A que você está assistindo? – apontei para a TV com o polegar.

– Pinky e Cérebro.

– Quem?

Ela começou a explicar, mas eu não estava escutando de verdade, apenas concordando e lendo a lista telefônica.

Eu estava procurando o sobrenome De Niro. Era um nome maluco de se escolher, mas eu recordava que era assim que ele tinha se rebatizado: Al De

Niro. Para alguém que deveria viver o resto da vida com muita discrição, não era exatamente o mais seguro, mas ele era o maior fã de Al e Bob. O motivo que o levou a se envolver com a indústria das drogas foi ter assistido a Al Pacino em *Scarface*. Toda sua vida tinha sido uma fantasia. Ele sabia de cor todos os diálogos dos filmes e tinha nos entretido em Abergavenny com imitações passáveis dos dois. Era triste, mas era verdade.

Desnecessário dizer que não havia ninguém na lista com o nome de A. De Niro. Tentei o número de auxílio à lista. Eles também não puderam me ajudar. O próximo passo seria começar a telefonar para todo o Estado ou contratar um detetive particular com algum pretexto falso, mas isso ia consumir muito tempo e dinheiro.

Levantei-me e andei coçando a bunda – até me dar conta de que Kelly estava me observando – e abri as cortinas. Nós éramos dois morcegos na bat-caverna novamente, expostos à luz mortal do sol. Entortando o pescoço para a esquerda, eu quase conseguia enxergar a vista para o mar pela qual tinha pago cinco dólares a mais. Havia pessoas deitadas por toda a praia: um casal que não conseguia tirar as mãos um do outro e famílias, algumas bronzeadas e outras como nós, os branquelos, que pareciam massa de pão crua. Talvez eles tivessem vindo no mesmo trem.

Os rapazes do quarto número três obviamente tinham acabado de instalar o aparelho de som do demônio, porque uma música com um baixo pesado começou a fazer as paredes vibrarem. Eu podia imaginar a poeira dançando. Eles saíram para o corredor, todos usando camisetas sem mangas coloridas e bermudas que batiam nos joelhos. Eles pareciam bêbados e passavam creme em suas tatuagens tribais novas, ainda não cicatrizadas.

Virei-me para Kelly. Ela estava feliz porque Pinky e Cérebro tinham salvado o mundo ou coisa parecida, mas parecia entediada. – O que vamos fazer agora? – perguntou.

– Preciso encontrar o meu amigo, mas não tenho certeza de onde ele mora. Estou pensando em como posso descobrir.

– É o cara dos computadores de quem você me falou?

Assenti.

Muito *blasé*, ela disse: – Por que você não tenta a Internet? – ela sequer estava olhando para mim, pois tinha voltado a assistir àquela merda na TV. Óbvio – o cara é maluco por computadores, ele tinha de estar na Internet, provavelmente surfando as páginas de pornografia em busca de fotos de adolescentes nuas. Era um ponto de partida tão bom como qualquer outro, e certamente melhor do que minha idéia do detetive particular.

Andei até a sacola. – Você sabe usar a Internet, não sabe?

– É claro. Nós aprendemos no Pré.

– Pré?

– O lugar para onde a gente vai antes de a escola começar, para os pais poderem trabalhar. E usamos a Internet todos os dias de manhã. Eles nos ensinam a usar.

Comecei a tirar o *laptop* da sacola, sentindo-me animado com o gênio daquela menina. A brigada *grunge* agora estava gritando no corredor. Hormônios.

Eu me dei conta de que, mesmo que o *laptop* tivesse uma placa de *modem* e *software* de navegação, não me adiantaria de nada. Eu não tinha um cartão de crédito que pudesse usar para me registrar e não podia usar os cartões roubados porque eles solicitariam um endereço para cobrança. Coloquei o *laptop* na cama.

– Boa idéia – eu disse –, mas não posso fazer isso com essa máquina.

Ainda olhando para a TV, ela agora estava tomando um Minute Maid quente que estava na sacola. Usava as duas mãos para segurar a caixa para não precisar inclinar a cabeça e perder alguma cena. Ela disse: – Vamos a um cibercafé. Quando a casa da Melissa ficou sem telefone por um tempão, a mãe dela ia ao cibercafé ler os *e-mails*.

– É mesmo?

O Cybercino era um café com *croissants*, quiches e sanduíches e tinha divisórias de escritório para criar pequenos cubículos. Em cada um deles havia um PC e um pequeno apoio para lanches e bebidas. Colados nas divisórias estavam avisos sobre as durações das sessões, como se conectar e pequenos cartões anunciando vários *sites*.

Comprei café, folhados e Coca-Cola e tentei me conectar. No fim, passei os controles para o piloto mais experiente. Kelly entrou no ciberespaço como se fosse o seu próprio quintal.

– Ele é do AOL, MSN, CompuServe ou qual? – ela perguntou.

Eu não fazia idéia.

Ela deu de ombros. – Vamos usar uma ferramenta de busca.

Menos de um minuto depois estávamos visitando um *site* chamado Info Space. Ela clicou sobre o ícone de *e-mail*, e uma caixa de diálogo apareceu.

– Sobrenome?

Soletrei De Niro.

– Nome?

– Al.

– Cidade?

– É melhor deixar em branco. Escreva só Flórida, ele pode ter se mudado.

Ela clicou *busca* e, momentos depois, seu *e-mail* surgiu na tela. Eu não podia acreditar. Havia até um ícone de Enviar Mensagem, no qual ela clicou.

Mandei uma mensagem dizendo que eu queria contatar Al De Niro – ou alguém que fosse um fã de Pacino e De Niro e que conhecesse "Nicky Dois", da Inglaterra. Esse era o apelido que De Sabatino me dera, porque havia três Nicks na equipe. Eu era o segundo que ele tinha conhecido. Quando nos encontrávamos, ele imitava o Poderoso Chefão, estendendo os braços e dizendo "eiii, Nicky Dois" enquanto me dava um beijo e um abraço. Ainda bem que ele fazia aquilo com todo mundo.

O café abriria no dia seguinte às dez horas. A taxa que pagamos incluía o uso do endereço do Cybercino, e eu encerrei dizendo que iria me conectar às dez e quinze da manhã seguinte para ler as mensagens. O risco de que esse *e-mail* estivesse sendo monitorado e que alguém fizesse a conexão entre mim e Nicky Dois era pequeno.

A esta altura eu estava faminto, e Kelly também, e queríamos mais do que *croissants*. Retornamos para a avenida principal e paramos no nosso restaurante favorito. Pedimos para viagem e comemos nossos Big Macs no caminho de volta. A temperatura ainda estava na casa dos trinta, mesmo àquela hora da noite.

– Podemos jogar minigolfe? – Kelly pediu, apontando para o que parecia uma mistura de Disneylândia com Gleneagles, com árvores, cachoeiras e um navio pirata, formando o que deveria ser uma Ilha do Tesouro excessiva.

Eu até que gostei daquilo. Não havia perigo, e foi um grande alívio da pressão, mesmo com Kelly roubando. Estávamos no buraco onze. Um dragão atrás de nós soprava água em vez de fogo pelas ventas.

– Nick?

– O que foi? – eu estava ocupado tentando negociar o ângulo de noventa graus de que precisava para embocar.

– Nós vamos encontrar o seu amigo, você sabe, o David?

– Algum dia, talvez – bati na bola e não funcionou. Fiquei preso no obstáculo de água.

– Você tem algum irmão ou irmã?

Parecia o Jogo das Vinte Perguntas. – Sim, tenho.

– Quantos?

Marquei meu cartão depois de seis tentativas num buraco de par três.

– Três irmãos – decidi cortar o interrogatório. – Eles se chamam... John, Joe e Jim.

– Ah. E quantos anos eles têm?

Ela me pegou com aquela. Eu nem sequer sabia onde eles moravam, quanto menos a idade deles. – Eu realmente não sei.

– Por que não?

Era difícil explicar, porque na verdade eu não sabia a resposta.

– Porque não – posicionei a bola para ela bater. – Vamos de uma vez, ou vamos atrasar todo mundo.

No caminho de volta, eu me senti estranhamente próximo a ela, e aquilo me preocupou. Ela parecia ter se aferrado a mim como um pai substituto, e nós só estávamos juntos havia seis dias. Eu não podia tomar o lugar de Kev e Marsha, mesmo que quisesse. A perspectiva era muito assustadora.

Tomamos sorvete no café da manhã e nos conectamos às dez e quinze. Havia uma mensagem à nossa espera, dizendo para visitarmos uma sala de *chat*.

Kelly bateu em algumas teclas, e lá estávamos nós. De Sabatino estava nos esperando, ou pelo menos alguém chamado Big Al estava. Uma caixa de diálogo nos convidou para irmos a outra sala para uma conversa em particular. Graças a Deus Kelly estava lá para me ajudar.

Fui direto ao ponto. Kelly teclou: – Preciso da sua ajuda.

– O que você quer?

– Estou com algo que preciso que você decodifique ou traduza. Não estou bem certo do que seja, mas sei que você é capaz de fazer.

– O que é? Trabalho?

Eu precisava despertar seu interesse. Para ele, a metade da motivação para roubar todo aquele dinheiro tinha sido simplesmente a emoção – o sumo. Pensando bem, Pat provavelmente tinha aprendido a expressão com Big Al. Esse cara gostava de aplicar golpes nos graúdos. Ele precisava se envolver, fazer parte de alguma coisa, e eu sabia que, se usasse a isca certa, viria me encontrar.

Eu falava, e ela escrevia: – Eu não vou contar para você! Acredite, é coisa boa. Se quiser ver, vai ter de me encontrar. Estou em Daytona – e então eu comecei a mentir: – Outras pessoas disseram que é impossível, então pensei em você.

A resposta veio imediatamente: – Qual formato? – ele estava fisgado.

Contei-lhe os detalhes.

Ele disse: – Posso encontrá-lo hoje depois das nove da noite. Na frente do Boot Hill Saloon, Rua Principal.

– Estarei lá.

Ele não tinha mudado nada. Kelly nos desconectou, e pagamos os doze dólares. Um centésimo do que teria me custado um detetive particular.

Agora tínhamos algumas horas para gastar. Compramos óculos de sol e também um par de *shorts*, uma camiseta e sandálias transadas para Kelly. Eu tinha de ficar do jeito que estava, com a camisa para fora das calças para cobrir a pistola. Minha única compra foi uma bandana para cobrir o corte na minha testa. Grandes óculos de aviador cobriam os mais abaixo.

Com o vento batendo no rosto, caminhamos pela praia. Era aquela hora do dia em que os restaurantes estavam começando a se encher de pessoas querendo almoçar cedo.

De volta ao hotel, fiz algumas ligações para me informar sobre vôos internacionais. Se o que Big Al decodificasse para mim parecesse ser o que Simmonds queria, Kelly e eu íamos nos mandar. Eu sabia que Big Al teria contatos e recursos para conseguir passaportes para nossa saída, e até mesmo dinheiro. Depois almoçamos e jogamos dezoito buracos com os piratas – eu a deixei ganhar –, e então estava na hora de começarmos a nos aprontar para o encontro.

Perto das sete e meia, o sol começou a se pôr, e o néon da rua se acendeu. Subitamente, estávamos em outro mundo, com música saindo de todas as lojas e adolescentes de carro subindo e descendo a rua muito acima do limite de velocidade.

Eu não sei por que, talvez fosse o clima, mas eu me sentia distante da situação em que estava. Éramos só nós dois, estávamos nos divertindo, tomando sorvete, caminhando e olhando as lojas. Ela estava fazendo coisas normais de criança, a ponto de ver alguma coisa numa vitrine qualquer e ficar me dando indiretas querendo dizer "não vai comprar para mim?". Eu me vi representando o pai, dizendo "não, acho que já gastamos o suficiente por hoje".

Eu me preocupava com ela. Achava que ela deveria estar mais triste, não deveria estar aceitando tudo tão bem. Talvez ela não tivesse entendido o que eu havia dito sobre sua família, talvez seu inconsciente estivesse bloqueando os fatos. No momento, porém, aquilo era exatamente do que eu precisava: uma criança se comportando normalmente.

Paramos em frente a uma loja de brinquedos. Ela me pediu um anel que brilhava no escuro. Eu menti e disse que não tinha mais dinheiro.

– Você não pode roubar para mim? – ela perguntou.

Tivemos uma conversa séria a respeito do certo e do errado. Ela estava gostando demais dessa história de fugitivos.

Agora eram cerca de quinze para as nove. Tínhamos comido uma *pizza* e, àquela hora da noite e em férias, a próxima coisa a fazer era comprar um Häagen Dazs. Depois, começamos a caminhar na direção do local do encontro com Big Al. Nós nos esprememos para passar entre as fileiras de motocicletas estacionadas e motociclistas bêbados, a maioria deles usando camisetas com *slogans* de motos.

Ficamos numa posição de onde eu podia enxergar as duas vias de aproximação ao Boot Hill Saloon, no antigo cemitério do outro lado da rua. Era tudo o que restava da cidade original dos anos vinte, a única coisa que não podia ser demolida para dar lugar a um hotel. Quando os motociclistas abriam as portas para entrar, o *rock* ribombava do bar. Ele colidia de frente com o *rap* e a música latina que escapavam dos carros que percorriam lentamente a rua. A noite apenas começava, e grupos de universitários passeavam em jipes e picapes com seis ou sete alto-falantes na parte de trás. Alguns tinham luzes azuis fluorescentes instaladas embaixo do carro: quando passavam, pareciam naves espaciais flutuantes tocando música de Marte. Pensei em nossos amigos da Cherokee e me perguntei se eles já teriam chegado a casa.

Kelly e eu esperamos, tomando nossos sorvetes, sentados num banco ao lado da Sra. J. Mostyn, que tinha ido para junto de Nosso Senhor em 16 de julho de 1924, que Deus acolhesse sua alma.

Capítulo Trinta e Dois

A Rua Principal não era na verdade a rua principal, mas a rua que conduzia da praia a uma ponte sobre o braço de mar. Daytona sedia todos os anos uma semana da motocicleta, e essa era a rua pela qual chegavam os milhares de motoqueiros. Era uma rua de um tema só, e esse tema eram as Harleys. Os estabelecimentos comerciais ou eram bares de motoqueiros ou lojas de peças, capacetes ou roupas de couro. E mesmo quando não era a época da convenção, viam-se motos com capacetes sobre os assentos estacionadas às dezenas em frente a bares com nomes como Boot Hill Saloon, Dirty Harry's ou Froggie's, no qual havia até uma moto feita de ossos empoeirados na janela.

Identifiquei Big Al a uma milha de distância, caminhando desajeitadamente em direção ao bar vindo da ponte. Ele vestia uma camisa havaiana azul, branca e amarela e calças rosa-bebê, ambas apertadas num corpo que estava ainda mais gordo do que eu me lembrava. O figurino era destacado por sapatos brancos e o mesmo penteado desgrenhado de figurante desempregado de *Miami Vice*. Na mão esquerda ele carregava uma valise, o que era um bom sinal: ele tinha trazido suas ferramentas de trabalho. Observei-o entrar numa charutaria e ressurgir chupando um enorme Corona.

Ele parou na frente do bar, cercado de Harleys. Descansou a valise entre os pés e ficou parado lá fumando o charuto como se fosse o dono do lugar. Atrás dele havia um imenso mural de um motoqueiro na praia, que cobria uma parede inteira do bar. Uma placa anunciava: "Proibidas cores, distintivos de clubes e insígnias".

Cutuquei Kelly. – Está vendo aquele homem lá?

– Qual deles?

– Aquele com a camisa florida, o gordo.

– Você está falando do Dr. Estranho?

– Do quê?

– Um nível acima de esquisito.

– Que seja – resmunguei. – Ele é o homem com quem vamos falar.

Um ônibus passou entre nós. Na lateral, ele mostrava um anúncio do SeaWorld com uma orca gigante pulando na piscina. Kelly e eu olhamos para o ônibus, depois nos entreolhamos e explodimos numa gargalhada.

Ela disse: – Por que não esperamos por ele lá?

– Não, não, o melhor é ficar por perto, observando. Está vendo o que eu estou fazendo? Estou olhando para os dois lados da rua para ter certeza de que ele não está sendo perseguido pelos caras que querem nos pegar. Assim eu sei que estamos seguros. O que você acha? Está tudo OK?

Ela assumiu ares de grande seriedade. Olhou para os dois lados e disse: – Tudo limpo – ela não fazia idéia do que estava procurando.

– Vamos lá, então, dê-me a sua mão. Temos de ter cuidado com esses carros que passam tão rápido.

Deixamos a Sra. Mostyn e paramos no meio-fio. Eu disse: – Quando nos encontrarmos com ele, talvez eu tenha de fazer coisas que vão parecer horríveis, mas na verdade não são, são coisas que nós fazemos o tempo todo, ele sabe disso.

Enquanto driblávamos os carros, ela disse: – OK – depois do que ela andava assistindo ultimamente, aquilo seria brincadeira de criança.

Chegamos mais perto, e ele certamente estava aparentando mais idade. Reconheceu-me a vinte metros de distância e, de repente, transformou-se novamente no Poderoso Chefão. Charuto na mão direita, braços abertos, cabeça inclinada para o lado, ele exclamou: – Aaahhh! É o Nicky Dois! – ele tinha um sorriso do tamanho de um melão nos lábios. Devia ser uma merda viver escondido, e finalmente ele encontrava alguém do passado com quem podia conversar livremente.

Enfiou o charuto na boca de novo, pegou a valise na mão direita e caminhou na nossa direção, com as coxas gordas coladas uma na outra. – Ei! Como vão as coisas? – ele sorriu e começou a sacudir a minha mão, ao mesmo tempo em que estudava Kelly. Ele fedia a loção pós-barba floral.

– E quem é essa menina bonita? – ele se abaixou para cumprimentá-la, e eu senti uma ligeira pontada de preocupação. Talvez o charme fosse genuíno, mas por algum motivo me fez sentir um pouco revoltado.

Eu disse: – Essa é Kelly, uma das filhas do meu amigo, e estou cuidando dela por um tempo.

Eu duvidava muito de que ele soubesse o que andara acontecendo no norte. Ele certamente não conhecia Kev.

Ainda abaixado e segurando a mão dela por um segundo a mais do que o normal, ele disse: – Este lugar é muito legal, temos o SeaWorld, a Disney-World, tudo para fazer uma menininha feliz. Este é o Estado do Sol!

Ele se ergueu, ligeiramente ofegante. – Para onde vamos? – apontou cheio de esperança e disse: – Ao Píer da Rua Principal? Camarões?

Balancei a cabeça. – Não, nós vamos voltar para o hotel. Lá estão as coisas que eu quero que você examine. Venha comigo.

Segurei a mão de Kelly com a minha direita e passei-o para o meu lado esquerdo. Enquanto caminhávamos, trocamos algumas palavras sobre como era ótimo nos encontrarmos novamente, mas ele sabia muito bem que este encontro não era casual. Ele gostava disso, essas coisas o animavam, assim como Al e Bob.

Dobramos à direita e depois à esquerda e chegamos a uma área de estacionamento atrás das lojas. Olhei para Kelly e fiz um gesto com a cabeça para mostrar que estava tudo bem e então larguei sua mão. Big Al ainda estava tagarelando. Agarrei seu braço esquerdo com as duas mãos e usei seu próprio peso para virá-lo contra a parede. Ele quicou contra os tijolos. Empurrei-o para dentro do vão da saída de incêndio de um restaurante.

– Está tudo bem, eu estou limpo. – Big Al estava mantendo a voz baixa. Ele conhecia a rotina.

Só de olhar para ele dava para ver que ele não poderia esconder nem mesmo uma carta de baralho sob as roupas, do jeito que o tecido estava esticado contra sua pele. No entanto, corri a mão pelas suas costas para checar se ele não tinha nada escondido na região lombar. A curva natural a torna um lugar excelente para guardar uma arma, e o Big Al tinha mais curvas do que a maior parte das pessoas. Continuei a revistá-lo.

Ele baixou os olhos para Kelly, que estava assistindo a tudo, e piscou. – Você deve ter visto ele fazer isso muitas vezes.

– O papai também faz isso, lá no céu.

– Ah, OK, garota esperta, garota esperta – ele olhou para ela e ficou tentando entender aquela.

Então veio a parte da qual ele provavelmente mais gostava, quando eu corri a mão para cima e para baixo das suas pernas. Verifiquei minuciosamente a parte de cima e disse: – Você sabe que eu agora preciso examinar a sua valise, não sabe?

– Certo, sem problema – ele ergueu a tampa. Encontrei dois charutos dentro de tubos e todos os elementos do seu trabalho: disquetes, um *drive* de *backup*, fios, cabos, todo tipo de peça. Apalpei o fundo para ver se não era falso.

Eu estava satisfeito, e ele também. Na verdade, ele provavelmente estava de pau duro.

Eu disse: – Certo, vamos.

– Vamos comprar sorvete no caminho – ele sugeriu.

Acenamos para um táxi. Kelly e eu sentamos atrás e ele se espremeu no banco da frente, apoiando um pote de um quilo de sorvete sobre a valise.

Chegamos ao hotel e fomos para o quarto. Sua linguagem corporal estava animada, provavelmente porque ele pensava estar de volta aos velhos tempos, com espiões e encontros secretos. E o aspecto barato do quarto só tornou a situação ainda mais excitante para ele. Ele deitou a valise numa das camas, abriu e começou a tirar de dentro todos os seus truques. Tentou puxar conversa: – Então, o que você anda fazendo agora?

Não respondi.

Kelly e eu estávamos sentados na cama, sem fazer nada além de observar o que acontecia. Ela começou a se interessar pela situação.

– Você tem algum *game*? – ela perguntou.

Pensei que De Sabatino iria olhar para ela com desprezo e dizer "eu sou um técnico, eu não tenho *games*!". Ao contrário, disse: – Tenho vários. Se der tempo, talvez a gente possa jogar alguns. De quais você gosta?

Eles se distraíram numa conversa sobre *Quake* e *Third Dimension*. Eu me intrometi e disse: – Então, o que você anda fazendo ultimamente?

– Eu ensino pessoas a usarem essas máquinas – apontou para o *laptop*. – Também trabalho para alguns detetives particulares da área, entrando em contas bancárias, esse tipo de coisa. Serviços discretos, mas assim é melhor. Eu preciso ficar na minha.

Quase sufocado de Kouros e olhando para suas roupas, eu nem queria saber qual seria a sua idéia de indiscreto.

Sem ter obtido resposta para sua pergunta original, ele parecia compelido a preencher o silêncio. Deu uma risadinha e disse: – Ainda consegui ficar com algumas centenas de milhares! Com mais o que ganhei para começar vida nova, as coisas não estão tão mal.

Suas mãos não paravam, ligando fios e peças ao *laptop*. Fiquei em silêncio, observando. Ele tentou de novo: – E você? O mesmo de sempre?

– É, a mesma coisa de sempre. Isso e aquilo.

Sentado à mesa, de costas para mim, ele estava concentrado no que fazia com o *laptop*. – O que é exatamente isso e aquilo? Você ainda é um... como é mesmo?... espião?

– Também.

– Você está trabalhando?

– Estou, estou trabalhando.

Ele riu. – Seu filho-da-puta mentiroso! – Olhou para Kelly e disse: – Opa! Vocês aprendem francês na escola? – virou-se para mim de novo e disse: – Você não precisaria de mim se estivesse trabalhando, ia arranjar outra pessoa para fazer isso. Você não consegue enganar o Big Al fodão! – olhou para Kelly e disse: – *Français!* – depois olhou de novo para mim e perguntou: – Você ainda é casado?

As notas da Microsoft soaram quando o Windows 95 abriu na máquina dele.

– Eu me divorciei três anos atrás – disse. – Foi o trabalho, essas coisas. Não tenho notícias dela há uns dois anos. Acho que está morando em algum lugar da Escócia, não sei.

De repente, dei-me conta de que Kelly estava ouvindo essa conversa com muita atenção.

Ele piscou para ela. – Exatamente como eu: jovem, livre e solteiro! – Big Al era uma figura triste, e eu provavelmente era o mais próximo que ele tinha de um amigo.

A batida pesada do *rap* começou a soar pelo corredor. Eu podia ouvir os rapazes cantando desafinadamente, acompanhados de vozes femininas. Aparentemente, tinham encontrado as líderes de torcida.

Entreguei-lhe o disquete de *backup*, e logo ele estava zumbindo no *drive*. Eu não demoraria muito para obter algumas respostas. A essa altura, havia um manto de fumaça de charuto pairando junto ao teto que, somado ao Kouros e à falta de ar-condicionado, tornava a peça quase insuportável. Nós íamos nos mudar dali assim que Big Al fosse embora.

Puxei a cortina para ver como estavam as coisas lá fora, e então abri a janela. Os rapazes estavam a mil, entretendo um grupo de garotas fascinadas, e havia latas vazias de cerveja por todo o corredor. Talvez Big Al devesse investir numa tatuagem tribal e um par de bermudas largas.

O primeiro lote de documentos surgiu na tela, e eu olhei sobre o ombro dele enquanto digitava na semi-escuridão. Apontei para uma das planilhas. – É aqui que eu estou com problemas. Não tenho idéia do que isso significa. Alguma sugestão?

– Vou lhe dizer o que temos aqui – seus olhos não saíam da tela. – Isso são registros de envios e pagamentos. Do que, eu não sei – ele apontou para a tela, e seu dedo a tocou, fazendo tremer o líquido que havia por baixo. – Nunca toque na tela! – repreendeu a si mesmo, como se estivesse falando com um de seus alunos. Ele estava adorando aquilo, estava realmente se envolvendo na situação.

– Está vendo isso aqui? – sua voz mudou de tom, de pobre infeliz para alguém que sabia o que estava fazendo.

Olhei para as colunas encimadas por grupos de iniciais como UM, JC, PJS. Ele disse: – Elas se referem a envios. Descrevem o que vai para onde e para quem.

Ele começou a descer as páginas, confirmando o conteúdo para si mesmo. Enquanto olhava, assentia enfaticamente. – É certo que são envios e pagamentos. Como você conseguiu essas coisas? Você não é exatamente versado em computadores, e é impossível que esse material não tivesse uma senha.

– Eu tinha um programa farejador.

– Uau! Qual deles? – o *nerd* de computadores estava de volta.

– Mexy Vinte e Um – menti.

– Esse programa é uma merda! Opa, um lixo! Agora existem outros que fazem o serviço três vezes mais rápido – olhou para Kelly. – Este é o problema com os ingleses, eles ainda estão na idade do vapor.

Ele agora tinha saído das planilhas e estava examinando os nomes dos outros arquivos.

Eu disse: – Esse é outro conjunto de arquivos com os quais eu tive dificuldades. Você consegue decodificá-los?

– Não estou entendendo – ele disse. – Com quais arquivos você está tendo dificuldade?

– Bem, eles estão em código, ou algo assim, apenas um monte de letras e números aleatórios. Você teria como decifrá-los? – ele me fazia sentir como uma criança de dez anos tendo de pedir para alguém amarrar seus sapatos.

Ele leu os nomes dos arquivos. – Você quer dizer essas GIFs? – ele disse. – São arquivos gráficos, só isso. Você só precisa de um programa gráfico para abri-los.

Ele bateu em algumas teclas, encontrou o que estava procurando e selecionou um dos arquivos. – São fotografias escaneadas – disse.

Estendeu o braço e abriu o pote de sorvete, pegou uma das colheres e começou a comer. Jogou uma colher para Kelly e disse: – É melhor você vir para cá antes que o Tio Al termine tudo sozinho.

A primeira imagem estava na tela. Era uma foto granulada em preto e branco de duas pessoas em pé no alto de uma escadaria que levava a um edifício antigo. Eu conhecia os dois homens muito bem. Seamus Macauley e Liam Fernahan eram dois "executivos" que comandavam muitas operações de levantamento de fundos para o PIRA. Eles eram bons de negócio, tanto que uma vez até conseguiram que o governo britânico apoiasse um esquema de financiamento para a revitalização de cidades da Irlanda do Norte. O objetivo era criar empregos locais. O governo foi convencido de que, se uma comunidade fosse responsável por sua própria reconstrução, haveria menos chance de seus membros quererem explodi-la. Mas o que o governo não sabia era que os empreiteiros só podiam contratar pessoas que o PIRA indicava. Essas pessoas ainda estavam recebendo seguro-desemprego e outros benefícios sociais, e o PIRA levava uma parte para permitir que eles trabalhassem ilegalmente nos canteiros de obras, de modo que a coisa toda custava o dobro para o governo – e, é claro, os construtores também levavam a sua parte. E se o governo estava pagando, por que não explodir para reconstruir de novo?

Sem dúvida, o PIRA estava muito distante dos dias de pedir moedas nas ruas de Belfast, Kilburn e Boston. Tanto que o Ministério para a Irlanda do Norte tinha estabelecido uma Unidade de Combate ao Financiamento Terrorista como contramedida em 1988, formada por especialistas em contabilidade, direito, tributos e informática. Euan e eu tínhamos trabalhado muito com eles.

Big Al agora estava abrindo e examinando uma série de fotos de Macauley e Fernahan cumprimentando dois outros homens, depois descendo a escadaria e entrando num Merc. Um deles era o finado Sr. Morgan McGear, elegantemente vestido num terno que eu logo reconheci. Dei uma olhada rápida para Kelly, mas estava claro que o rosto dele não significava nada para ela. O quarto homem eu não fazia idéia de quem fosse. Isso não importava muito no momento.

A fotografia tinha sido tirada em segredo: havia áreas escuras ao redor das bordas das imagens em que eles não tinham obtido a abertura correta. Mas era boa o suficiente para que eu pudesse identificar, pelos carros estacionados no fundo, que eles estavam na Europa.

Eu disse: – Vamos ver a próxima.

De Sabatino sabia que eu tinha reconhecido alguém ou alguma coisa. Estava olhando para mim, louco para saber o que era, querendo se envolver na história. Ele tinha passado cinco anos na geladeira, e essa era sua chance de retorno.

Eu não ia contar porra nenhuma para ele. – Vamos em frente.

Ele abriu outro grupo de imagens, mas essas não significavam nada para mim.

Big Al examinou-as. O grande sorriso de melão retornou ao seu rosto. – Agora eu sei a que se referem aquelas planilhas.

– O que é?

– *Esta es la coca, señor!* Ei, eu conheço este cara. Ele trabalha para os cartéis.

Eu estava olhando para um homem latino de uns quarenta anos, muito elegante, saindo de um carro. Pelo fundo da imagem, eu sabia que a foto havia sido tirada nos Estados Unidos. – Este é Raoul Martinez – ele disse. – Faz parte da delegação colombiana de comércio.

Aquilo estava ficando cada vez mais interessante. O PIRA sempre afirmara que não tinha qualquer associação com o tráfico de drogas, mas os lucros eram grandes demais para que eles ignorassem. O que eu tinha à minha frente agora eram provas consistentes do seu envolvimento direto com os cartéis. Mas isso ainda não resolvia o meu problema.

Ele abria uma foto depois da outra. – Você vai ver Raoul com mais alguém em um minuto, eu garanto – ele clicou em mais duas. – Aí está: o grande e malvado Sal.

Essa outra figura era mais ou menos da mesma idade, mas muito mais alta. Ele provavelmente tinha sido levantador de peso em algum momento, depois inflou até uns cento e dez ou cento e vinte quilos. Sal era muito grande e muito careca.

De Sabatino disse: – Martinez está sempre com ele. Costumávamos fazer muitos negócios com eles nos velhos tempos. Um homem bom, homem de família. Mandávamos a cocaína pela costa leste até a fronteira do Canadá e precisávamos que tudo corresse bem para facilitar a rota. Esses rapazes faziam o que era necessário, e todo mundo ganhava seu dinheiro. É, esses caras são legais.

Enquanto repassávamos as fotografias, vi os dois jantando num restaurante com outro homem, branco.

Big Al disse: – Não faço idéia de quem seja esse.

Eu estava olhando por cima do ombro de De Sabatino, concentrado na tela.

Kelly puxou minha manga: – Nick?

– Espere um minuto – virei a cabeça para Big Al. – Nenhuma pista?

– Nada.

– Nick?

– Agora não, Kelly.

Ela se intrometeu de novo: – Nick, Nick!

– Volte para o...

– Nick, Nick! Eu sei quem é aquele homem!

Olhei para ela: – Qual homem?

– O homem da fotografia – ela sorriu. – Você disse que não sabia quem ele era, mas eu sei.

– Este aqui? – apontei para Martinez.

– Não, o de antes.

Big Al fechou mais algumas janelas. – Este! Aquele bem ali!

Era o homem branco que estava sentado com Raoul e o grande e malvado Sal.

Eu disse: – Você tem certeza?

– Tenho.

– Quem é ele? – depois de nossa experiência com o vídeo eu esperava que ela identificasse qualquer um, de Clint Eastwood a Brad Pitt.

– É o chefe do papai.

Houve um longo e palpável silêncio enquanto eu digeria aquilo. Big Al estava assoprando por entre os dentes. Eu disse: – O que você quer dizer com o chefe do papai?

– Ele veio jantar na nossa casa com uma mulher.

– Você se lembra do nome dele?

– Não, eu desci para beber água e eles estavam jantando com mamãe e papai. O papai me deixou dizer boa-noite e disse: "Dê um sorriso bem grande, Kelly, este é o meu chefe!" – ela fez uma boa imitação de Kev, e eu vi uma nuvem de tristeza passar pelos seus olhos.

Big Al entrou na conversa: – Epa! Aí está! Quem é o seu papai?

Eu me virei para ele: – Cale a boca!

Fiz ele sair da cadeira e me sentei com Kelly no colo, para que ela tivesse uma visão melhor da tela. – Você tem certeza absoluta de que ele é o chefe do papai?

– Sim, eu sei que é o chefe dele, o papai me contou. No dia seguinte, eu e a mamãe ficamos rindo do bigode dele, porque ele parecia um caubói.

Era verdade, ele parecia saído de um anúncio de Marlboro. Enquanto ela apontava, seu dedo tocou a tela, e o chefe de papai ficou distorcido. Estar com Kelly nos braços olhando para alguém que podia ter sido responsável pela morte de seu pai me dava vontade de fazer a mesma coisa com ele em pessoa.

Olhei para Big Al. – Vamos repassar todas as fotos.

A festa no corredor estava animadíssima. Big Al sentou na cadeira e voltou ao arquivo da foto de Macauley e Fernahan com McGear. – Você conhece essas pessoas? – Kelly respondeu à minha pergunta com um não, mas eu não estava realmente ouvindo o que ela dizia. Eu estava no meu próprio mundo. Eu tinha notado dois outros carros estacionados do outro lado da rua. Olhei para os números das placas e entendi onde as fotos tinham sido tiradas.

– Gibraltar – não consegui evitar que eles ouvissem.

Big Al apontou para Macauley e companhia. – Estes são terroristas irlandeses?

– Mais ou menos.

Fiz uma pausa, tentando entender aquilo.

Big Al exclamou: – Para mim, é óbvio o que está acontecendo.

– E o que é?

– Eu sabia que os terroristas irlandeses estavam comprando cocaína dos colombianos. Ela vinha pela rota normal até a Flórida, depois para o Caribe e o norte da África. Dali eles usavam Gibraltar como o ponto de distribuição para o resto da Europa. Eles ganhavam fortunas e, ao mesmo tempo, ganhávamos a nossa parte por permitir que eles a transportassem via sul da Flórida. Mas, de repente, no fim de 1987, ela parou de passar por Gibraltar.

– Por quê? – eu estava achando difícil manter a calma.

Big Al deu de ombros. – Houve um problema muito grande com os locais. Acho que agora a coca passa pela África do Sul e de lá para a costa da Espanha, algo assim. Eles têm ligações com outros terroristas de lá.

– O ETA?

– Sei lá. Terroristas, guerrilheiros, chame como quiser, para mim são apenas traficantes. De qualquer maneira, eles agora ajudam os irlandeses. Não há dúvida de que Raoul acertou as coisas com o chefe do papai no lado oficial para garantir que a rota da Flórida permanecesse aberta para os irlandeses, porque, de outra forma, os colombianos a teriam dado para alguém mais.

– Do jeito como você fala, parece que eles loteiam rotas aéreas ou algo assim.

Big Al deu de ombros outra vez. – Exato. São os negócios – ele falava como se tudo aquilo fosse do conhecimento geral. Para mim, era novidade.

Então com quem o PIRA estava falando em Gibraltar? Eles estariam lá numa tentativa de manter o tráfico de drogas funcionando? Recordei que, em setembro de 1988, Sir Peter Terry, que tinha tido uma atuação fundamental no sentido de pressionar o governo a reprimir o transporte de drogas e tinha sido governador de Gibraltar até o início daquele ano, havia sobrevivido por pouco a uma tentativa de assassinato em sua casa em Staffordshire. Um pistoleiro, que nunca fora capturado, tinha lhe dado as boas-vindas com vinte tiros de AK47 – algo que eu sabia que o Sr. McGear estava acostumado a fazer. Talvez o quarto homem na fotografia estivesse recebendo um aviso semelhante. E haveria alguma espécie de ligação entre o fim da distribuição de drogas e a morte dos jogadores do PIRA lá apenas alguns meses mais tarde?

O que quer que fosse, confirmava que coisas estranhas estavam se passando com alguns membros do DEA, incluindo o chefe de Kev. Talvez ele estivesse recebendo dinheiro do PIRA, e Kev tivesse descoberto.

Big Al assoprou por entre os dentes mais uma vez. – Você tem um pacote completo aqui, meu chapa. Qual deles você vai chantagear?

– Chantagear?

– Nicky... você tem um funcionário graduado do DEA conversando com altos membros do cartel, seus terroristas e o governo de Gibraltar, agentes da lei, tudo. Você está tentando me dizer que essas fotos não são para fins de chantagem? Fale sério! Se você não vai usá-las, então quem tirou estas fotos certamente vai.

Capítulo Trinta e Três

Repassamos todas as fotografias mais uma vez. Kelly não reconheceu nenhuma outra pessoa.

Perguntei a De Sabatino se havia algum meio de tornar as imagens mais nítidas.

– Para quê? Parece que você já conhece todo mundo – ele estava certo. Eu só queria que Kelly visse "o chefe do papai" mais de perto.

Fez-se um silêncio por cerca de três minutos, enquanto ele clicava sem parar.

– O que mais você sabe a respeito de Gibraltar? – perguntei.

– Não muito. O que mais você quer? – seu segundo charuto estava pela metade, e Kelly estava afastando a fumaça com as mãos. – É o de sempre: se você tem dinheiro suficiente, faz um negócio com os colombianos e manda a coisa para dentro da Europa. Todos os outros fora-da-lei fazem isso, por que não os seus irlandeses?

Big Al estava olhando para mim como se o que nós tínhamos descoberto fosse muito trivial. E eu tinha de admitir que não parecia motivo suficiente para a morte de Kev e sua família.

O silêncio estava demais, e Big Al teve de falar alguma coisa: – De qualquer forma, alguém definitivamente está pensando em chantagem.

Eu não tinha tanta certeza. Talvez aquilo fosse alguma espécie de seguro para o PIRA. Se o chefe de Kev ou o governo de Gibraltar decidisse não brincar mais, talvez aquilo os mantivesse no jogo.

Olhei para Kelly. – Você pode me fazer um favor? Pode buscar algumas latas de refrigerante?

Ela pareceu feliz de sair da fumaça. Fui com ela até a porta e puxei a cortina para enxergar as máquinas. O corredor estava vazio, a porta dos garotos fechada, mas a música ainda ribombava pelas paredes finas. Lá dentro, não havia dúvida de que as líderes de torcida estavam ensaiando algumas coreografias. Observei Kelly até ela chegar às máquinas, depois sentei-me na cama. Big Al ainda estava brincando com o *laptop*.

– Apareci na casa dos pais dela uma semana atrás – eu disse. – Todos estavam mortos. Ele era do DEA e foi assassinado por pessoas que conhecia – apontei para a tela. – Agora temos o chefe do papai conversando com os cartéis. Faz sentido supormos que o que temos aqui é corrupção dentro do DEA, envolvendo o transporte de drogas via Flórida para terroristas irlandeses, que a fazem entrar na Europa via Gibraltar. Só que agora parece que eles tiveram alguns problemas no fim de oitenta e sete.

Big Al não estava escutando. A idéia de um agente corrupto do DEA o tinha levado para outro planeta. – Muito bem! Você vai ferrar esse canalha?

– Eu não sei o que vou fazer.

– Acabe com ele, Nicky! Eu odeio tiras! Eu odeio o DEA! Odeio todos os filhos-da-puta que foderam com a minha vida. Tenho de viver como um ermitão! Programa Federal de Testemunhas uma ova!

Cinco anos de frustração estavam prestes a explodir de dentro dele, e eu não tinha tempo para aquilo. – Frankie, eu preciso de um carro.

Ele não estava escutando. – Eles me usaram, depois simplesmente me ferraram...

– Preciso de um carro.

Lentamente, ele começou a voltar à Terra. – Certo, OK, por quanto tempo?

– Dois dias, talvez três. E preciso de dinheiro.

– Para quando?

– Agora.

Big Al era estranho e ridículo, muito burro e ingênuo para estar nesse mundinho, mas eu tinha pena dele. O fato de eu procurá-lo devia ser a melhor coisa que lhe acontecera em muitos anos. A vida deve ser uma merda sem amigos e sempre com a preocupação de ser um alvo. Mas era assim que a minha ia ser se eu não levasse estas coisas a Simmonds.

Big Al usou o telefone do quarto para chamar uma locadora de veículos. Levaria cerca de uma hora para o carro ser entregue, então nós três fomos a um caixa automático. Ele sacou mil e duzentos dólares de quatro contas diferentes. – Nunca se sabe quando se vai precisar de *mucho dinero* muito rápido! – sorriu. Talvez ele não fosse tão burro assim.

De volta ao quarto, esperando pelo carro, pude sentir que havia algo mais na cabeça dele. Ele obviamente andara maquinando alguma coisa na última meia hora.

– Você gostaria de ganhar dinheiro, Nick, dinheiro de verdade?

Eu estava checando minha sacola para me certificar de que não tinha deixado nada.

– Por quê? Você vai me dar um pouco?

– Mais ou menos – ele parou ao meu lado enquanto eu fechava a sacola. – Naqueles arquivos estão alguns números de contas correntes recheadas de narcodólares. Só preciso de dois minutos para acessar o que preciso e depois posso entrar nelas. Faço isso com um olho fechado – ele passou um braço em torno dos meus ombros. – Nick, dois minutos no meu *laptop* e nós estamos falando de enriquecimento de verdade. O que você acha? – a cabeça dele estava balançando mil vezes por minuto, e seus olhos não deixavam os meus.

Deixei ele suar um pouco. – Como posso saber que vou receber meus cinqüenta por cento? – achei bom informá-lo do quanto eu queria.

– Posso transferir para onde você quiser. E não se preocupe, depois que eu mexer no dinheiro, eles nunca vão saber para onde ele foi.

Tive de sorrir. Uma coisa que Frank de Sabatino sabia fazer era esconder dinheiro. – Vamos lá, Nicky Dois, o que você me diz? – ele estava olhando para mim com os braços abertos, parecendo uma criança que tinha aprontado alguma.

Dei a ele o tempo que precisava com o *laptop* e anotei o número da conta para a qual ele podia transferir a minha parte. Que se fodessem, Kelly ia precisar de dinheiro para a escola e outras coisas, e eu queria uma recompensa por trabalhar contra essas pessoas por tantos anos. Eu me sentia bem e, de qualquer forma, eram apenas negócios.

Ele terminou. Havia uma expressão séria e profissional em seu rosto. – Para onde vocês estão indo agora? – perguntou.

– Não vou lhe dizer, você sabe como isso funciona. Pessoas que eu contatei agora estão mortas, e eu não quero que isso aconteça com você.

– Seu mentiroso de merda! – ele olhou para Kelly e deu de ombros. – Você não quer que eu saiba para não abrir a boca para ninguém.

– Não é o caso – eu disse, embora de fato fosse. – Se você fizesse isso, ou não me mandasse o dinheiro, você sabe o que eu faria.

Ele ergueu uma sobrancelha, interrogativamente.

Olhei para ele e sorri. – Eu daria um jeito para que as pessoas certas soubessem onde você está.

A cor se esvaiu de seu rosto por um momento, depois o melão voltou. Ele balançou a cabeça. – Eu posso ter ficado de fora por algum tempo, mas vejo que nada mudou.

O telefone tocou. O Nissan azul estava esperando em frente à recepção. Big Al assinou o recibo da entrega e me deu a cópia do cliente para a devolução. Kelly e eu entramos, Big Al ficou na calçada com sua valise. Apertei o botão para abrir as janelas. O *rap* ainda tocava no fundo.

– Ouça, Al, vou mandar um *e-mail* dizendo onde vou largar o carro, OK?

Ele assentiu lentamente. Estava começando a se dar conta de que ia nos perder.

– Você quer uma carona para algum lugar?

– Não, eu tenho trabalho a fazer. Podemos estar ricos amanhã de manhã.

Apertamos as mãos pela janela. Al sorriu para Kelly e disse: – Não deixe de visitar o Tio Al daqui a uns dez anos, mocinha. O sorvete é por minha conta.

Começamos a descer lentamente a avenida, que ainda estava apinhada. Havia tanto néon, que os postes da rua eram supérfluos.

Kelly estava no banco de trás, olhando pela janela, depois para o espaço, perdida no seu próprio mundo. Não contei a ela que tínhamos uma viagem de mil e cem quilômetros à nossa frente.

Logo Daytona ficou para trás, e nós estávamos de volta à estrada. Enquanto dirigia, eu matutava sobre as palavras de Kev: "Você não vai acreditar no que eu tenho aqui. Seus amigos do outro lado do oceano andam ocupados". E ele também dissera: "Acabo de começar uma coisa e gostaria de ouvir a sua opinião". Isso queria dizer que ele tinha falado com seu chefe? E o chefe então teria mandado apagá-lo? Mas Kev não falaria com ninguém do DEA se suspeitasse de corrupção. Então para quem ele ligou?

Eu tinha algumas coisas valiosas do escritório do PIRA, muitas das quais eu não compreendia, mas talvez Kev tivesse mais. Quanto mais informações eu obtivesse, melhor seria para mim quando eu as levasse a Simmonds, e era por isso que estávamos retornando a Washington.

Quando chegamos à interestadual, coloquei o carro no piloto automático e minha cabeça em ponto morto.

Viajamos a noite inteira, parando apenas para reabastecer e ingerir cafeína suficiente para me manter acordado. Comprei latas de Coca-Cola para manter os níveis altos e para o caso de Kelly acordar.

Ao amanhecer, pude perceber as primeiras mudanças na paisagem, prova de que estávamos subindo para um clima mais temperado. Então o sol surgiu, uma grande bola ardente à minha direita, e meus olhos começaram a arder.

Paramos em outro posto de gasolina para abastecer. Desta vez Kelly se remexeu. – Onde estamos? – bocejou.

– Eu não sei.

– E aonde estamos indo?

– É surpresa.

– Fale sobre a sua mulher – ela disse.

– Parece que faz tanto tempo que eu mal me lembro dela.

Olhei para o retrovisor. Ela tinha se deitado novamente, cansada demais para insistir. Ou talvez estivesse sofrendo de tédio terminal, e quem poderia culpá-la?

* * *

Eu queria voltar à casa de Kev para ver o que ele tinha, e queria entrar ao cair da noite. Eu sabia que devia haver um cofre ou algo parecido em algum lugar da casa – onde, exatamente, teríamos de descobrir. Depois, eu queria sair de Washington antes que amanhecesse novamente. Big Al ainda não sabia, mas ia nos ajudar a sair dos Estados Unidos. Se não quisesse fazê-lo voluntariamente, eu lhe daria um empurrãozinho.

No meio da manhã, Kelly estava totalmente acordada, lendo uma revista que eu tinha comprado para ela na última parada. Ela estava deitada no banco, sem sapatos, totalmente absorta. Nós não tínhamos conversado. Estávamos num mundo de embalagens vazias de doces, xícaras de café de isopor, pacotes de batatas fritas e garrafas de Coca-Cola.

– Kelly?

– Humn?

– Sabe como na sua casa o papai tinha um esconderijo para você e Aida?

– Sim?

– Bem, você sabe se o papai tinha algum esconderijo para coisas importantes como dinheiro, ou um lugar para a mamãe guardar seus anéis? Ele tinha um lugar especial onde guardava suas coisas?

– Tinha, sim, o papai tinha seu lugar especial.

Fingindo estar ocupado com os controles do carro, eu disse: – Ah, e onde era esse lugar?

– No escritório dele.

O que fazia sentido. Mas aquela era a peça que tinha sido revirada.

– Onde exatamente?

– Na parede.

– Em que parte?

– Na parede! Eu vi o papai mexendo ali uma vez. Nós não podíamos entrar no escritório, mas a porta estava aberta, e nós tínhamos acabado de voltar da escola e vimos o papai colocando uma coisa ali dentro. Nós estávamos bem na porta e ele não nos viu.

– É atrás do quadro? – perguntei, embora ele jamais fosse ser tão burro.

– Não, atrás da madeira.

– Da madeira?

– Da madeira.

– Você poderia me mostrar?

– É para lá que estamos indo? – ela deu um pulo no banco e se sentou. – Eu quero Jenny e Ricky!

– Não podemos visitá-los quando chegarmos lá porque eles vão estar ocupados.

Ela me olhou como se eu estivesse louco. – São os meus ursinhos, eu já disse! Estão no meu quarto! Posso pegá-los? Eles precisam de mim.

Eu me senti um idiota. – É claro que pode. Desde que você fique quietinha – eu sabia que ela não ia parar por aí.

– Posso visitar a Melissa para pedir desculpas por ter perdido a festa?

– Não vai dar tempo.

– Mas você vai telefonar para a mãe dela.

Concordei.

Comecei a ver sinais de Washington. Estávamos na estrada havia quase dezoito horas. Meus olhos ardiam mais do que nunca, apesar do ar-condicionado a todo vapor. Chegaríamos lá em duas horas, mas ainda teríamos algumas horas de espera até o amanhecer. Parei numa área de descanso e tentei dormir. Aquela seria uma noite movimentada.

Kelly estava no banco de trás, perdida num mar de comida velha, suor e meus peidos.

Eram cerca de seis da tarde quando chegamos ao acesso para Lorton. Pela primeira vez não estava chovendo, apenas nublado. Só mais quarenta e cinco minutos.

Eu não enxergava Kelly pelo espelho. Ela estava deitada no assento de novo.

– Você está acordada?

– Estou cansada, Nick! Falta muito?

– Não vou lhe dizer. Vai ser surpresa. Fique abaixada, não quero que você se levante.

Entrei no condomínio e cheguei à Hunting Bear Path, negociando os quebra-molas com extrema cautela para poder dar uma boa olhada em volta. Tudo parecia normal. Eu podia ver os fundos da garagem de Kev, mas ainda não enxergava a frente da casa.

Quando me aproximei, vi que um carro da polícia estava estacionado na frente da casa. Tudo bem, era só olhar para a frente e agir normalmente.

Fui adiante, olhando pelo retrovisor. As luzes laterais estavam acesas e havia uma dupla dentro do carro. As portas e janelas da casa ainda não tinham sido cobertas, mas ela ainda estava isolada com fita amarela.

Fui em frente: eu não sabia se eles estavam ou não olhando para mim. Mesmo se checassem a placa, não importaria, só iam chegar a Big Al. Se eu fosse descoberto, fugiria e deixaria Kelly ali. Talvez a polícia comum fosse honesta e cuidasse dela. Pelo menos essa seria a coisa mais lógica a fazer, mas havia um conflito: eu tinha prometido que não a deixaria. Essa promessa não deveria significar muita coisa, mas significava.

Fui até o fim da rua e dobrei à direita, para sair do campo de visão deles o mais rapidamente possível, depois fiz um grande quadrado para voltar por trás deles. Cheguei à pequena fileira de lojas. O estacionamento estava quase vazio, de modo que podíamos parar ali sem chamar atenção.

Kelly gritou: – Estamos nas lojas!

– É mesmo, mas não podemos comprar nada porque eu não tenho muito dinheiro. Mas podemos ir até a casa.

– Oba! Posso pegar meus Pollypockets e Yak-backs no meu quarto também?

– É claro que pode – eu não fazia idéia do que ela estava falando.

Dei a volta no carro, abri o porta-malas e peguei a sacola, depois abri a porta. Pus a sacola ao lado dela e me inclinei para dentro.

– Vamos para a minha casa agora?

Comecei a separar os equipamentos de que ia precisar.

– Vamos. Quero que você me ajude porque preciso que você me mostre onde fica o esconderijo do papai. Você pode fazer isso? É importante, ele queria que eu checasse uma coisa. Temos de entrar escondidos, porque há policiais na frente da casa. Você vai fazer tudo o que eu mandar?

– Vou, vou fazer tudo. Posso pegar a Pocahontas também?

– Pode.

Eu não me importava nem um pouco. Eu teria concordado com qualquer coisa, desde que ela me mostrasse o cofre.

– Você está pronta? Vamos vestir o capuz – estava escuro e nublado, e graças a Deus a rua não havia sido construída para pedestres. Nós não podíamos encontrar Melissas no caminho.

Com a sacola pendurada no ombro, segurei sua mão e começamos a andar em direção à casa. Eram quase sete horas, e as luzes estavam acesas. Meu plano era nos aproximarmos pelos fundos da casa, para que eu pudesse dar uma boa examinada e me preparar para entrar.

Começamos a cruzar o terreno baldio, passando por contêineres de entulho e pilhas de vergalhões e materiais de construção. A lama era tão traiçoeira em certos lugares, que achei que íamos perder nossos sapatos.

Ela estava quase fora de si de tão excitada, mas fazendo esforço para se controlar. – É ali que mora a minha amiga Candice! – apontou para uma casa. – Eu ajudei na venda de garagem dela. Ganhamos vinte dólares.

– Shhh! – sorrindo, disse lentamente: – Temos de ficar em silêncio, ou a polícia vai nos pegar – ela não levou muito tempo para compreender aquilo.

Finalmente, estávamos na sombra da garagem do vizinho. Coloquei a sacola no chão e parei para observar e escutar. O motor do carro de polícia estava ligado em marcha lenta. Eles estavam a menos de vinte metros do outro lado do alvo. Eu podia ouvir o rádio ligado na freqüência especial, mas não conseguia entender o que estava sendo dito. De vez em quando um carro passava, diminuía por causa dos quebra-molas e acelerava novamente.

As luzes estavam acesas em algumas casas, e eu podia enxergar dentro das peças. Eu sempre tivera um prazer estranho ao fazer isso, como se fosse uma sessão privativa de um documentário de David Attenborough: seres humanos em seu hábitat. Quando eu era um jovem soldado no fim dos anos setenta na Irlanda do Norte, parte de nosso trabalho era "ficar de tocaia" – ficar nas sombras, observando e escutando, esperando para captar um relance de alguém armado. Era incrível o que víamos as pessoas fazerem em seus carros ou salas e, ligeiramente menos incrível, aquilo a que elas se dedicavam em seus quartos. Às vezes observávamos por horas a fio, tudo no cumprimento do dever. Eu realmente gostava daquilo. Aqui as pessoas estavam apenas lavando a louça ou assistindo à TV, e provavelmente se preocupando com o efeito dos múltiplos assassinatos sobre os preços dos imóveis.

Não havia luzes de aproximação nos fundos da casa, apenas lâmpadas padrão com interruptor ao lado das portas do pátio. Eu me lembrava de acendê-las num churrasco.

Acariciei os cabelos de Kelly, olhei para ela e sorri. Depois, lenta e silenciosamente, abri a sacola e tirei o que precisava. Encostei a boca na sua orelha e sussurrei: – Quero que você fique aqui. É muito importante que você cuide desse equipamento. Você vai me ver lá, OK?

Ela assentiu. Lá fui eu.

Alcancei as portas do pátio. O mais importante primeiro: checar se elas estavam trancadas. Estavam. Peguei minha Maglite e conferi se havia lingüetas em cima ou embaixo dos batentes. Não adianta abrir uma fechadura se também existem lingüetas atravessadas, e esse é um dos motivos pelos quais você tenta entrar num prédio pelo ponto da última saída, porque você sabe que eles não podem ter trancado novamente pelo lado de fora.

Normalmente, o passo seguinte seria procurar a chave sobressalente – por que gastar horas tentando desmontar a fechadura se a chave está escondida a alguns centímetros dela? Algumas pessoas ainda deixam as suas penduradas num cordão do outro lado da caixa de correio ou por dentro da portinhola do gato. Outras a deixam embaixo da lata de lixo ou atrás de uma pilha de pedras ao lado da porta. Se houver um poste de luz no jardim, sempre é bom apalpar em torno da base, porque é um ponto de referência natural. Se uma chave vai ser deixada em algum lugar, quase sempre vai ser em algum ponto do caminho normal de aproximação da porta. Mas esta era a casa de Kev: eu não ia encontrar chaves sobressalentes largadas por ali. Cobri a cabeça e os ombros com a capa de fotógrafo e, com a Maglite na boca, comecei a trabalhar com as ferramentas. Não demorou muito.

Abri as portas delicadamente, puxei a cortina para o lado e olhei para dentro da sala. A primeira coisa que notei foi que todas as outras cortinas e persianas estavam fechadas, o que era bom para nós porque, depois que entrássemos, teríamos cobertura. A segunda coisa que percebi foi o cheiro sufocante de produtos químicos.

Capítulo Trinta e Quatro

Voltei até Kelly na ponta dos pés e sussurrei: – Venha, vamos lá!

Nossos sapatos estavam com uma crosta de lama, então os tiramos na área de concreto e guardamos na sacola. Depois entramos e eu encostei as portas.

Segurei a Maglite com dois dedos sobre a lâmpada para conter a maior parte da luz e a mantive perto do chão para podermos enxergar o caminho por dentro da sala. O carpete e o forro tinham sido arrancados, e todos os móveis arrastados para um lado. Tudo o que restava eram as folhas de compensado que os construtores tinham usado ao invés de tábuas. Alguém tinha feito um bom trabalho de esfregar as manchas de sangue onde Kev estava caído, o que explicava o cheiro de produtos químicos. O pessoal da Faxina do Crime tinha passado por ali: depois que a perícia terminava seu trabalho, era a vez de as companhias comerciais limparem a bagunça.

Chegamos à porta que levava ao *hall* de entrada. Kelly ficou parada, já estava se tornando experiente nesse negócio. Fiquei de joelhos, abri uma fresta e espiei. A porta da frente estava fechada, mas a luz dos postes da rua brilhava através do vitral em forma de flor no topo da janela acima dela. Desliguei a lanterna e disse a Kelly que ficasse ao lado da sacola no corredor.

Parei e escutei, tentando sentir o ambiente. O motor ainda estava rodando em marcha lenta.

Senti Kelly puxar minha manga.

– Nick?

– Shhh!

– Para onde foi o carpete? E que cheiro horrível é esse?

Eu me virei e me curvei até sua altura. Encostei um dedo nos seus lábios novamente e disse: – Falamos sobre isso mais tarde.

Ouvi um *bip, bip, bip* do rádio do carro de polícia. A dupla lá dentro provavelmente estava irritada por ter de ficar de tocaia a noite inteira. Uma voz surgiu na rede. Quem quer que estivesse no controle parecia um Hitler de saias. Ela estava dando uma mijada em alguém.

Sinalizando para Kelly ficar onde estava, fui até o escritório e abri lentamente a porta. Voltei, peguei a sacola e guiei Kelly para dentro da sala, prendendo a porta com a sacola para deixar a luz do *hall* entrar.

Tudo parecia estar como antes, exceto que as coisas que estavam jogadas pelo chão agora tinham sido arrumadas em fila contra uma parede. O PC ainda estava de lado sobre a mesa, a impressora e o *scanner* em seu lugar no chão. Todos tinham sido examinados em busca de impressões digitais.

Peguei o material de fotógrafo e uma caixa de tachinhas da sacola e levei a cadeira até perto da janela. Sem pressa, subi na cadeira e prendi o tecido em torno de toda a esquadria de madeira da janela.

Agora eu podia fechar a porta e acender a lanterna, tomando cuidado para não apontá-la para o meu rosto para não assustar Kelly. Numa ocasião, eu tinha participado de uma missão que envolvia retirar uma mulher e seu filho do Iêmen, e a criança ficou histérica porque estávamos trabalhando com lanternas na boca, e isso nos fazia parecer demônios. Eu me senti muito satisfeito comigo mesmo por me lembrar disso e poupar Kelly. Talvez eu soubesse alguma coisa sobre crianças, afinal.

Fui até ela. Mesmo com o fedor dos solventes e detergentes, senti uma lufada de cabelo seboso, Coca-Cola, goma de mascar e chocolate. Sussurrei em seu ouvido: – Onde é? Aponte para mim.

Passei o foco da lanterna pelas paredes, e ela apontou para o rodapé atrás da porta. Ótimo, nada ali parecia ter sido mexido.

Eu imediatamente comecei a arrancar uma seção de madeira da parede com uma chave de fenda. Um veículo passou pela casa, e eu ouvi uma risada vinda da direção do carro da polícia – provavelmente à custa do controle. Eles deviam estar lá somente para impedir que as pessoas viessem dar uma olhada na casa. Havia uma grande chance de ela ser demolida logo. Quem iria querer comprar uma casa onde uma família tinha sido assassinada? Talvez o terreno fosse transformado numa praça em memória dos Brown ou algo assim.

Mantive Kelly ao meu lado, eu queria que ela se sentisse segura. Ela estava interessada no que estava acontecendo, e eu sorria para ela de vez em quando para mostrar que estava tudo bem.

Com um pequeno rangido, a ripa do rodapé começou a ceder. Arranquei-a e deixei-a de lado. Então me abaixei de novo e iluminei o compartimento com a lanterna. O facho refletiu em algo de metal. O que parecia ser um cofre de cerca de meio metro quadrado estava escondido numa reentrância da parede. A tranca era de alçaprema, muito semelhante à Chubb inglesa. Eu ia ter de decodificá-la, o que poderia levar horas.

Peguei o estojo preto e comecei a trabalhar, tentando não me esquecer de sorrir para ela e dizer que não iria demorar, mas eu podia ver que ela estava ficando inquieta. Dez minutos se passaram. Quinze. Vinte. Por fim, foi demais para ela. Num sussurro alto, ela disse, zangada: – E os meus ursinhos?

– Shhh! – encostei o dedo nos seus lábios. – A polícia! – o que eu queria dizer era "fodam-se os ursinhos, vamos pegá-los quando eu tiver terminado". Continuei decodificando.

Houve uma pausa, e depois, não mais sussurrando: – Mas você disse que eu podia pegá-los!

Eu tinha de fazê-la parar. Obviamente, os sorrisos não estavam funcionando. Virei para ela e disse entre dentes: – Vamos pegá-los depois. Agora cale a boca!

Ela ficou chocada, mas funcionou.

Tive mais sorte do que juízo com a decodificação. Eu já tinha terminado, tinha guardado as ferramentas e estava abrindo a caixa quando ouvi um gemido baixo. – Não quero ficar aqui, Nick. Está tudo diferente.

Eu me virei, agarrei-a e cobri sua boca com a mão. – Pelo amor de Deus, cale essa boca! – não era o que ela esperava, mas eu não tinha tempo para explicar.

Com a mão ainda tapando sua boca, levantei-a e andei lentamente até a janela. Escutei e esperei, mas não ouvi nada além de risos e estalidos do rádio.

Quando me virei, no entanto, houve um som metálico curto e agudo.

Depois, por um centésimo de segundo, nada.

Então, quando o caneco de estanho em que Kev guardava seus lápis e canetas caiu no chão nu, houve um estrondo retumbante. O barulho continuou enquanto os objetos se espalhavam em todas as direções. Quando me virei, o casaco de Kelly devia ter ficado preso nas pontas dos lápis e arrastou o caneco de cima da mesa.

Eu sabia que o barulho era vinte vezes maior na minha cabeça, mas também sabia que eles tinham ouvido.

Kelly escolheu aquele momento para começar a chorar, mas eu não tinha tempo para me preocupar com aquilo. Simplesmente deixei-a onde estava, fui até a porta e ouvi o som de portas de carro se abrindo e um aumento súbito no ruído do rádio.

Sacando a pistola das calças e checando o tambor, saí do escritório. Três passos me levaram até o outro lado do *hall* e para dentro da cozinha. Fechei a porta atrás de mim, respirei fundo e esperei.

A porta da frente se abriu, e eu ouvi os dois no corredor. Ouvi um clique, e a luz entrou por baixo da porta da cozinha.

Depois ouvi passos e a respiração nervosa vinda do outro lado da porta e o tilintar de chaves num cinto.

Ouvi a porta do escritório se abrindo. Depois um meio sussurro, meio grito: – Melvin, Melvin – aqui!

– Estou indo.

Eu sabia que era a minha hora. Trouxe a pistola para a posição de fogo, levei a mão à maçaneta e girei-a delicadamente. Entrei no *hall.*

Melvin estava parado na porta do escritório, de costas para mim. Ele era jovem e de compleição mediana. Dei dois passos largos, agarrei sua testa com a mão esquerda, puxei sua cabeça para trás e enfiei o cano da pistola em seu pescoço. Numa voz muito controlada que não espelhava em nada o modo como eu estava me sentindo, eu disse: – Largue a arma, Melvin. Não brinque comigo. Largue a arma agora.

Melvin deixou sua arma cair no chão.

Eu não podia ver se o outro tinha sacado sua pistola ou não. Ainda estava escuro no escritório, e a lanterna deles não ajudava em nada. Melvin e eu bloqueávamos a maior parte da luz que vinha do corredor. Eu esperava que ele já tivesse guardado a arma no coldre, porque parte de seu treinamento seria não assustar crianças. Tanto quanto ele sabia, ela era apenas uma criança sozinha.

Gritei: – Acenda a luz, Kelly. Já!

Nada aconteceu.

– Kelly, acenda a luz – ouvi pequenos passos vindos em nossa direção e depois um clique, e a luz do escritório se acendeu.

– Agora espere aqui – eu podia ver que seus olhos estavam vermelhos e inchados.

Dentro da peça estava o homem da Michelin. Ele devia pesar uns cento e cinco quilos e, pela cara, tinha apenas mais dois anos antes da aposentadoria. A arma estava no coldre, mas sua mão a cobria.

Eu disse: – Não faça isso! Diga a ele, Melvin – cutuquei seu pescoço.

Melvin disse: – Estou fodido, Ron.

– Ron, não se faça de herói. Não vale a pena se matar por isso.

Eu podia ver que Ron estava me escutando. Ele estava pensando na esposa, na hipoteca da casa e nas chances de ver outra caixa de *donuts* na sua vida.

O rádio de Melvin estalou. A mulher do controle disparou: – Unidade Sessenta e Dois, unidade Sessenta e Dois. Na escuta? – sua voz exigia, não solicitava. Devia ser ótimo ser casado com ela.

– É para você, não é, Melvin? – eu disse.

– Sim, senhor, é para nós.

– Melvin, diga a eles que vocês estão bem – pressionei a pistola com mais força no seu pescoço para enfatizar a ordem. – A trava de segurança está desativada, Melvin, e eu estou com o dedo no gatilho. Apenas diga a eles que está tudo bem. Não vale a pena, companheiro.

Ron disse: – Eu digo.

Outra exigência: – Unidade Sessenta e Dois, responda.

Eu disse: – Levante a mão direita e responda com a esquerda. Kelly, fique bem quietinha, OK?

Ela assentiu. Ron apertou o botão do rádio: – Alô, controle. Já checamos, está tudo bem.

– Entendido, unidade Sessenta e Dois, seu relatório foi feito às 22h13.

Ron desligou o rádio.

Kelly imediatamente deslizou para o chão e recomeçou a chorar. Eu estava parado na porta com uma pistola no pescoço de Melvin, e Ron, que ainda tinha uma arma no coldre, estava me encarando do meio do escritório.

– No fim das contas, Ron, se você não obedecer, Melvin vai morrer, e depois você vai morrer. Entendeu?

Ron assentiu.

– OK, Ron, vire de costas.

Ele se virou.

– Fique de joelhos.

Ele obedeceu. Ele estava a um metro de Kelly, mas desde que ela ficasse parada, não entraria na linha de fogo.

Melvin estava suando muito. Minha mão escorregava na sua testa, e gotículas desciam pelo trilho da arma. Sua camisa estava tão molhada que eu podia ver o colete à prova de balas por baixo dela.

Eu disse: – Com a mão esquerda, Ron, quero que você levante sua pistola. Muito devagar, e use apenas o polegar e o indicador. Depois quero que você a coloque no chão do lado esquerdo. Você entendeu, Ron?

Ron assentiu.

Eu disse: – Diga a ele para não tentar nada, Melvin.

– Não tente nada, Ron.

Ron removeu delicadamente a pistola do coldre e pousou-a no chão.

– O que eu quero que você faça agora, com a mão esquerda, é pegar suas algemas e jogá-las para trás. Entendeu?

Ron obedeceu. Voltei minha atenção para Melvin, que estava começando a tremer. Falei em voz baixa no seu ouvido. – Não se preocupe, você vai ficar vivo. Vai contar essa história para os seus netos. É só fazer exatamente o que eu disser. Entendeu?

Ele assentiu.

Virei para Ron e disse: – Agora deite-se, Ron. Rosto no chão.

Ron se esticou no piso e agora estava sob controle. Eu disse: – O que vou fazer agora, Melvin, é dar um passo para trás, e essa pistola vai sair do seu pescoço, mas ainda vai estar apontada para sua cabeça, portanto, não vá ter nenhuma idéia criativa. Depois que eu der um passo para trás, vou mandar você se ajoelhar. Você me entendeu?

Ele assentiu, e eu dei um passo rápido para trás. Eu queria ficar logo fora do alcance de seu braço, não queria que ele fizesse alguma pirueta heróica para pegar a pistola ou jogá-la longe.

– OK, agora fique de joelhos e depois se deite. Exatamente como Ron. Agora ponha a mão ao lado da dele.

Eu agora tinha os dois de rosto no chão e antebraços unidos. Aproximei-me deles, peguei as algemas e, com a pistola enfiada na orelha de Melvin, prendi seu pulso esquerdo ao direito de Ron. Depois peguei as algemas de Melvin, recuei e disse: – Quero que vocês arqueiem as costas e ponham as mãos livres para trás, juntas. Os dois entenderam? Acreditem em mim, rapazes, eu quero acabar logo com isso. Só quero sair daqui.

Terminei o serviço. Enfim os dois estavam totalmente sob controle. Peguei suas carteiras e joguei-as na sacola. Apanhei o rádio de Melvin e fiquei com ele. Também tirei a bateria do de Ron e joguei-a na sacola. Ao mesmo tempo, peguei o rolo de fita adesiva. Comecei com as pernas, depois usei-a para unir as cabeças. Passei uma última faixa em torno dos pescoços e outra tapando as bocas. Assegurei-me de que os dois estavam respirando pelo nariz e então arrastei-os para o corredor – não foi uma tarefa fácil, mas eu não queria que eles vissem o que eu ia fazer a seguir.

Olhei para Kelly, encostada na parede do escritório. Ela estava horrível. Aquilo devia ter sido horrível para ela, que estava tão ansiosa para voltar para casa e acabara descobrindo que aquele não era o lugar que ela esperava. Não era apenas a família dela que tinha desaparecido: tudo o que lhe era familiar estava empapado de produtos químicos, atirado num canto ou simplesmente ausente.

Ouvi minha própria voz dizendo: – Vá ver se os seus ursinhos estão lá.

Ela se virou e correu, e eu ouvi seus passos na escada.

Entrei no escritório, me abaixei ao lado do rodapé e, finalmente, consegui abrir a caixa. Lá dentro havia apenas um único e solitário disquete.

Puxei a cadeira para perto da escrivaninha, ergui o PC e logo o pus para trabalhar. Não havia senha de proteção, talvez de propósito. Se alguma coisa acontecesse com Kev, ele ia querer que o mundo inteiro lesse o que estava ali.

Cliquei em vários arquivos, mas não encontrei nada de interessante. Então achei um arquivo chamado Flavius e percebi que tinha chegado aonde queria. Era o codinome da operação de Gibraltar.

Comecei a ler. Kev tinha descoberto mais ou menos o mesmo que Big Al me dissera – que a ligação do PIRA com os cartéis se iniciara quando eles começaram a transportar drogas para os colombianos até o norte da África e depois para Gibraltar, para distribuição na Espanha e no resto da Europa. O PIRA trabalhava bem, e os cartéis pagavam melhor ainda.

Depois de algum tempo, o PIRA também tinha começado a usar o negócio das drogas para investir uma parte do seu próprio dinheiro, fundos coletados pelo Noraid nos Estados Unidos. Grandes somas estavam envolvidas: as cifras de Kev mostravam que o Sinn Féin estava faturando mais de quinhentas mil libras por ano.

Essas doações tinham sido investidas em narcóticos, transportadas para a Europa e depois trocadas por armas e explosivos nos países do antigo bloco soviético. Era um casamento de negócios perfeito: o PIRA tinha as drogas, o Leste tinha as armas. A queda da União Soviética e a ascensão da máfia russa não podiam ter acontecido em melhor sincronia.

Eu tinha de voltar ao trabalho, não podia simplesmente ficar ali lendo. Eu estava numa casa com dois policiais e uma garotinha furiosa. Ejetei o disquete e guardei no bolso do casaco.

A controladora do inferno ressurgiu no rádio. – Unidade Sessenta e Dois, na escuta?

Merda.

Entrei no corredor. – Ron, hora de falar.

Ron olhou para mim, e eu percebi que ele ia me foder. Seu rosto era o retrato do desafio. Fui até eles e puxei a fita que cobria suas bocas. Ron foi o primeiro a falar: – Responda você, porque nós não podemos. Você não vai nos matar, não por tão pouco.

A voz da controladora subiu uma oitava: – Unidade Sessenta e Dois!

Ron tinha razão.

– Kelly! Kelly! Onde está você?

– Estou indo – acabei de encontrar o Ricky.

Passei por cima dos meus dois novos amigos para pegar Kelly no início da escada. Não havia tempo para ser simpático ou solidário. – Ponha o casaco e os sapatos, rápido!

Juntei todo o equipamento, calcei meus tênis e chequei se Ron e Melvin não estavam se sufocando com a fita adesiva. Os dois pareciam muito satisfeitos consigo mesmos, mas ainda deviam estar pensando numa boa desculpa para terem chegado àquele estado.

Voltamos pelo mesmo caminho. Eu segurava a mão dela e mais ou menos a arrastava ao mesmo tempo em que ficava de olho em Jenny e Ricky. Eu não queria vizinhos ouvindo gritos por ursinhos perdidos.

Enquanto eu dirigia, de tanto em tanto as luzes dos postes da rua iluminavam o banco de trás do carro e eu podia vê-la no retrovisor. Ela parecia infeliz, com os olhos inchados e úmidos, e tinha todo o direito de estar assim. Era inteligente o bastante para perceber que esta era provavelmente a última vez que tinha estado lá. Aquela não era mais a sua casa. Agora ela era como eu. Nenhum de nós tinha um lar.

Vi as placas indicando o aeroporto Dulles e pisei fundo. Eu não ia correr o risco de voltar para a Flórida.

Capítulo Trinta e Cinco

ALCANCEI A VIA DE ACESSO ao aeroporto e fui até o estacionamento. Não pude deixar de sorrir ao pensar que, se as coisas continuassem do mesmo jeito, logo os estacionamentos do país estariam cheios dos meus carros roubados. Uma ou duas gotas de chuva atingiram meu braço enquanto eu pegava o tíquete da máquina, e quando achamos uma vaga já havia um leve tamborilar no teto.

Ron e Melvin poderiam ter feito a ligação entre nós e o carro, já que tínhamos passado em frente à casa. A essa altura, talvez eles já tivessem sido resgatados e divulgado a placa. Não havia muito o que eu pudesse fazer além de esperar que a massa de carros e a chuva nos escondessem, porque era cedo demais para uma criança estar circulando num aeroporto com um adulto cheio de cicatrizes no rosto.

Eu me virei no assento e disse: – Você está bem, Kelly? Desculpe-me por ter gritado com você, mas às vezes os adultos têm de ser muito firmes com as crianças.

Ela estava olhando para um dos ursinhos, puxando seu pêlo, fazendo biquinho.

Eu disse: – Você não é uma menina má, e eu sinto muito por ter xingado você. Eu não queria fazer aquilo, mas estava muito preocupado.

Ela assentiu lentamente, ainda brincando com seu amigo peludo.

– Você quer ir para a Inglaterra?

Ela ergueu os olhos. Não disse nada, mas entendi aquilo como um sim.

– Que bom, porque eu também quero que você vá comigo. Você foi muito obediente e sempre fez o que eu mandei. Quer me ajudar de novo?

Ela deu de ombros. Eu estendi o braço, peguei o outro ursinho e esfreguei seu rosto na bochecha dela. – Jenny e Ricky podem ajudar também. Que tal?

Ela assentiu, relutante.

– Primeiro de tudo, temos de ver o que tem na sacola.

Pulei para o banco de trás e coloquei a sacola entre nós, aberta. – O que você acha que nós devemos deixar?

Eu sabia exatamente o que iríamos deixar para trás. Tudo exceto o cobertor e os produtos de higiene, porque eram as únicas coisas de que eu precisava agora. Eu disse: – O que você acha? Isso é tudo? – ela concordou, como se tivesse arrumado tudo sozinha.

Tudo o que não íamos levar foi colocado no porta-malas. A chuva agora estava mais forte. Sentei-me ao lado dela novamente e abri o cobertor. – Temos de esperar mais algumas horas. É cedo demais para entrarmos no aeroporto. Você pode dormir, se quiser.

Dobrei a sacola e fiz um cobertor. – Assim está melhor. Abrace Jenny e Ricky.

Ela olhou para mim e sorriu. Estávamos de bem outra vez.

– Você não vai embora de novo, vai, Nick?

Pelo menos uma vez, eu disse a verdade. – Não, vou trabalhar um pouco. Pode dormir, eu não vou a lugar algum. – Desci do carro e voltei para o banco da frente. Abri o *laptop* sobre os joelhos e chequei as chaves do carro. Elas estavam na ignição, e eu podia segurar a direção com facilidade. Eu precisava estar pronto para fugir se fôssemos identificados.

Liguei o aparelho, e a luz do monitor se espalhou por dentro do carro. Inseri o disquete de Kev. Eu estava desesperado para ler o resto do relatório, mas antes baixei tudo para o *laptop*, por segurança. Enquanto esperava, chamei em voz baixa: – Kelly? – Não houve resposta. O ritmo suave da chuva tinha feito seu trabalho.

Comecei a ler onde tinha parado. Eu sabia que Gibraltar sempre havia sido um centro do tráfico de drogas internacional, lavagem de dinheiro e contrabando, mas parecia que, em 1987, a Espanha não somente ainda queria Gib de volta como também queria que os ingleses reprimissem o tráfico de drogas. O governo de Thatcher ordenou que a administração local resolvesse o problema, mas as lanchas superpotentes ainda traziam drogas do norte da África. Os ingleses ameaçaram retomar o controle direto da colônia se o tráfico não parasse e, ao mesmo tempo, iniciaram uma operação altamente ilegal contra agentes da polícia e do governo suspeitos de envolvimento. Os rapazes envolvidos captaram a mensagem e subitamente pararam de cooperar com o PIRA e os outros.

Meus olhos corriam mais rápido do que o meu cérebro.

O fechamento da rota de Gibraltar funcionou muito bem na guerra contra a corrupção, mas enfureceu os colombianos. Uma grande artéria tinha sido bloqueada, e eles a queriam reaberta. Segundo as descobertas de Kev, eles tinham decidido que era necessário fazer uma demonstração de força. Queriam que Gibraltar sofresse atentados a bomba como um aviso para que os agentes voltassem a cooperar, e encarregaram o PIRA da tarefa.

O PIRA não gostou muito daquilo. Eles queriam a rota reaberta tanto quanto os colombianos, mas, depois do fiasco de Enniskillen, não podiam correr o risco de matar civis que não fossem ingleses e atrair ainda mais reprovação internacional. Eles se recusaram a executar o serviço.

Pelas provas que Kev tinha reunido, a resposta dos cartéis ao PIRA foi incisiva: ou eles explodiam as bombas em Gibraltar ou a parceria de negócios seria transferida para os protestantes do UVF. Para o PIRA, não era uma boa notícia.

O cabeça do PIRA bolou uma solução e, enquanto lia, eu não pude deixar de admirá-la. "Mad Danny" McCann já tinha sido expulso do PIRA e readmitido contra o desejo de Gerry Adams. Mairead Farrel, após a morte do seu namorado, tinha se tornado fanática demais até para eles – "uma granada de mão ambulante", Simmonds havia dito em relação a ela. O plano do PIRA era enviar para Gibraltar dois jogadores que eles mesmos adorariam ver pelas costas, juntamente com Sean Savage, que simplesmente tivera a pouca sorte de fazer parte da mesma USA.

O grupo foi equipado com a tecnologia e o Semtex para a bomba, mas foi instruído a deixar tudo na Espanha até que tivessem sido feitos todos os reconhecimentos e ensaios necessários. As bombas só deveriam entrar em Gibraltar depois que o carro de bloqueio estivesse em posição, para garantir a localização correta da bomba. O PIRA então deu passaportes falsos aos três e vazou a informação para Londres. Eles queriam que os ingleses reagissem e impedissem a explosão para que, quando os três fossem presos, eles pudessem afirmar aos cartéis que tinham se esforçado para cumprir as ordens.

Nós fomos devidamente informados sobre a USA, mas, conforme eu recordava, também soubemos que não haveria carro de bloqueio e a bomba seria acionada por um detonador de mão. Essas duas informações significavam que McCann, Farrel e Savage nunca tiveram uma chance. Eles estavam mortos desde o momento em que pensamos que a bomba estava em posição e armada, porque era inevitável que um deles fizesse um movimento de mãos em algum momento, e este seria entendido como uma tentativa de detonar a bomba. Eu certamente não teria esperado para confirmar se Savage estava apenas pegando seu pacote de balas, e Euan obviamente não o fez quando iniciou o confronto com McCann e Farrel. Um antigo ditado do Regimento diz: "É melhor ser julgado por doze do que carregado por seis".

Uma caixa de diálogo se abriu na tela dizendo que eu estava ficando sem bateria e precisava ligar o *laptop* em outra fonte de energia. Que merda! Eu queria ler mais. Voltei para a tela e li o mais rápido que pude para entender o resto.

Embora a bomba não tivesse explodido, os cartéis tinham engolido a demonstração de que seus lacaios irlandeses estavam no jogo. Afinal, três dos seus jogadores tinham morrido no processo. O PIRA manteve seus negócios com os colombianos, ainda que, como Big Al tinha dito, eles tivessem sofrido uma mudança de rota através da África do Sul e da Espanha.

O PIRA estava em êxtase. Eles tinham se livrado de dois encrenqueiros, não exatamente da forma como pretendiam, é verdade, mas três mártires tinham sido criados, sua causa tinha sido fortalecida e mais dólares dos irlandeses-americanos estavam chovendo em seus cofres. Somente os ingleses pareciam ter saído da história com a cara no chão, mas, mesmo assim, por mais que a comunidade internacional condenasse publicamente as mortes, em segredo a maioria dos chefes de estado admirava a posição firme de Thatcher contra o terrorismo.

Porra! Outra caixa apareceu me mandando arranjar uma fonte externa de energia. Desliguei o *laptop* e o guardei, cheio de frustração. Eu queria saber mais. Ao mesmo tempo, estava excitado. Se voltássemos para a Inglaterra com isso, eu iria limpar minha barra com Simmonds.

Eram três e meia da manhã. Não havia nada a fazer além de esperar mais algumas horas até que a primeira leva de aeronaves começasse a chegar e partir, criando atividade suficiente para que um homem com o rosto ferido acompanhado de uma menina de sete anos pudesse passar despercebido.

Baixei um pouco o banco e tentei colocar o pescoço numa posição confortável, mas não consegui relaxar. Minha cabeça estava fervilhando. Toda a operação em Gibraltar tinha sido armada para que o PIRA e os colombianos continuassem a ganhar dinheiro. Muito bem, mas onde Kev e eu nos encaixávamos neste esquema? Fiquei deitado ouvindo a chuva bater no teto do carro.

Para mim e Euan, tudo tinha começado no dia 3 de março, menos de uma semana antes da operação. Nós dois estávamos em missões diferentes na Irlanda e tínhamos sido chamados de volta e enviados para Lisburn, QG do exército britânico na Irlanda do Norte. De lá, uma rápida remoção em Puma para Stirling Lines em Hereford, Inglaterra, sede do Serviço Aéreo Especial.

Uma das *slime* estava esperando para nos levar diretamente ao QGR, e no instante em que vi xícaras de porcelana e biscoitinhos do lado de fora da sala de reuniões, soube que alguma coisa grande estava prestes a acontecer. Da última vez em que aquilo tinha acontecido, o primeiro-ministro estivera por lá.

A sala estava cheia e escurecida. Havia um telão na parede do fundo e bancos enfileirados para que todos tivessem uma boa visão.

Estávamos procurando um lugar para sentar quando ouvi: – Ei, aqui, seus babacas!

Kev e Slack Pat estavam sentados tomando chá. Com eles estavam os dois outros membros da sua equipe, Geoff e Steve. Todos eram do Esquadrão A e estavam cumprindo os seis meses obrigatórios na equipe de contraterrorismo.

Euan virou para Kev e disse: – Sabe do que se trata este serviço?

– Vamos para Gib, companheiro. O PIRA está planejando uma bomba lá.

O comandante ficou em pé na frente do telão, e a sala em silêncio. – Dois problemas – ele disse. – Número um, falta de tempo. Vocês partem imediatamente após esta reunião. Número dois, falta de informações sólidas. Mesmo assim, o Comitê de Operações Conjuntas quer que o Regimento participe. Vocês vão receber todas as informações que tivermos agora e, à medida que elas forem sendo recebidas, no vôo e em terra.

Que porra Euan e eu estávamos fazendo ali? Era certo que, como agentes do Det, era ilegal que trabalhássemos fora da Irlanda do Norte. Fiquei de boca fechada. Se eu começasse a questionar a decisão, eles poderiam me mandar de volta e eu ia perder a festa.

Olhei em volta e vi membros do QGR, o oficial de operações e todos os agentes do Serviço de Informações do mundo. O último membro da equipe era um oficial técnico em munições, um especialista em remoção de bombas cedido à equipe de CT.

Alguém que eu nunca tinha visto antes foi para a frente do telão, com uma xícara de chá numa das mãos e biscoitos na outra. Ele ficou parado do lado direito, perto da tribuna, com uma sacola de viagem a seus pés.

– Meu nome é Simmonds, e sou o responsável pela Irlanda do Norte no Serviço de Informações em Londres. As pessoas atrás de vocês são oficiais do exército ligados ao Serviço de Informações. Primeiro, um breve panorama dos eventos que nos trouxeram aqui hoje.

A julgar pela sacola, parecia que ele ia viajar conosco. As luzes diminuíram, e o projetor de *slides* iluminou o telão atrás dele.

– No ano passado – ele disse – soubemos que uma equipe do PIRA tinha se baseado no sul da Espanha. Interceptamos cartas enviadas às casas de jogadores conhecidos e encontramos um cartão-postal de Sean Savage da Costa do Sol.

Um *slide* dos jogadores surgiu no telão. – Nosso Sean – disse Simmonds com um meio-sorriso – disse a mamãe e papai que estava trabalhando no estrangeiro. Nossos alarmes soaram quando lemos, porque o trabalho que o jovem Savage melhor faz é plantar bombas.

Ele estaria fazendo uma piada? Não, ele não fazia o tipo.

– Então, em novembro, dois homens passaram pelo aeroporto de Madri, indo de Málaga para Dublin. Eles tinham passaportes irlandeses e, numa verificação de rotina, os espanhóis mandaram os detalhes para Madri, que, por sua vez, passou as fotografias para Londres. Os dois passaportes eram falsos.

Pensei comigo mesmo que eles tinham sido muito burros ao escolher a época. Os incidentes terroristas na Irlanda do Norte tendiam a diminuir nos meses de verão, quando o PIRA levava suas famílias para Torremolinos para quinze dias de sol e areia. O engraçado era que o RUC também passava as férias nos mesmos lugares, e eles todos se encontravam nos bares. Viajando para a Espanha fora da temporada turística, essas duas figuras tinham atraído atenção para si mesmas. Se eles tivessem passado pelo aeroporto de Málaga durante a época de férias, poderiam ter sido ignorados.

Um dos donos dos passaportes era Sean Savage, mas foi a identidade do segundo homem que apavorou todo mundo.

Simmonds mostrou o *slide* seguinte. – Daniel Martin McCann. Tenho certeza de que vocês o conhecem melhor do que eu – ele fez uma cara de vocês-sabem-do-que-eu-estou-falando.

"Mad Danny" tinha feito por merecer o apelido de louco. Ligado a vinte e seis assassinatos, ele havia sido detido várias vezes, mas passara apenas dois anos na prisão.

Para o serviço britânico de informações, a combinação de McCann e Savage na Costa do Sol só podia significar duas coisas: ou o PIRA ia atacar um alvo britânico na Espanha ou ia haver um ataque em Gibraltar. – Uma coisa é certa – disse Simmonds –, eles não estavam lá para manter o bronzeado.

Enfim algumas risadas. Pude ver que Simmonds gostava daquilo, como se tivesse ensaiado essas frases de efeito para usá-las na hora certa. Apesar disso, eu estava começando a gostar do homem. Não era sempre que se tinha pessoas fazendo piadas numa reunião importante como essa.

O *slide* mudou outra vez para um mapa das ruas de Gibraltar. Eu estava ouvindo Simmonds, mas ao mesmo tempo pensando no meu posto da infantaria lá nos anos setenta. Eu tinha me divertido muito.

– Gibraltar é um alvo fácil – disse Simmonds. – Existem vários locais em potencial para uma bomba, tais como a residência do governador ou as cortes de Justiça, mas nossa avaliação é de que o mais provável é o regimento de guarnição, os Royal Anglians. Todas as terças-feiras de manhã, a banda do Primeiro Batalhão desfila na cerimônia da troca da guarda. Pensamos que o local mais provável para uma bomba é a praça até a qual a banda marcha depois do desfile. Uma bomba poderia ser facilmente escondida num carro ali estacionado.

Ele poderia ter acrescentado que, do ponto de vista de um terrorista, aquele seria um local quase perfeito. Por ser uma área confinada, a explosão seria obstruída e, portanto, mais eficiente.

– Após essa avaliação, suspendemos a cerimônia a partir do dia 11 de dezembro. A mídia local divulgou que a casa da guarda do governador precisava urgentemente ser redecorada. Na verdade, precisávamos de tempo para reunir mais informações para evitar que ela precisasse ser reconstruída.

Não tão boa como a anterior, mas ainda arrancou algumas risadas discretas.

– A polícia local recebeu reforços de oficiais britânicos à paisana, e a vigilância deu resultados. Quando a cerimônia recomeçou em 23 de fevereiro, uma mulher, aparentemente uma turista em férias na Costa do Sol, fez uma viagem a Gibraltar e fotografou o desfile. Ela foi monitorada e descobriu-se que estava viajando com um passaporte irlandês roubado.

– Na semana seguinte ela foi vista lá novamente, só que, dessa vez, ela seguiu os músicos enquanto eles marchavam até a praça. Até um macaco podia ter adivinhado que ela estava fazendo um reconhecimento para a chegada de uma unidade de serviço.

Risadas altas. Ele tinha conseguido outra vez! Eu não estava bem certo se estávamos rindo das suas piadas ou apenas do fato de que as estava contando. Quem era esse homem? Aquela deveria ser uma das reuniões mais sérias de todos os tempos. Ou ele simplesmente não estava nem aí ou era tão poderoso que ninguém ia dizer uma palavra contra ele. De qualquer forma, eu já suspeitava de que sua presença em Gibraltar seria um verdadeiro bônus.

Simmonds parou de sorrir. – Nosso serviço de informações relata que a bomba deve explodir em algum momento desta semana. No entanto, não há sinal de que McCann ou Savage estejam se preparando para sair de Belfast.

Ele não estava errado. Eu tinha visto os dois, bêbados como gambás, em frente a um bar na Rua Falls na noite anterior. Eles não me pareceram prontos para nada. Deveria levar um bom tempo para eles se prepararem para este serviço – ou talvez aquilo fizesse parte da preparação, dar uma última saída antes de o trabalho começar.

– É aqui que começam nossos problemas – ele prosseguiu, deixando de lado suas anotações. Aquilo significava que não haveria mais piadas? Sua voz certamente tinha mudado de tom.

– O que vamos fazer com estas pessoas? Se tentarmos apanhá-las cedo demais, isso apenas deixaria outras equipes do PIRA livres para prosseguirem com a bomba. De qualquer forma, se a USA passar pelo aeroporto de Málaga e permanecer na Espanha até o último minuto, não há garantias de que os espanhóis vão entregá-los, não apenas por causa da disputa com a Inglaterra na questão de Gibraltar, mas também porque as acusações contra eles se resumiriam a conspiração, o que é bastante frágil.

– Portanto, senhores, temos de prendê-los em Gibraltar – o telão escureceu, e a única luz era a da tribuna focada no seu rosto. – E isso nos deixa três opções. A primeira é prendê-los quando eles cruzarem a fronteira da Espanha. Mais fácil de falar do que de fazer, pois não temos como saber em que veículo eles vão estar. Teríamos apenas dez a quinze segundos para fazer uma identificação positiva e efetuar a prisão, o que não é uma coisa fácil, especialmente se eles estiverem dentro de um carro e provavelmente armados.

A segunda opção é prender o grupo quando eles chegarem na área da praça, mas novamente isso depende de uma identificação positiva e de todos eles estarem juntos e com o detonador. Até o presente momento, portanto, vamos levar a cabo a terceira opção, e é por isso que estamos todos aqui.

Ele tomou um gole do seu chá e pediu que as luzes fossem acesas.

– O Serviço de Segurança vai deslocar equipes de vigilância para monitorar o grupo do PIRA em Gibraltar – ele olhava para cada grupo enquanto falava. – Os dois soldados que acabam de chegar da província devem fornecer identificações positivas antes que as autoridades civis entreguem a operação para os militares. Os quatro homens da sua equipe de contraterrorismo vão fazer a prisão, mas somente depois que eles tiverem plantado o dispositivo.

Os dois soldados que acabam de chegar da província. Agora eu entendia. Éramos Euan e eu.

– Depois de presos, eles devem ser entregues às autoridades civis. Como sempre, a equipe será dispensada de qualquer aparição em tribunais. Os dois agentes da província não vão, repito, não vão conduzir prisões ou ter qualquer contato com os alvos. Vocês compreendem por quê?

Ele sorriu novamente. – Isso é tudo, senhores.

Um pouco mais de três horas depois eu estava sentado num C130 com Euan, que estava ocupado se preocupando com uma mancha preta nos seus tênis novos. Kev estava checando as armas e munições e, o mais importante, no que me dizia respeito, os pacotes de primeiros-socorros. Se eu fosse baleado, queria receber fluido assim que possível.

Aterrissamos às 11h30 da noite de quinta-feira, 3 de março. Todo o Rochedo ainda estava acordado, havia luzes por toda parte. Fomos para a área militar, onde caminhões estavam esperando para nos levar rapidamente e sem burocracia.

Nosso FOB estava no HMS Rooke, a base em terra firme da Marinha Real. Tínhamos requisitado meia dúzia de peças no setor de acomodação e as transformado em ambientes de estar, com nossa própria cozinha e sala de operações. Havia fios por todo lado, telefones tocavam, *scaleys* corriam para cima e para baixo de moletons ou *jeans*, testando rádios e ligações de comsat.

Em meio ao barulho, Simmonds disse: – Nossas informações indicam que pode haver um terceiro membro na equipe, provavelmente o comandante. O nome dela é Mairead Farrel. Fotos vão chegar dentro de uma hora, mas eu posso adiantar algumas coisas. Ela é uma figura particularmente perigosa – fez uma pausa para obter o máximo de efeito. – Classe média, trinta e um anos, educada em colégio de freiras.

Quando as risadas cessaram, ele nos contou mais a respeito dela. Tinha passado dez anos na prisão por plantar uma bomba no Hotel Conway, Belfast, em 1976, mas, assim que foi libertada, apresentou-se novamente ao PIRA para trabalhar. Um rápido sorriso cruzou seu rosto quando ele explicou que o namorado dela, incrivelmente chamado Brendan Burns*, tinha explodido a si mesmo recentemente.

A reunião acabou e nós ficamos peruando em busca de uma cerveja. Um *scaley* apareceu e distribuiu mapas de Gibraltar. – Eles já foram localizados pela Firma – disse.

Enquanto começávamos a examinar seu trabalho, ele prosseguiu: – As principais rotas da fronteira para a praça estão marcadas em detalhes, o resto da cidade de forma um pouco mais simples, e somente os pontos principais das partes mais distantes.

Olhei para o mapa. Puta que o pariu! Havia cerca de cem pontos para memorizar antes de a USA atravessar a fronteira. Eu não sabia qual seria mais difícil de enfrentar, a equipe do PIRA ou a lição de casa.

– Alguma pergunta, rapazes?

Kev disse: – Sim, três. Onde vamos dormir, onde fica o bog e cadê a cerveja?

De manhã, pegamos nossas armas e munições e fomos para o estande de tiro. Os quatro da equipe de CT tinham suas próprias pistolas. As que íamos usar eram emprestadas – as nossas estavam em Derry. Não que isso fizesse muita diferença: as pessoas acham que os homens do Regimento são muito cheios de coisa em relação a suas armas, mas não é verdade. Desde que você saiba que quando puxar o gatilho ela vai atirar da primeira vez e as balas vão atingir o alvo no qual se está mirando, tudo bem.

* N. da T.: "Burns" é como se conjuga o verbo "queimar" na terceira pessoa do singular em inglês.

No estande, cada um de nós fez o que achava necessário. Os outros quatro só queriam saber se seus pentes estavam funcionando bem e se as pistolas não ficaram com nenhum defeito depois de terem sido transportadas. Euan e eu queríamos fazer a mesma coisa, mas também descobrir qual era o comportamento de nossas novas armas em diferentes alvos. Depois de disparar todos os pentes em rápida sucessão para termos certeza de que tudo estava funcionando, nós atiramos a cinco, dez, quinze, vinte e vinte e cinco metros. Tiros bons, lentos, estudados, sempre mirando no mesmo ponto e conferindo onde as balas caíam em cada alvo. Dessa forma descobrimos que, a quinze metros de distância, por exemplo, o melhor era mirar no alto do torso do alvo. Por causa da distância, grande para uma pistola, as balas acertariam um ponto mais baixo do peito e o derrubariam. Cada arma é diferente, e por isso levamos uma hora para adquirir confiança.

Quando terminamos, não desmontamos as armas para limpá-las. Para que fazer isso se elas estavam funcionando perfeitamente? Apenas limpamos a área por onde a bala passa, para chegar no cano, com uma escova para tirar o carbono.

A tarefa seguinte era ir a campo para nos familiarizarmos com o sistema de pontos e ao mesmo tempo checar nossos rádios e descobrir se havia áreas mortas. Ainda estávamos envolvidos nisso quando, às duas da tarde, Alfa entrou na rede: – Alô, todas as estações, retornem a este local imediatamente.

Simmonds já estava na área de reunião, demonstrando ser um homem sob pressão. Como o resto de nós, ele provavelmente tinha dormido muito pouco. Havia uma barba de dois dias no seu queixo, e seus cabelos não estavam num bom dia. Algo definitivamente estava acontecendo, havia muito mais barulho e movimentação das máquinas e homens ao fundo. Ele tinha uns vinte pedaços de papel nas mãos. Os *slime* estavam lhe dando mais enquanto ele falava, bem como distribuindo cópias das regras que deveríamos seguir. A operação, eu vi, agora se chamava Flavius.

– Há cerca de uma hora e meia – ele disse – Savage e McCann passaram pela Imigração no aeroporto de Málaga. Estavam num vôo vindo de Paris.

Farrel se encontrou com eles. Não fazemos idéia de como ela chegou lá. A equipe está completa. Existe apenas um pequeno problema: os espanhóis os perderam de vista quando entraram num táxi. Agentes estão sendo deslocados para o posto da fronteira como precaução. Não tenho motivos para acreditar que o ataque não vá ocorrer conforme o planejado.

Ele fez uma pausa e olhou para cada um de nós. – Acabo de receber duas informações extremamente críticas. Primeiro, os jogadores não vão usar um carro de bloqueio para reservar uma vaga na área-alvo. Um carro de bloqueio implicaria fazer duas viagens pela fronteira, e a informação interna é de que eles não estão preparados para correr este risco. O veículo do PIRA, quando chegar, deve portanto ser tomado como "a coisa".

– Segundo, a detonação da bomba vai acontecer por meio de um dispositivo manual por controle remoto: eles querem ter certeza de que ela explodirá exatamente no momento certo. Lembrem-se, senhores, qualquer membro da equipe, ou todos eles, podem estar de posse desse dispositivo. Esta bomba não pode ser detonada. Pode haver centenas de vidas em risco.

Fui despertado pelo ruído de motores dando ré e rodas no asfalto. Eram pouco mais de seis da manhã. Eu tinha dormido por três horas. Ainda estava escuro, e a chuva tinha diminuído bastante. Inclinei-me para o banco de trás. – Kelly, Kelly, hora de acordar – quando a sacudi, ela deu um gemido suave. – OK, OK, estou indo. – Ela ficou sentada, esfregando os olhos.

Com a manga do casaco, comecei a limpá-la. Eu não queria que ela entrasse no aeroporto parecendo uma mendiga. Tínhamos de parecer radiantes e felizes como Marie e Donny Osmond tomando Prozac.

Saímos do carro com a sacola, e eu tranquei as portas depois de checar o interior para ter certeza de que não havia nada atraente exposto. A última coisa de que eu precisava agora era um atendente de estacionamento interessado no meu *kit* para abrir fechaduras. Andamos até a parada e não tivemos de esperar muito antes de o ônibus chegar e nos levar ao terminal de embarque.

O aeroporto se parecia com qualquer outro aeroporto do mundo àquela hora da manhã. As mesas de *check-in* já estavam movimentadas com viajantes a negócios. Algumas pessoas, a maioria estudantes, pareciam estar esperando por vôos para os quais tinham chegado cedo demais e dormiam com a cabeça apoiada em sacos de dormir ao lado de mochilas imensas. Faxineiros com máquinas de polir esfregavam o chão de lajotas como zumbis.

Peguei uma revista gratuita do aeroporto no expositor ao lado da escada rolante. Olhando para o guia de vôos impresso atrás, vi que o primeiro avião possível para a Inglaterra saía logo depois das cinco daquela tarde. Ia ser uma longa espera.

Olhei para Kelly. Nós dois precisávamos de um banho decente. Descemos a escada rolante até a área de desembarque internacional no andar de baixo. Coloquei moedas numa máquina e comprei alguns produtos para complementar nosso *nécessaire* e entramos num dos banheiros para deficientes.

Eu fiz a barba enquanto Kelly lavava o rosto. Raspei a sujeira das suas botas com papel higiênico e ajudei-a a se limpar da melhor maneira possível, penteei seus cabelos e os prendi com um elástico para eles não parecerem tão sujos. Ao fim de meia hora, estávamos com uma aparência bastante respeitável. As feridas no meu rosto estavam cicatrizando. Tentei sorrir, mas doía muito. Ainda não era Prozac, mas nós passaríamos numa revista.

Peguei a sacola. – Está pronta?

– Nós estamos indo para a Inglaterra agora?

– Só uma coisinha a fazer antes disso. Siga-me – puxei o rabo-de-cavalo pequeno e alto que a deixava parecendo uma líder de torcida de um metro e vinte. Ela fingiu ficar aborrecida, mas eu sabia que gostava da atenção.

Subimos novamente a escada rolante e demos a volta no terminal, aparentando olhar os aviões parados na pista. Na verdade, eu estava procurando duas coisas muito diferentes. – Preciso enviar uma coisa – eu disse, localizando uma caixa da FedEx.

Usei os detalhes do cartão de crédito que estavam no contrato de aluguel do carro. Big Al podia pagar algumas coisas agora que estava rico.

Kelly estava observando cada movimento meu. – Para quem você está escrevendo?

– Estou enviando algo para a Inglaterra caso sejamos detidos – mostrei-lhe os disquetes.

– Para quem você está mandando isso? – ela ficava mais parecida com o pai a cada dia.

– Não seja tão abelhuda.

Coloquei-os no envelope, selei e digitei os detalhes da entrega. No passado, usávamos o sistema da FedEx para enviar à Firma fotos que tínhamos tirado de um alvo e revelado no quarto de hotel e outros materiais altamente sensíveis. Evitava que fôssemos apanhados com elas. Agora, porém, o sistema estava obsoleto: com as câmeras digitais, você pode tirar fotos, plugar a câmera no seu GSM móvel, ligar para a Inglaterra e transmitir.

Continuamos a dar a volta no terminal. Encontrei a tomada que estava procurando no fim de uma fileira de bancos de plástico, onde dois estudantes estavam roncando. Apontei para os dois últimos assentos. – Vamos sentar ali. Quero ligar o *laptop*.

Nesse momento, Kelly decidiu que queria comer alguma coisa. – Espere cinco minutos – eu disse.

Pelo que já tinha lido até agora, eu compreendia que Gibraltar tinha sido uma armação, mas isso não explicava o que Kev tinha a ver com aquilo tudo. À medida que avancei na leitura, as coisas se tornaram claras.

Parecia que, no final dos anos oitenta, o governo Bush tinha sido pressionado por Thatcher a tomar alguma medida em relação ao levantamento de fundos do Noraid em benefício do PIRA. Com tantos milhões de votos irlandeses-americanos em questão, no entanto, aquele era um pedido difícil. Um acordo foi feito: se os ingleses conseguissem provar publicamente que o dinheiro do Noraid estava sendo usado para comprar drogas, isso ajudaria a desacreditar o PIRA nos Estados Unidos, e Bush poderia agir. Afinal, quem iria reclamar de um governo americano que lutava contra a disseminação de drogas perigosas?

Quando o serviço britânico de informações começou a reunir dados a respeito das conexões do PIRA em Gibraltar, uma janela de oportunidade pareceu se apresentar. Depois dos eventos de 6 de março, no entanto, a janela se fechou totalmente. Aqueles votos eram importantes demais.

No início dos anos noventa, os Estados Unidos tinham um novo governo – e o Reino Unido um novo primeiro-ministro. Na Irlanda do Norte, o processo de paz começou. Os Estados Unidos foram informados – e a mensagem foi entregue no nível mais alto – de que, se não pressionassem o PIRA a sentar à mesa de negociações, a Inglaterra exporia o que vinha acontecendo com os fundos do Noraid levantados na América. Para a opinião pública mundial, aquilo pareceria um fracasso retumbante de uma potência que tanto apreciava aconselhar outros países em combater as drogas no seu próprio quintal.

Outro acordo foi firmado. Clinton permitiu que Gerry Adams entrasse nos Estados Unidos em 1995, uma jogada que agradou não apenas aos eleitores irlandeses-americanos, mas também deu a Clinton a coroa de príncipe dos pacificadores. Ele também aparentou desdenhar da posição de John Major quanto ao PIRA, mas os ingleses não se importaram, eles sabiam do plano. Em particular, Gerry Adams foi informado de que, se o PIRA não permitisse que o processo de paz avançasse, os Estados Unidos cairiam sobre eles como uma tonelada de merda fumegante.

Um cessar-fogo foi declarado. Parecia que aquele seria o momento de conversar de verdade, depois de anos de encontros sigilosos que não tinham levado a nada. Clinton e o governo britânico seriam vistos como pacificadores, e o PIRA teria voz no acordo que estava sendo construído.

Em 12 de fevereiro de 1996, no entanto, uma bomba maciça explodiu no Canary Wharf em Londres, matando duas pessoas e deixando centenas de milhões de libras de prejuízo. O cessar-fogo foi rompido, e tudo retornou ao normal, se é que se podia dizer isso.

Mas não terminou por aí. Kev também tinha descoberto que o PIRA estava tentando chantagear certos oficiais de Gibraltar, com algum sucesso. Parecia que o local ainda era a chave para a Europa. A Espanha era muito arriscada. Eles também tinham coagido algumas personalidades importantes dos Estados Unidos para poderem continuar suas operações com drogas na impunidade. Uma das vítimas tinha um alto posto no DEA. O problema de Kev era que ele não sabia quem.

Eu sabia. Eu tinha a fotografia do seu chefe.

E agora eu sabia por que McGear, Fernahan e Macauley tinham estado em Gibraltar. Quem quer que fosse a vítima da chantagem, eles tinham ido lá para lhe dar um aviso de gypsy e tentar pressioná-lo, com os documentos de envio e fotografias, a abrir a rota novamente. Talvez o ETA estivesse querendo uma parte grande demais dos lucros na Espanha.

Fechei o *laptop*. Eu tinha de voltar à Inglaterra, tinha de encontrar Simmonds.

Kelly estava me observando. – Que bom – ela disse. – Agora podemos comer?

Fui com ela até o Dunkin' Donuts. Ela tomou um copo de leite, eu um café, e nós dois nos entupimos de *donuts*. Eu comi seis.

Às dez horas voltamos a descer as escadas até o desembarque internacional. Eu precisava de passaportes – britânicos ou americanos, não importava. Estudei os vôos internacionais no monitor. Nós provavelmente íamos acabar com passaportes americanos, simplesmente devido ao número de famílias que voltavam de férias.

Havia pessoas esperando dos dois lados das guardas, com câmeras e flores. Kelly e eu nos sentamos nos bancos de PVC perto das esteiras de bagagens domésticas em frente aos portões internacionais. Eu estava com um braço em torno dela e conversando. Na verdade, eu estava lhe ensinando alguns detalhes importantes do roubo.

– Você acha que consegue?

Observamos a primeira leva de passageiros domésticos retirarem suas bagagens.

Identifiquei uma família com potencial. – Aquele é o tipo de coisa que estamos procurando, mas são dois meninos – sorri. – Você quer ser um menino só por hoje?

– De jeito nenhum. Meninos têm cheiro ruim.

Enfiei o nariz no meu moletom. Concordei: – OK, vamos esperar.

Um vôo chegou de Frankfurt, e desta vez tiramos a sorte grande. Os pais tinham cerca de quarenta anos, as crianças em torno de dez, um menino e uma menina. A mãe estava carregando uma bolsa de plástico transparente com telinha branca, e eu pude ver que tudo estava onde devia estar. Eu mal podia acreditar na nossa sorte. – Está vendo aqueles ali? Aquilo é o que nós queremos. Vamos lá?

Sua resposta foi um pouco hesitante. Ela não parecia mais tão animada. Será que eu devia deixá-la fazer isso? Eu podia cortar a história naquele momento. Enquanto elas andavam até o banheiro, tive de tomar uma decisão. Iríamos em frente.

– Ela está entrando com a filha – eu disse. – Certifique-se de que não vai haver ninguém atrás de você. Lembre-se, eu vou estar esperando.

Continuamos seguindo as mulheres. O marido tinha ido para outro lado com o garoto, talvez para buscar um táxi ou o carro da família.

As duas entraram no banheiro pela porta das mulheres, conversando e rindo. A mulher estava com a bolsa pendurada no ombro. Nós entramos pela porta dos homens à direita dos banheiros para deficientes. E imediatamente entramos num dos cubículos maiores.

– Vou ficar neste aqui, OK?

– OK.

– Você se lembra do que tem de fazer?

Ela assentiu de forma exagerada, e sua cabeça quase saltou dos ombros.

– Então, vá em frente – fechei a porta e me apoiei nela. Os banheiros eram grandes o bastante para que se manobrasse uma cadeira de rodas. O menor som parecia ecoar. O piso estava úmido e cheirava a água sanitária. A planilha de horários atrás da porta mostrava que o lugar tinha sido limpo havia apenas quinze minutos.

Meu coração estava batendo com tanta força que eu podia ouvi-lo por baixo da camisa. Todo o meu futuro dependia das ações de uma menina de sete anos. Ela tinha de enfiar a mão pela fresta do cubículo, pegar a bolsa, escondê-la sob o casaco e sair andando sem olhar para trás. Não era difícil, apenas impressionantemente falho. Mas, sem passaportes, não podíamos sair do país, simples assim. Eu não ia voltar para Big Al de jeito nenhum. Além do risco da viagem, eu não podia confiar nele pela simples razão de que eu não sabia o que ele andara fazendo desde que nos despedimos. Era muito complicado. Precisávamos sair daquele país, e já.

Fui arrancado dos meus pensamentos por uma batida súbita na porta e um "Niiiick!" nervoso.

Abri a porta rapidamente, e ela se esgueirou para dentro. Tranquei a porta, peguei-a pelas axilas e a coloquei sentada no vaso.

Ajoelhado na frente dela, eu sorri e sussurrei: – Muito bem! – ela parecia ao mesmo tempo assustada e excitada. Eu estava só assustado, porque sabia que, a qualquer momento, a confusão ia começar.

E então começou. A mãe saiu correndo do banheiro, gritando: – Roubaram minha bolsa! Onde está Louise? Louise!

A menina saiu e começou a chorar: – Mamãe, mamãe!

Ouvi as duas passarem correndo e gritando. Agora não era a hora certa de sairmos. As pessoas estariam olhando, a atenção de todos aumentaria. Vamos ficar sentados aqui e examinar os passaportes.

Nós tínhamos roubado a Sra. Fiona Sandborn e sua família. Ótimo, exceto que o Sr. Sandborn não se parecia em nada com o Sr. Stone. Tudo bem, eu podia fazer algo a respeito daquilo mais tarde. Mas os nomes das duas crianças constavam dos passaportes dos pais, e isso era um problema.

Peguei o dinheiro e os óculos de leitura da Sra. Sandborn. A caixa de descarga do vaso era embutida na parede, não havia onde esconder a bolsa. Eu me levantei, disse a Kelly para ficar em pé e encostei o ouvido na porta.

A mulher tinha encontrado um policial. Imaginei a cena lá fora: uma pequena multidão já teria se formado, o policial estaria fazendo anotações, chamando a central pelo rádio, talvez checando os outros cubículos. Comecei a suar.

Fiquei parado ao lado da porta e esperei pelo que me pareceu uma hora. Kelly veio na ponta dos pés, eu me abaixei, e ela sussurrou no meu ouvido: – Já está tudo bem?

– Quase.

Então ouvi barulho de batidas. Alguém estava empurrando as portas dos cubículos vazios e batendo nas portas dos outros. Estavam procurando pelo ladrão ou, o mais provável, queriam ver se a bolsa tinha sido abandonada depois que o dinheiro tivesse sido retirado. Eles iam alcançar o nosso cubículo a qualquer momento.

Eu não tinha tempo para pensar. – Kelly, é você quem vai falar se eles baterem na porta. Quero que você...

Toc, toc, toc.

Na câmara de eco do banheiro para deficientes, aquilo parecia a batida da porta de uma cela.

Uma voz masculina gritou: – É a polícia! Tem alguém aí? – ele tentou girar o trinco.

Levei rapidamente Kelly de volta para o vaso e sussurrei: – Diga que você já está saindo.

Ela gritou. – Já estou saindo!

Não houve resposta, apenas a mesma coisa acontecendo no cubículo ao lado. O perigo tinha passado, assim eu esperava.

Tudo o que restava fazer era jogar fora minha pistola e os pentes. Aquilo foi fácil. Guardei-os na bolsa de Fiona e dobrei-a para caber numa lata de lixo.

Uma hora se passou até eu decidir que era seguro sairmos. Virei para Kelly: – Seu nome agora é Louise, OK? Louise Sandborn.

– OK.

Ela não pareceu se importar.

– Louise, quando sairmos daqui, quero que você fique muito feliz e segure a minha mão – disse aquilo e peguei a sacola. – OK, lá vamos nós!

– Para a Inglaterra?

– É claro! Mas antes de tudo temos de entrar no avião. A propósito, você foi ótima, parabéns!

Entramos na área de embarque às onze e meia da manhã. Ainda faltavam muitas horas para o primeiro vôo possível, o BA216 para Heathrow, às cinco e dez.

Fui até um telefone público e, usando os números que apareciam na revista do avião, liguei para cada uma das companhias aéreas para checar a disponibilidade de passagens. O vôo da British Airways estava lotado, bem como o 918 da United Airways às seis e dez, o da BA das seis e dez e o da United das seis e quarenta. Acabei encontrando dois assentos vagos num vôo da Virgin às seis e quarenta e cinco e dei todos os detalhes do Sr. Sandborn, que estava a caminho do aeroporto neste instante. O pagamento foi cortesia do cartão de crédito de Big Al.

Passei em frente ao balcão da Virgin e descobri que ele não abria antes da uma e meia da tarde. Uma hora e meia para sentar e suar.

Terry Sandborn era um pouco mais velho do que eu, e seu cabelo na altura dos ombros começava a ficar grisalho. Meu cabelo estava cortado logo abaixo da orelha e era castanho. Felizmente, seu passaporte tinha quatro anos.

Para o deleite de Kelly e do dono da barbearia do terminal, eu me submeti a um corte escovinha e saí de lá parecendo um Fuzileiro Naval dos Estados Unidos.

Depois entramos na farmácia e eu comprei uma caixa de analgésicos que afirmavam ser a resposta para as cólicas menstruais das mulheres. A julgar pela lista de ingredientes, eles certamente eram a resposta para mim.

O tempo todo eu rezava para que a polícia tivesse pressuposto que o motivo do roubo fosse dinheiro e, ao invés de levar o caso adiante, tivesse instruído os Sandborn a registrarem a perda dos passaportes e cartões de crédito. Eu não queria chegar no balcão de venda de passagens e ser soterrado por centenas de quilos de policiais.

Ainda faltavam trinta minutos para podermos fazer o *check-in*. Uma última coisa a fazer.

– Kelly, temos de ir ao banheiro.

– Eu não preciso fazer xixi.

– É para eu colocar o meu disfarce. Venha ver.

Fomos até o banheiro para deficientes na área de embarque e fechamos a porta. Peguei os óculos de Fiona. A armação era dourada; as lentes, grossas como o fundo de uma garrafa de Coca-Cola. Experimentei-os. A armação não era grande o suficiente para mim, mas eles ficaram bem. Virei para Kelly, envesguei os olhos e depois tive de fazê-la parar de rir.

Tirei o analgésico da sacola. – Vou tomar essas coisas e elas vão me deixar mal. Mas é de propósito, OK?

Ela não estava bem certa. – Ah, OK, então.

Tomei cinco cápsulas e esperei. As ondas de calor começaram, depois o suor frio. Ergui as mãos para mostrar que estava tudo bem quando seis *donuts* e um café voaram da minha boca para dentro do vaso.

Kelly observou, espantada, enquanto eu lavava o rosto na pia. Olhei no espelho. Conforme o esperado, eu parecia tão pálido e úmido como me sentia. Tomei mais duas.

Havia poucos clientes na longa fila de balcões de *check-in* e somente uma mulher atendendo nas vendas da Virgin Atlantic. Ela estava anotando alguma coisa, e sua cabeça estava abaixada enquanto nos aproximamos. Ela tinha vinte e poucos anos, era negra e bonita, com o cabelo alisado preso num coque.

– Olá, meu nome é Sandborn – por causa da codeína, minha voz estava mais grave e rouca. – Deve haver duas passagens para mim – tentei parecer desorganizado e perdido. – Espero que meu cunhado tenha feito as reservas – olhei para cima como se estivesse rezando.

– Certamente. O senhor tem o número de referência?

– Sinto muito, ele não me informou. Só posso lhe dizer que o nome é Sandborn.

Ela digitou o nome e disse: – Certo, Sr. Sandborn, duas passagens para o senhor e Louise. Quantas malas o senhor está despachando?

Eu estava com o *laptop* a tiracolo e a sacola na mão. Eu hesitei, como se estivesse decidindo se ia precisar do *laptop*. – Somente esta – coloquei a sacola na balança. Ela não pesava muito, mas ficava muito volumosa com o cobertor.

– Pode me dar seu passaporte, por favor?

Olhei em todos os bolsos, sem muito sucesso. Eu não queria sacar os documentos de Sandborn imediatamente. – Ouça, eu sei que tivemos sorte de conseguir as passagens, mas seria possível sentarmos juntos? – inclinei-me para perto dela e sussurrei: – Louise odeia aviões.

Kelly e eu trocamos um olhar. – Está tudo bem, querida, está tudo bem – minha voz baixou de tom outra vez. – Estamos numa espécie de missão de caridade.

Olhei para Kelly e novamente para a mulher, com uma expressão dolorida. – A avó dela... – deixei a frase pela metade, como se fosse terrível demais para os ouvidos de uma menina.

– Vou ver o que posso fazer, senhor.

Ela batia nas teclas do seu PC com tal velocidade que parecia estar blefando. Coloquei o passaporte em cima do balcão. Ela ergueu os olhos e sorriu: – Não há problema, Sr. Sandborn.

– Maravilhoso – mas eu ainda queria continuar conversando. – Seria possível utilizarmos uma de suas salas vip? É que, depois da quimioterapia, eu me canso com facilidade. Corremos o dia inteiro hoje, e eu não me sinto muito bem. Qualquer batida já se transforma num corte.

Ela olhou para minhas cicatrizes e meu rosto pálido e compreendeu. Ela ficou em silêncio por alguns instantes e depois disse: – Minha mãe fez quimioterapia para câncer do fígado. O tratamento funcionou, e, depois de tanta dor, ela se recuperou.

Agradeci pela compreensão e pela mensagem de apoio.

Agora me leve para a porra da sala e me tire daqui!

– Deixe-me ver – sorrindo para Kelly, ela pegou o telefone e, depois de alguns segundos de vocabulário incompreensível de companhia aérea, olhou para mim e assentiu. – Tudo certo, senhor. Nós compartilhamos uma sala com a United. Vou preencher os passes.

Agradeci, e ela estendeu a mão para o passaporte. Eu esperava que, àquela altura, ela me conhecesse tão bem que aquilo fosse apenas uma formalidade. Ela abriu rapidamente o documento e eu me virei para falar com Kelly, dizendo a ela como era bom estar viajando para ver a vovó.

Ouvi sua voz dizer: – O embarque será às cinco e meia – olhei para ela, todo sorrisos.

– Vá para o Portão C. Um ônibus vai levá-los até a sala. Tenham um bom vôo.

– Muito obrigado. Vamos, Louise, temos um avião para pegar – deixei Kelly avançar alguns passos à minha frente, virei para a atendente e disse: – Só espero que a vovó possa esperar por nós. – Ela assentiu, solidária.

Tudo o que eu queria agora era decolar. O primeiro obstáculo era a segurança. Kelly passou primeiro, e eu a segui. Nada de alarme. Tive de abrir e ligar o *laptop* para provar que ele funcionava, mas já esperava por isso. Todos os documentos sobre Flavius agora estavam num arquivo chamado Jogos.

Fomos direto ao Portão C e entramos no ônibus. Esperamos cinco minutos até ele encher, depois as portas se fecharam e seguimos cerca de oitocentos metros pelo asfalto até a sala de embarque.

A área era aconchegante e movimentada. Ouvi muitos sotaques britânicos misturados a fragmentos de alemão e francês. Kelly e eu nos dirigimos à sala da United, parando antes no pequeno bar.

Sentamo-nos em silêncio com um *cappuccino* grande e uma Coca. Infelizmente, o tempo de espera me permitia pensar se eu tinha cometido algum erro.

Um segurança entrou e falou com os funcionários do balcão. Meu coração começou a bater mais rápido. Estávamos tão perto do avião, do outro lado do vidro, que eu sentia que podia estender a mão e tocá-lo. Eu quase podia sentir o cheiro do combustível.

Ordenei a mim mesmo que me acalmasse. Se eles estivessem atrás de nós, já teriam nos encontrado. Mas, na verdade, tantas coisas ainda podiam dar errado que uma delas quase certamente ia acontecer. Eu ainda estava suando muito, minha cabeça cintilava, e eu não sabia se eram as cápsulas ou o medo, mas estava começando a me sentir fraco.

– Nick? Eu vou ser Louise todo o dia ou só agora?

Fingi pensar no assunto. – Todo o dia. Você vai ser Louise Sandborn o dia inteiro.

– Por quê?

– Porque eles não vão nos deixar ir para a Inglaterra se não usarmos outros nomes.

Ela assentiu, sorrindo pensativamente.

– Você quer saber outra coisa?

– O quê?

– Se eu chamar você de Louise, você tem de me chamar de papai. Mas só por hoje.

Eu não estava bem certo de qual reação esperar, mas ela apenas deu de ombros. – Está bem – talvez isso fosse o que ela queria.

As três horas seguintes foram cruéis, mas pelo menos estávamos fora de alcance. Se eu tivesse problemas cardíacos, provavelmente teria morrido, porque meu sangue estava correndo tão rápido que eu podia ouvi-lo latejando nas orelhas.

Eu repetia para mim mesmo: "Você já está aqui, não há o que possa fazer, aceite a situação. Entre naquela porra de avião!"

Olhei para Kelly: – Você está bem, Louise?

– Sim, estou bem, papai – ela tinha um enorme sorriso no rosto. Eu esperava que o mantivesse.

Observei a recepcionista se aproximar do microfone. Ela anunciou nosso vôo e disse que tinha apreciado muito nossa passagem pela sala.

Umas dez outras pessoas se levantaram e começaram a se preparar, dobrando jornais e fechando sacolas.

Fiquei em pé e me espreguicei. – Louise?

– Sim?

– Vamos para a Inglaterra.

Andamos até o portão, pai e filha de mãos dadas, jogando conversa fora. Os passaportes estavam sendo conferidos por um jovem latino. Ele tinha um cartão de identificação pendurado numa corrente em torno do pescoço, mas estávamos longe demais para distinguir o que estava escrito. Seria ele da segurança da companhia aérea ou do aeroporto?

Dois seguranças uniformizados chegaram e pararam atrás dele, conversando. Era o tipo de papo que parecia tão casual que provavelmente não era. Usei minha manga para secar o suor do rosto.

Os dois homens de uniforme estavam armados. O negro contou uma piada e o branco riu e olhou em volta. Kelly e eu demos um passo para a frente.

Eu a segurava ao meu lado, o pai ansioso numa multidão. O *laptop* estava pendurado no ombro. Kelly levava um ursinho em cada braço.

Demos mais três passos para a frente, outra espera, e então chegou nossa vez com o latino.

Eu queria tornar tudo fácil para ele. Sorrindo, entreguei-lhe os cartões de embarque e o passaporte. Estava convencido de que os homens uniformizados estavam olhando para mim. Entrei na pele do boxeador: toda a atenção estava concentrada no latino, todo o resto distante, abafado, distorcido, periférico. Uma gota de suor rolou pela minha bochecha, e ele percebeu. Eu sabia que ele estava notando que meu peito arfava para cima e para baixo.

Kelly estava logo atrás e à direita de mim. Olhei para ela e sorri.

– Senhor?

Expirei silenciosamente para me preparar e olhei para ele.

– Apenas o passaporte, senhor – ele me devolveu o cartão de embarque. Dei um sorriso sem graça de viajante panaca inexperiente.

Ele folheou as páginas do passaporte, parando na fotografia de Sandborn. Olhou para mim e depois voltou ao passaporte.

Estou na merda.

Deixei ele perceber que eu estava lendo seus pensamentos. – Menopausa masculina – sorri, esfregando a mão sobre o que restava dos meus cabelos. Meu couro cabeludo estava ensopado. – O visual do Bruce Willis!

O idiota não riu. Ele estava se decidindo. Finalmente, fechou o passaporte e bateu com ele na palma da mão. – Tenha um bom vôo, senhor.

Comecei a agradecer, mas ele já estava prestando atenção nas pessoas atrás de mim.

Demos dois passos na direção das meninas da Virgin e entregamos nossos cartões de embarque. Os dois seguranças não se moveram.

Entramos na passarela, e eu me senti como se tivesse tentado correr com água pela cintura e de repente chegasse na praia.

O latino ainda me preocupava. Pensei nele durante todo o caminho até a aeronave. Somente depois de ter encontrado nossos assentos, colocado a sacola e o *laptop* no compartimento de bagagem, me acomodado e pego a revista de bordo, respirei fundo e soltei o ar muito, muito devagar. Não foi um suspiro de alívio, eu estava aumentando os níveis de oxigênio no meu sangue. Não, o idiota não estava feliz. Suas suspeitas tinham sido levantadas, mas ele não tinha feito perguntas, nem mesmo tinha perguntado o meu nome. Nós podíamos ter chegado na praia, mas estávamos longe da terra firme.

O avião ainda estava sendo abastecido. Continuei a respirar fundo para tentar controlar meu pulso.

Funcionários saíam e entravam do avião com declarações. Cada vez que isso acontecia, eu esperava ver os dois seguranças a reboque. Havia apenas uma entrada e uma saída. Não havia para onde correr. Enquanto eu criava cenários na minha cabeça, simplesmente tinha de aceitar o fato de que a sorte estava lançada. Eu agora era um passageiro e, por um segundo, tive a mesma sensação que sempre tinha quando estava dentro de qualquer avião, civil ou militar: eu estava nas mãos de outros e impotente para decidir meu próprio destino, e odiava aquilo.

Os passageiros ainda estavam entrando. Quase explodi numa gargalhada nervosa quando o alto-falante começou a tocar "I will survive". Olhei para Kelly e pisquei. Ela estava achando tudo ótimo, e estava tentando colocar o cinto de segurança nos ursinhos.

Um dos comissários de bordo veio pelo nosso corredor, ainda usando seu terno da Virgin e não em mangas de camisa. Ele veio até nossa fileira e parou. A julgar pela sua linha de visão, estava verificando os cintos de segurança. Era cedo demais para aquilo, não? Eu assenti e sorri. Ele se virou e desapareceu na cozinha.

E eu olhava para a porta, esperando o pior. Uma das comissárias enfiou a cabeça para fora da cozinha e olhou diretamente para mim. Os ursinhos de Kelly de repente se tornaram muito interessantes.

Meus pés comichavam. Meu estômago se contraiu. Ergui os olhos novamente. Ela tinha sumido.

O comissário surgiu novamente, carregando um saco de lixo. Ele se aproximou de nós, parou e se abaixou no corredor ao lado de Kelly. – Olá.

– Oi!

Ele enfiou a mão no saco de lixo, e eu esperei que ele puxasse de lá a .45. Bom truque, me fazer pensar que era um membro da tripulação fazendo alguma coisa para a criança.

Ele puxou uma pequena mochila de náilon com o logo da Virgin e as palavras "Crianças com Atitude". – Esquecemos de lhe dar uma dessas – ele disse. Eu quase o abracei.

– Muito obrigado! – eu sorria como um louco de hospício, meus olhos duas vezes maiores por trás das lentes de Fiona. – Muitíssimo obrigado!

Ele fez o possível para não olhar para mim, como se eu fosse mesmo alguma espécie de esquisitão, depois nos ofereceu uma bebida antes da decolagem. Eu estava louco por uma cerveja, mas podia ter de começar a agir assim que chegássemos do outro lado e, de qualquer modo, eu só queria descansar a cabeça. Tomamos um suco de laranja.

Lendo o guia dos filmes de bordo junto com ela, perguntei: – A que filme você vai assistir, Louise?

– *As Patricinhas de Beverly Hills* – ela sorriu.

– Muito bem – eu disse.

Vinte minutos depois, pontualmente, o avião por fim decolou da pista. Subitamente, eu não me importava mais de estar nas mãos do piloto.

Capítulo Trinta e Seis

Passamos por toda aquela bobagem de apresentação do capitão, de como era maravilhoso nos ter a bordo e de quando iam nos alimentar. O calor do meu corpo estava lentamente começando a secar minha camisa ensopada. Até minhas meias tinham ficado úmidas. Olhei para Kelly. Ela estava com uma expressão triste. Empurrei-a de leve com o braço. – Tudo bem com você?

– Acho que sim. É que eu vou sentir falta da Melissa e nem contei para ela que estou indo para a Inglaterra.

Eu já sabia como sair deste tipo de saia-justa: – Bem, o que você tem de fazer é pensar coisas boas a respeito da Melissa, e isso vai fazer você se sentir feliz – fiquei esperando sua resposta. Eu sabia o tipo que ia ser.

– No que você pensa para ficar feliz? No seu amigo David?

Aquela era fácil, eu estava preparado. – Bem, quase doze anos atrás, nós estávamos trabalhando juntos, e ele estava reformando a casa e precisava de um novo piso de madeira.

Ela estava adorando aquilo, uma história antes de dormir, e parecia estar mesmo prestes a cair no sono, aninhando-se em mim. Fui em frente, contando-lhe como nós tínhamos afanado o revestimento de uma quadra de *squash* de uma das bases do QG das Forças de Segurança na Irlanda do Norte. Chegamos lá às três da manhã com pás, martelos e formões. Colocamos as tábuas numa van e as trouxemos para o continente. Afinal, o Governo de Sua Majestade tinha gastado tanto dinheiro para nos ensinar a arrombar e roubar coisas, por que não usá-lo em nosso benefício? Os três dias seguintes tinham sido dedicados a forrar o corredor e a cozinha da casa perto de Brecon com aquele lindo piso novo.

Sorri para ela esperando uma reação, mas ela já estava ressonando.

Comecei a assistir ao vídeo, mas sabia que também ia adormecer em segundos – desde que o efeito das cápsulas passasse, e eu conseguisse impedir minha cabeça de voltar à mesma pergunta um milhão de vezes.

Havia uma aliança espúria entre o PIRA e elementos corruptos do DEA, disso não havia dúvida – e tudo indicava que o chefe de Kev estava no centro disso tudo. Kev tinha descoberto a corrupção, mas não quem estava envolvido. Ele queria falar com alguém a respeito disso. Teria sido o seu chefe, a quem ele inocentemente telefonou para pedir uma opinião no dia em que cheguei a Washington? Muito improvável, porque Kev o teria incluído na sua lista de suspeitos. Muito mais plausível era que ele tivesse conversado com alguém que não fosse ligado ao DEA, alguém que soubesse do que ele estava falando e cuja opinião ele teria valorizado. Poderia ter sido Luther? Ele conhecia Kev; Kev teria confiado nele? Quem poderia saber? Ele estava morto uma hora depois de desligar o telefone.

As luzes da cabine se acenderam duas horas antes de pousarmos, e o café da manhã foi servido. Cutuquei Kelly, mas ela grunhiu e se enterrou embaixo do cobertor. Eu não quis saber da comida. Da sensação de quase euforia por ter conseguido escapar dos Estados Unidos, acordei profundamente deprimido. Meu estado de espírito estava quase tão negro como o café na minha frente. Eu estava louco por ter me permitido sentir aliviado. Estávamos longe de podermos no sentir seguros: se eles soubessem que estávamos no avião, é claro que não fariam nada até desembarcarmos. Seria preso no momento em que eu saísse da aeronave e desse o primeiro passo na rampa. Mesmo que isso não acontecesse, havia a Imigração. Os funcionários encarregados de manter os indesejados longe são muito mais rígidos e atentos do que os que lhes dão tchau. Eles examinam seus documentos mais de perto, avaliam sua linguagem corporal, lêem seus olhos. Kelly e eu estávamos com passaportes roubados. Tínhamos passado por Dulles, mas isso não queria dizer que conseguiríamos de novo.

Tomei quatro cápsulas e terminei meu café. Lembrei-me de que agora era um cidadão americano. Quando a comissária passou por mim, pedi a ela um cartão de imigração. Kelly ainda não tinha acordado.

Ao preencher o cartão, decidi que os Sandborn tinham acabado de se mudar e agora moravam ao lado do senhor e da senhora Brown. Hunting Bear Path era o único endereço sobre o qual eu podia falar com convicção.

Se eu fosse preso na Imigração, não seria a primeira vez. Eu tinha pousado no aeroporto de Gatwick na volta de um serviço. Dei meu passaporte ao funcionário da Imigração e, enquanto ele estava inspecionando, dois rapazes se aproximaram, me seguraram pelos braços e pegaram o passaporte das mãos do funcionário. – Sr. Stamford? Polícia Especial. Venha conosco – eu não ia discutir, meu disfarce era bom, eu estava na Inglaterra, tudo ia ficar bem.

Eles me revistaram numa sala de entrevistas, disparando perguntas por todo lado. Passei por toda a rotina do meu disfarce: onde eu estivera, o que andara fazendo e por quê. Eles telefonaram para James, e ele confirmou minha história. Tudo estava indo muito bem.

Então fui levado para uma cela de detenção do aeroporto e três policiais entraram. Eles não perderam tempo: atiraram-se em cima de mim como jogadores de *rugby*, dois segurando meus braços, um esmurrando, e se revezaram nas posições. Eles me deram uma surra, e nenhuma palavra de explicação.

A seguir fui levado para uma entrevista e acusado de ser um pedófilo que viajara à Tailândia em busca de crianças – o que era estranho, considerando que eu estava numa operação negável na Rússia. Não havia nada que eu pudesse dizer, apenas negar e esperar que o sistema me tirasse dali.

Depois de cerca de quatro horas de entrevistas, eu estava sentado em minha cela quando chegou o pessoal do serviço de informações para avaliar meu desempenho. Aquilo era uma porra de um exercício. Eles estavam testando todos os Ks que voltavam para a Inglaterra, o único problema era que tinham escolhido a acusação errada para nos deter. A polícia obviamente não esperava por formalidade como tribunais quando se tratava de molestadores de crianças, e todos os que eram detidos eram levados para uma cela para receberem as boas-vindas. Um agente que tinha desembarcado em Jersey apanhou tanto que foi parar no hospital.

Kelly ainda estava meio dormindo, e sua aparência era tão ruim como a minha. Parecia que tinha dormido no mato. Ela bocejou e fez uma tentativa de se espreguiçar. Quando abriu os olhos e olhou em volta, completamente aturdida, eu sorri e lhe ofereci a caixa de suco de laranja. – Como você está hoje, Louise?

Ela ainda pareceu perdida por mais dois segundos, depois se lembrou do esquema. – Estou bem. – Ela fez uma pausa, sorriu e acrescentou: – Papai – fechou os olhos e se virou, tentando arrumar o travesseiro e o cobertor. Não tive coragem de contar que íamos pousar logo.

Pelo menos eu fiquei com seu suco de laranja enquanto assistia a um vídeo de boas-vindas a Londres, cheio de pompa, circunstância e ostentação, a cavalaria em seus corcéis, os Soldados da Guarda marchando para cima e para baixo, a Rainha descendo o Mall em sua carruagem. Para mim, Londres nunca parecera tão linda.

Então o avião pousou, e viramos atores outra vez.

Taxiamos e paramos na nossa rampa. Todos pularam de seus assentos como se fossem perder alguma coisa. Eu me inclinei para Kelly: – Espere aqui, não estamos com pressa – eu queria sair no meio da multidão.

Lentamente, guardamos nossas miudezas na mochila de Kelly, organizamos os ursinhos e entramos na fila. Eu estava tentando enxergar à frente, mas não conseguia ver muita coisa.

Chegamos à área da cozinha, dobramos à esquerda e fomos na direção da porta. Na rampa havia três homens, pessoal de recepção da Autoridade Britânica de Aeroportos com coletes fluorescentes, que ajudavam uma mulher de cadeira de rodas. As coisas pareciam bem; a liberdade, tão próxima.

Subimos a rampa e seguimos pelos corredores que conduziam ao terminal principal. Kelly estava totalmente despreocupada, o que era ótimo. Eu não queria que ela entendesse o que estava acontecendo.

Havia muito trânsito de pessoas nos dois sentidos, passageiros correndo com bagagens de mão, entrando e saindo de lojas, esperando nos portões. Eu estava com o *laptop* e a mochila pendurados no ombro e segurava a mão de Kelly. Ela levava os ursinhos. Chegamos à passarela.

Heathrow é o aeroporto mais monitorado, mais cheio de câmeras, mais seguro física e visualmente do mundo. Pares de olhos ocultos já estariam nos observando e, portanto, não era hora de parecermos furtivos ou culpados. A esteira de pedestres acabava nos portões de 43 a 47, e uma outra recomeçava cerca de dez metros adiante. Enquanto éramos carregados, esperei até estarmos afastados de outras pessoas, abaixei-me e disse para Kelly: – Você não pode se esquecer de que hoje eu sou o seu papai, OK, Louise Sandborn?

– OK – ela disse, com um enorme sorriso.

Eu só esperava que estivéssemos sorrindo dali a trinta minutos.

Chegamos ao fim da esteira e pegamos uma escada rolante para baixo, seguindo as placas do controle de passaporte e coleta de bagagens. Da metade da escada rolante eu já podia ver o saguão da imigração logo em frente. Era ali que nossa sorte seria decidida.

Havia quatro ou cinco pessoas na fila de cada balcão. Comecei a brincar com Kelly, tentando me ocupar com alguma coisa ao invés de apenas parecer nervoso. Eu tinha entrado ilegalmente em vários países centenas de vezes, mas nunca tão despreparado ou sob tanta pressão.

– Tudo certo, Louise?

– Estou pronta, papai.

Passei a mochila para ela para poder tirar o passaporte e o cartão Visa do bolso. Chegamos ao controle de passaportes e entramos no fim de uma fila. Eu não parava de pensar num amigo americano que tinha viajado de Boston para o Canadá e de lá para a Inglaterra. Ele tinha pegado o passaporte de outro amigo seu por engano quando eles dividiram um quarto de hotel, e não pôde voltar para trocá-lo, então teve de blefar. Ninguém tinha sequer piscado.

Esperamos na fila. Ainda com o *laptop* no ombro direito, eu segurava a mão de Kelly na esquerda. Continuei olhando para ela e sorrindo, mas não demais, porque seria um comportamento suspeito, e eu sabia que haveria pessoas observando em monitores e por trás de espelhos. O executivo na nossa frente passou com um aceno e um sorriso para a funcionária. Era nossa vez de nos aproximarmos do balcão.

Entreguei meus documentos para a mulher. Ela passou os olhos pelos detalhes do cartão e olhou para Kelly de cima de sua cadeira alta. – Olá, bem-vinda à Inglaterra.

Kelly respondeu com um "oi!" muito americano.

Calculei que a mulher tivesse uns trinta e poucos anos. Seu cabelo tinha passado por uma permanente que não dera muito certo.

– Você teve um vôo agradável? – ela perguntou.

Kelly estava com Jenny ou Ricky numa das mãos, pendurado pela orelha, e a cabeça do outro despontava do alto da mochila às suas costas. Ela disse: – Sim, foi muito bom, obrigada.

A mulher prosseguiu com a conversa: – E qual é o seu nome? – ela perguntou, ainda checando o formulário.

Eu podia confiar que ela responderia corretamente ou devia me intrometer?

Kelly sorriu e disse: – Kelly!

Que ironia! Nós tínhamos chegado tão longe, passado por tantas coisas, para sermos traídos por uma pergunta simples como aquela.

Imediatamente, eu sorri para Kelly. – Não é, não! – eu não queria olhar para a mulher, podia sentir o sorriso se esvaindo de seu rosto e seus olhos queimando minha cabeça.

Houve uma pausa que pareceu durar uma hora enquanto eu tentava pensar no que dizer ou fazer a seguir. Imaginei o dedo da mulher pressionando um botão escondido.

Kelly se antecipou a mim. – Eu sei, estou brincando – ela riu, estendendo um ursinho. – Esta é a Kelly! Meu nome é Louise. E o seu?

– Meu nome é Margaret – o sorriso voltou. Se ao menos ela soubesse como passou perto.

Ela abriu o passaporte. Seus olhos saltavam de cima para baixo enquanto estudava primeiro a foto e depois meu rosto. Ela desceu o passaporte abaixo do nível do balcão e eu vi o brilho da luz ultravioleta. Então olhou-me nos olhos outra vez e perguntou: – Quando esta foto foi tirada?

– Há uns quatro anos, acho – dei um sorriso fraco e falei numa voz baixa que Kelly não devia ouvir. – Estou fazendo quimioterapia. O cabelo está começando a crescer – esfreguei a cabeça. Minha pele estava úmida e fria. Eu esperava que minha aparência ainda estivesse péssima. As cápsulas certamente me faziam sentir mal. – Estou trazendo Louise para visitar os pais da mãe dela porque estamos passando por um período muito traumático. Minha esposa ficou com nosso outro filho porque ele está doente no momento. As desgraças nunca acontecem sozinhas.

– Oh – ela disse, parecendo genuinamente solidária. Mas não devolveu o passaporte.

Fez-se um grande silêncio, como se estivesse esperando que eu preenchesse o vácuo com uma confissão. Ou talvez estivesse apenas pensando em algo simpático e caloroso para dizer. Finalmente disse: – Tenha uma boa estada – e colocou os documentos no balcão.

Tive aquele impulso de pegá-los e sair correndo.

– Muito obrigado – eu disse, pegando o passaporte, guardando-o de volta no bolso, depois fechando cuidadosamente o botão, porque era isso que um papai normal faria. Somente então eu me virei para Kelly: – Venha, querida, vamos.

Comecei a caminhar, mas Kelly ficou parada. Merda, o que era agora?

– Tchau, Margaret – ela sorriu, radiante. – Tenha um bom dia!

Estávamos quase lá. Eu sabia que não haveria problemas com a bagagem porque eu não ia pegá-la.

Chequei as esteiras. Um vôo de Bruxelas também estava descarregando, então me dirigi à fila de nada a declarar. Mesmo que eles estivessem observando e nos parassem porque Kelly estava com uma mochila da Virgin Airlines, eu ia me fingir de idiota.

Mas não havia funcionários da Alfândega em serviço na área de nada a declarar. Estávamos livres.

Capítulo Trinta e Sete

As grandes portas automáticas se abriram no saguão de desembarque. Atravessamos uma multidão de pessoas segurando cartazes com nomes ou esperando seus entes queridos. Ninguém nos deu um segundo olhar.

Fui direto à casa de câmbio. Descobri que tinha me dado bem na noite anterior, com Ron, Melvin e os Sandborn, terminando com mais de trezentas libras em espécie. Como um perfeito idiota, esqueci de pedir notas de valor baixo para usar na máquina e tivemos de esperar horas na fila para comprar passagens de metrô. Mas eu não me importei, mesmo a viagem de uma hora até a estação Bank foi agradável. Eu era um homem livre, entre pessoas comuns. Nenhuma delas sabia quem nós éramos nem ia nos apontar uma arma.

A City é uma mistura estranha de estilos arquitetônicos. Quando saímos da estação, passamos por edifícios grandiosos compostos por colunas e linhas sobriamente retas – o velho *establishment*. Viramos uma esquina e nos defrontamos com monstruosidades construídas nos anos sessenta e início dos setenta por arquitetos que devem ter combinado entre si "vamos foder com a City". Um desses edifícios era para o qual eu estava me dirigindo, o banco NatWest na Rua Lombard, uma via tão estreita que apenas um carro podia passar de cada vez.

Passamos pelas portas giratórias de aço e vidro e chegamos ao salão, onde fileiras de caixas estavam sentados atrás de vidros de proteção. Mas eu não estava lá por causa de dinheiro.

O balcão de informações era atendido por um casal, ambos usando ternos do NatWest, que tinham o logo da corporação bordado no pequeno bolso sobre o peito, provavelmente para que os funcionários não o usassem fora do expediente.

Percebi que os dois nos olharam de cima a baixo e senti que não gostaram muito do que viram. Soltei o "olá!" mais alegre do meu repertório e pedi para falar com Guy Bexley.

A mulher disse: – Pode me dizer seu nome, por favor? – enquanto pegava o telefone.

– Nick Stevenson.

Ela ligou para um ramal, e o homem voltou a ser eficiente do outro lado do balcão.

Eu me curvei e sussurrei para Kelly: – Mais tarde eu explico.

– Ele estará aqui em um minuto. Vocês não gostariam de se sentar?

Esperamos num sofá muito longo, muito fundo e muito plástico. Notei que Kelly estava ruminando alguma coisa.

Não demorou muito: – Nick, eu agora sou Louise Stevenson ou Louise Sandborn?

Contorci meu rosto e cocei a cabeça. – Humm... Kelly!

Guy Bexley desceu. Ele era o meu "gerente de relacionamento", o que quer que isso fosse, mas tudo o que eu sabia era que ele era o homem que eu devia procurar quando precisasse do meu cobertor de segurança. Ele tinha quase trinta anos, e eu podia ver, pelo seu penteado e o estilo do cavanhaque, que se sentia desconfortável no terno da companhia e ficaria muito mais feliz usando calças de vinil, segurando uma garrafa d'água e dançando a noite inteira sem camisa numa *rave*.

Trocamos um aperto de mãos. – Olá, Sr. Stevenson, faz um bom tempo que não o vejo.

Dei de ombros. – Muito trabalho. Esta é Kelly.

Ele se abaixou e disse: – Olá, Kelly, como vai você? – com aquele tom artificial que se costuma usar com as crianças.

– Só preciso da minha caixa por cinco minutos, companheiro.

Eu o segui na direção da fileira de cubículos separados por divisórias do outro lado do salão. Eu já tinha estado lá muitas vezes. Eram todos iguais: cada um continha uma mesa, quatro cadeiras e um telefone. Era para lá que as pessoas iam contar dinheiro ou implorar por um empréstimo. Ele começou a sair.

– Eu também gostaria de um extrato do meu Fundo Diamante, por favor.

Guy assentiu e saiu. Kelly disse: – O que estamos fazendo aqui?

Eu já devia saber que ela odiava ficar de fora, exatamente como seu pai.

– Espere só – pisquei.

Alguns minutos depois, Guy reapareceu, colocou a caixa sobre a mesa e me entregou uma folha de papel dobrada. Meu nervosismo aflorou quando abri o papel, e meus olhos foram direto para o canto inferior direito.

Quatrocentos e vinte e seis mil, quinhentos e setenta dólares, convertidos a uma taxa de 1,58 dólares por libra.

Big Al tinha conseguido! Tive de me controlar lembrando que Bexley ainda estava em pé na minha frente. – Vou levar cinco minutos – eu disse.

– Chame a recepção quando estiver pronto, eles levarão tudo de volta para o cofre. – Ele se despediu com novo aperto de mãos e um "tchau, Kelly" e fechou a porta atrás de si.

A caixa tinha quarenta e cinco centímetros por trinta e era um arquivo de metal que eu tinha comprado na Woolworths por dez libras, com uma tranca muito vagabunda em cima, que abria por pressão. Eu planejava alugar um cofre de verdade, mas depois me lembrei do assalto de Knightsbridge alguns anos atrás. Isso também implicaria ter uma chave, e não podia garantir que fosse tê-la comigo quando precisasse. Assim era mais fácil, o único problema era que, se eu tivesse de fugir do país, teria de ser durante o expediente bancário.

Abri a fechadura e tirei duas *Private Eyes* antigas que tinha deixado em cima por precaução, caso a caixa se abrisse acidentalmente. Joguei-as para Kelly. – Veja se você consegue entender alguma coisa – ela pegou uma das revistas e começou a folhear.

A primeira coisa que tirei da caixa foi o telefone celular e o carregador. Liguei o telefone. A bateria ainda estava funcionando, mas liguei o carregador na tomada de qualquer forma.

Depois peguei uma carteira de plástico que continha maços de notas de dólares americanos e libras esterlinas, cinco krugerrands sul-africanos e dez soberanos que eu tinha roubado depois da Guerra do Golfo. Todas as tropas que estavam atrás das linhas inimigas no Iraque receberam vinte daqueles para subornar os locais caso estivéssemos na merda. Na minha patrulha, cada um de nós tinha conseguido ficar com dez e afirmou que tínhamos perdido o resto num confronto. No início, eu ficara com eles como recordação, mas eles logo aumentaram de valor. Deixei-os na carteira – eu só estava interessado nas libras.

Peguei a bolsa de couro na qual guardava um conjunto completo de identidade: passaporte, cartões de crédito, carteira de motorista, tudo o que eu precisava para me transformar em Nicholas Duncan Stevenson. Eu levara anos para construir uma identidade tão detalhada, tudo a partir de um número da previdência social que tinha comprado num *pub* em Brixton por cinqüenta paus.

Depois tirei da caixa o *notebook*. Ele era ótimo: significava que, em qualquer lugar do mundo, eu podia mandar faxes, transmitir informações, usar um processador de texto e consultar bases de dados. O único problema era que eu não fazia idéia de como usá-lo. Só utilizava a agenda de telefones porque estava protegida por uma senha.

Olhei de relance para Kelly. Ela estava folheando a *Eye* sem compreender uma palavra. Enfiei a mão no fundo da caixa e encontrei a Browning semi-automática de 9 milímetros que eu tinha escamoteado da África no final dos anos oitenta. Carreguei os pentes com balas que estavam num pequeno pote Tupperware e depois chequei o tambor. Kelly ergueu os olhos, mas não pareceu impressionada.

Liguei o *notebook*, digitei 2242 e encontrei o número que queria. Peguei o telefone da mesa, e Kelly me olhou de novo. – Para quem você vai telefonar?

– Euan.

– Quem é ele?

Eu podia ver a confusão no seu rosto.

– O meu melhor amigo – continuei apertando os botões.

– Mas...

Levei um dedo aos lábios: – Shhh.

Ele não estava. Deixei uma mensagem na secretária eletrônica em linguagem cifrada. Guardei o *notebook* na caixa, junto com tudo o que eu não ia levar – incluindo o extrato.

Kelly já estava entediada com as *Eyes*, então peguei-as para guardar na caixa. Eu sabia que uma pergunta estava a caminho.

– Nick?

Continuei a guardar as coisas. – Sim?

– Você disse que David era o seu melhor amigo.

– Ah, é. Bem, Euan é o meu melhor amigo. É que às vezes eu tenho de chamá-lo de David porque... – comecei a pensar numa mentira, mas, por quê? Eu lhe disse por quê. – Porque, se fôssemos apanhados, você não saberia o nome verdadeiro dele, e assim não poderia contar para ninguém. É uma coisa que nós fazemos o tempo todo, chamada SEGOP, segurança operacional – terminei de arrumar a caixa e a fechei. Ela ficou pensando no assunto.

– Ah, OK. O nome dele é Euan, então.

– Quando você conhecê-lo, talvez ele até lhe mostre o piso do qual falamos.

Enfiei a cabeça para fora do cubículo e acenei para a recepcionista. Ela entrou, pegou a caixa e saiu.

Eu me virei para Kelly: – Certo, está na hora de um banho de loja. Vamos ver, é melhor comprarmos umas roupas novas para nós dois e então irmos para um hotel e esperar que Euan nos ligue. Está bom para você?

Seu rosto se iluminou: – OK!

Depois que tudo terminasse, eu teria de abrir uma conta com outro nome e transferir o dinheiro, e teria de deixar de ser Stevenson. Um pé no saco para se reorganizar, mas eu podia encarar a tarefa por US$ 426.570,00.

O trajeto de táxi até a Trafalgar Square se transformou numa visita guiada para Kelly. Eu estava mais animado com aquilo do que ela, e notei, pela expressão do motorista no retrovisor, que estava errando a maioria dos detalhes.

Estávamos descendo o Strand quando vi lojas de roupas dos dois lados da rua. Pagamos o táxi e compramos *jeans*, camisetas e produtos de higiene. Depois pegamos outro táxi e eu pedi ao motorista que nos levasse ao Hotel Brown's.

Eu disse a Kelly: – Você vai gostar deste lugar. Ele tem duas entradas, de modo que você pode entrar pela Rua Dover e sair do outro lado, na Rua Albermarle. Uma vantagem muito importante para espiões como nós.

Liguei para o auxílio à lista e depois chamei o hotel para fazer uma reserva. Menos de meia hora depois estávamos em nosso quarto, um pouco decepcionados com a descoberta de que a saída da Rua Dover não estava mais aberta.

O quarto estava a anos-luz de distância daqueles a que estávamos acostumados. Era luxuoso, confortável e, o melhor de tudo, tinha um frigobar com Toblerones. Eu podia ter entornado uma cerveja em dois segundos, mas ainda não: havia trabalho a ser feito.

O *jet lag* estava começando a se manifestar. Kelly parecia exausta. Ela desabou na cama, e eu a despi e tapei com o lençol. – Você pode tomar banho amanhã – eu disse. – Em dois minutos ela estava fora do ar.

Conferi se o telefone estava com sinal forte, e o carregador funcionando. Euan conhecia minha voz, e minha mensagem – "Aqui é John, o encanador. Quando você quer que eu vá consertar aquela torneira? Ligue para..." – seria o suficiente.

Decidi tirar um cochilo de dez minutos, tomar uma ducha e talvez comer alguma coisa, e depois ir para a cama. Afinal de contas, eram só cinco da tarde.

Dez minutos depois, às quinze para as seis da manhã, o telefone tocou. Apertei o botão e ouvi "alô?" naquela voz muito baixa e muito controlada que eu conhecia tão bem.

– Preciso de uma mão, companheiro – eu disse. – Preciso da sua ajuda. Você pode vir para Londres?

– Quando?

– Agora.

– Estou no País de Gales. Vai demorar um pouco.

– Estarei esperando neste número.

– Certo. Vou pegar um trem, é mais rápido.

– Obrigado, companheiro. Ligue para mim uma hora antes de entrar em Paddington.

– Certo, OK.

O telefone ficou mudo.

Eu nunca me sentira tão aliviado. Era como desligar o telefone depois de o médico ter lhe dito que o teste de câncer deu negativo.

Só a viagem de trem levaria mais de três horas, e não havia muito mais o que fazer além de aproveitar a pausa na batalha. Kelly acordou quando eu comecei a ler o exemplar do *The Times* que tinha sido enfiado por baixo da porta – no Brown's, ninguém tinha de andar até a esquina com uns trocados. Chamei o serviço de quarto e testei os canais da TV. Nada de *Power Rangers*. Ótimo.

Sem pressa alguma, nós dois nos levantamos, tomamos banho, vestimos nossas roupas novas e ficamos bem bonitos. Caminhamos em ritmo de férias até a estação, passando por Piccadilly Circus, Leicester Square e Trafalgar Square. Eu ofereci outra visita guiada que Kelly não escutou: tudo o que ela queria era alimentar as pombas. Eu não parava de olhar para o relógio, esperando a ligação de Euan, e enquanto Kelly ainda estava sendo soterrada por pombos alucinados na praça, o telefone tocou. Eram nove e cinqüenta da manhã. Tapei a outra orelha com o dedo para bloquear o ruído do trânsito e os gritos de deleite de Kelly e das outras crianças enquanto as pombas tentavam arrancar seus olhos.

– Estou a uma hora de Paddington.

– Ótimo. Encontro você na plataforma três, estação de Charing Cross, OK, companheiro?

– Nos vemos lá.

O Hotel Charing Cross fazia parte do complexo da estação e ficava a dois minutos de caminhada da Trafalgar Square. Eu o escolhera porque sabia que, do *lobby*, podiam-se ver os táxis que entravam na estação para deixar passageiros.

Esperamos e observamos. O lugar estava cheio de excursões americanas e italianas. Os americanos estavam na recepção fazendo reservas para todos os musicais da cidade, e os italianos acabavam de sair do elevador numa única massa de braços e gritos e tentavam passar pelas portas de vidro todos ao mesmo tempo.

Cerca de meia hora depois vi um táxi com uma figura familiar no banco de trás. Apontei-o para Kelly.

– Nós não vamos descer para falar com ele?

– Não, vamos ficar aqui olhando porque queremos fazer uma surpresa. Como fizemos em Daytona, lembra?

– Ah, é mesmo. Temos de ficar observando.

Observei Euan descer do táxi. Era tão bom vê-lo que eu queria pular dali e correr para a rua. Ele vestia *jeans* e o tipo de sapatos que você vê anunciados nos suplementos dominicais. Hush Puppies eram moda de vanguarda comparados aos dele. Ele também estava com uma jaqueta preta de náilon, de modo que seria fácil localizá-lo na estação. Eu disse a Kelly: – Vamos esperar mais uns dois minutos e depois surpreendê-lo?

– Vamos! – ela parecia muito animada para quem tinha dois cocôs de pomba nas costas. Eu estava esperando que eles secassem para limpá-la.

Observei por mais cinco minutos, cobrindo Euan. Depois andamos até a estação e fomos para o guichê das passagens. A estação era um prédio vitoriano reformado, com uma W. H. Smith e todas as outras lojas de sempre. Procuramos a plataforma três e lá estava ele, encostado na parede lendo um jornal. A mesma sensação: eu queria correr para abraçá-lo. Continuamos caminhando devagar.

Ele ergueu os olhos e me viu. Nós dois sorrimos e dissemos: – Como vão as coisas? – olhou para mim e depois para Kelly, mas não disse nada: sabia que em algum momento eu iria explicar. Andamos para as escadas que conduziam na direção do rio. Enquanto caminhávamos, ele olhou para a minha cabeça e tentou esconder um sorriso: – Lindo corte de cabelo!

Em frente à estação Embankment, entramos num táxi. Procedimentos são procedimentos, eles existem por um motivo, que é protegê-lo: no momento em que você começa a deixá-los de lado, também começa a pisar na bola. Pedimos ao motorista que fizesse um caminho mais longo, cobrindo nossas costas, levando vinte minutos para chegar no Brown's ao invés dos dez que levaríamos em linha reta.

Assim que entramos no quarto, liguei a TV para Kelly e chamei o serviço de quarto. Todos estávamos famintos.

Euan já estava conversando com Kelly. Ela parecia feliz de ter alguém diferente para falar, mesmo que fosse outro homem adulto. Aquilo era bom, eles estavam se entendendo bem, ela se sentia à vontade com ele.

A comida veio: hambúrguer com batatas fritas para Kelly e dois *club sandwiches* para nós. Eu disse a Kelly: – Vamos deixar você comer em paz. Vamos para o banheiro porque você está assistindo à TV e eu quero conversar com Euan a respeito de umas coisas. Está bem?

Ela assentiu com a boca cheia.

Euan sorriu: – Vemos você depois, Kelly. Guarde umas batatinhas para nós.

Entramos no banheiro com nossos cafés e sanduíches, e o barulho da TV morreu assim que fechei a porta.

Comecei a contar toda a história. Euan escutava atentamente. Ele ficou visivelmente triste por Kev e Marsha. Eu estava na parte em que Luther e companhia nos pegaram quando ele me interrompeu. A essa altura, ele estava sentado na ponta da banheira.

– Filhos-da-puta! Quem eram eles? Você acha que eram do mesmo grupo que apagou Kev?

– Deviam ser – sentei-me ao lado dele. – Kev conhecia os três que o mataram. Kelly confirmou que Luther trabalhava com ele. E existe a questão de para quem ele contou sobre suas suspeitas.

– Você acha que foi para Luther?

Assenti. – Não faço idéia de onde ele se encaixa nesta história, mas meu palpite é de que ele é do DEA e também corrupto. Parece que alguns elementos de lá estão trabalhando para os cartéis – contei-lhe sobre a morte de McGear e o que eu tinha encontrado no disquete de *backup* depois que De Sabatino abriu os GIFs.

Euan estava entendendo tudo até aquele ponto. – Então tudo isso tem a ver com o PIRA trazendo drogas para a Europa? Para manter a rota aberta, ele precisa subornar, chantagear e ameaçar. Mas, e quanto ao McGear, ele disse alguma coisa?

– Nem uma palavra. Ele sabia que ia morrer de qualquer jeito.

– Este cara, De Sabatino, ele tem uma cópia das informações?

Eu ri. – Você sabe que eu não vou lhe contar isso. SEGOP, companheiro, SEGOP!

– Está certo, está certo, eu estou sendo metido.

Continuei explicando o que tinha encontrado na casa de Kev. Euan não falava, simplesmente escutava e tentava encaixar as peças. Subitamente, senti-me exausto, como se, ao passar a bola para Euan, tudo o que tinha acontecido nos últimos dez dias estivesse finalmente cobrando seu preço.

Olhei para ele, que também parecia bastante abatido.

– Vejo uma única coisa errada em tudo o que você está dizendo.

– O que é, companheiro?

– Os colombianos não adivinhariam que uma bomba faria aumentar o esquema de segurança em Gibraltar, tornando mais difícil a entrada das drogas?

– Foi um aviso. Eles estavam mandando um gypsy para qualquer outro que não quisesse que os negócios continuassem. Vou lhe dizer, companheiro, esse esquema é grande demais para mim. Eu só quero entregar tudo para Simmonds e lavar as minhas mãos.

– Vou ajudar de toda forma que puder – abriu um maço de Benson & Hedges, tinha começado a fumar outra vez. Eu me levantei para fugir da fumaça.

– Não quero você envolvido diretamente. Kev, Pat, eu, nós todos nos fodemos. Mas eu vou precisar de você para me dar apoio se as coisas derem errado.

– É só falar.

Senti o cheiro do enxofre do seu fósforo. Ele sorriu quando comecei a abanar a fumaça. Ele sabia que eu odiava aquilo. Mesmo sob extrema pressão algumas coisas não mudam.

Eu disse: – Amanhã à tarde você deve receber cópias dos arquivos pela FedEx. Se alguma coisa acontecer comigo ou Simmonds, fica tudo nas suas mãos. – Agora estávamos numa nuvem de fumaça. A qualquer momento o alarme de incêndio ia tocar.

– Não há problema, companheiro – ele disse do seu jeito muito lento, calmo e calculado. Se você contasse a Euan que ele tinha ganhado na loteria, ele diria: – Que bom – e voltaria a dobrar suas meias.

– Quantas cópias do disquete existem além das que você está me mandando?

– Não vou dizer, companheiro. Intrometido!

Ele sorriu. Sabia que eu o estava protegendo.

– Mais uma coisa – eu disse. – Não quero levar Kelly comigo para o encontro com Simmonds. Ele não ficou muito feliz comigo da última vez que nos falamos. Se o caldo entornar, não quero que ela esteja no meio do fogo cruzado. Você é a única pessoa a quem posso confiá-la. Vai ser só por uma noite ou duas. Pode fazer isso por mim?

Eu esperava uma resposta imediata e a recebi. – É claro. – Um sorriso cruzou seu rosto. Ele sabia que eu o deixaria conversar livremente com Kelly para que eles se conhecessem melhor.

– Você vai levá-la para Brecon?

– Vou. Você disse a ela que eu moro no País de Gales?

– Eu disse a ela que você mora num curral de ovelhas.

Ele jogou a bituca no vaso porque sabia que eu também odiava aquele cheiro.

Apoiei as duas mãos nos seus ombros. – Esta foi uma semana de merda, companheiro.

– Não se preocupe. Vamos voltar para o quarto e terminar com a cerveja do frigobar. Depois você vai resolver sua vida com Simmonds e acabar logo com isso.

– Como estava o hambúrguer?

– Bom. Guardei umas batatinhas para Euan.

Sentei-me na cama ao lado dela. – Ouça, Kelly, Euan e eu conversamos, e, como eu tenho de fazer algumas coisas em Londres, achamos que seria uma boa idéia você ir para o interior com ele e ficar na casa dele. É só por uma noite. Eu vou estar de volta amanhã. O que você acha? Ei, você até vai poder ver o piso que roubamos. Lembra da história que eu contei?

Ela já desconfiava que não teria opção, e seu rosto mostrava isso.

Eu disse: – Eu não vou demorar, e a casa de Euan tem um monte de ovelhas em volta.

Ela olhou para os próprios dedos e murmurou: – Eu quero ficar com você.

Eu disse com cara de surpresa: – O quê? Você não quer ir? Mas e as ovelhas?

Ela estava constrangida. Era educada demais para dizer não na frente de Euan.

– Vai ser por pouco tempo – então, como um canalha, fechei a armadilha: – Você gosta do Euan, não gosta?

Ela assentiu, sem nunca perder o contato com meus olhos caso encontrasse os de Euan.

– Vai ser só por uma noite, e eu vou ligar para você, vou falar com você o tempo todo.

Ela parecia infeliz com a idéia. Afinal, eu tinha prometido que não a deixaria outra vez. Enxerguei meu celular e tive uma idéia. – E se eu lhe der o meu telefone? Vou lhe mostrar como se usa – comecei a apertar os botões. – Aqui está, tente. Se eu lhe ensinar a usar o telefone, você pode colocá-lo embaixo do travesseiro esta noite, certo?

Ergui os olhos para Euan, tentando trazê-lo para a conversa. – Porque ela vai ter o seu próprio quarto, não vai?

– É claro que sim. Aquele que dá para o rebanho das ovelhas.

Eu disse: – E eu creio que o quarto tem televisão, não é mesmo?

– Sim, tem uma TV enorme lá dentro – ele concordou, provavelmente se perguntando de onde ia tirar uma.

Ela começou a aceitar. Não estava radiante de felicidade, mas era o bastante. Liguei o telefone, digitei meu número de IP e entreguei-o a ela. – Não se esqueça de ligar o carregador na tomada quando chegar lá, OK?

– OK.

– E depois coloque embaixo do travesseiro para que quando ele tocar você não deixe de atender. Certo?

– Certo – ela já tinha compreendido que não teria escolha.

Euan disse: – É melhor arrumarmos os seus ursinhos, já que vamos viajar. Como eles se chamam? Eles já andaram de trem?

Ela começou a conversar com ele. Descemos e pegamos um táxi para a estação Paddington.

Capítulo Trinta e Oito

Compramos sorvete, doces, refrigerantes, qualquer coisa para distraí-la do que estava acontecendo. Ela ainda estava escolhendo um gibi quando Euan olhou para o relógio e disse: – O trem sai daqui a pouco, companheiro.

Fui com eles até a plataforma e abracei Kelly na porta do vagão. – Prometo que vou ligar para você esta noite, Kelly.

Enquanto ela subia os degraus, Jenny e Ricky me olhavam da mochila da Virgin nas suas costas. – OK.

O guarda estava percorrendo a lateral do trem, fechando as portas. Euan baixou o vidro da janela para que Kelly pudesse acenar.

– Nick? – ela se inclinou na minha direção pela janela aberta e me chamou como se quisesse sussurrar alguma coisa.

– O que foi? – ergui meu rosto para perto dela.

– Isto – ela enlaçou meu pescoço, me apertou e plantou um beijo na minha bochecha. Fiquei tão pasmo que não conseguia me mexer.

O trem começou a se mover.

– Vejo você amanhã – disse Euan. – Não se preocupe conosco. Vamos nos dar bem!

Enquanto o trem desaparecia lentamente da plataforma, senti o mesmo aperto no coração de quando vi o corpo de Pat ser colocado na ambulância, mas desta vez não conseguia compreender por quê.

Afinal, aquela era a melhor coisa a fazer, e ela estava em boas mãos. Fazendo um grande esforço para ver aquilo como menos um problema a resolver, fui procurar um telefone público.

Tive uma resposta muito formal de Vauxhall. – Qual o ramal, por favor?

– 2612.

Houve uma pausa e depois uma voz que reconheci imediatamente. – Alô, 2612.

– É o Stone. Tenho o que você precisa.

– Nick! Onde está você?

Tapei a orelha com o dedo enquanto uma saída estava sendo anunciada.

– Estou na Inglaterra – não que eu precisasse dizer isso, quando ele podia ouvir que o trem para Exeter sairia em cinco minutos.

– Ótimo.

– Estou desesperado para encontrar você.

– Da mesma forma. Mas estou preso aqui até a madrugada – ele fez uma pausa para pensar. – Talvez possamos sair para uma caminhada e então conversar. Que tal quatro e meia da manhã?

– Onde?

– Eu vou andar na direção da estação. Presumo que você vá me reconhecer.

– Estarei lá.

Desliguei o telefone com a sensação de que finalmente a maré estava virando para o meu lado. Kelly estava segura, Simmonds parecia amigável. Com sorte, faltariam apenas algumas horas para essa bagunça se resolver.

De volta ao hotel, aluguei um carro para buscar Kelly em Brecon depois do encontro e comi alguma coisa. Na minha cabeça, ensaiei exatamente o que ia dizer para Simmonds e o modo como ia falar. Sem dúvida alguma, eu tinha em mãos o tipo exato de provas que Simmonds havia solicitado. Era uma pena que eu não tivesse a fita de vídeo para confirmar as informações, mas, mesmo assim, o que eu tinha era mais do que ele podia ter esperado. Na pior das hipóteses, eles apagariam todos os meus registros e me mandariam embora. Pelo menos eu tinha grana suficiente para começar uma nova vida.

Pensei em Kelly. O que aconteceria com ela? Para onde iria? Ela teria sido afetada por tudo o que vira e o que tinha acontecido com sua família? Tentei afastar aqueles pensamentos, dizendo a mim mesmo que tudo se resolveria – de alguma forma. Simmonds poderia ajudar. Talvez ele pudesse orquestrar a reunião com os avós dela, ou pelo menos me dar alguma indicação de onde procurar ajuda especializada.

Tentei dormir, mas não consegui. Às três da manhã, busquei o carro alugado num estacionamento da NPC e fui para a Ponte Vauxhall.

Fiz um caminho circular, descendo a King's Road até o World's End, depois dobrando na direção do rio e indo para leste novamente, principalmente porque queria organizar meus pensamentos uma última vez, mas também porque, para mim, o trajeto ao longo do Embankment deserto, passando por todas as pontes iluminadas, oferecia uma das vistas mais bonitas do mundo. Naquela noite em particular, as luzes pareciam um pouco mais brilhantes, e as pontes mais nítidas, e eu me vi desejando que Kelly estivesse lá para ver aquilo tudo comigo.

Cheguei à Ponte Vauxhall cedo demais. Continuei indo para o leste ao longo da rua que acompanha o rio na direção da ponte seguinte, Lambeth. Nada parecia suspeito quando passei pelo ponto de encontro. O posto de gasolina do outro lado da rua, na metade do caminho para a Ponte Lambeth, tinha quatro carros estacionados, grupos de garotos abastecendo e comprando chocolates e algumas vans de firmas de limpeza comercial enchendo o tanque antes do primeiro turno de trabalho.

Mais adiante, do outro lado do rio, eu podia ver o Palácio de Westminster. Sorri para mim mesmo. Se os congressistas realmente soubessem das atividades do serviços de informação... Segundo as notícias do rádio, em breve teríamos um novo governo. Não que eu pudesse votar em alguém: há muitos anos eu não existia em tempo real, como Stone, Stamford, Stevenson ou qualquer outro.

Fiz um retorno e voltei pela mesma rua na direção de Vauxhall, para uma última inspeção do local de encontro. Eu ainda tinha tempo para esperar, então parei no posto de gasolina e comprei uma bebida e um sanduíche.

O ponto de encontro parecia não ter problemas. Meu plano era pegar Simmonds, dar um passeio caminhando antes de pegar o carro e então darmos uma volta. Desta forma, eu controlaria o ambiente e poderia proteger a mim mesmo e a ele.

Estacionei uns quatrocentos metros a oeste do local de encontro. Enquanto comia meu sanduíche, conferi a rota de volta ao carro. Desci do carro e desci a rua, chegando ao PE às cinco para as quatro. Ainda não havia nada a fazer senão esperar, então fiquei namorando a vitrine da loja de motocicletas, decidindo que eu realmente ia comprar uma de presente para mim. Não, seria mais do que um presente, seria uma recompensa.

Às quatro e vinte me posicionei embaixo das sombras dos arcos da linha de trem do lado oposto à saída que eu sabia que Simmonds ia usar. Havia uma ou duas pessoas por ali, *clubbers* indo para casa ou para outro clube. Suas risadas bêbadas cortaram o ar imóvel da manhã, e depois o silêncio voltou.

Eu soube imediatamente que era ele, ligeiramente curvado para a frente enquanto caminhava. Observei-o emergir da saída e parar na faixa de segurança, com a intenção de ir para a passarela metálica sobre o cruzamento de cinco ruas que levava à estação. Não havia pressa: eu o deixaria vir até mim.

Enquanto ele atravessava a rua, eu saí das sombras no pé da passarela.

Ele sorriu: – Nick, como está você? – continuou caminhando, apontando para a esquerda com a cabeça na direção da Ponte Lambeth. – Vamos caminhar? – Não era uma pergunta.

Fiz um gesto para o outro lado, na direção do meu carro. – Arranjei uma condução.

Simmonds parou e me olhou com a expressão de um professor primário decepcionado com seu aluninho. – Não, acho que vamos caminhar.

Eu tinha solicitado o encontro, ele deveria saber que eu tomaria medidas para garantir nossa segurança. Ele fixou os olhos em mim por mais alguns segundos e, depois, como se soubesse que ia segui-lo, continuou caminhando. Eu apressei o passo para alcançá-lo.

À nossa frente, do outro lado do Tâmisa, as Casas do Parlamento brilhavam no escuro como um cartão-postal. Estávamos numa calçada larga ladeada por parte gramada e depois outra calçada em frente às lojas instaladas sob os arcos.

Simmonds parecia o mesmo de sempre, a gravata meio solta, a camisa e o terno amassados, como se tivessem acabado de sair de uma mala.

– Então, Nick, o que você tem? – ele sorria, mas não olhava para mim. Enquanto eu contava a história, ele não me interrompeu, apenas manteve os olhos no chão, assentindo. Eu me sentia um filho desabafando seus problemas com o pai, e aquilo me fazia bem.

Estávamos caminhando havia quinze minutos quando terminei meu relatório. Era a vez de ele falar. Eu esperava que ele parasse, ou pelo menos procurasse um banco onde pudéssemos sentar, mas ele seguiu caminhando.

Ele virou a cabeça para mim e sorriu outra vez. – Nick, eu não tinha idéia de que você seria tão minucioso. Com quem mais você falou a respeito disso?

– Com ninguém, apenas De Sabatino e Euan.

– E algum deles tem cópia dos disquetes?

Menti: – Não, ninguém além de mim – mesmo quando você procura a ajuda de alguém, nunca revela todas as suas cartas. Nunca se sabe quando se vai precisar de um ás na manga.

Ele permanecia incrivelmente calmo. – O que temos de garantir é que ninguém descubra, pelo menos por enquanto. Isso é mais do que simples corrupção entre pequenos funcionários. As ligações entre o PIRA, Gibraltar e, ao que parece, o DEA indicam que a situação é realmente muito grave. Você parece ter feito uma excelente investigação até aqui, então deixe-me perguntar uma coisa. – Ele fez uma pausa como se fosse um juiz prestes a anunciar um veredicto. – Você acha que isso vai mais além?

– Quem pode saber? – respondi. – Mas é preciso ter cuidado. Por isso eu quis conversar com você sozinho.

– E onde está a filha dos Brown agora?

Menti novamente: – Num hotel, dormindo. Vou precisar de ajuda para entregá-la aos avós.

– É claro, Nick. Tudo no seu tempo.

Caminhamos um pouco mais em silêncio. Chegamos a um bar na boca de um túnel sob a linha férrea. Simmonds virou à direita, conduzindo-nos para debaixo dos arcos. Então ele falou de novo, e foi como se não houvesse possibilidade de eu não atender a sua exigência. – Antes que eu possa fazer qualquer coisa para ajudá-lo, o que eu preciso de você, é claro, são as provas – ele ainda não me olhava, mas estava concentrado em evitar as poças d'água com manchas de óleo.

– Eu não trouxe os disquetes comigo, se é disso que você está falando.

– Nick, eu vou fazer o possível para que vocês tenham toda a proteção. Mas preciso das provas, todas as cópias. Você pode buscá-las agora?

– Não é possível. Não por algumas horas.

– Nick, eu não posso fazer nada sem elas. Preciso de todas as cópias, mesmo as que você normalmente deixaria no seu cobertor de segurança.

Dei de ombros. – Você tem de entender que é para a minha própria proteção.

Dobramos à direita novamente e agora estávamos voltando para a estação, andando paralelamente à linha férrea. Durante alguns minutos, andamos em silêncio por ruas estreitas ocupadas por depósitos. Simmonds estava perdido em seus pensamentos. Um trem de carga rugiu acima de nós a caminho de acordar os residentes do sudoeste de Londres. Por que era tão importante para ele saber quantas cópias havia e botar as mãos em todas elas?

– Acredite – gritei acima do barulho –, estou com esse lado sob controle. Já me foderam bastante. Você sabe tão bem quanto eu que tenho de proteger a todos, inclusive você.

– É claro, mas eu preciso controlar todas as informações. Nem mesmo você deveria estar com ela. Há muitos riscos envolvidos.

Aquilo estava ficando confuso. – Eu compreendo. Mas e se você for morto? Não haveria nada para confirmar o que eu estou dizendo. Os corruptos não são só os americanos, você não vê? Gibraltar foi uma armação. Isso nos inclui.

Simmonds assentiu lentamente, olhando para uma poça na sarjeta.

– Algumas coisas me intrigam – eu disse. – Por que fomos informados de que a bomba seria detonada por controle remoto? Como é que as informações estavam tão certas em relação à USA e tão erradas quanto à ausência de bomba?

Ele continuou em silêncio.

As coisas não estavam fazendo sentido.

Puta merda.

Parecia que eu tinha sido golpeado na cabeça com um extintor de incêndio outra vez. Como eu não tinha pensado nisso? O rugido do trem de carga agora estava distante. O silêncio da manhã tinha retornado. – Mas você sabe de tudo isso, não sabe?

Sem resposta. Ele nem mesmo diminuiu o passo.

Quem tinha nos informado de que a bomba de Gibraltar ia ser acionada por controle remoto? Simmonds, que estava lá para supervisionar a operação. Por que eu não tinha pensado nisso antes?

Eu me detive. Simmonds continuou caminhando. – Isso não é apenas uma história entre o PIRA e os americanos, é? É muito maior. Você faz parte dela, não faz?

Os estabelecimentos nos fundos dos arcos eram mais industriais do que de varejo – oficinas mecânicas, funilarias e depósitos, a maioria com vans comerciais estacionadas em frente. À nossa esquerda, a cerca de vinte metros, ficava uma área gramada que pertencia a um conjunto residencial, e depois daquilo somente edifícios. À nossa volta havia caçambas de entulho e guinchos de socorro vermelhos com luzes amarelas no teto.

Ele se virou para me encarar e deu seis passos de volta até onde eu estava. Pela primeira vez estávamos frente a frente. – Nick, acho que você precisa ficar ciente de uma coisa. Você vai me dar todas as informações, e eu digo todas mesmo. Não podemos correr o risco de outras cópias estarem em circulação.

Sua expressão era a de um grande mestre do xadrez prestes a fazer uma jogada decisiva. O choque e o horror deviam estar evidentes em meu rosto.

– Nós não necessariamente concordamos com a determinação dos americanos de matá-lo, mas você não deve duvidar de que vamos fazê-lo agora se formos obrigados.

– Nós?

– A coisa é muito maior do que você pensa, Nick. Você é inteligente, deve perceber as implicações comerciais e políticas de um cessar-fogo. Expor o que está nos disquetes ia esculhambar muito mais do que apenas o que você sabe. É uma pena o que aconteceu com Kevin e sua família, eu sei. Quando ele me contou o que havia descoberto, eu tentei convencer meus colegas americanos a tomarem uma ação mais sutil.

Então era por isso que eu tinha recebido ordens de retornar para a Inglaterra tão abruptamente. Depois que Simmonds falara com Kev, ele me queria fora dos Estados Unidos, e rápido. Ele não queria que eu falasse com Kev – ou interrompesse seu assassinato.

Pensei em Kelly. Pelo menos ela estava segura.

Era quase como se ele estivesse lendo a minha mente. – Se a sua escolha é não me dar todas as informações, nós vamos matar a menina. E depois vamos matar você, depois de extrairmos o que precisamos. Não seja ingênuo, Nick. Você e eu somos iguais. Não se trata de emoções, e sim de negócios, Nick, negócios – ele me olhou como um pai olharia para um filho arteiro. – Você não tem escolha.

Tentei não acreditar naquilo. Ele tinha de estar blefando.

– Euan mandou lembranças, a propósito, e disse que deu um jeito de conseguir um aparelho de televisão para o quarto dela. Acredite em mim, Nick, Euan vai matá-la. Ele está bastante interessado nos benefícios financeiros.

Balancei a cabeça lentamente de um lado para o outro.

– Pense em Gibraltar. Quem iniciou o contato com os terroristas?

Ele estava certo, tinha sido Euan. Simmonds estava lá para dirigir, Euan estava lá para puxar o gatilho. Mas eu ainda lutava contra a idéia.

Ele abriu seu paletó e tirou um celular do bolso interno. – Deixe Euan explicar. Ele estava esperando um telefonema para mais tarde de qualquer maneira.

Ele ligou o telefone e estava esperando para digitar a senha. Sorriu enquanto olhava para o mostrador: – Foi assim que os americanos o encontraram, sabe? As pessoas acham que a detecção só pode ocorrer enquanto o telefone está em uso, mas não é assim. Desde que estejam ligadas, essas coisas são dispositivos de rastreamento em miniatura, mesmo que nenhuma chamada seja feita nem recebida. Na verdade, é uma forma de trilha eletrônica. Absurdamente útil para nós.

Ele digitou a senha, os sons retumbaram em sua mão. – Porém, depois que você os despistou em Lorton, nossa única alternativa foi deixá-lo retornar à Inglaterra. Eu precisava saber o que você tinha descoberto. Devo dizer que fico feliz que seu tratamento contra o câncer tenha funcionado.

Merda! Ele nem tinha mencionado minha falta de cabelo. Era porque já sabia. Mas Euan? Ele tinha sido hábil o suficiente para mencioná-la. Eu me senti mal por saber que ele estava usando suas habilidades contra mim.

Simmonds sorriu. Ele sabia que eu estava em suas mãos.

– Nick, vou repetir: eu realmente preciso de todos os discos. Você sabe que a criança vai sofrer muito. Não é algo de que vamos gostar, mas existem coisas importantes em jogo.

Eu queria tanto que ele fizesse contato com Euan. Queria falar com ele, confirmar que aquilo era um blefe. Mas, no fundo do meu coração, sabia que não era.

Simmonds estava terminando de digitar o número. Eu não tinha escolha. Não podia colocar Kelly em risco. Ele não ia fazer aquela chamada.

Com o braço direito em gancho, eu dei uma meia-volta e acertei seu nariz. Ouvi um estalo de osso se quebrando e nós dois caímos com um gemido abafado. Enquanto ele se contorcia no chão, chutei sua pasta para debaixo de um dos guinchos e, com o mesmo movimento, peguei o telefone com a mão esquerda, fiquei atrás dele e posicionei o telefone na frente da sua garganta. Agarrando o outro lado com a mão direita, pressionei-o firmemente sob seu pomo-de-adão.

Olhei para os lados. Estávamos muito expostos naquele lugar, e o que eu tinha em mente ia levar alguns minutos para se concluir. Andei de costas, arrastando-o para entre dois caminhões. Fiquei de joelhos, o tempo todo puxando o telefone para trás. Ele estava chutando, girando os braços, tentando agarrar meu rosto.

Seus gemidos e arquejos enchiam o ar. Eu respondi jogando o corpo para a frente, usando meu peso para curvar sua cabeça para baixo de modo que o queixo encostasse no peito. Mais dois minutos, e ele estaria pronto.

Depois de trinta segundos, ele começou a lutar furiosamente, com toda a força frenética que um homem encontra quando sabe que está morrendo. Mas, independentemente do que fizesse, agora, ele não ia mais se levantar.

Suas mãos ainda agarravam meu rosto. Eu me esquivava para evitá-las, mas mantinha a pressão na garganta. As cascas dos ferimentos da briga com McGear já tinham sido arrancadas, mas eu não estava sentindo muito sangue. Então ele conseguiu enfiar as unhas no corte logo abaixo do meu olho. Eu sufoquei um grito quando as três unhas começaram a entrar na pele macia já machucada. Eu só piorei as coisas puxando o rosto para trás: as unhas de Simmonds levaram minha pele com elas.

Eu agora não me importava se alguém estivesse assistindo. Já estava além daquilo. Eu estava lutando para recuperar o fôlego por causa do esforço, e o suor fazia arder os ferimentos em meu rosto.

Gradualmente, seus movimentos diminuíram para não mais do que um chacoalhar espasmódico das pernas. As mãos pararam de agarrar. Segundos depois ele estava inconsciente. Ocorreu-me que eu podia simplesmente levantar e ir embora, e deixar que ele sofresse os efeitos da hipoxia e ficasse com danos cerebrais irreversíveis. Achei melhor não. Eu queria aquele canalha morto.

Esperei mais trinta segundos. O peito parou de se mexer. Encostei os dedos na carótida e não senti nada.

Arrastei-o até a parede e coloquei-o sentado contra as portas de um depósito. Depois me levantei e comecei a me limpar. Mergulhado nas sombras, endireitei a camisa e limpei o sangue e o suor com a manga. Chequei o telefone: ele tinha se desligado durante a briga. Tirei minhas impressões digitais e depois deixei tudo onde estava e saí andando. E daí se alguém tivesse me visto? Eu realmente não me importava. Tinha coisas mais importantes com que me preocupar.

* * *

Peguei o carro e saí, segurando o punho do casaco contra o olho para parar o sangramento.

A situação toda ainda estava girando dentro da minha cabeça, lentamente começando a fazer sentido.

Agora eu sabia como Luther e companhia tinham me achado. Eles deviam ter arrancado o número de Pat a pancadas e rastreado o sinal enquanto eu esperava o telefonema dele.

Se eu tivesse dito a Euan ou Simmonds que havia somente mais um *backup* no meu *laptop* e o tivesse entregue, eu estaria morto. Eles estavam se protegendo, mas reavendo as informações.

Será que Simmonds tinha combinado telefonar para Euan depois do nosso encontro? Euan estava a mais de três horas de distância, e o corpo de Simmonds logo seria descoberto. Se Euan ficasse sabendo, ele não se arriscaria. Sairia de sua casa, talvez até matasse Kelly imediatamente. De qualquer forma, eu a tinha perdido. Eu ainda podia ligar para ela no meu celular e mandar que fugisse, mas de que adiantaria? Ela estava no meio do nada, mesmo se corresse por meia hora não faria diferença. A casa de Euan ficava no meio de hectares de montanhas, pastagens, rochas e bosta de ovelha. Ele a encontraria.

Eu podia chamar a polícia, mas eles acreditariam em mim? Eu perderia horas tentando convencê-los, e então seria tarde demais. Ou eles podiam decidir cercar a casa de Euan, e o resultado seria o mesmo.

Por um segundo, pensei em Big Al. Eu esperava que ele tivesse sumido do mapa. Ele não mantinha contas de fuga por nada. Se tinha transferido quatrocentos para mim, certamente teria pego oitocentos para si mesmo. O Cabeça de Melão ia ficar bem. Cortei-o da minha mente.

A praça de serviços um pouco antes de Heathrow estava sendo sinalizada. Tive uma idéia.

Diminuí a marcha e entrei num estacionamento. Agora o que eu tinha a fazer era encontrar um telefone e fazer uma ligação.

Capítulo Trinta e Nove

A PRAÇA DE SERVIÇOS ESTAVA MOVIMENTADA. Eu tinha sido obrigado a estacionar a cem metros da entrada principal. Saí do carro no exato instante em que as comportas do céu foram abertas. Quando alcancei a fileira de quatro telefones do lado de fora do Burger King, estava ensopado. Os dois primeiros telefones que tentei só aceitavam cartões. Eu tinha cerca de três libras em moedas no bolso – muito pouco. Corri para dentro da loja, limpando um pouco do sangue do rosto. Comprei um jornal com uma nota de cinco e saí, deixando a atendente muito preocupada com o estado do meu rosto. Depois voltei e comprei um pacote de Rolos com uma nota de dez. A mulher pareceu ainda mais apavorada. Talvez ela achasse que eu a tinha visto me olhando. Ela ficou muito feliz quando peguei o troco e saí.

Enquanto discava o número, senti um nó no estômago, como se eu fosse um adolescente ligando para marcar seu primeiro encontro. Ela teria carregado e ligado o telefone? E por que não? Ela nunca tinha me decepcionado antes.

Começou a chamar.

Por um momento, senti-me como uma criança na loja de doces com o pai, quase incapaz de conter minha excitação. Mas logo comecei a me preocupar com outras coisas. E se Euan estivesse com o telefone? Eu devia desligar ou tentar blefar para descobrir onde ela estava?

Era tarde demais para pensar. As chamadas pararam, houve uma pausa e depois ouvi uma voz baixa e hesitante: – Alô, quem está falando?

– Oi, Kelly, sou eu, Nick! – eu disse, tentando ao máximo parecer despreocupado. – Você está sozinha?

– Sim, você me acordou. Você está voltando? – ela parecia confusa e cansada. Eu me esforcei para pensar numa resposta, mas felizmente ela prosseguiu: – Euan disse que talvez eu fique com ele por um tempo porque você tem de ir embora. Não é verdade, não é, Nick? Você disse que não ia me deixar.

A ligação não estava boa. Tive de cobrir a outra orelha para ouvir sua voz acima do barulho da chuva no vidro da cabine telefônica. Um motorista de caminhão na cabine ao lado estava gritando muito alto e com muita raiva, argumentando com seu chefe que ele não podia ir mais rápido por causa do tacógrafo, e que não ia perder sua carteira só para levar algumas caixas de japonas até Carlisle. Para completar, havia o rugido constante do trânsito na via expressa e os ruídos das pessoas que entravam e saíam das lojas. Eu tinha de esquecer tudo aquilo e me concentrar no telefone, porque não podia pedir a Kelly que falasse mais alto.

Eu disse: – É claro que você está certa. Eu nunca vou deixá-la. Euan está mentindo para você. Descobri umas coisas ruins sobre ele, Kelly. Você ainda está na casa?

– Sim, estou na cama.

– Euan também está deitado?

– Está. Você quer falar com ele?

– Não, não. Deixe-me pensar um pouco.

Minha cabeça estava disparando, tentando pensar qual era a melhor forma de dizer o que eu queria.

– Estou indo buscar você. Na verdade, vou estar aí daqui a pouco. Agora ouça: preciso que você faça só uma coisa para mim e tudo isso vai terminar – no momento em que disse isso, eu me senti um canalha.

– Eu não tenho de fugir daquelas pessoas de novo, tenho?

– Não, não, não, dessa vez não é isso. Mas é a tarefa mais especial que um espião pode fazer – eu não queria dar a ela tempo para pensar, então continuei –, mas quero checar uma coisa antes, OK? Você está na cama, não está? Vá para baixo das cobertas e fale comigo em voz bem baixa, OK?

Ouvi o barulho das cobertas enquanto ela se escondia. – O que vamos fazer, Nick?

– Primeiro, quero que você aperte um número qualquer do telefone, para a luz se acender. Diga se você está vendo um desenho de uma pilha. Quantos blocos aparecem acima dela? Você está vendo?

Ouvi alguns barulhos.

– Estou.

– Quantos blocos aparecem no desenho?

– Três. São três blocos. Um deles está piscando.

– Isso é bom.

Na verdade não era: dois blocos significavam que ela não tinha recarregado e a bateria estava com menos da metade da carga, mas eu ia precisar de muito tempo para instruí-la naquele processo.

– O que é esse barulho? – ela perguntou.

O motorista do caminhão agora estava realmente furioso e gritando no telefone.

– Nada para se preocupar. Kelly, vou dizer o que você tem de fazer, mas você precisa continuar falando comigo ao telefone. Pode fazer isso?

– Por que o Euan é mau, Nick? O que...

– Ouça, Kelly, Euan quer me machucar. Se ele descobrir que você está fazendo esta coisa para mim, vai machucar você também. Entendeu?

Eu ouvia muito barulho, era óbvio que ela ainda estava debaixo das cobertas. Depois ouvi um "sim" muito fraco.

Ela não parecia alegre. Eu tinha certeza de que havia um jeito melhor de conduzir tudo isso, mas simplesmente não tinha tempo para pensar nele.

– Se Euan acordar – eu disse – ou se o telefone parar de funcionar, quero que você saia da casa sem fazer barulho, desça a trilha que vai para a estrada e se esconda atrás das árvores ao lado do portão pelo qual Euan passou para chegar a casa. Sabe do que eu estou falando?

– Sei.

– Você deve ficar escondida ali até ouvir um carro parar, mas não saia do esconderijo a menos que ele toque a buzina duas vezes. Só então você sai, entendeu? Eu vou estar no carro. É um Astra azul, OK?

Pausa. – O que é um As... Astra, Nick?

Merda, ela tinha sete anos e era americana. O que eu estava esperando?

– OK. Eu vou chegar num carro azul e pegar você.

Fiz ela repetir tudo e, por via das dúvidas, disse: – Então, se Euan acordar e vir você, corra para as árvores o mais rápido que puder e se esconda. Porque se ele pegar você fazendo o que eu quero que você faça, nós nunca mais vamos nos ver de novo. Não me decepcione, OK? E lembre-se: não saia do meio das árvores mesmo que Euan chame, OK?

– OK. Você vai vir me buscar, não vai?

Havia uma pequena dúvida na sua mente.

– É claro que vou. Agora, antes de tudo, quero que você saia da cama, coloque o telefone sobre o travesseiro e se vista, muito devagar e sem fazer barulho. Vista um casaco bem grosso. E sabe aqueles tênis que você comprou? Não se esqueça de pegá-los também, mas não calce ainda.

Ouvi-a largar o telefone e começar a andar pelo quarto.

Ande logo, porra!

Eu me forcei a ficar calmo.

Quase dez minutos depois, ouvi: – Estou pronta, Nick.

– Agora escute bem. Euan não é nosso amigo. Ele tentou me matar. Você compreendeu, Kelly? Ele tentou me matar.

Outra pausa.

– Por quê? Eu... eu não entendo, Nick... você disse que ele era seu amigo.

– Eu sei, eu sei, mas as coisas mudam. Você quer me ajudar?

– Quero.

O tempo estava se esgotando, e meu dinheiro também.

– Mas lembre-se, você não pode fazer barulho algum, porque senão vai acordar Euan. Se isso acontecer, saia correndo da casa e vá para o esconderijo, promete?

– Juro por Deus.

– OK, quero que você desça a escada muito devagar. Não fale mais comigo até chegar à cozinha. De agora em diante, nós vamos sussurrar o tempo todo. OK?

– OK.

Ouvi a porta se abrir. Enquanto ela saía do quarto, imaginei-a passando pelo banheiro à esquerda. À sua frente, a cerca de quatro metros de distância, estaria a porta do quarto de Euan. Ela estaria aberta ou fechada? Tarde demais para perguntar. Mais alguns passos e ela estaria no alto da escada principal, ao lado do velho relógio do avô de Euan. Eu podia ouvir seu tique-taque lento e marcado, que me fazia pensar num filme de Hitchcock.

O som diminuiu lentamente: boa menina, ela devia estar descendo a escada com todo o cuidado. Somente uma vez ouvi o ranger de uma tábua e pensei novamente na porta de Euan. Ele normalmente dormia com a porta aberta? Eu não conseguia me lembrar.

No fim da escada ela ia virar à direita e se dirigir à cozinha.

Tentei imaginar onde ela estava, mas a perdi no silêncio. Por fim, ouvi o som quase imperceptível de uma dobradiça: era a porta da cozinha. Senti uma pontada de culpa por usar a menina daquele jeito, mas ela conhecia o jogo – bem, mais ou menos. Azar, a decisão estava tomada, era o que tinha de ser feito. Se funcionasse, ótimo, se não, ela estava morta. Mas se eu não tentasse, ela estaria morta de qualquer maneira, então era preciso arriscar.

Ela sussurrou: – Estou na cozinha, mas não enxergo muita coisa. Posso acender a luz?

Era o sussurro mais alto que eu já tinha ouvido.

– Não, não, não, Kelly, você tem de falar bem baixo e devagar, como eu. E não acenda a luz, você vai acordar Euan. Ande mais devagar e fique me escutando o tempo todo. Se você não entender alguma coisa, pergunte, e lembre-se: se alguma coisa sair errado ou você ouvir algum barulho, pare, e nós dois vamos escutar. OK?

– OK.

O problema de ela falar mais baixo ao telefone era que ficava mais difícil ouvi-la. O motorista de caminhão já tinha terminado, batendo o telefone na cara do chefe e correndo para o Burger King. Uma mulher tomou o seu lugar e estava tagarelando com uma amiga.

A cozinha eram duas áreas transformadas em uma: o antigo quarto dos fundos da casa e o que costumava ser uma passagem entre a casa e a parede do antigo abrigo das ovelhas. A passagem tinha sido coberta com uma estufa, com todas as unidades da cozinha dispostas em estilo náutico em uma longa fileira debaixo dela. Havia plantas em pedestais e uma grande mesa circular no meio da peça. Eu esperava que ela não derrubasse nada no piso de quadra de *squash*. Pensando na noite que passáramos "resgatando" a madeira, meu corpo tremeu ao recordar todos aqueles anos de amizade, confiança e até amor. Eu me senti decepcionado, usado, fodido.

Não devia restar muito tempo de bateria.

– Está tudo bem? – perguntei. Eu me esforçava para não transmitir nenhuma sensação de pânico, mas sabia que logo teríamos problemas. Se o telefone se desligasse, ela se lembraria do que tinha de fazer?

– Não estou vendo nada, Nick.

Pensei por alguns segundos, tentando lembrar melhor a disposição da cozinha. – OK, Kelly, vá até a pia bem devagar e fique ao lado dos queimadores.

– O que é isso?

– É o lugar onde se cozinha com as panelas. Você está vendo?

– Sim.

– OK, tem um interruptor no lado direito. Está vendo?

– Vou procurar.

Um instante depois, ela disse: – Nick, agora eu estou enxergando.

Ela devia ter ligado a pequena luz fluorescente que iluminava a bancada da cozinha. Sua voz parecia aliviada.

– Boa menina. Agora quero que você volte e feche a porta da cozinha muito delicadamente. Você faz isso para mim?

– OK. Você está vindo me buscar, Nick?

Eu não estava sentindo muita firmeza naquilo tudo. Não seria melhor parar agora e apenas pedir que ela abrisse a porta para mim e esperasse? Não, ele podia receber um telefonema comunicando a morte de Simmonds a qualquer momento.

– É claro que estou, mas não posso chegar aí a menos que você faça o que eu disser, OK? Fique com o telefone na orelha e feche aquela porta bem devagar.

Ouvi o rangido.

– O que eu quero que você faça agora é olhar embaixo da pia e colocar todas as embalagens e coisas que encontrar em cima da mesa, OK?

– OK.

Houve um silêncio, depois um barulho suave enquanto ela transportava os frascos e latas.

– Já tirei tudo.

– Muito bem! Agora, bem baixinho, leia os rótulos para mim. Você pode fazer isso?

– Não, não posso.

– E por que não?

– São muitas coisas e está muito escuro. Eu não consigo.

Ela parecia sob pressão, havia aquele choramingo na sua voz.

Merda, isso está demorando muito.

– Está tudo bem, Kelly. Vá até o interruptor ao lado da porta e acenda a luz. Não tenha pressa. Pode fazer isso?

– OK – parecia que seu nariz estava começando a ficar entupido. Eu já conhecia tão bem aquele som. O estágio seguinte, se eu não fosse muito cuidadoso, seriam as lágrimas, e o fracasso.

Ouvi seus passos na direção do interruptor.

– Agora eu estou enxergando tudo, Nick.

– OK, agora volte para lá e leia os rótulos para mim.

Ela voltou para a mesa e eu a ouvi pegando os produtos de limpeza.

– Ajax.

– Ok, Kelly, qual é o próximo?

Puta que o pariu, aquilo era absurdo. Eu apertava o telefone contra minha cabeça, quase prendendo a respiração enquanto rezava silenciosamente para que ela se saísse bem. Eu estava realmente nervoso, podia sentir meu coração bater. Estava me contorcendo como um louco numa camisa-de-força, gesticulando e girando na cabine, mimetizando as ações de Kelly para mim mesmo. Olhei para a outra cabine: a mulher que estava conversando com a amiga tinha limpado o vidro embaciado para me enxergar melhor, e agora parecia estar transmitindo um relato apressado. Eu devia estar parecendo um assassino em série, com cortes e arranhões no rosto e roupas e cabelos ensopados.

O som alto de metal batendo na madeira me fez dar um pulo.

– Kely? Kelly?

Silêncio, e depois ela pegou o telefone.

– Desculpe, Nick, eu derrubei uma colher. Não tinha visto que ela estava ali. Estou com medo. Eu não quero fazer isso. Por favor, venha me buscar.

O choro não ia demorar para começar.

– Kelly, não se preocupe, está tudo bem, tudo bem.

Ouvi uma fungada no telefone.

Agora não, pelo amor de Deus!

– Está tudo bem, Kelly, está tudo bem. Eu não posso buscá-la se você não me ajudar. Você tem de ser corajosa. Euan está tentando me matar. Só você pode me ajudar. Pode fazer isso por mim?

– Por favor, ande logo, Nick. Eu quero ficar com você.

– Está tudo bem, está tudo bem.

Não estava tudo bem, porque a porra do meu dinheiro estava acabando. Eu só tinha mais algumas moedas de uma libra, e elas não iam durar muito. Enfiei outra moeda no telefone e ouvi-a cair no compartimento de devolução. Eu tinha de arranjar mais uma.

Ela voltou para os rótulos. Não conseguia ler a maioria das palavras, então pedi que ela os soletrasse para mim. Na terceira letra, eu já podia adivinhar o resto. – Não, esse não serve. Leia o próximo.

Minha cabeça estava disparando, tentando recordar ingredientes e fórmulas. Finalmente, ela leu o nome de uma coisa que eu podia usar.

– Kelly, você precisa me escutar com muita atenção. Essa lata é verde, não é? Separe-a das outras. Depois, quero que você vá até a peça ao lado, onde está a máquina de lavar. Sabe do que eu estou falando?

– Sim.

Euan tinha um lugar para cada coisa, e tudo no seu lugar. Eu sabia que até seus garfos estariam dispostos lado a lado na gaveta.

– Do lado da porta tem um armário, e dentro dele uma embalagem azul. O rótulo diz anticongelante.

– O quê?

– Anticongelante. A-N-T-I... Quero que você o coloque na mesa, OK?

O telefone foi deixado na bancada. Comecei a sentir mais medo ainda.

Depois do que me pareceu uma eternidade, ela voltou. – Já peguei.

– Coloque a embalagem na mesa e depois abra.

Ouvi o telefone ser largado outra vez e sua respiração pesada e fungadas enquanto ela lutava com a tampa.

– Não sei como abrir esta coisa.

– Apenas gire. Você sabe abrir garrafas.

– Não consigo. Ela não gira. Estou tentando, Nick, mas as minhas mãos estão tremendo.

Então ouvi um gemido longo e suave. Eu tinha certeza de que ele ia se transformar em choro.

Merda, eu não preciso disso. Não vai dar certo.

– Kelly? Kelly? Você está bem? Fale comigo, vamos, responda.

Nada.

Vamos lá, Kelly, vamos lá.

Nada. Só o que eu ouvia era ela segurando as lágrimas e fungando.

– Nick... quero que você venha me buscar. Por favor, Nick, por favor – ela agora estava soluçando.

– Fique calma, Kelly, não tenha pressa. Está tudo bem, está tudo bem. Eu estou aqui, não se preocupe. OK, vamos só ficar parados e escutar. Se você ouvir alguma coisa, você me conta no telefone, OK, e eu vou tentar escutar também.

Eu queria ter certeza de que Euan não estava acordado. Eu também precisava dar um tempo: precisa haver uma pausa na ação num momento como este, ou os erros se acumulam, e as pessoas começam a tropeçar em si mesmas. Vamos fazer uma pausa, mas ao mesmo tempo trabalhar o mais rápido possível. Eu sabia exatamente o que tinha de fazer, mas a frustração estava em tentar interpretar isso para uma criança, sob pressão e tendo de fazer tudo em silêncio – e ainda por cima com o dinheiro e a bateria acabando.

A mulher saiu da sua cabine e me deu um sorriso pacificador, para o caso de eu ter a intenção de atirar-me sobre ela com um cutelo de açougueiro.

– Você está bem, Kelly?

– Estou. Você ainda quer que eu abra a embalagem?

Eu não entendia por que ela não conseguia fazer aquilo. Comecei a lhe dar mais instruções, e então me lembrei: a embalagem tinha uma tampa de segurança à prova de crianças. Quando ia começar a lhe dizer como abri-la, ouvi um *bip* suave.

A bateria. Merda!

– Não se esqueça de apertar a tampa para baixo antes de girar. Nós só temos de ir um pouco mais rápido, porque senão o telefone vai desligar antes de terminarmos.

– E agora, o que eu faço, Nick?

– A embalagem está na mesa com a tampa aberta?

Nada.

– Kelly? Kelly? Você está me ouvindo?

A bateria tinha acabado?

Então ouvi: – O que eu faço agora?

Graças a Deus! Eu achava que a bateria tinha acabado.

– Tem alguma coisa com a qual você possa abrir esta lata? Já sei, use a colher, Kelly. Com muito cuidado, pegue a colher do chão, coloque o telefone na mesa e abra a lata, OK?

Fiquei escutando, repassando todas as opções restantes caso esse esquema furasse. Cheguei à conclusão de que não havia nenhuma.

– Agora vem a parte difícil. Você acha que consegue? Você tem de ser muito especial para levar isso até o fim.

– Sim, eu estou bem agora. Desculpe por eu ter chorado, é que estou...

– Eu sei, eu sei, Kelly. Eu também estou, mas nós vamos fazer isso juntos. O que eu preciso que você faça agora é guardar o telefone no bolso junto com seus tênis. Depois, pegue uma daquelas garrafas grandes de cima da mesa e vá até a porta da frente e abra só um pouquinho. Não abra toda, só uma fresta. Depois coloque a garrafa atrás da porta para impedir que ela bata. Mas lembre-se: é uma porta grande e pesada, então eu quero que você faça isso bem devagar, bem delicadamente para não fazer barulho. Você pode fazer isso por mim?

– Posso. E o que vai acontecer depois?

– Vou lhe dizer daqui a pouco. Agora, não se esqueça: se o telefone parar de funcionar e você não puder mais me ouvir, quero que corra para as árvores e se esconda.

O mais provável era que Euan a encontrasse, mas o que mais se poderia fazer?

– OK.

Esta ia ser a parte delicada. Mesmo que Euan estivesse ferrado no sono, o inconsciente dele poderia detectar a mudança na pressão do ar e nos barulhos do ambiente quando a porta se abrisse e introduzi-lo num sonho, dando a ele aquela espécie de sexto sentido de que alguma coisa estava errada.

Nesse caso, pelo menos ela estaria em vantagem – desde que se lembrasse do que eu havia dito.

– Voltei para a cozinha. O que faço agora?

– Ouça, esta parte é muito importante. Até que número você sabe contar?

– Até dez mil.

Ela agora parecia um pouco mais animada, percebendo que o fim estava à vista.

– Quero que você conte até trezentos. Pode fazer isso?

– Posso.

– Você tem de contar dentro da cabeça.

– OK.

– Primeiro, quero que você vá até os queimadores outra vez. Você sabe ligar o gás?

– É claro que sei! Às vezes eu ajudo a mamãe a cozinhar.

Eu nunca me senti tão triste.

Eu me forcei a retomar a concentração. Não havia tempo para distrações. Ela poderia estar morta em pouco tempo, como sua mamãe. Eu já me sentia suficientemente canalha por obrigá-la a fazer o trabalho sujo, e podia ao menos me certificar de que ela o faria corretamente.

– Que bom. Então você sabe como ligar o gás do forno e todos os acendedores do fogão?

– Eu já disse que eu sei cozinhar.

Um ônibus cheio de crianças voltando de uma excursão de férias estava parando no Burger King. Um grupo de seis ou sete se separou da turma e veio para os telefones, rindo e gritando com vozes esganiçadas, todos tentando entrar juntos na única cabine desocupada. O barulho era tremendo; eu não conseguia ouvir o que Kelly estava dizendo. Eu tinha de fazer alguma coisa. – Kelly, espere só um minuto.

Cobri o fone com a mão, enfiei a cabeça para fora da cabine e gritei: – Vocês aí, calem a boca! Estou com a minha tia no telefone, ela acaba de perder o marido e eu estou tentando falar com ela, OK? Dêem um tempo!

Os garotos ficaram quietos, as bochechas vermelhas. Saíram da cabine e foram se reunir aos amigos, rindo com falsa valentia para disfarçar seu constrangimento.

Voltei ao telefone.

– Kelly, isso é muito importante. O telefone pode se apagar logo porque a bateria está terminando. Quero que você ligue todo o gás do fogão. Leve o telefone junto para eu poder ouvir o gás saindo. Faça isso agora, enquanto estou falando com você.

Ouvi o chiado do propano engarrafado que Euan usava.

– O cheiro é muito ruim, Nick.

– Isso é bom. Agora saia da cozinha e feche a porta. Mas tenha muito cuidado para não fazer barulho. Lembre-se, não queremos acordar Euan. Não fale mais comigo, apenas escute. Saia e feche a porta da cozinha, OK?

– OK, não vou mais falar com você.

Isso mesmo.

Ouvi a porta fechando.

– Nick?

Tentei manter a calma. – Sim, Kelly?

– Posso levar Jenny e Ricky comigo, por favor?

Fiz um esforço para me controlar. – Não, Kelly, não há tempo! Apenas me escute. Não temos tempo para ficar falando. Quero que você conte até trezentos na sua cabeça e depois respire bem, bem fundo e entre de novo na cozinha. Não corra, você tem de caminhar. Entre na cozinha e derrame todo o anticongelante na lata verde. Depois quero que você saia da cozinha, sem correr! Não quero que Euan acorde.

Se ela tropeçasse e se machucasse, poderia ser apanhada no que estava prestes a acontecer.

– Saia bem devagar, feche a porta da cozinha atrás de você, depois saia da casa e feche a porta da frente com muito cuidado. Não busque Jenny nem Ricky.

– Mas eu quero ficar com eles. Por favor, Nick!

Eu a ignorei. – Depois quero que você corra o mais rápido que puder para as árvores e se esconda. Quando você estiver correndo, vai ouvir um grande estouro e vai ver fogo. Não pare e não olhe para trás. E não saia das árvores até eu chegar, não importa o que aconteça. Prometo que vou estar aí daqui a pouco.

Era nestes momentos que eu me sentia recompensado por ter decorado todas as técnicas para a fabricação de bombas incendiárias e explosivos improvisados. O treinamento, muitos anos antes, tinha sido absurdamente chato e tedioso, mas tinha de ser assim porque você não pode levar um *notebook* para o serviço. Aprendi de cor e salteado a fazer bombas com ingredientes domésticos e a improvisar dispositivos elétricos. Assim como um ateu recita o Pai-Nosso porque foi bombardeado com ele na escola, eu recordava as fórmulas e os mecanismos passo a passo para fazer de tudo, de uma bomba incendiária simples como a que eu ia usar para matar Euan – a Mistura Número 5 – até uma bomba que podia ser acionada através de um *pager* do outro lado do mundo.

O telefone começou a bipar insistentemente, e depois morreu. Visualizei a glicerina do anticongelante funcionando na mistura. Em quarenta ou cinqüenta segundos ela iria pegar fogo. Se estivesse úmida, talvez um pouco mais.

Kelly tinha menos de um minuto para sair da casa: no instante em que o gás fosse inflamado, haveria uma explosão imensa e depois um incêndio. O objetivo era acabar com Euan, mas podia acabar também com ela.

Por favor, por favor, não vá atrás daquelas merdas de ursinhos!

Corri de volta para o carro e comecei a correr na direção oeste. A aurora estava começando a encontrar seu caminho por entre as nuvens.

Capítulo Quarenta

Foi a pior viagem da minha vida.

Vi uma placa que dizia "Newport, 110 quilômetros ". Pisei fundo no acelerador pelo que me pareceram uns cinqüenta quilômetros, e então outra placa me avisou: "Newport, 90 quilômetros". Eu me sentia como se estivesse correndo numa esteira para lugar nenhum, e com água pela cintura.

Meu corpo tinha se acalmado de toda a excitação e estava me dizendo que estava machucado. O pescoço era uma agonia. O jorro de sangue tinha parado, mas o terceiro olho que Simmonds tinha aberto estava começando a inchar e afetar minha visão.

Euan, o filho-da-puta. O amigo em quem eu tinha confiado durante anos. Era quase doloroso demais pensar nele. Eu me sentia anestesiado, de luto. Com o tempo, talvez, a anestesia se transformasse em raiva ou sofrimento ou alguma outra coisa, mas não por enquanto. Na minha cabeça, tudo o que eu enxergava era a expressão no rosto de Kelly enquanto o trem saía da estação – e o sorriso de Euan.

Para onde eu iria depois de tudo isso? Nenhum imbecil ia fazer algo contra mim porque eles sabiam que eu ainda tinha os arquivos. Se o plano funcionasse, o pacote de Euan ia ficar no depósito da FedEx agora que não havia ninguém para recebê-lo. A morte de Simmonds seria acobertada a todo custo. Se algum policial zeloso começasse a se aproximar demais da verdade, ele seria apagado. John Stalker não era o primeiro a quem isso tinha acontecido e não seria o último.

Agora fazia sentido para mim por que toda vez que o processo de paz recomeçava, o PIRA, ou alguém se fazendo passar por eles, matava um soldado ou policial ou plantava uma bomba em algum lugar da Inglaterra. Era bom para os negócios que os Problemas* continuassem.

Havia muitos do nosso lado que lucravam com os conflitos na Irlanda do Norte e não queriam que eles acabassem.

A RUC** é provavelmente a polícia mais bem paga da Europa, se não do mundo. Se você for o seu chefe de polícia, é seu dever dizer que deseja o fim da guerra, mas a realidade é que você tem uma força policial enorme sob seu comando e uma quantidade ilimitada de recursos e de poder. Dentro dessa força existem miniimpérios que se criaram unicamente devido aos Problemas, e cada um deles recebe todo o material e reforços que solicitarem para avançar na luta contra o terrorismo.

Mesmo se você for um oficial da RUC de vinte e quatro anos, casado e com dois filhos, por que ia querer que os Problemas cessassem? Você ganha o bastante para ter um padrão alto de vida, tem uma casa bonita, tira férias no exterior. Por que iria desejar a paz e, conseqüentemente, o desemprego?

O exército britânico tampouco quer que a guerra acabe. A província é um fantástico campo de testes para equipamentos e treinamento para as tropas – e, assim como o RUC, faz com que o Exército abocanhe uma fatia maior do bolo. Todos os anos, ele tem de justificar seu orçamento e competir com a Marinha, que pede mais fundos para os submarinos Trident, e com a Força Aérea, que insiste que precisa adquirir o Eurofighter 2000 ou pelo menos substituir o caixão voador, o Tornado. Com a Irlanda do Norte na agenda, o Exército pode

* Troubles (Problemas) é como são chamados na Inglaterra os conflitos na Irlanda.

** Royal Ulster Constabulary é a força policial da Irlanda do Norte criada no início do século XIX que trabalha em associação com o exército britânico nos incidentes na Irlanda.

acenar com uma necessidade imediata, um imperativo operacional, e ninguém vai questionar a necessidade de fundos para combater o terrorismo. Quanto aos soldados, eles não querem perder a chance de passar seis meses na Irlanda do Norte com pagamento extra, casa e comida de graça. Afinal, eles entraram no Exército para participar de operações; era o que eu havia feito e achava que era o máximo.

A indústria britânica também teria perdas substanciais com um cessar-fogo. Os grandes fabricantes de equipamentos de defesa criavam produtos específicos para a segurança interna e faziam fortunas com as condições operacionais. Equipamentos que tinham sido testados em batalhas na Irlanda do Norte eram muito procurados por compradores estrangeiros. Não espantava que o conflito tivesse transformado o Reino Unido no terceiro maior exportador de armas do mundo, com efeitos benéficos para a balança de pagamentos.

Eu agora sabia por que McCann, Farrel e Savage tinham tido de morrer: Enniskillen. A reação violenta contra o PIRA, pessoas assinando livros de condolências, os irlandeses-americanos suspendendo suas doações. Deve ter havido um perigo real de diálogo e reconciliação. Simmonds e seus companheiros não podiam aceitar isso. Eles tinham de criar mártires para manter a panela fervendo.

E quanto a mim? Eu provavelmente era apenas uma minúscula engrenagem numa máquina muito bem azeitada. A própria Irlanda do Norte também devia ser apenas mais um item entre muitos nas suas despesas operacionais. Tanto quanto eu sabia, estes caras tinham provocado mortes e manifestações violentas em Hebron, instigado os sérvios contra os croatas e até mesmo assassinado Kennedy porque ele queria acabar com a guerra do Vietnã. Como Simmonds havia dito, eram negócios. Não havia nada que eu pudesse fazer para detê-los. Mas eu não estava preocupado com isso. De que adiantaria? A única coisa que eu queria era vingar a morte de Kev e Pat. Era o suficiente.

Saí da estrada e entrei na via de faixa dupla que levava a Abergavenny. A chuva tinha parado, mas aquela rua era notória por seus buracos. A casa de

Euan ficava a cerca de quinze quilômetros do outro lado da cidade, na estrada para Brecon.

Eu costurava pelo trânsito, e os outros motoristas buzinavam e erguiam os punhos. Então, na distância, vi o brilho vermelho de luzes de freio. A hora do pique matinal tinha começado. Diminuí junto com a massa de carros que se dirigiam ao centro da cidade e acabei ficando completamente parado. O engarrafamento tinha sido provocado por trabalhos de recapeamento, e parecia se estender por quase dois quilômetros.

Desci para o acostamento. Enquanto passava correndo por eles, os motoristas parados buzinavam ferozmente. O barulho alertou os trabalhadores que colocavam o asfalto mais adiante. Eles correram e gritaram, tentando me fazer parar, apontando para a placa de "homens na pista". Eu nem notei a presença deles. Só não queria ser parado pela polícia. Diminuí a marcha, acelerei e voltei para a pista.

Cheguei a Abergavenny e fiquei na perimetral. Tive de parar num semáforo e subi na calçada para passar na frente da fila.

Quando cheguei ao outro lado da cidade, comecei a ficar mais nervoso, e a rua se estreitou em apenas uma faixa. Pisei fundo e aumentei a velocidade para cem, cento e vinte, usando toda a rua como se fosse minha. Vendo uma curva para a esquerda, fui para o lado direito. Eu podia ouvir a cerca de segurança raspando a lateral do carro. Desta posição, eu enxergava melhor o terreno em torno da curva. Sem me importar em frear, engatei a segunda logo antes de dobrar. Na curva, pisei fundo e fiz uso da borracha no asfalto. Depois, aumentei para quarta e a mantive.

Dois quilômetros adiante, um caminhão lento estava ocupando a maior parte da estrada. Seu grande contêiner carregado de ovelhas com dois andares tinha um adesivo que perguntava como ele estava dirigindo e dava o número do escritório para queixas. Tive tempo suficiente para lê-lo, arrastandome atrás daquela merda de caminhão a cinqüenta por hora.

A estrada era cheia de voltas, ele podia me ver pelo retrovisor, mas não parecia disposto a encostar para que eu pudesse ultrapassá-lo. A velocidade caiu para quarenta por hora, e eu olhei para o relógio. Eram nove e trinta e cinco, e eu estava na estrada havia quase três horas.

Continuei encostando nele, saindo para o lado e voltando. Até as ovelhas estavam me olhando agora. O motorista do caminhão estava se divertindo, nossos olhos se encontraram no espelho lateral e eu vi que ele estava rindo. Eu conhecia aquela estrada, sabia que, a menos que ele me deixasse passar, eu estaria condenado a muitos quilômetros naquela velocidade. Agora a estrada tinha bancos de lama de meio metro de altura de cada lado, depois árvores e barreiras. Estava molhada e escorregadia, com pequenos riachos correndo dos dois lados. Aqui, todas as curvas eram cegas.

Preparando-se para a próxima curva, o motorista diminuiu a marcha, e eu o ultrapassei acelerando pelo lado contrário da estrada. Se qualquer um estivesse vindo no outro sentido, nós dois estaríamos mortos. Ele piscou a luz alta e buzinou, provavelmente tentando me distrair e me jogar para fora da estrada. Pela primeira vez naquele dia eu estava com sorte. A estrada estava livre, e eu logo deixei o caminhão para trás.

Quinze minutos depois eu estava no acesso ao vale de Euan. Dobrei à esquerda e, depois de cem metros, a estrada se transformava num caminho de terra. Se eu encontrasse pela frente um trator ou máquinas agrícolas, haveria poucos pontos onde ultrapassar, mas a sorte ainda estava do meu lado e não havia ninguém na pista. Mais vinte minutos e eu alcancei o vale. E, enquanto eu me aproximava do monte, já podia ver a espiral de fumaça.

Capítulo Quarenta e Um

As paredes ainda estavam intactas, mas a maior parte do telhado tinha desabado e havia fumaça e manchas de queimado nas esquadrias das janelas. Dois carros-pipa estavam lá, e os bombeiros ainda estavam jogando água sobre a casa. Eles pareciam molhados, cansados e estressados. Do outro lado havia uma ambulância.

Uma pequena multidão tinha se reunido ao longo do muro, habitantes locais com suas botas e japonas, que tinham vindo do outro lado do vale para bisbilhotar.

Parei no portão. Dois bombeiros se viraram, mas não disseram nada. Estavam ocupados demais com seu trabalho.

Saí do carro e corri para o pequeno bosque do outro lado da rua, a uns cinqüenta metros de distância, gritando feito um louco.

– Kelly! Kelly!

Nada.

– Sou eu, Nick! Você pode sair agora!

Mas ela não estava lá. No fundo, eu provavelmente sabia o tempo todo que ela não estaria. Ela estava morta desde o instante em que atendeu ao telefone.

Eu me virei e subi lentamente a trilha na direção dos espectadores. Eles me olharam de lado, obviamente desgostosos com meu rosto machucado, depois se viraram novamente, mais interessados nos destroços da casa.

– Havia alguém lá dentro? – perguntei, sem me dirigir a ninguém em particular.

Uma mulher disse: – As luzes estavam acesas ontem à noite, e a equipe da ambulância já entrou. Ah, é uma pena. Ele era um jovem tão simpático.

Passei pelo grupo e um bombeiro veio na minha direção, erguendo uma mão enluvada. – Desculpe, senhor, fique para trás. A área ainda não está segura.

– Rádio Gales – eu disse, tentando soar oficial. – Você pode me dizer o que aconteceu?

Olhei por cima do seu ombro. Outros bombeiros estavam trazendo para fora objetos carbonizados da casa de Euan e os colocando numa pilha que estava sendo esfriada com as mangueiras. Agora eu sentia o cheiro de queimado.

Olhei para o bombeiro de novo. Ele disse: – Parece que houve um incêndio e os botijões de gás explodiram. Por favor, senhor, fique lá atrás.

– Alguém foi morto ou ferido?

Ao fazer essa pergunta, alguma coisa que um deles jogou na pilha chamou minha atenção. Era Jenny ou Ricky, um ou outro. Eu nunca sabia qual era qual. Não que isso importasse agora. Qualquer que fosse, estava todo queimado, com apenas metade de um dos braços inteira.

– Vai levar algum tempo para termos certeza, mas ninguém poderia ter sobrevivido àquela explosão.

Ele estava certo. Em qualquer outra circunstância, teria sido uma explosão digna de orgulho.

Kelly estava morta. Talvez não fosse tão ruim. Seria uma merda, mas eu superaria. O que eu poderia lhe oferecer?

Kelly iria ficar num estado lamentável quando se desse conta do que tinha acontecido com ela, e precisaria de tratamento psiquiátrico. Além disso, ela estava começando a gostar do modo como estávamos vivendo. Sua morte resolvia as coisas. Eu não teria mais de protegê-la nem me preocupar com ela.

Eu me virei e comecei a voltar para o carro, perdido nos meus pensamentos. O que estava feito, estava feito. Eu não podia mudar as coisas nem fazer o relógio voltar atrás. Eu teria mais informações pelo noticiário.

Atrás de mim, na distância, ouvi o grasnido de um pássaro, talvez um corvo. Soava quase como o meu nome.

Parei e me virei.

E lá estava ela, correndo na minha direção, vinda das árvores.

Comecei a correr para ela, mas me contive. Eu queria que parecesse casual, mesmo que minhas entranhas estivessem sofrendo um terremoto.

Ela voou nos meus braços e enterrou o rosto no meu pescoço. Puxei sua cabeça para trás e perguntei: – Por que você não estava nas árvores? – eu estava meio zangado, meio aliviado, como um pai que pensa que perdeu uma criança na multidão e depois a encontra e não sabe se lhe dá uma boa surra ou apenas um abraço e um beijo. Eu não sabia o que fazer, mas estava feliz.

– Por que você não ficou lá como eu mandei?

Ela olhou para mim, incrédula. – Porque você sempre tem de observar antes. Você mesmo disse!

Segurei sua mão, sorri e disse: – Você está certa.

Ainda sorrindo, continuamos pela trilha. Ela estava ensopada, com o cabelo grudado na cabeça.

Chegamos ao carro e entramos sem trocar mais uma palavra.

Olhei para ela pelo retrovisor. Nossos olhos se encontraram. Ela sorriu e eu disparei: – Coloque o cinto de segurança!

Girei a chave na ignição e fomos embora.

Andy McNab, guerreiro e escritor

Andy McNab se alistou na infantaria britânica em 1976 como recruta. Em 1984 foi condecorado como membro do Regimento 22 do SAS, as temíveis forças especiais britânicas. Serviu no Esquadrão B da SAS 22 durante nove anos e trabalhou tanto em operações secretas como abertas no mundo inteiro, incluindo operações anti-terroristas e anti-drogas no Oriente Médio e na Ásia, na América Central e Latina e na Irlanda do Norte.

Especializou-se com treinamento em contra-terrorismo, eliminação de suspeitos principais, demolições, armas e táticas, vigilância secreta e obtenção de informação em áreas hostis e proteção a personalidades importantes. McNab trabalhou em operações em parceria com as forças policiais, os serviços carcerários, divisão anti-drogas e movimentos de guerrilhas apoiadas pelos governos do Ocidente, como também em operações especiais convencionais. Na Irlanda do Norte, ele passou dois anos trabalhando no 14º Grupo de Inteligência como espião, tornando-se depois um instrutor.

McNab também trabalhou como instrutor no time de recrutamento e treinamento do SAS e preparou forças especiais estrangeiras em combate ao contra-terrorismo, resgate de reféns e treinamento para sobrevivência.

Na guerra do Golfo, McNab comandou a famosa patrulha Bravo Two Zero, uma equipe de oito homens com a tarefa de destruir as ligações de comunicação subterrâneas entre Bagdá e o noroeste do Iraque, como também encontrar e destruir as plataformas de lançamento dos mísseis móveis Scud. A patrulha se infiltrou no Iraque em janeiro de 1991, mas logo ficou comprometida. Depois de uma batalha violenta contra as tropas do Iraque, a equipe foi forçada a escapar e fugir a pé para a Síria. Três dos oito homens foram mortos; quatro capturados depois de três dias de fuga. Um escapou.

Entre os quatro aprisionados, McNab ficou encarcerado por seis semanas e foi torturado sem cessar. Quando foi libertado, McNab já havia sofrido dano nos nervos das duas mãos, tinha um ombro deslocado, danos nos rins e no fígado e sofria com hepatite. Depois de seis meses de tratamento médico, ele retornou ao serviço ativo.

A patrulha mais condecorada desde a Guerra de Boer, as aventuras heróicas da patrulha Bravo Two Zero foram reconhecidas no mundo inteiro e, nas palavras do comandante de um dos oficiais de comando da equipe, "a patrulha vai fazer parte da história do regimento para sempre".

Foi condecorado com a Medalha de Conduta Distinta (DCM) e a Medalha Militar (MM) durante sua carreira militar; era o soldado mais condecorado do Exército Britânico quando deixou o SAS em fevereiro de 1993.

Depois do SAS

Andy McNab escreveu sobre suas experiências no SAS em dois livros que se tornaram bestsellers: *Bravo Two Zero*, de 1993 e *Immediate Action*, de 1995.

Bravo Two Zero foi o livro sobre guerra mais vendido do mundo e vendeu 1,5 milhões de cópias somente no Reino Unido. Até o momento, já foi publicado em 17 países e traduzido para 16 línguas. A versão narrada de *Bravo Two Zero*, pelo próprio McNab, já vendeu mais de 60 mil cópias e ganhou o disco de prata. A BBC também filmou *Bravo Two Zero*: o filme foi estrelado por Sean Bean, em 1999.

Immediate Action, a autobiografia de Andy McNab, passou 18 meses nas listas de bestseller depois da liberação de uma injunção pelo Ministério da Defesa em setembro de 1995. O governo inglês não queria ver o livro circulando. Até agora, *Immediate Action* já vendeu um milhão de cópias no Reino Unido.

O primeiro romance de McNab, *Controle Remoto*, foi publicado em livro de bolso em novembro de 1997 e transformou-se no bestseller no. 1 do *Sunday Times*, vendendo mais de 150 mil cópias só na Inglaterra.

Além de sua carreira de escritor, McNab trabalhou com consultor técnico em armas e como instrutor do filme de Michael Mann, *Face a Face* (1995); passou cinco meses em Hollywood trabalhando com Robert de Niro, Al Pacino e Val Kilmer. Além de aconselhar sobre a técnica e o uso de armas, McNab foi escolhido para programar em detalhes como o assaltante De Niro conseguiria fazer roubar um banco e um carro blindado e como o policial Al Pacino chegaria a descobri-lo e detê-lo.

Ele foi um dos maiores colaboradores do documentário da BBC *Timewatch* sobre Hannibal, o canibal (1996), que teve a participação do General Norman Schwarzkopf. Ele também foi consultado e narrou o vídeo *Ultimate Warrior* (BMG 1997). O primeiro dos jogos McNab do Playstation foi lançado em 1998.

Também como diretor de uma firma de segurança em Hereford, McNab desenvolveu e chefiou um curso de treinamento para jornalistas, equipes de jornalismo e membros de entidades não-governamentais que trabalham em áreas de hostilidades (incluindo zonas de guerra). O curso é o único deste tipo no mundo.

RR DONNELLEY
América Latina
IMPRESSÃO E ACABAMENTO
Unidade Livros
Av Tucunaré 299 - Tamboré
Cep. 06460.020 - São Paulo - SP - Brasil
Tel.: (55-11) 6948 8000
Fax: (55-11) 6948 1555